MAX BENTOW

Der Traummacher

AF203329

GOLDMANN

Simona ist eine lebenslustige junge Frau und im Begriff, gemeinsam mit ihrer Freundin Alina eine Werbeagentur in Berlin aufzubauen – bis sie eines Nachts auf tragische Weise ihrem Herzleiden erliegt. Ihre Mutter ist fortan eine gebrochene Frau, die das Trauma nicht überwinden kann: Sie hört Simonas Stimme und wird von schrecklichen Fantasien verfolgt. Doch dann ereignet sich etwas Unfassbares – sie wird im Keller ihres Hauses auf bestialische Weise ermordet, ihr Körper ist mit Biss-Spuren übersät. Nils Trojan und sein Team, die sofort am Tatort eintreffen, sind noch nie mit einem solch schockierenden Anblick konfrontiert worden. Doch dies ist erst der Anfang, denn wenig später wird auch Alina in einer verlassenen Turnhalle am Rande Berlins tot aufgefunden, ihr Hals entstellt von denselben grausamen Malen. Nils Trojan ermittelt unter Hochdruck und begibt sich auf eine Reise in die Nacht, die finsterer ist, als er es sich jemals hätte vorstellen können ...

Max Bentow

Der Traummacher

Psychothriller

GOLDMANN

Penguin Random House Verlagsgruppe FSC®N001967

4. Auflage
Taschenbuchausgabe Juni 2018
Copyright © der Originalausgabe 2016
by Wilhelm Goldmann Verlag, München,
in der Penguin Random House Verlagsgruppe GmbH,
Neumarkter Str. 28, 81673 München
produktsicherheit@penguinrandomhouse.de
(Vorstehende Angaben sind zugleich
Pflichtinformationen nach GPSR)

Dieses Werk wurde vermittelt
durch die Literarische Agentur Michael Gaeb.
Umschlaggestaltung: UNO Werbeagentur München
Umschlagmotiv: Arcangel/ Paul Bucknall
AG · Herstellung: Str.
Druck und Bindung: GGP Media GmbH, Pößneck
Printed in Germany
ISBN 978-3-442-48752-3

www.goldmann-verlag.de

ERSTER TEIL

EINS

W illst du ein paar Fotos von mir schießen?«

Simona lachte ihn an. Sie war ihm auf einmal so nah, ihre helle Haut, der Wirbel ihrer Haare, ein Wunder in Kastanienrot, dicht und schön. Ihre Augen glänzten, beinahe fiebrig, so dass es ihm den Atem nahm.

Luis schluckte. »Ich hab meine Ausrüstung nicht dabei.«

Wieder lachte sie. »Dann lass sie uns holen.« Sie nahm seine Hand. »Los, wir gehen gemeinsam. Mach aufregende Aufnahmen von mir, ja?«

Es verwirrte ihn. Vor nicht weniger als einer Minute war er um die Ecke gebogen, allein, mit eingesunkenen Schultern wie immer nicht ahnend, was diese Nacht für ihn bereithalten sollte. Er hatte seinen düsteren Gedanken nachgehangen, auf dem Heimweg in die leere Wohnung, wo ihn niemand erwartete. Und dann war er buchstäblich mit dieser jungen Frau zusammengestoßen, die er nur entfernt kannte. Simonas Lächeln beglückte ihn, aber es jagte ihm zugleich Schauer der Unruhe über den Rücken, und eine Ahnung von Unheil erfasste ihn.

Sie zog ihn mit sich, ihre Schritte waren federnd. »Schnell, Luis, schnell, ich kann es kaum erwarten.« Röte auf ihren Wangen, der Schwung ihrer Lippen, wenn sie mit ihm sprach, und wie sie ihn von der Seite anblickte, als würden Funken aus ihrer Iris sprühen. Dabei hatte sie ihm ansonsten kaum Beachtung geschenkt.

Schon hatten sie sein ebenerdiges Büro in der Pflügerstraße erreicht. Die Lichter der Laternen spiegelten sich in der Glasfront. LUIS FERNER, ANALOGE FOTOGRAFIE, hieß es auf der schmucklosen Visitenkarte an der Tür. »Analog, wie altmodisch«, hatte er mal einen Passanten im Vorbeigehen zu seiner Begleiterin sagen hören. Er schloss auf und ließ Simona herein. Er schämte sich für die Unordnung. Hierher verirrte sich selten jemand außer ihm.

Simona aber warf sich bereits in Pose, in der Mitte des Raumes. Er wusste, sie meinte es nicht ernst. Sie mimte nur das Model für ihn, ihre Haltung war dramatisch, bewusst überzogen. Was trieb sie bloß an in dieser Nacht? Was hatte sie mit ihm vor? Abermals bemerkte er den fiebrigen Schimmer in ihren Augen.

Selbst wenn sie mit mir spielt, dachte er, ich muss diesen Moment festhalten, ihn einfrieren in meinem Gehirn. Simona gehörte ihm, ihm allein, jetzt.

Sie straffte ihre Schultern, knöpfte ihre taillierte Kunstlederjacke auf und präsentierte ihm die Rundung ihrer Brüste unter dem knappen Shirt.

»Ist es so gut, Luis?«

Er schnappte sich seine Nikon und drückte ab.

Sie warf sich das Haar in den Nacken. Der Auslöser klickte.

»Ja, gut.«

Sie tänzelte auf ihn zu, ihre Umrisse verschwammen im Sucher, er stellte schärfer.

»Und so?«

Sie rotierte mit den Hüften, ihr kurzer Rock ein Fetzen. Er schoss. Biker Boots über ihren nackten Waden, er feuerte ab.

Du träumst, dachte er. Sie warf ihre Jacke ab, lüpfte das Shirt bis weit über den Bauchnabel.

Die feine Mechanik der Kamera gab Geräusche von sich,

für ihn klangen sie wie Maschinengewehrsalven, doch seine Hand blieb ruhig.

»Gib mir Anweisungen«, sagte sie.

Er wusste nicht, wie.

»Wenn du überzeugend sein willst in deinem Job, darfst du nicht zimperlich sein. Also schrei mich an, Luis, gib es mir!«

So etwas konnte er nicht. Er neigte nicht dazu, laut zu werden. Dafür hatte er sie überdeutlich im Fokus, ihren Blick, den Mund, ihren zarten weißen Hals. Er glaubte, das Pulsen unter ihrer Haut, das Pochen in ihren Adern ablichten zu können, in dieser Nacht würde es ihm gelingen. All das wäre auf dem Film. Und in seinem Kopf. Für immer.

»Gefalle ich dir?«

Nun war sie unscharf. Sie trat dicht an die Linse. Noch näher, und das empfindliche Glas wurde von ihrem Atem beschlagen.

Er ließ die Kamera sinken. »Du bist schön.«

»Und gefällt dir *das*?«

Ihre Hand schmiegte sich in seinen Nacken. Die Hitze ihrer Berührung lähmte ihn. Noch bevor er etwas sagen konnte, war es vorbei. Wie nach einem Zeitsprung schlüpfte sie in ihre Jacke, einen Meter entfernt von ihm.

»He, Luis, ich hab eine bessere Idee.«

Sie lachte. Er hatte Mühe, ihr zu folgen. Sie war so sprunghaft. Er überlegte, in welcher Sekunde ihm die Gelegenheit entgangen war, sie zu küssen. Oder hatte sie es überhaupt nicht darauf angelegt? Stellte er sich dämlich an?

Sie war bereits an der Tür. »Komm schon! Lass die Kamera hier. Wir machen etwas noch viel Aufregenderes.«

Kaum waren sie zurück auf der Straße, winkte sie ein Taxi heran. Ein weiterer Zeitsprung, und sie presste ihre Schenkel gegen seine Knie, auf der Rückbank des Wagens.

»Halten Sie am S-Bahnhof Neukölln«, sagte sie zum Fahrer.

Was hatte sie vor? Wohnte sie in der Gegend? Er verachtete sich für seine Zaghaftigkeit. Warum konnte er nicht großspurig sein wie andere auch? Wieso waren ihm nicht die Gene eines Draufgängers vergönnt? Ihm wurde schmerzhaft bewusst, dass es keine zweite Chance gab, denn Frauen wie Simona lehnten sich normalerweise nicht an seine schmalen Schultern.

Sie blies ihm den Atem ins Gesicht, als sie ihm zuflüsterte: »Bist du okay?«

»Ja.«

Er durfte es nicht vermasseln. Bloß nicht wieder als Langweiler gelten, diese Schmach haftete ihm noch immer an.

»Deine Fotos sind gut«, sagte sie plötzlich ernsthaft. »Du hast Talent.«

Er runzelte die Stirn. »In der Agentur hörte sich das aber anders an.«

Es war ihr nicht unbedingt anzumerken, doch mit ihren gerade mal dreißig Jahren hatte Simona unlängst eine kleine Firma gegründet. Zusammen mit ihrer besten Freundin Alina, die im selben Haus wohnte wie Luis, daher kannte er die beiden flüchtig. *Kron & Wiesner* hieß die Werbeagentur, keine Angestellten, bloß ein geringes Startkapital. Und dennoch hatten sich die zwei innerhalb kürzester Zeit einen Ruf erarbeitet. Sie galten als jung und hip, ehrgeizig und schrill. Vor einigen Wochen hatte sich Luis ein Herz gefasst und sich mit seiner Mappe bei ihnen beworben. Während Alina seine Fotos als bieder und nichtssagend bezeichnete, hielt sich Simona mit ihrem Urteil zurück.

Nun aber sagte sie: »Doch, ehrlich, ich glaube an dich.«

Er war völlig verblüfft. Offenbar träumte er tatsächlich. Dabei fühlte sich die Wärme ihres Körpers neben ihm so erschreckend real an.

Ihr Lächeln war rätselhaft. »Kein Grund nervös zu sein, Luis. Die Nacht gehört uns.«

Das Taxi hielt.

»Bist du bereit?«

Er nickte, kramte das Geld aus der Hosentasche und bezahlte den Fahrer.

Lachend rannte sie mit Luis die Treppen zum Bahnhof hinauf. Auf halbem Weg angekommen, packte sie ihn plötzlich am Arm und zerrte ihn in eine Nische. »Hier entlang«, wisperte sie.

Ehe er sichs versah, kletterte sie eine schmale Eisenleiter hinauf.

»Was ...?«

»Keine Fragen, los!«

Er folgte ihr. Sie hangelte sich vor bis zu einem Mauervorsprung, und er tat es ihr gleich. Nachdem sie im Halbdunkeln ein Stück über ihn hinwegbalanciert waren, machte Simona einen Satz und kletterte vor seinen erstaunten Augen auf das Dach überm Bahnsteig. Von oben reichte sie ihm die Hand.

»Schnell!«

Sein Atem stockte. Im zweiten Versuch hatte er es geschafft. Nun standen sie beide oben. Sie grinste ihn an.

In diesem Moment fuhr unter ihnen ein Zug in den Bahnhof.

»Springen«, flüsterte sie.

»Wie?«

»Sobald die S-Bahn abfährt, springen wir auf einen der Waggons.«

»Nein!«

»Willst du nun was Aufregendes erleben oder nicht? Es ist

ganz einfach. Du springst auf den Zug und legst dich flach hin. Wir surfen auf dem Dach der S-Bahn bis zur nächsten Station.«

»Bist du verrückt?«

»Es ist überhaupt nicht schwer.« Sie strich über seinen Arm. Ihr Lächeln war wie entrückt. »Wirklich, Luis, du schaffst es. Und du wirst es nicht bereuen.«

»Aber ...«

»Kein Aber. Einfach springen. Ich sage dir, es ist der Wahnsinn. Wir surfen auf der Bahn durch die Stadt.«

Er wich vor ihr zurück.

Sein Blick glitt hinab auf den Bahnsteig, wo der Zug wartete. Und schon hörte er, wie die Türen zufielen.

»Los jetzt!«

»Ich kann nicht!«

Der Zug fuhr ab.

Sie war enttäuscht, das sah er ihr an. »Schade, Luis. Du bist also doch ein Langweiler.«

Er schwieg betreten.

In einer sacht kreisenden Bewegung malte ihr Finger seine Lippen nach. »Nehmen wir die nächste Bahn? Keine Ausflüchte?«

Er spürte, wie sein Herz höher schlug. »Hast du das schon öfter getan?«

»Früher, ja. Es ist unglaublich. Es pumpt dich voll mit Adrenalin.« Sie lächelte. »Leg dich flach auf den Bauch. Natürlich kannst du auch aufstehen, aber im Liegen ist es sicherer. Vor allem unter der Brücke.«

»Welche Brücke?«

»Unser Ritt auf dem Dach führt uns bis zur Hermannstraße, eine Station von hier. Auf dem Weg dorthin befindet sich eine Brücke. Unter der solltest du dich lieber ducken, ansonsten …« Sie machte eine Geste mit der Hand, die offenbar einen wegfliegenden Kopf darstellen sollte.

Luis begann zu zittern.

»Bleib ruhig.«

Sie verharrten. Unter ihm die Bahnsteigkante. Er hatte freie Sicht auf die Schienen, es ließ ihn schaudern. Eine merkwürdige Stille herrschte auf dem Bahnhof. Niemand schien sie zu bemerken, zwei Schatten vorm nächtlichen Himmel, unter der leuchtenden Mondsichel.

»Wir sind zu alt dafür«, murmelte er. »Das ist was für Teenager.«

»Nein, es ist für Helden, egal wie alt. Bist du dabei?«

Er schluckte.

»Luis«, flüsterte sie, »glaub mir, es ist das Aufregendste, was du jemals erlebt hast.«

Er schaute sich um. Der Horizont weit, die Lichter der Stadt verändert, schwefelgelb mit einem Stich ins Grellweiße wie unter einem Farbfilter.

Der nächste Zug fuhr ein, allerdings auf der Gegenseite. Sein Herz hämmerte. Der Zug fuhr ab, der Bahnsteig leerte sich. Einige Zeit später war es so weit. Ängstlich blickte er auf das Gehäuse der S-Bahn hinab, es leuchtete rot, warnend rot, etwa einen Meter unter ihm. Sich fallen zu lassen wäre ein Leichtes. Was danach folgen würde, erfüllte ihn mit Panik.

Der Höllenritt, der noch vor ihm lag.

Simona strahlte ihn an. »Ich bin stolz auf dich. Und vergiss nicht: Wir beide sind stark. Unendlich stark.«

Langsam setzte sich der Zug in Bewegung.

Sie griff nach seiner Hand und sprang mit ihm hinab.

Er strauchelte, verlor das Gleichgewicht. Simonas Hand entglitt ihm. Der Zug nahm Fahrt auf. Luis fiel auf die Seite, rutschte weg. Ein Signalmast flog ihm entgegen. Er warf sich herum, weg von dem tonnenschweren Ding, presste sein Körpergewicht nach unten. Verzweifelt streckte er die Arme aus, seine Hände suchten Halt auf dem Dach der Bahn.

Er konnte das Metall riechen. Er spürte die Vibrationen. Ihm war, als stieße die Geschwindigkeit direkt in seine Körpermitte hinein. Der Sog wurde stärker, kalt packte ihn der Fahrtwind an der Kopfhaut.

Wo ist Simona?, durchfuhr es ihn.

Da hörte er sie jubeln. »Wahnsinn! Luis!«

Er wagte es, den Kopf ein wenig anzuheben. Sie stand. In Fahrtrichtung, mit dem Rücken zu ihm. Leicht vorgebeugt, die Biker Boots auf das S-Bahn-Dach gestemmt, die Beine lang, der Rock ein flatterndes Etwas, zuweilen blitzte ihr Höschen auf. Ihre Haare wirbelten herum, wallend, ein loderndes Rot.

Seine Augen tränten. Er wusste nicht, ob vom Wind oder da er um ihrer beider Leben fürchtete. Er wollte ihr etwas zurufen. Doch der Lufthauch fuhr ihm in die Kehle und erstickte seine Stimme.

Ihm war innerlich heiß, während er am ganzen Körper zitterte. Die Stadt brauste an ihm vorbei, das Echo der ratternden Bahn brandete von den Häuserzeilen. Er war der Geschwindigkeit ausgeliefert, ihm blieb nichts anderes übrig, als wehrlos auszuharren.

Hinlegen, dachte er, Simona, bitte. Doch sie bot weiterhin den frontalen Strömungen die Stirn, die Knie gebeugt, die Hände nach vorn gestreckt. Sie war eine Galionsfigur auf der S41, und ihr wehendes Haar schien in Flammen zu stehen.

Da sah er die Brücke heransausen, Pfeiler, Beton, Asphalt, das Geländer, dahinter die Lichtspuren der Autoscheinwerfer, Dunst in den Leuchtkegeln der Straßenlaternen. Er sah den Himmel, schwankend, die Sichel des Mondes, schief.

Er schrie ihren Namen.

Auf einmal neigte sich Simona zur Seite. Zu spät, vorbei! Er sah sie bereits taumeln, abheben. Und weg, um schließlich irgendwo am Rand des Gleisbetts zu zerschellen. Doch dann erkannte er, dass sie noch stand.

Aber die Brücke! Sie jagte auf sie zu. Wieder schrie er. Simona wandte sich um und rollte in der Drehung ab, bis sie flach vor ihm landete, so dass sie Gesicht an Gesicht lagen.

Er keuchte. »Pass auf!«

Sie aber lachte nur, während sie unter die Brücke gerieten. Ein tosender Sog, krachende Schallwellen. Luis drohte abzudriften, klammerte sich fester, eine gewaltige Kraft zerrte an ihm, bis sie endlich am anderen Ende ausgespuckt wurden.

Doch die Fahrt ging gnadenlos weiter.

»Wie lange noch?«, japste er.

»Nicht mehr weit!«

Wie hielt sie das aus? Wie konnte sie lächeln dabei?

Simonas Haar berührte seine Wangen. Wogende Strähnen, die ihn besänftigen wollten, verwirbelt in diesem Windkanal. Ihr Gesicht schien zu glühen.

»Wir fliegen, Luis! Wir sind außerirdisch!«

Wenn wir diesen Trip überleben, dachte er, könnte er uns zusammenführen, für immer.

Während sie erneut Jubelschreie ausstieß, spürte er seine Kräfte schwinden. Nur nicht aufgeben, nicht kurz vorm Ziel. Endlich verlangsamte der Zug. Luis spähte zaghaft über Simonas Kopf hinweg auf den nahenden Bahnhof.

Schließlich tauchte das Dach neben ihnen auf. Der Zug hielt.

Simona war längst wieder auf den Beinen, während er langsam machen musste. Seine Glieder fühlten sich gummiweich an.

Sie nickte ihm auffordernd zu, duckte sich unter dem Dach

hinweg und sprang auf den Bahnsteig. Luis folgte. Sie wurden von verblüfften Passanten beäugt, als er nach ihr unten auftraf. Er knickte um, ein stechender Schmerz fuhr in seinen Fußknöchel. Er rappelte sich hoch und hinkte Simona hinterher, die längst an der Treppe war.

Die Schmerzen in seinem Fuß niederkämpfend, stürmte er mit ihr die Stufen hinab und hinaus auf die Straße.

Ihre Rastlosigkeit erstaunte ihn, sie hatte wieder ein Taxi im Verkehr entdeckt und winkte es heran.

Er war noch immer zittrig, als er neben ihr auf der Rückbank saß. Sie nannte dem Fahrer eine Adresse, und sie fuhren los.

»Und?«, fragte sie ihn strahlend.

Es war ihm unmöglich zu antworten, denn er hatte seine Atmung noch nicht unter Kontrolle.

Sie rückte dicht an ihn heran. Die Hitze ihres Körpers, die rosige Haut, ihr funkelnder Blick. Sie war berauscht vom Adrenalin, er hingegen zutiefst verstört, aber vor allem dankbar, dass sie noch am Leben waren.

»Lust auf ein weiteres Spiel?«

»Noch eins?«, brachte er hervor.

Sie lachte. Ihre Lippen näherten sich ihm, voll und rund. Sie wisperte ihm ins Ohr: »He, Luis. Jetzt geht es doch erst richtig los.«

Die Welt schien zu kippen. Ihm war, als trieben seine Augen wie betäubte Fische in einem Aquarium. Für einen Moment musste er den Kopf an die Seitenscheibe lehnen. Simona streichelte aufmunternd seinen Arm.

Er überwand das Schwindelgefühl, bemüht, ihr Lächeln zu erwidern.

Das Taxi hielt. Sie befanden sich in der Nähe seines Viertels, er kannte die Straße.

Plötzlich blitzte ein Schlüssel in ihrer Hand auf.

»Komm in einer Stunde zu mir«, murmelte sie. »Vierter Stock links.« Sie deutete zu einem der Wohnhäuser. »Komm nicht früher und nicht später. Exakt in einer Stunde, das ist die Spielregel.«

Sie gab ihm den Schlüssel und hauchte ihm einen Kuss auf den Hals, so flüchtig, dass er es für eine Einbildung hielt.

Simona stieg aus und verschwand in dem Hauseingang.

Der Fahrer grinste ihn durch den Rückspiegel an. Luis war wie paralysiert. Schließlich zahlte er den angegebenen Betrag auf dem Taxameter und legte ein Trinkgeld obendrauf. Dann stieg auch er aus.

Der Wagen verschwand in der Nacht, und Luis blickte zu der Hausfassade hinauf.

Hinter dem Fenster im vierten Stockwerk wurde das Licht eingeschaltet. Gleich darauf wurden die Vorhänge zugezogen.

Er sah zur Uhr. Er hielt sich an Simonas Anweisung. Nach genau einer Stunde wandte er sich dem Eingang zu.

Seine Hand war erstaunlich ruhig, als er den Schlüssel ins Schloss steckte. Als er jedoch im halbdunklen Flur ihrer Wohnung stand, kniff er kurzzeitig die Augen zu und atmete mehrmals tief durch.

»Simona?«, fragte er leise.

Es kam keine Antwort.

Er sah sich um. Spärliches Licht drang aus einem der Räume, die Tür zum Nebenzimmer war verschlossen. Rechts befand sich die Küche, fahl schien das Mondlicht zum Fenster herein.

»Simona?«, fragte er wieder.

Er näherte sich der geöffneten Schlafzimmertür und trat ein. Sein Herz schlug höher, als er sie auf dem Bett liegen sah.

Sie trug nichts weiter als ein weißes, durchsichtiges Negligé.

Er verharrte. Danach tastete er sich weiter vor, Schritt für Schritt.

Sie will dich, dachte er. Also tu es. Etwas aber irritierte ihn. Seine Nackenhaare stellten sich auf. Was war das nur? Warum kam er nicht in Stimmung?

Er ging noch einen Schritt näher heran. Und dann wusste er es. Es waren ihre Augen. Sie waren starr zur Decke gerichtet, unnatürlich weit aufgerissen. Und ihr Gesicht war aschfahl.

»Simona!«

Erschrocken ließ er sich auf dem Bettrand nieder. Ihre roten Haare waren auf dem Kissen ausgebreitet, lang und schön. Eine Strähne bedeckte ihre Schläfe.

Er wollte sie berühren. Da fuhr er zurück. Ihre Stirn war kochend heiß.

»Um Himmels willen, Simona, was ist mit dir?«

Er vernahm die Geräusche ihres Atems, schwer, stoßweise, unregelmäßig.

Plötzlich richtete sie sich auf. Im Versuch, ihn zu fixieren, traten ihre Augen noch weiter hervor.

»Luis!«

Er konnte nichts erwidern.

»Du musst mir helfen!«

Endlich hatte er seine Fassung wieder. »Was ist denn?«

Simona krümmte sich, verfiel in heftige Zuckungen. Hilflos glitt sein Blick über ihren halbnackten Körper.

»Bitte«, stammelte sie.

Sie sank zurück, von Krämpfen geschüttelt.

»Sag mir, was ich tun soll!«

Ihre Lippen bebten. Ihr entkamen bloß keuchende Laute. Das Negligé klebte an ihrer schweißnassen Haut.

Schließlich warf sie sich herum und zerrte an der Schublade

ihres Nachttischs. Doch alsbald schien sie ihre Bewegungen nicht mehr unter Kontrolle zu haben, ihre Hand glitt aus und traf Luis im Gesicht. Ein spitzer Fingernagel zerkratzte ihm das Kinn.

Daraufhin übernahm er es, den Inhalt ihrer Schublade zu durchwühlen. »Brauchst du ein Medikament?«, fragte er ängstlich. »Ist es hier drin?«

Sie gab keine Antwort.

»Soll ich lieber den Notarzt rufen?«

Sie stöhnte laut auf und schüttelte energisch den Kopf. »Dort! Da drin!«

»Was denn?«

»Mach schon! Hilf mir.«

Hektisch durchsuchte er den Kram in ihrem Schubfach, bis er auf ein Kärtchen stieß.

Er nahm es heraus. Es war die Visitenkarte einer Arztpraxis:

Dr. Traut, Internist

IM NOTFALL ZU BENACHRICHTIGEN hatte jemand handschriftlich in großen Lettern neben der aufgedruckten Adresse und einer Telefonnummer vermerkt. In gleicher Handschrift war eine weitere Nummer hinzugefügt worden, dazu das Wort PRIVAT.

»Ist es das, wonach du gesucht hast?«, fragte er.

Sie hyperventilierte, dabei antwortete sie mit einem schwachen Kopfnicken.

Luis griff nach seinem Handy. Rasch tippte er die Privatnummer ein, denn in der Praxis war bestimmt zu nächtlicher Stunde niemand zu erreichen.

Wieder und wieder ertönte das Freizeichen.

Endlich meldete sich eine verschlafene Stimme. »Ja?«

»Mein Name ist Luis Ferner. Es geht um Simona. Simona Wiesner ... sie ist ...«, er schaute zum Bett. Mein Gott, sie war so blass.

»Was ist passiert?«, fragte die Stimme ruhig.

»Sind Sie Dr. Traut?«

»Ja.«

»Es ist ein Notfall. Simona, sie ... zuckt. Sie ist in einem merkwürdigen Zustand.«

»Wo sind Sie?«

»In ihrer Wohnung.«

»Geben Sie mir die Adresse.«

In seinem Kopf herrschte Leere. Den Straßennamen wusste er. Aber die Hausnummer? Er fragte Simona danach. Er musste ihr die Antwort von den Lippen ablesen.

»Nummer neun!«

»Ich komme vorbei«, sagte der Arzt.

Es klickte. Die Verbindung war unterbrochen.

Luis steckte das Handy ein und wartete ab. Er versuchte, beruhigend auf Simona einzureden, und tatsächlich ließen ihre Zuckungen ein wenig nach. Er hielt ihre fiebrig heiße Hand.

Es dauerte zu lange. Einmal erhob er sich und lief im Zimmer auf und ab.

Sie wimmerte, darum setzte er sich wieder zu ihr.

Luis erschien es wie eine Ewigkeit, bis endlich an der Tür geläutet wurde. Er stand auf, ging in den Flur und betätigte den Summer. Bald darauf vernahm er sich nähernde Schritte im Treppenhaus. Er öffnete. Ungeduldig empfing er den Arzt in der Wohnung.

»Dr. Traut?«

»Ja.«

Er war um die sechzig, schlohweißes Haar, großgewachsen. Er strahlte Ruhe aus, sein fester Händedruck tat ihm gut. Inständig hoffte Luis, dass er ein paar nützliche Mittel in seinem Koffer dabei hatte, Ampullen, Injektionen, die Simona wieder auf die Beine helfen würden.

»Wo ist die Patientin?«

Luis wies in die Richtung.

»Bleiben Sie hier, ich kümmere mich um sie.« Der Arzt ging ins Schlafzimmer und schloss hinter sich die Tür.

Luis nahm am Küchentisch Platz. In seinen Ohren rauschte das Blut. Einmal vernahm er Simonas Stöhnen. Dann wieder war es still.

Nichts geschah.

Reglos stierte er auf einen Punkt auf dem Linoleumboden. Die Minuten verstrichen.

Mit einem Mal stand Dr. Traut in der Küche, er hatte ihn gar nicht kommen hören. Der Arzt räusperte sich leise. Wortlos drückte er den Lichtschalter, und eine nackte Glühbirne leuchtete auf, die in ihrer Fassung von der Decke hing. Luis blinzelte. Das Schweigen verwirrte ihn. Er erhob sich.

»Was ist mit ihr?«

Er spürte die prüfenden Blicke auf sich.

»Sagen Sie schon, wie geht es ihr?«

»Ihr Anruf kam zu spät.«

»Wie meinen Sie das?«

Dr. Traut holte tief Luft. »Sie müssen jetzt sehr tapfer sein, junger Mann.«

Luis starrte ihn an.

»Simona Wiesner ist tot.«

Luis Ferner erstarrte. Sein Gesichtsfeld trübte sich ein. Schließlich ballte er die Hände zu Fäusten, und drei Atemzüge später sah er den Arzt weniger verschwommen vor sich.

»Wie ist das möglich?«

Dr. Trauts Stimme klang kühl: »Wussten Sie denn nichts von ihrem angeborenen Herzfehler?«

»Nein!«

»Ein Herzklappenfehler, auf Grund dessen Simona Wiesner schon länger bei mir in Behandlung war. Ich habe sie eindringlich gewarnt, sie sollte Aufregungen vermeiden.« Er trat einen Schritt auf ihn zu. »Was ist passiert heute Nacht?«

»Nichts, ich …« Er brach ab. Die Bilder der vergangenen Stunden stürmten auf ihn ein. Oder waren es Minuten gewesen? Alles war so rasend schnell gegangen. Die Fotos. Der Sprung. Simona auf dem Dach der S-Bahn. Ihr fliegendes Haar. Die Taxifahrt hierher.

»Sind Sie ihr Freund?«

»Ein Bekannter von ihr.«

»Entschuldigen Sie, aber ich muss Sie das fragen. Haben Sie mit ihr verkehrt?«

»Wie meinen Sie das?«

»Sexuell.«

Luis zuckte zusammen. Er dachte an ihr durchsichtiges Negligé. Wie sie sich vor ihm gewunden hatte, ihr halbnackter Körper. Ihr Stöhnen.

»Nein!«

»Tatsächlich nicht? Was haben Sie hier gemacht?«

»Wir haben …« Wo war der Schlüssel? Hatte er Simonas Wohnungsschlüssel eingesteckt? Niemand durfte erfahren, welches Spiel sie getrieben hatten, kurz vor ihrem Tod. Wie verdächtig das wirken würde, er kannte sie ja nicht einmal richtig.

Luis sagte: »Ich weiß es nicht.«

Dr. Traut schaute ihn zweifelnd an. »Sie wissen es nicht?«

Er rieb sich über die Schläfen. Es war wie in einem Alptraum. »Großer Gott, und sie ist wirklich tot?«

»Ja. Ich konnte nichts mehr für sie tun.«

»Darf ich sie noch einmal sehen?«

»Selbstverständlich.«

Luis drängte sich an ihm vorbei und eilte ins Schlafzimmer.

Es war ziemlich dunkel darin. Der Arzt hatte das Licht gelöscht.

Simona war bis zum Hals zugedeckt. Sie war kalkweiß und doch so wunderschön. Ihre Augen waren geschlossen. Luis sank vor ihr auf die Knie.

Kaum hörbar flüsterte er ihren Namen. Ihm war zum Weinen zumute, doch es wollten keine Tränen kommen.

Dr. Traut war ihm gefolgt, er sprach besänftigend auf ihn ein. »Ganz ruhig, junger Mann.«

Die Zimmerwände schienen sich vor ihm zu verschieben.

Luis erhob sich und starrte auf das Bett herab. Wer war ich für dich, Simona?, dachte er. Warum hast du gerade mich auserwählt?

»Man sollte jetzt den Bestatter anrufen«, murmelte Dr. Traut.

Luis streckte die Hand nach der Toten aus, aber er wagte es nicht, sie zu berühren.

Eine Woche später wurde sie beerdigt. Luis mischte sich unter die Trauergäste und hielt sich aber dennoch ein wenig abseits.

Alina Kron, die Partnerin aus Simonas Werbeagentur, trug ein schlichtes schwarzes Kleid. Sie verbarg ihre Augen hinter einer großen Sonnenbrille. Luis nickte ihr zu, sie hingegen beachtete ihn nicht.

Später wandte er sich Simonas Mutter zu, einer Frau in den späten Fünfzigern, wie er schätzte, doch noch immer attraktiv. Die Ähnlichkeit mit Simona war unverkennbar. Als er ihr sein Beileid bekunden wollte, bemerkte er die Irritation in ihrem Gesicht.

»Wer sind Sie?«

»Ein Freund der Verstorbenen.«

»Ich kenne Sie nicht.«

Betreten blickte Luis zu Boden.

Als alle anderen gegangen waren, warf er eine Rose auf ihren Sarg.

»Simona.«

Der Gedanke erschien ihm furchtbar, doch eine andere Erklärung hatte er nicht: *Ich war dein Begleiter in den Tod.*

ZWEI

EIN JAHR SPÄTER. OKTOBER 2015

Franziska Wiesner hatte eine weitere schlaflose Nacht hinter sich. Seit einem Jahr kreisten ihre Gedanken unaufhörlich zu später Stunde, und sie kam selten zur Ruhe.

Gegen Morgen gab es für gewöhnlich eine Phase, in der die Grübeleien nachließen und sie kurz wegdämmerte, doch nicht einmal das war ihr diesmal vergönnt gewesen, und so wälzte sie sich völlig erschlagen aus dem Bett, duschte, zog sich an und nahm das Frühstück in der Küche ein.

Fortan beschäftigte sie sich mit der Frage, mit welchen Blumen sie das Grab ihrer Tochter schmücken sollte, immerhin jährte sich ihr Todestag morgen zum ersten Mal. Franziska Wiesner dachte an ein möglichst schlichtes, heiteres Gesteck. Etwas Freundliches, Farbenfrohes hätte Simona sicherlich gefallen.

Sie seufzte, vergrub das Gesicht in den Händen. Was für ein hoffnungsloses Ritual, die Blumen konnten noch so treffend gewählt sein, sie machten ihr Kind ja doch nicht wieder lebendig.

Franziska spülte das Frühstücksgeschirr und stellte es auf das Abtropfregal. Danach trat sie ans Fenster und schaute in den Garten ihres Hauses hinaus. Es versprach ein strahlender Oktobertag zu werden. Das Laub des Ahorns hatte sich goldgelb verfärbt, und das schräg einfallende Sonnenlicht war von schier bedrückender Schönheit.

Franziska gab sich einen Ruck. Schluss mit der Trübsal,

dachte sie. Nur Beschäftigung half dagegen, das wusste sie aus bitterer Erfahrung. Bloß hatte sie heute leider keine Schicht im Krankenhaus, wo sie als Physiotherapeutin angestellt war, eine anstrengende körperliche Arbeit. Normalerweise wäre sie in ein paar Jahren im verdienten Ruhestand, aber oftmals dachte sie, es sei besser, noch einige Zeit dranzuhängen, um der drohenden Einsamkeit zu entgehen.

Ihr Mann hatte sie vor einigen Jahren wegen einer Jüngeren verlassen, immerhin war ihr das kleine Haus in Berlin-Zehlendorf geblieben. Sie hätte es sich niemals allein leisten können, doch Gregor, der es als Politiker zu einem gewissen Wohlstand gebracht hatte, erwies sich bei der Scheidung als ziemlich gönnerhaft, offenbar weil ihn sein schlechtes Gewissen plagte. Das war aber auch der einzig erfreuliche Aspekt ihrer unrühmlichen Trennung gewesen.

Franziska hätte sich selbst nicht unbedingt als putzsüchtig bezeichnet, doch seit Simonas Tod kompensierte sie die innere Leere, die sie an ihren freien Tagen empfand, mit intensiver Hausarbeit. Und so begann sie, in den Räumen staubzusaugen, wischte die Böden in Küche und Bad, schrubbte Wanne und Waschbecken. Danach sah sie zur Uhr. Es war noch nicht einmal Zeit fürs Mittagessen.

Sie polierte die Schrankwand und wischte Staub auf der Kommode. Darauf befand sich das gerahmte Foto ihrer Tochter, es war mit einem Trauerflor versehen. Simona lächelte auf dem Bild, ihr rotes Haar schimmerte in zauberhaftem Glanz.

»Ich will einfach nur leben, Mama«, hatte sie so oft zu ihr gesagt, »und das Leben feiern.«

Behutsam stellte Franziska den Bilderrahmen zurück. Das Herz ihrer Tochter, dachte sie wehmütig, so groß und doch so schwach. Was sie nicht früher alles unternommen hatte, um ihr zu helfen, zu etlichen Ärzten war sie mit ihr gerannt, doch keiner von ihnen hatte ein probates Mittel gegen ihre Krankheit gehabt. Eine Operation erschien zu riskant, also ließ man es bleiben. Bis sich Simona schließlich mit ihrem Schicksal abfand und nach außen hin ein scheinbar unbeschwertes Leben führte, erst als Kind, dann als Teenager und schließlich als junge Erwachsene.

Sie erinnerte sich noch in allen Einzelheiten an den Tag ihres Auszugs. Damals lebte Franziska noch mit Simonas Vater Gregor zusammen im Haus. Sie sah genau vor sich, wie Simona ihr damals zum Abschied um den Hals gefallen war: »Sei nicht traurig, Mutter, lass mich gehen«, hatte sie gesagt. »Denn nun fängt für mich das Leben erst richtig an.«

Sie hatte ihrer Tochter beigepflichtet. Natürlich musste eine Mutter ihre erwachsene Tochter ziehen lassen, auch wenn es schmerzlich war.

So innig wie an diesem Tag hatten sie sich nicht mehr umarmt.

Und nun blieb ihnen die Gelegenheit, es nachzuholen, für immer verwehrt.

Ein Geräusch riss Franziska Wiesner aus ihren Gedanken. Eine knarrende Diele im Flur. Sie fuhr herum. Aber da war niemand.

Sie atmete tief durch.

Sie ging dazu über, die Anrichte zu polieren. Das schien sie beim letzten Mal versäumt zu haben, denn es hatte sich eine dünne Staubschicht darauf gebildet.

Jäh erstarrte sie. Sie erkannte die Buchstaben, die jemand mit zittriger Hand in den Staub gemalt hatte:

GLAUBST DU AN DIE RÜCKKEHR DER TOTEN?

Abermals meinte sie, ein Geräusch in ihrem Rücken zu vernehmen. Sie drehte sich um. Da war nichts.

Die Einbildung musste ihr einen Streich gespielt haben. Aber die Lettern im Staub? Woher stammten sie?

Die Rückkehr der Toten, dachte sie.

Sie schnappte sich das Tuch, doch ihre Hand verharrte in der Bewegung.

Sie brachte es einfach nicht fertig, den Schriftzug wegzuwischen.

Abends saß sie vorm Fernseher und zappte sich durch die Kanäle. Sie hoffte auf leichte Unterhaltung, vielleicht eine Liebesgeschichte, die sie von ihrer Schwermut ablenken würde. Sie wünschte sich Aufnahmen von lieblichen Landschaften, vielleicht etwas Historisches, Kutschfahrten, Frauen in wallenden Kleidern, Männer mit stolzen Hüten. Aber nichts dergleichen fand sie, dafür nur dümmliche Quizsendungen, nichtssagende Dokumentationen, erschreckende Nachrichten aus aller Welt und einen Actionfilm, der sie nicht interessierte.

Franziska drückte ungeduldig auf die Knöpfe der Fernbedienung, als sie abrupt innehielt.

Sie stellte den Ton ab. Instinktiv spürte sie, dass jemand im Haus war. Ihr Puls beschleunigte sich.

Sie reckte den Kopf und lauschte.

Draußen im Flur klickte es verdächtig. Auf dem Dielenboden.

Ihr brach der Schweiß aus. Wieder das Klicken, Kratzen.

Es half nichts, sie musste nachsehen. Langsam erhob sie sich aus ihrem Fernsehsessel.

Schon war alles still.

»Hallo?«, fragte sie ängstlich.

Totenstille. Bloß meine Nerven, dachte sie, sie gaukeln mir

etwas vor. Den ganzen Tag über war sie so merkwürdig nervös gewesen.

Sie fasste sich ein Herz und ging in den Flur.

Mit einem Mal weiteten sich ihre Augen. Sie presste die Hand gegen ihren Mund.

Entsetzt wich sie zurück und stieß einen erstickten Schrei aus.

Auf dem Boden hockte ein großes schwarzes Tier und starrte sie an.

Es war ein Pitbull. Auch wenn sie wenig über Hunderassen wusste, diese Sorte Kampfhund erkannte sie sofort: gedrungener Kopf. Breites Maul. Tiefschwarzes Fell. Ein weißer Fleck auf der Brust.

Sie wich weiter zurück. Das Tier sprang auf die Läufe und folgte ihr.

»Weg«, stammelte sie, »weg!«

Hatte sie etwa vergessen, die Haustür abzuschließen, als sie vom Einkaufen zurückgekommen war? Nein, nicht möglich, sie schloss doch stets zweimal von innen ab, das hatte sie sich zur Gewohnheit gemacht.

Der Hund knurrte leise.

Franziska taumelte, stolperte, fing sich wieder. Sie hatte mal in einer Zeitschrift gelesen, dass man Hunden niemals seine Angst zeigen sollte. Also versuchte sie, sich zu beherrschen. Langsam rückwärtsgehend, sich dabei an der Wand entlang tastend, näherte sie sich Schritt für Schritt der Küche.

Dem Pitbull sträubte sich das Fell. Er war in Angriffshaltung.

Franziska suchte in ihrem Rücken nach der Klinke.

»Ruhig«, murmelte sie, »ganz ruhig. Guter Hund.«

Sie erfasste die Klinke, drückte sie, schob die Küchentür auf und glitt hinein. Rasch warf sie sie hinter sich zu.

Da hörte sie, wie sich der Pitbull von außen dagegen warf, krachend, immer und immer wieder. Sie vernahm das Kratzen seiner Krallen auf dem Holz.

Was konnte sie nur tun?

Sie überlegte, ob sie in den Garten hinausklettern sollte, um Hilfe zu rufen. In diesem Moment erkannte sie, dass das Fenster nur angelehnt war. Der Riegel schloss zuweilen nicht richtig, sie hätte deswegen schon längst einen Handwerker anrufen sollen.

Großer Gott, hatte sich dieses Höllentier etwa auf diese Weise zu ihr hereingestohlen? Mit einem Sprung, lautlos durchs Fenster?

Erneutes Kratzen an der Tür, ein leises Jaulen. Danach Stille. Wo war der Pitbull jetzt?

Irgendwo im Haus, durchfuhr es sie. *Er lauert dir auf.*

Plötzlich kam ihr eine Idee. Sie öffnete den Kühlschrank. Mittags hatte sie sich Gulasch mit Nudeln gekocht. Seit Simonas Tod aß sie nicht mehr viel, und einiges davon war übriggeblieben.

Sie nahm die Schüssel mit den Resten heraus und löste die Zellophanhülle vom Rand. Nach kurzem Zögern griff sie mit bloßer Hand hinein und nahm sich einen Fleischbrocken. Sie öffnete die Küchentür einen winzigen Spalt, warf das Fleisch hinaus und schloss sie wieder. Klickend näherten sich draußen die Krallen. Sie hörte es schmatzen.

Nach einer Weile wagte sie es erneut, dem Hund etwas durch den Türspalt zuzuwerfen.

Es zeigte Wirkung, mit jedem weiteren Stück Gulasch machte sie sich das Tier gefügiger. Es schien völlig ausgehungert zu sein. Gierig schlang es seine Beute hinunter wie sie, halb verborgen hinter der Tür, beobachten konnte.

Schließlich traute sie sich aus der Küche hinaus. Vorsichtig, die Augen des Pitbulls stets im Blick. Sie warf das Fleisch in immer höheren Bögen von sich, lockte das Tier so zurück in den Flur und hin zur Eingangstür. Die Soßenreste hinterließen hässliche Spuren auf dem Boden, dabei hatte sie doch heute so gründlich saubergemacht.

Fieberhaft dachte sie nach. Wie sollte sie jetzt an dem Hund vorbeikommen und die Haustür öffnen? Außerdem war die Schüssel so gut wie leer.

Zwei letzte Fleischbrocken noch.

Der Hund sabberte. Blickte abwartend zu ihr hoch, die Ohren aufgestellt.

Sie schleuderte eines der Stücke in die entgegengesetzte Richtung, das Tier schnappte danach. Derweil drehte sie den steckenden Hausschlüssel im Schloss herum, riss die Eingangstür auf und feuerte den letzten Brocken in die Dunkelheit hinaus.

Der Pitbull jagte an ihr vorbei ins Freie. Sie warf die Tür zu.

Geschafft. Zittrig lehnte sie sich an die Wand und verschnaufte, während der Pitbull draußen zornig kläffte.

Eigentlich wollte sich Franziska sofort daranmachen, die Schweinerei auf dem Boden aufzuwischen, doch ihr fehlte die Kraft dazu.

Auf den Schrecken brauchte sie erst einmal einen Cognac. Sie ging ins Wohnzimmer und war schon an der Anrichte, in der sie die Flasche aufbewahrte, als sie erneut zusammenfuhr.

Sie vernahm eine heisere Stimme in ihrem Rücken: »*Mutter. Hast du den Hund weggeschickt?*«

Ihr stockte der Atem. Ihr Brustkorb verkrampfte sich. Sie rang nach Luft.

»*Warum hast du das getan? Das ist* mein *Hund, Mutter.*«

Sie wirbelte herum.

Neben dem Sessel stand eine Gestalt, bleich, abgemagert, hohle Wangen, das rote Haar hing in Strähnen an ihr herab.

Franziska spürte eine Ohnmacht nahen. Das Wesen dort vor dem blau flackernden Fernsehbildschirm hatte Ähnlichkeit mit ihrer Tochter.

»Simona«, stieß sie hervor.

DREI

Nils Trojan hatte sich ein paar zusätzliche Urlaubstage von seinem Chef erbeten. Eine Woche im Herbst, in der er eigentlich verreisen wollte. Im Internet hatte er sich sachkundig gemacht, verträumt Bilder von Traumstränden angeschaut und all die Urlaubsorte herausgesucht, an denen es zu dieser Jahreszeit noch warm war. Vor seinem inneren Auge hatte er sich in einem Liegestuhl gesehen, ein gut gefülltes Cocktailglas in der Hand. In Gedanken war er schon vorm Frühstück etliche Bahnen durch den Pool geschwommen, um nachmittags in die Meeresbrandung einzutauchen. Er hatte sich auf dem Rücken liegend von den Wellen treiben lassen und unzählige Sonnenbäder an einem weißen Sandstrand genommen.

Last-Minute-Angebote, Hotel-Schnäppchen, Werbebanner mit der Aufschrift »Schnell zugreifen!«, seine Recherchen waren umfassend gewesen. Der erste Urlaubstag rückte immer näher, doch er konnte sich einfach nicht entscheiden, wohin die Reise gehen sollte.

Schließlich hatte er es aufgegeben. Zusammen mit Jana Michels wäre ihm jedes Ziel recht gewesen, aber allein? Dann lieber daheimbleiben, in Kreuzberg, und sich hier ein paar schöne Tage machen.

Und nun war es so weit. Er öffnete die Tür zu seinem kleinen, gerade mal eineinhalb Meter breiten Balkon und atmete tief durch. Dann schnappte er sich einen Besen aus der Küche und kehrte das Laub zusammen, das der Wind von den

Linden über die gemauerte Brüstung geweht hatte. Dabei fielen ihm ein paar schadhafte Stellen am Putz auf, und bevor er deswegen die Hausverwaltung kontaktierte, rührte er sogleich selbst die Spachtelmasse an, um die Schäden auszubessern.

Während er emsig mit dem Haftputz hantierte, stellte er fest, dass es ihm letztlich um Beschäftigung und Ablenkung ging. Gedanken und Fragen kreisten in seinem Kopf. Sollte er etwa schon zum Workaholic mutiert sein und es ohne Arbeit nicht mehr aushalten?

Gegen Mittag ging er hinunter in den Keller und trug die Gartenliege herauf. Typisch, sprach er in Gedanken zu sich selbst, da hast du nun so ein praktisches Liegemöbel und stellst es nicht einmal im Sommer auf. Erst im Oktober, bei zehn Grad Außentemperatur, fällt es dir wieder ein. Dabei hatte er auf seinem Balkon im vierten Stockwerk nichts weiter über sich als den freien Himmel.

Beim Aufklappen der Liege stellte Trojan fest, dass die Scharniere eingerostet waren. Es brauchte etwas Geschick und ein paar Tropfen Schmieröl, bis er bereit für seine herbstliche Sonnensiesta war. Er zog sich eine warme Jacke über den Pullover, hüllte sich in zwei Baumwolldecken und konnte sich endlich auf der Liege ausstrecken.

Eine Zeit lang verlor er sich im Anblick des Stadthimmels, dem weiten Blau, den gemächlich dahinziehenden Schleierwolken, und einmal konnte er sich sogar an einem Schwarm Wildgänse erfreuen, der hoch oben in Formation über ihn hinwegflog. Für einen Moment begriff er, was es bedeutete, Muße zu haben und in den Tag hineinzuleben.

Alsbald aber hatte ihn die Unruhe wieder gepackt, die seit dem Erwachen an seinem ersten freien Tag unterschwellig in ihm lauerte.

Trojan stand auf, ging hinein ins Warme, schloss die Balkontür, warf die Decken ab und zog sich die Jacke aus. Er setzte sich an seinen Schreibtisch, nahm sich ein Blatt Papier und schrieb.

Was mich beunruhigt und davon abhält, meinen Urlaub zu genießen: Sorgen. Ängste.

Er dachte nach. Wovor hatte er Angst? Und er schrieb:

Erstens. Ich habe Angst, meine Beziehung zu Jana könnte zerbrechen. Sie hat um eine Auszeit gebeten. Ich würde sie gern anrufen.

In Klammern fügte er hinzu:

(Mein Stolz hindert mich daran.)

Trojan stieß einen Seufzer aus. Unablässig dachte er an Jana Michels, seine ehemalige Psychotherapeutin, in die er sich unsterblich verliebt hatte. Sie waren tatsächlich ein Paar geworden, und seitdem hatten sie eine wunderschöne Zeit miteinander verbracht.

Bis zum letzten Sommer, als der Federmann in die Stadt zurückgekehrt war und Jana um ein Haar …

Ein Haar, dachte er. Federn und Haare, die Passion dieser Bestie. Er wurde die Alpträume darüber nicht mehr los. Einer der furchtbarsten Serienmörder hatte sich in sein Leben geschlichen, und er bekam ihn einfach nicht zu fassen.

Womit auch er schon beim zweiten Punkt war. Trojan schrieb:

Zweitens. Ich mache mir große Sorgen um Emily.

Seine Tochter Emily. Was sie im vergangenen Juli im Zusammenhang mit dem Federmann und dieser jungen Frau, die sich das Dornenkind nannte, durchgemacht hatte, war unvergleichlich. Es drängte ihn danach, sich mit ihr zu treffen, aber auch sie hatte sich gerade zurückgezogen. Sie nannte es zwar nicht eine Auszeit von den Eltern, aber sie weigerte sich beharrlich, mit ihnen über diese schreckliche Episode in ihrem Leben zu sprechen. Trojan hatte sich unlängst mit seiner Exfrau Friederike darüber auseinandergesetzt und vorgeschlagen, man solle einen Psychologen einschalten. Friederike teilte seine Meinung, doch stets blockte Emily ab. Wie ein Mantra wiederholte sie: »Ich bin völlig unbeschwert, mir geht es gut.« Dabei legte sie zuweilen eine Fröhlichkeit an den Tag, die Trojan mehr als gekünstelt vorkam.

Er verband die beiden Punkte auf seinem Papier mit einem Strich. Er sollte Jana zu dem Thema befragen. Immerhin war sie doch Psychologin. Aber nein, er würde sie nicht anrufen. Wenn überhaupt, war es an ihr, den ersten Schritt einer Wiederannäherung zu tun. So war zumindest seine Einschätzung.

Trojan blickte aus dem Fenster. Das Sonnenlicht hatte sich verzogen, die Forster Straße lag nun im Schatten. Er sollte sich wirklich nicht in seiner kostbaren Freizeit mit diesen Sorgen belasten.

Aber er hatte noch einen dritten Punkt für seine Liste. Und der war äußerst gewichtig.

Er notierte nur ein einziges Wort:

Vater.

Er musste dringend mit ihm sprechen. Wieder einmal galt es, den schweren Gang nach Berlin-Lankwitz anzutreten.

Vater. Er strichelte um die Buchstaben herum. Er brachte es ja nicht einmal fertig, »Papa« zu ihm zu sagen. Oder gar »Paps«. So wie er selbst liebevoll von seiner Tochter genannt wurde. Ein jedes Mal durchflutete es ihn warm, wenn Emily ihn so ansprach. Nein, nur das nüchterne, kühle Wort »Vater«.

Und er fügte auf dem Papier hinzu:

Ihn fragen, ob er ein Mörder ist.

Der Satz war erschütternd. Er, Nils Trojan, Hauptkommissar bei der Berliner Mordkommission, stand vor der schwierigen Aufgabe, seinen Vater zu fragen, ob er tatsächlich vor vielen Jahren im Zorn eine junge Frau aus der Nachbarschaft, die offenbar seine Geliebte gewesen war, mit einem gusseisernen Kerzenständer erschlagen hatte. Er, Nils Trojan, meinte, sich daran erinnern zu können, die Tat als kleiner Junge von einem Baugerüst aus beobachtet zu haben. Mal hatte er die Erinnerungsbilder deutlich vor sich, mal zweifelte er sie an, so ungeheuerlich waren sie. Bereits im letzten Sommer hatte er seinen Vater deswegen wiederholt zur Rede gestellt, doch Richard Trojan hatte geschwiegen.

Zwar hatte er mit seinem Gehstock das Wort »SCHULDIG« in den Sand geschrieben, dort in dem kleinen Park in Lankwitz, wo sie sich begegnet waren, aber Trojan wollte es von ihm laut ausgesprochen hören, wenn es denn überhaupt der Wahrheit entsprach.

Er schreckte vor diesem Gespräch zurück. Denn es hätte schwerwiegende Konsequenzen. Ein Mord verjährt nicht.

Unter Umständen wäre er dazu gezwungen, seinen eigenen Vater verhaften zu lassen, einen überdies hochbetagten Mann.

Seit Wochen hatte er das Gespräch aufgeschoben. Wie Blei lastete es auf seinen Schultern.

Trojan warf den Stift hin, zog sich wieder die Jacke an und

verließ die Wohnung. Ein Spaziergang am Landwehrkanal sollte ihm helfen, sich von seinen düsteren Gedanken zu befreien.

Doch er kam nicht weit.

An einem Straßenbaum in der Forster Straße fiel ihm ein Hund auf, den er hier schon öfter gesehen hatte. Es war ein nicht ganz reinrassiger Schäferhund, um die Schnauze bereits ein wenig angegraut. Das Erstaunliche an ihm war, dass er stets allein seine Runden drehte, bisher hatte Trojan nie jemanden beobachten können, zu dem er gehörte. Halsband und Marke trug er, also schien er auch einen Besitzer zu haben. Doch ein jedes Mal, wenn Trojan ihn bemerkte, trottete er aufs Neue ohne jegliche Begleitung bis zu einer bestimmten Toreinfahrt, kehrte dann um, schnüffelte an den Bäumen, verrichtete sein Geschäft, um schließlich an der Ecke zur Reichenberger Straße zu verschwinden. Schon oft hatte sich Trojan vorgenommen, ihm zu folgen, um herauszufinden, wohin er eigentlich ging. Endlich hatte er die Zeit dafür.

Darum wechselte er kurzentschlossen die Straßenseite und ging zu dem Tier hinüber. Ihm kam sogar der überraschende Gedanke, sich bei Gelegenheit selbst einen Hund anzuschaffen. War er denn schon so einsam, nur weil Jana gerade etwas Zeit zum Nachdenken brauchte? Und sofort verwarf er die Idee. Ein Hund käme für ihn sowieso nicht in Frage, bei seinen vielen Überstunden und den Dauereinsätzen.

»Hey«, sagte er. Das Tier hob den Kopf und blickte ihn aus großen treuen Augen an.

Trojan streckte die Hand nach ihm aus und kraulte ihm das Fell. Der Schäferhund-Mischling ließ es sich gefallen.

Nachdem er an einem der Linden das Bein gehoben hatte, spazierte er mit Trojan im gemächlichen Tempo zurück zur nächsten Straßenecke. Gemeinsam kamen sie an Cems Laden vorbei. Trojan grüßte mit einem Kopfnicken hinein, und der Türke, wie immer in seinem grauen Kittel hinterm Verkaufstresen, winkte ihm durch die Schaufensterscheibe zu.

Trojan gefiel die langsame Gangart des Hundes. Er bemerkte, dass sein Atem viel ruhiger war, seitdem er ihn begleitete.

Nach einigen Metern blieb der Hund vor einer Ladenwohnung stehen. Der Rollladen vor dem Eingang war bis auf einen etwa fünfzig Zentimeter großen Spalt herabgelassen, so dass der Hund bequem hindurchschlüpfen konnte, was er in diesem Moment auch tat.

Neugierig geworden, bückte sich Trojan und lugte durch die Öffnung hindurch. Die Tür hinter den Lamellen war geöffnet.

»Hallo«, meldete sich plötzlich eine Stimme von innen. »Willst du reinkommen?«

Noch ehe er antworten konnte, wurde polternd die Jalousie hochgezogen.

Orangefarbene Wände, drapiert mit bunten Seidentüchern und Lichterketten. Der Geruch nach Räucherstäbchen. Und eine strahlende Frau, ihr Gesicht breit und klar, Lachfältchen und ein Doppelkinn, rotumrandete Lippen, eine Reihe von hübschen weißen Zähnen. Unzählige Ohrringe, ein Nasen- und ein Wangenpiercing, das eine mit einem lilafarbenen, das andere mit einem grünen Glitzerstein. Und ihre Frisur, ein unglaubliches Gebilde, Berge von wallenden Haaren, festgesteckt, geflochten, mit einem wild gemusterten Tuch gekränzt. Um ihren massigen Körper herumgewickelt, geschlungen ein Gewand, in das kleine Spiegelsteinchen und vielfarbige lose Fädchen eingewebt waren.

Sie lächelte ihn so freudig und offen an, dass es Trojan kurzzeitig den Atem nahm. Allem Anschein nach war sie im Einklang mit ihrem Gewicht, harmonisch verbunden mit diesem Raum voller Buddha-Figuren und Klangschalen und Postern, die wabernde Farblandschaften und Lichtstimmungen abbildeten. Aus dem Hintergrund drang Musik an seine Ohren, sanft und monoton, ein Summen, Brummen, dazu die Schläge eines Gongs. Ihm war, als sei er durch einen unerklärlichen Zauber unvermittelt in Bangladesch gelandet oder zu Gast auf einer ayurvedischen Farm irgendwo im fernen Sri Lanka.

Der Hund trottete in die Küche, aus der es betörend würzig nach Ingwer und allerlei namenlosen Erdgewächsen duftete. Dort legte er sich auf eine Steppdecke und ließ die Schnauze auf die Vorderpfoten sinken. Offenbar hatte er sie beide von seinem Ruheplatz aus gut im Blick, ihn, Nils, verblüfft und von den Aromen in der Ladenwohnung leicht betört, und jene Frau, die ein einziges Lächeln war.

Sie reichte Trojan die Hand. »Ich bin Loni. Und wer bist du?«

Er betrachtete ihren freundlichen Mund, die Grübchen auf ihren vollen Wangen. Schmuckstücke an ihrem Hals, eine Kette, vermutlich selbst gebastelt, sie bestand aus kleinen Muscheln und Glitzerkram, erinnerte ihn an Spielzeug, buntes Zeug, das er als Kind für ein paar Groschen aus dem Kaugummiautomaten gezogen hatte. Musik und Farben, dazu ihr Odem, der mit Hölzern und Rauch zu tun hatte, Bambus und Curry. Trojan fühlte sich auf einen fernöstlichen Basar versetzt, einen Ort, an dem man Wünsche äußern durfte, und plötzlich wurden sie einem erfüllt.

»Nils«, sagte er leise.

Die Frau lachte. »Hat dich Franz hierhergeführt?«

»Franz?«

Sie machte eine Bewegung, die einer Figur aus einem Tanz glich. Trojan hatte den Eindruck, als würden Glöckchen an ihrem Gewand bimmeln, sie mussten irgendwo verborgen sein unter den bunten Stoffschichten, überwiegend Farben, die ihn an Safran denken ließen, Kardamom und Zimt, aber auch an wogende Lavendelfelder, Reisen in die Provence, er dachte an Pferde aus der Camargue, Weißes vom Strand und das blaue Schimmern am Horizont. Es wallte und wehte an ihr. Was war das eigentlich, ein Kleid, ein Kaftan oder ein Umhang?

Lachend deutete sie auf den Mischling. »Franz!«

Der Hund spitzte, als er den Namen hörte, das linke Ohr, und ließ es gleich darauf wieder fallen. Er sah gutmütig aus. Weise und zufrieden. Als habe er für diesen Tag ein sinniges Werk vollbracht.

Trojan räusperte sich. »Richtig, ich hab mich gefragt, zu wem er wohl gehört, und bin ihm gefolgt. Ich wohne hier in dem Viertel, hab ihn oft beobachtet, wenn er allein draußen war.«

»Franz ist sehr ritualverbunden, und ab und zu genießt er es, ganz für sich zu sein. Dann geht er ohne mich hinaus. Ich glaube, er tut es, um nachzudenken.«

»Nachdenken, ein Hund?«

Erneut erklang ihr fröhliches Lachen. »Er ist ein großer Denker, leider versteigt er sich manchmal ins Grübeln.« Sie berührte ihn am Arm. »Darf ich dir einen Tee anbieten, Nils? Ich hab gerade einen gekocht.«

Deshalb also diese Wohlgerüche, sie machten ihn schier benommen. Und es störte ihn nicht im Geringsten, dass sie sofort beim Du waren, und so willigte er ein.

Loni ging in die Küche. Es war mehr ein Schweben, trotz ihres Gewichts. Er schaute auf ihre nackten Füße, und nun wusste er auch, woher der Klingklang kam, sie trug kleine Kettchen um ihre Fußknöchel, an denen winzige Schellen befestigt waren. Sie schien seinen Blick zu bemerken. Während sie am Herd stand, wandte sie sich ihm zu und lachte ihn durch den offenen Türrahmen an.

»Gefällt dir das?« Sie hob tänzerisch den Fuß und ließ es klingeln. »Ich glaube, es stimmt dich froh, Nils.«

Er antwortete nicht. Wie alt war diese Frau? Ziemlich schwer zu schätzen, sie konnte Mitte dreißig, aber auch Anfang fünfzig sein.

Bald darauf saßen sie sich auf orangefarbenen Sitzkissen gegenüber. Sie hatte die Stoffbahnen ihrer Kleidung um sich herum verteilt, hielt die Teeschale in beiden Händen und blies hinein.

»Koste mal, das ist eine Spezialmischung.«

Trojan inhalierte zunächst den Duft, dann nahm er einen Schluck und gleich darauf noch einen. Die Wirkung ließ nicht lange auf sich warten. Er spürte, wie sich etwas in ihm löste.

»Was ist das?«

»Da sind ein paar Essenzen drin, die deinem Tag mehr Kraft spenden. Und mehr Licht.«

Trojan schlürfte den Tee. Lonis Gelächter war wie das Gluckern eines Bergbachs.

Sie schwiegen eine Weile, von Franz aus dem Hintergrund beäugt. Trojan sah sich um, verlor sich in den Farben, den bunten Lichterketten, dem ganzen Schnickschnack und Firlefanz, der wohl von unzähligen Flohmärkten und Asia-Geschäften stammte. Er sog alles in sich auf. Die Reichenberger Straße war so fern, den Rollladen vor dem Eingang hatte Loni wieder herabgelassen bis auf den Durchgang für Franz, doch die Tür war jetzt verschlossen. Der Blick durch das große Schaufenster zur Straße hin war versperrt von einem Wirrwarr aus Grünpflanzen, einem wahren Dschungel. Es hätte ihn nicht überrascht, wenn der eine oder andere Paradiesvogel darin beheimatet wäre, um sie mit munteren Gesängen zu beglücken.

Sie hat mir etwas in den Tee gemischt, dachte er. Aber selbst dieser Gedanke war so leicht und flirrend in seinem Kopf, dass er ihm keine Probleme bereitete.

Loni und ihr hennagefärbtes Haar, ihr tiefer, wissender Blick. Er betrachtete die weitverzweigten Fältchen unter ihren Augen. Wieder versuchte er, ihr Alter zu schätzen, ein Ding der Unmöglichkeit.

Unvermittelt fragte sie: »Du hast Kummer, Nils, nicht wahr?«

Da er nicht antwortete, stellte sie ihre Schale ab, schloss die Augen und holte mit den Armen zu einer weiten Geste aus. Ihre Hände öffneten sich, als sollte etwas aus der Ferne zu ihnen gelangen.

»Oh ja«, sagte sie, »deine Traurigkeit hat mit einer Frau zu tun. Sie hat sich von dir entfernt. Und da sind noch andere Geschichten aus deiner Vergangenheit. Eine andere Frau. Sie verließ dich. Du bist Vater eines Kindes. Du sehnst dich nach deinem Kind, aber es ist schon beinahe erwachsen und wird seiner eigenen Wege gehen. Du hast einen Sommer ohne Lachen hinter dir. Hinzu kommen Probleme mit deinen Wurzeln, deiner Herkunft, möglicherweise macht dir ein Elternteil zu schaffen. Du bist sehr ernst, Nils, was dir fehlt, ist Leichtigkeit.«

Sie blickte ihn wieder an. Trojan blinzelte. Es war ihm zutiefst unangenehm, denn eine einzelne Träne lief über seine Wange. Er stellte die Teeschale weg.

Er brauchte einen Moment, bis er sich gesammelt hatte.

»Was soll ich sagen, du hast … ein ziemlich umfassendes Bild meiner seelischen …« Er schluckte, brach ab.

Plötzlich lag seine Hand in der ihren. Sie hatte sie sich wohl gegriffen. Ihre Berührung war warm und einladend.

»Du musst nicht sprechen, Nils. Lass uns einfach stille werden.«

Sie lächelte.

Er nahm die Hand weg. »Und du, Loni?«, fragte er nach einer längeren Pause. »Was ist mit dir?«

Sie lachte wieder. »Wie meinst du das?«

»Was machst du? Wovon lebst du?«

»Oh, diese Frage. Ja, das Geld und die damit verbundenen Sorgen. Die Miete und das ganze Dilemma. Angst vor der drohenden Heizkostennachzahlung.« Sie wedelte ironisch mit den Armen, warf sie in die Höhe, und ein verblüffend dichter Busch Achselhaare blitzte unter ihrem Gewand auf. Dazu das exotisch safranisierte Aroma ihrer Haut, die Kräuterdämpfe aus der Küche und diese eigenartige Musik, die aus den Lautsprecherboxen zu tröpfeln schien.

Und Franz, der weise alte Hund, der sie von seiner gesteppten Decke aus beobachtete.

»Momentan«, sagte Loni, »genieße ich ein wenig Unterstützung vom Staat, aber auch nur so lange, bis ich mich neu orientiert hab. Zuletzt war ich als spirituelle Beraterin tätig, aber es lief nicht so gut.«

»Und was macht so eine Beraterin genau?«

»Nils.« Diesmal lag ihre Hand auf seinem Oberarm. Trojan wusste nicht recht einzuordnen, ob diese Berührung nicht zu intim war für zwei Menschen, die sich gerade erst begegnet waren. Aber allein für die Art, wie er hier hineingefunden hatte, gab es keine Vergleichsmöglichkeit.

»Du arbeitest zu oft mit deinem Verstand. Ich glaube, du bist in einem Beruf beschäftigt, der viel mit Kombination zu tun hat. Doch eigentlich bist du ein Herzensmensch. Du hast ein großes Herz.«

Erneut war ihm, als würde sich etwas in ihm lösen. Loni hatte die erstaunliche Gabe, tief in ihn hineinzuschauen. Wie machte sie das bloß? Am liebsten hätte er ihr gestanden, dass er seit dem frühen Morgen eine diffuse Traurigkeit verspürt hatte, die sich in ihrer Gegenwart erstaunlicherweise verflüchtigte.

Aber das hatte sie ja wohl längst erahnt, also schwieg er.

Schließlich räusperte er sich und stand auf.

»Ich muss jetzt gehen.«

Auch Loni erhob sich. Ihr Lächeln war sanft. »Du kannst jederzeit wiederkommen.«

Er nickte. »Ich bin übrigens ein Bulle«, hörte er sich sagen, »nur gerade nicht im Dienst.«

»Ach!« Sie zeigte ihm ihre lichtweißen Zähne. »Das überrascht mich jetzt nicht. Ich hätte sowieso darauf getippt.«

»Wirklich? Bin ich so …«, mein Gott, sie war absolut hellsichtig, »… leicht zu durchschauen?«

Sie trat nah an ihn heran und streifte ihn mit ihren Düften aus dem Vorderen Orient. Sie berührte ihn nur ganz flüchtig an der Schulter, aber es durchzuckte ihn sogleich.

Loni senkte die Stimme: »Ich hab hier ein wenig Gras in der Wohnung versteckt. Kann ich vielleicht mit deiner Verschwiegenheit rechnen?«

»Der Besitz von Marihuana ist strafbar, der Konsum allerdings nicht«, erwiderte er formelhaft, als würde er aus dem Gesetzbuch zitieren.

Sie sah ihn verschmitzt an.

Und dann lachte Trojan. Es brach aus ihm heraus, er fühlte sich mit einem Mal so befreit wie seit Wochen nicht mehr. Er lachte und lachte, und sie stimmte in sein Gelächter mit ein.

Er wusste gar nicht, was so komisch war, das Wort »Marihuana« oder die Art, wie er es ausgesprochen hatte, schmallippig und hochnäsig wie ein Drogenfahnder im Einsatz.

Zum Abschied umarmten sie sich, und Franz, der Hund, erhob sich würdevoll von seiner Decke.

»Ich komme wieder«, sagte Trojan.

VIER

Das Läuten des Telefons riss Franziska Wiesner aus ihrem
Dämmerzustand. Sie öffnete die Augen. Das Morgen-
licht stahl sich zum Fenster herein. Ja, sie hatte tatsächlich
ein wenig geschlafen. Ein leiser Schmerz pochte hinter ihren
Schläfen, aber nicht so schlimm, wie sie befürchtet hatte. Der
Cognac war eine heilsame Medizin gewesen.

Sie trat ans Fenster und schaute hinaus. Der Hund war fort,
Gott sei Dank.

Das Telefon läutete unten im Wohnzimmer beharrlich weiter.

Franziska Wiesner warf sich ihren Morgenmantel über und
ging hinunter.

Sie hob ab. Ihre beste Freundin Melanie war am Apparat.

»Hallo, meine Liebe. Ich wollte dich fragen, wie es dir geht.
Kommst du zurecht?«

Den Hörer am Ohr, zog sie die Vorhänge auf. Der Tag war
noch strahlender als gestern. Die Straßenbäume, die Sträucher
im Vorgarten vom Sonnenlicht durchflutet.

»Danke, wie lieb von dir. Ja, so weit ist alles in Ordnung.«

»Wirst du zum Friedhof gehen?«

»Hmm.«

»Wenn du magst, kann ich dich begleiten.«

»Ach, nicht nötig. Aber trotzdem danke.«

Da bemerkte sie die bräunlichen Spuren. Soßenkleckse auf

dem Boden, ein paar Spritzer sogar an der Wand. Sie musste das sofort wegwischen. Es gab einiges zu tun im Haus.

Melanie hatte tröstende Worte für sie parat, sie meinte es gut mit ihr. Franziska antwortete einsilbig und zerstreut, als sie mit dem schnurlosen Telefon in der Hand an der Kellertür vorbeikam. Sie war gut verschlossen.

Niemand durfte erfahren, wer sich dahinter befand. Das hatte sie versprochen.

Da fragte Melanie plötzlich: »Sprichst du manchmal mit ihr?«

Ihr war, als hätte man sie bei etwas Verbotenem ertappt. Sie straffte die Schultern. »Wie meinst du das?«

»Du hast mal erwähnt, du hättest Simona noch so viel zu sagen. Und wolltest richtig Abschied von ihr nehmen. Also sprich ruhig mit der Toten, Franziska, wenn dir danach ist. Ich glaube, es wird dich erleichtern.«

Irritiert starrte sie zur Kellertür hin.

Schließlich löste sie sich von dem Anblick, ging in die Küche und sagte in einem für sie selbst überraschend heiteren Tonfall: »Stell dir vor, gestern Abend hat sich ein Hund in mein Haus verirrt. Ein schwarzer Pitbull, ein wahres Höllentier.«

»Schieß doch, Luis, schieß!«

Glockenhell war ihr Lachen. Sie schüttelte ihr Haar. Ihre Bewegungen wurden wilder, und sie tänzelte auf ihn zu.

Plötzlich hatte sie keine Kleider mehr auf der Haut.

»Abdrücken, Luis.«

Er betätigte den Auslöser. Doch dann knallte ein Schuss, und sie brach vor ihm zusammen. Fassungslos starrte er auf die Pistole in seiner Hand. Die Kamera war fort.

»Simona!«, rief er entsetzt.

Sie lag am Boden ausgestreckt. Mit einem Mal schlug sie

die Augen auf und lachte. »Aber es ist doch nur ein Spiel, Luis. Fass mich an!«

Er sah sich selbst dabei zu, wie er vor ihr auf die Knie fiel und sie zu berühren begann.

»Spürst du es? Mein Körper ist warm. Ich lebe.«

»Heiß«, murmelte er, »so heiß.«

»Komm.« Sie nahm seine Hand und rannte mit ihm fort. Sie sprangen. Gemeinsam segelten sie in die Tiefe hinab, und ihr wehendes Haar kitzelte ihn.

Er war frei von Angst.

Sie prallten auf das Dach der S-Bahn, aber es tat nicht weh.

»Du bist großartig!«, flüsterte sie ihm zu. Sie umarmten sich, er spürte ihre Lippen auf seiner Haut. Während sie auf dem Dach des Zuges dahinrasten, bedeckte sie ihn mit Küssen, überall.

Luis wälzte sich herum.

Er erwachte davon, dass er laut ihren Namen sagte. Sein Bett war zerwühlt. Er krümmte sich, umklammerte sein Kopfkissen. Warum konnte er nicht einfach weiterträumen? Wozu musste der Morgen anbrechen, ein weiterer Tag ohne ihr Lachen?

Luis stand auf. Er ließ die Vorhänge geschlossen, dafür knipste er das Licht an. Auf seinem Schreibtisch waren die Fotos ausgebreitet. Es waren insgesamt siebzehn Aufnahmen. Nah, halbnah, Close-up, Detail. Simonas Augen blickten ihn an, kristallin, funkelnd.

Stunden konnte er damit zubringen, die von ihm handgefertigten Abzüge zu betrachten. Er erforschte sie, suchte sie ab, Millimeter um Millimeter, tauchte in sie ein, versank und verlor sich darin.

Aufnahmen vom Oktober letzten Jahres, geschossen am Abend ihres Todes.

Simonas Mund, halb geöffnet, die Struktur ihrer Lippen.

Poren ihrer Haut.

Eine Haarsträhne.

Der Schwung ihrer Wimpern.

Ein Grübchen in der Wange, der Anflug eines Lächelns.

Ihr Bauchnabel, der Rand ihres Slips.

Die ausgestreckte Hand auf ihrem nackten Knie.

Der Lederrand ihrer Biker Boots.

Ein Fältchen unter ihrem rechten Augenlid.

Close-up, Italian Shot, er verglich die Bilder in seinem Kopf mit den Details auf dem Fotopapier.

Er öffnete die oberste Schublade des Schreibtischs und nahm das Vergrößerungsglas heraus. Er hielt es über ihre Augen und über ihren Mund. Berührte damit die weiche Stelle unterhalb ihres Bauchnabels, umkreiste die Kuhle zwischen ihrem Schlüsselbein und glitt weiter hinauf zu ihrem feingesträubten Nackenhaar. Er suchte, tastete und verlor sich aufs Neue.

Es war hoffnungslos, er fand keine Antwort. Die Ablichtungen würden ihm niemals verraten, was tatsächlich in Simona vorgegangen war in jener Nacht. Nichts von ihren verborgenen Gedanken, ihren heimlichen Wünschen. Sie zeigten ihm bloß die Laune ihres Spiels, ein paar flüchtige Momente. Das Blitzen ihrer Augen und ihre blanke Lebenslust. Das war schon alles und doch so viel. Ihm war, als würde er noch Jahre damit zubringen, die Stationen ihrer einzigen gemeinsamen Nacht in seinen Träumen abzuwandern.

Luis streifte sich eine Strickjacke über den Pyjama und ging barfuß hinaus in den Flur. Aus dem Treppenhaus hörte er ein Geräusch. Schon war er am Türspion.

Es war Alina, seine Nachbarin, die ihre Wohnung verließ und zweimal abschloss.

Rasch öffnete er und trat ihr entgegen.

»Hallo.«

Er fing ihren missbilligenden Blick auf. Sein Haar war wohl zu verstrubbelt, sein Auftritt in der Pyjamahose ungelegen.

»Hi«, erwiderte sie knapp.

Offenbar hatte sie es eilig. Natürlich, in ihrer Werbeagentur gab es viel zu tun. Erfolgreiche Menschen verfügten über wenig Zeit. Nur Verlierer waren am Vormittag noch nicht ausgehfertig angekleidet.

»Warte.«

»Was?« Sie war bereits am Treppenabsatz.

»Besuchst du später Simonas Grab? Wollen wir vielleicht gemeinsam hin?«

Er bemerkte das Zucken um ihren Mund. »Eher nicht.«

Schon ging sie weiter.

»Heute jährt sich doch ihr Todestag«, rief er ihr nach.

Doch sie war bereits außer Sichtweite, ihre Schritte hallten im Treppenhaus.

Luis ballte die Hand zur Faust. Was hatte diese Frau nur gegen ihn?

Zurück in der Wohnung, wandte er sich wieder seinen Fotos zu.

»Du bist begabt«, hörte er Simona sagen. »Ich glaube an dich.«

Wie gewöhnlich war Alina zu Fuß unterwegs, bis zu ihrer Agentur hatte sie es nicht weit. Sie mochte es, durch ihren Kiez zu laufen, dieses quirlige Viertel, in dem immer neue Cafés und Läden eröffneten.

Nach etwa einer Viertelstunde hatte sie das Büro in der Friedelstraße erreicht. »*Kron & Wiesner*« stand in geschwungenen Lettern über dem Schaufenster, das früher zu einem Strickwarengeschäft gehört hatte. Sie öffnete das Sicherheitsschloss, trat ein und ließ per Knopfdruck die Rollläden hoch. Sie schaltete den Rechner ein, kochte sich einen Espresso und vertiefte sich sogleich in die Projektbeschreibung einer Kampagne für ein Carsharing-Unternehmen, um die sie sich mit ihrer Firma unlängst beworben hatte. Es galt, zwei weitere Kandidaten aus dem Rennen zu werfen, namhaftere Werbeagenturen mit weitaus größerem Etat, ein ziemlich aussichtsloses Unterfangen, aber sie durfte nichts unversucht lassen.

Nach drei Stunden intensiver Arbeit verspürte Alina heftige Verspannungen im Nacken und an den Schultern, sie bemerkte, wie sie die Kiefer aufeinanderpresste. Ihr fehlte eine zündende Idee für den Aufmacher, verzweifelt feilte sie an den Formulierungen herum und wurde immer ungeduldiger, da sie noch nicht einmal mit der Bearbeitung ihrer Probeaufnahmen begonnen hatte. Doch je länger sie über dem Text brütete, desto mehr wurde ihr bewusst, dass es ihr an diesem Tag einfach an Konzentration mangelte. Es war höchste Zeit, eine Mitarbeiterin einzustellen, jemanden, der sie entlastete. Jedoch erst wenn sie den Zuschlag für diese so immens wichtige Kampagne erhielt, könnte sie es sich finanziell einigermaßen leisten.

Ihr Blick schweifte zum verwaisten Schreibtisch von Simona hinüber. Er war mit Papieren überhäuft, das ganz alltägliche kreative Chaos, das sie von ihrer besten Freundin nur zu gut gekannt hatte. In all der Zeit hatte sie es nicht fertiggebracht, ihn leer zu räumen. Über der Stuhllehne hing noch immer das schwarze Seidenjäckchen, das Simona dort vergessen hatte, an einem Spätnachmittag vor genau einem Jahr.

Am nächsten Tag hatte Alina von ihrem Tod erfahren.

Sie seufzte. Unwillkürlich musste sie an ihren Nachbarn von gegenüber denken, der sie am Morgen im Treppenhaus abgepasst hatte.

Er war ihr unheimlich. Bis heute war es ihr ein Rätsel geblieben, was dieser Luis Ferner mit Simona zu schaffen gehabt hatte. Ausgerechnet er war in der Nacht ihres Todes bei ihr gewesen, er, der so schüchtern, beinahe linkisch wirkte, keinesfalls der Typ, mit dem sich Simona normalerweise abgegeben hätte.

Sie nahm einen Schluck aus ihrer Kaffeetasse und versuchte, sich wieder auf ihre Arbeit zu konzentrieren.

Doch es half nichts, sie war zu abgelenkt. Bereits am frühen Nachmittag gab sie auf, fuhr den Computer herunter und verließ die Agentur.

In einem Geschäft in der Weserstraße kaufte sie eine einzelne Gerbera. Simona hatte einmal erwähnt, wie schön sie diese Sorte Blumen fand.

Sie fuhr mit der U8 bis zur Hermannstraße, nahm dort die Ringbahn, wechselte am Bahnhof Schöneberg in die S1 und stieg an der Station Nikolassee aus. Es dämmerte bereits, als sie den Waldfriedhof Zehlendorf erreicht hatte.

Die Wege waren frisch geharkt, ihre Schritte knirschten im Kies. Sie brauchte eine Weile, um sich zu orientieren. Seit Simonas Beerdigung war sie nicht mehr hier gewesen. Endlich entdeckte sie das Reihengrab. Der Gedenkstein war von schlichter Schönheit, hell marmoriert, eingemeißelt der Name, Geburtsdatum und Todestag, darunter die Inschrift:

RUHE IN FRIEDEN

Alina legte die Gerbera vor den Stein, trat zurück und schloss für eine Weile die Augen.

Es war merkwürdig, sie konnte überall an Simona denken, sich ihr Gesicht vorstellen, die wunderschönen roten Haare, sich an ihr Lachen und die vielen guten Gespräche mit ihr erinnern, die schönsten Momente ihrer Freundschaft konnte sie heraufbeschwören. Nur an ihrem Grab wollte ihr das nicht gelingen.

Sie versuchte es mit einem Lächeln.

»Kein guter Ort für dich, Simona«, murmelte sie.

Aus einer plötzlichen Laune heraus beschloss sie, Simonas Mutter zu besuchen. Das Haus, in dem ihre beste Freundin aufgewachsen war, lag nicht weit vom Friedhof entfernt.

Erst nach dem dritten Läuten wurde zögerlich geöffnet. Frau Wiesner tauchte halb verdeckt im Türspalt auf.

Alina begrüßte sie, erhielt aber keine Antwort.

»Ich dachte, ich schau mal vorbei, weil doch heute ...«

Sie brach ab.

Die Augen von Simonas Mutter waren glasig. Tiefe Schatten hatten sich darunter gebildet. Sie trug ein zerknittertes Hauskleid. Ihre Haare hatte sie nachlässig zu einem Dutt zusammengebunden, aus dem einzelne Strähnen heraushingen. Ihre Beine steckten in fleischfarbenen Nylons, die so ausgeleiert waren, dass sie Falten warfen. Alina war mit Simona schon zu Schulzeiten befreundet gewesen, daher kannte sie ihre Mutter recht gut. Sie hatte sie stets als lebensfrohe und attraktive Frau erlebt. Seit der Beerdigung aber war sie ihr nicht mehr begegnet. Was doch die Trauer mit einem Menschen anrichten kann, dachte sie.

Aber es war nicht nur das. Sie wirkte auf sie ziemlich verstört, als sei ihr gerade erst etwas Furchtbares widerfahren.

»Komme ich vielleicht ungelegen?«

Mit einem verschreckten Gesichtsausdruck verzog sich Frau Wiesner zurück ins Haus und schloss wortlos vor ihr die Tür.

Für einen Moment war Alina völlig verblüfft, bis sie sich schließlich abwandte.

Da wurde die Tür erneut geöffnet.

»Komm!« Frau Wiesner winkte sie heran. »Fünf Minuten, ja? Aber sei leise.«

Über ihr Verhalten einigermaßen verwundert, trat Alina ein. Im Flur standen sie sich dicht gegenüber. »Ich darf mich nicht verschanzen«, murmelte Franziska.

»Verschanzen?«

»Mich nicht abschotten.«

Alina runzelte die Stirn. »Sind Sie sehr niedergeschlagen heute?«

Frau Wiesner schüttelte energisch den Kopf. »Niedergeschlagen? Nein. Mir geht es gut.«

Sie führte sie ins Wohnzimmer. Es roch nach Putzmitteln. Die Böden glänzten, als seien sie soeben gebohnert worden.

»Setz dich.«

Alina ließ sich unbehaglich auf dem Sofa nieder.

»Einen Kaffee?«

Sie nickte. Frau Wiesner verschwand in der Küche, wo sie mit dem Geschirr klapperte.

Kurz darauf kam sie zurück, stellte ein Tablett mit Kanne, Tassen, Milchkännchen und Zuckerstreuer ab und schenkte ihnen ein. Danach setzte sie sich ebenfalls.

»Haben Sie Besuch?«, fragte Alina in die bedrückende Stille hinein.

»Wie kommst du darauf?«

»Weil Sie sagten, ich soll leise sein. Könnte ja sein, dass jemand schläft.«

»Das war nur eine Redensart. Du musst entschuldigen, meine Nerven sind ein wenig angegriffen.«

»Kann ich verstehen. Schließlich ist heute …«

Doch Frau Wiesner fiel ihr ins Wort. »Nein, das kannst du nicht. Du bist noch beneidenswert jung. Hast nicht so viel durchgemacht wie unsereins.«

Schweigend tranken sie ihren Kaffee.

Schließlich sagte Alina: »Ich war vorhin an ihrem Grab.«

Die Mutter ihrer Freundin nickte zerstreut. »Ich selbst bin noch nicht dazu gekommen.«

»Es zwingt Sie auch niemand dazu. Offen gestanden, mich deprimieren Friedhöfe. Woanders kann ich mich viel besser an Simona erinnern. Es gibt Orte, Straßenecken, da sehe ich sie noch immer deutlich vor mir.«

Abrupt lehnte sich Franziska Wiesner vor und senkte die Stimme: »Sprichst du manchmal mit ihr?«

»Gelegentlich, ja. Finden Sie das seltsam?«

»Nein, überhaupt nicht. Dann hast du also auch das Gefühl, dass sie noch immer unter uns ist?«

»Das nicht gerade. Sie ist tot. Nichts wird sie wieder lebendig machen.«

Simonas Mutter streckte den Rücken durch und faltete die Hände im Schoß. »Vielleicht hätte ich mich doch von ihr verabschieden sollen. Von ihrem Leichnam, meine ich. Aber weißt du, ich hab es nicht fertiggebracht, mein totes Kind in einer seelenlosen Halle im Bestattungsinstitut anzusehen.«

»Das ist doch ganz natürlich. Manch einer kann es, manch einer nicht. Ich habe auch nicht das Bedürfnis danach verspürt. Viel lieber halte ich sie lebendig in Erinnerung.«

Allmählich schien sich Frau Wiesner ein wenig zu entspannen. Sie wirkte nun nicht mehr ganz so verstört. »Wie läuft es bei dir in der Agentur?«

»Es ist eher schwierig zurzeit.«

»Harte Arbeit?«

»Ja.«

»Du musst dringend jemanden einstellen.«

»Noch fehlt mir das Geld dafür. Und niemand wird Simona jemals ersetzen können. Sie war großartig, voller Elan, sprühte vor Ideen. Mit ihr zusammen hätte es die Agentur weit gebracht.«

Franziska Wiesner tätschelte ihren Arm. »Du schaffst es auch allein. Möchtest du vielleicht ein paar Kekse, Kind?«

Es war rührend, von ihr so genannt zu werden mit ihren dreißig Jahren. Aus reiner Höflichkeit stimmte sie zu.

Erneut verschwand Frau Wiesner in der Küche. Alina erhob sich und blickte sich im Wohnzimmer um. Sie erinnerte sich, wie sie mit Simona hier als Kind herumgetollt war. Ob das Baumhaus noch im Garten stand? Einmal hatten sie eine Liste angefertigt, um festzulegen, welchen Jungs aus ihrer Klasse sie gestatten würden, mit ihnen dort hinaufzuklettern. Bis sie sich dazu entschieden hatten, ihr Refugium unter den weitverzweigten Ästen des Ahorns zu einem reinen Mädchengebiet zu erklären.

Alina lächelte wehmütig. Sie selbst war in einer kleinen Mietwohnung in der Innenstadt aufgewachsen, umso mehr hatte sie es geliebt, hier draußen in Zehlendorf bei ihrer besten Freundin zu sein. Simona und Alina, unzertrennlich, *Simonalina* von ihren Klassenkameraden getauft, weil sie immerzu die Köpfe zusammensteckten und wie eine Einheit wirkten.

Da fiel ihr Blick auf die Anrichte, wo ein gerahmtes Foto von Simona stand. Es hatte einen Trauerflor. Alina stutzte. Die Oberfläche der Anrichte war blankpoliert bis auf eine Stelle, ein schmales Viereck bloß. Darauf befand sich eine dünne Staubschicht, in die jemand mit dem Finger geschrieben hatte:

GLAUBST DU AN DIE RÜCKKEHR DER TOTEN?

Plötzlich stand Frau Wiesner neben ihr. »Tut mir leid, es ist doch kein Gebäck mehr im Haus.«

»Kein Problem. Ich wollte ohnehin gehen.«

»Gut.«

Ihr prüfender Blick war ihr unangenehm. Alina traute sich nicht mehr, zu der Schrift im Staub hinzuschauen.

Frau Wiesner begleitete sie zurück in den Flur. Unterhalb der Treppe ins Obergeschoss befand sich die Kellertür. Sie war verschlossen.

Mit einem Mal war ihr, als würde jemand dahinter husten. Gleich darauf vernahm sie ein gedämpftes Räuspern, rau und ungesund.

Etwas stimmt hier nicht, durchfuhr es sie.

Beim Abschied verzog Simonas Mutter keine Miene.

FÜNF

Es ließ ihr keine Ruhe. Gleich am nächsten Nachmittag fuhr Alina erneut mit der S-Bahn hinaus nach Nikolassee. Sie war sich ihrer Motive nicht recht bewusst, letztlich war es bloß ein merkwürdiges Bauchgefühl, das sie veranlasste, Simonas Elternhaus ein weiteres Mal aufzusuchen.

Vielleicht war es am besten, Frau Wiesner zur Rede zu stellen. Wie aber sollte sie so ein Gespräch beginnen? »Ich habe den Verdacht, dass Sie irgendetwas vor mir verbergen?« Nein, das hatte wenig Sinn.

Alina stieg am Bahnhof aus und ging durch das vornehme Wohnviertel. Schließlich bog sie in den Westhofener Weg ein. Da kein Wagen vor dem Haus Nummer 26 parkte, vermutete sie, dass Franziska Wiesner nicht daheim war. Ratlos stand sie vor der Eingangstür. Versuchshalber läutete sie, doch es öffnete niemand. Einem plötzlichen Impuls folgend, schlich sie sich nach hinten in den Garten. Den schmalen Durchlass zwischen der Hauswand und dem Zaun zum Nachbargrundstück kannte sie noch von früher. Der Garten kam ihr viel kleiner vor als damals, als sie hier etliche Sommernachmittage mit Simona verbracht hatte. Sie blickte zu dem Ahorn hinauf. Das Baumhaus war so gut wie zerfallen, lediglich ein paar Holzlatten waren zwischen den Ästen übriggeblieben.

Alina wandte sich dem Küchenfenster zu. Sie schirmte die Hände ab, drückte die Stirn gegen die Scheibe und spähte hinein.

In diesem Moment meinte sie, einen Schemen auszumachen. War das Frau Wiesner?

Als sie den Kopf noch stärker gegen das Glas drückte, gab das Fenster plötzlich nach. Es ließ sich nach innen aufstoßen. Ein Fetzen Paketband hing am Riegel, der offenbar defekt und nur äußerst notdürftig repariert worden war.

Arme Frau Wiesner, dachte sie. Kann sie sich denn keinen Handwerker mehr leisten? Oder ist sie mit den alltäglichen Dingen des Lebens überfordert? Sie tippte auf Letzteres, so verstört, wie sie gestern auf sie gewirkt hatte.

Alina war von sich selbst überrascht, als sie sich auf dem Fensterrahmen aufstützte und hineinkletterte. Was tat sie hier? Das war Einbruch, sie machte sich strafbar. Der Kitzel des Verbotenen aber war stärker als jeder moralische Einwand, und schon war sie drinnen.

Durch die Küche schlich sie sich ins Wohnzimmer. Sie näherte sich der Anrichte, konnte darauf aber weder Staub noch die merkwürdige Schrift entdecken. Sollte sie sich etwa am Vortag geirrt haben?

Und auch das Foto von Simona war fort.

Umkehren, dachte sie, schnell wieder raus, ehe sie entdeckt wurde. Aber es zog sie förmlich zu der verschlossenen Kellertür hin.

Davor verharrte sie und lauschte. Stille. Vorsichtig streckte sie die Hand nach der Klinke aus. Die Tür ließ sich öffnen. Alina betätigte den Lichtschalter an der Wand, und kaltes Neonlicht flackerte auf.

Nach einigem Zögern stieg sie langsam die Stufen hinab. Unten angelangt, schaute sie sich um. An beiden Enden des Kellergangs befand sich eine Tür, die eine, zu ihrer Linken, stand halb offen, die andere war geschlossen. Alina wandte sich zunächst nach links.

Ihr Herz schlug höher. Es war ein Unrecht, hier herumzuschnüffeln. Und viel zu unheimlich. Schon als Kinder hatten sie sich nicht in den Keller getraut.

Sie hielt inne. Erneut verspürte sie den Impuls kehrtzumachen, doch sie überwand ihre Furcht, und die Neugier trieb sie voran.

So erreichte sie den Türspalt und spähte hinein. Dahinter befand sich der Heizungsraum. Rot leuchtete eine Ziffer am Display des Kessels auf. Alina ging zurück, um den anderen Raum zu inspizieren. Sie war bereits wieder in der Nähe der Treppe, als sie von oben ein Geräusch vernahm.

Plötzlich wurde mit einem Knall die Kellertür zugeworfen und das Licht ausgeknipst. Nun war alles finster um sie herum.

Sie atmete schwer, als sich Schritte im Dunkeln näherten. Jemand kam die Stufen herab.

»Hallo?«, rief sie. »Entschuldigen Sie, ich ...«

Gab es hier unten einen Lichtschalter? Verzweifelt tastete sie die Wand ab.

»Frau Wiesner?«

Pochend näherten sich die Schritte.

»Verzeihen Sie, es war ein Fehler von mir, ich hätte nicht ...«

Ihre Stimme kippte.

Da griff eine Hand nach ihr. Sie wurde gepackt, Fingernägel kratzten durch ihr Gesicht. Alina wurde zur Treppe gestoßen.

»*Hau ab, verschwinde!*«

Sie stolperte die Stufen hinauf.

»*Du warst niemals hier*«, raunte es in ihrem Rücken. »*Hast nichts gesehen.*«

Alina schrie leise auf, während sie weiter nach oben geschubst wurde. Sie glitt auf den Stufen aus. Zwei Hände zogen an ihren Haaren. Mühsam kam sie auf die Beine.

Nun raunte die heisere Stimme noch dichter an ihrem Ohr: »*Weg! Weg von hier! Nun mach schon.*«

Sie hatte die Orientierung verloren. Hilflos suchten ihre Hände im Dunkeln nach Halt, als heftig am Kragen ihrer Jacke gezerrt wurde. Die Ärmel rutschten dabei herunter, und auf einmal verspürte sie einen stechenden Schmerz am Oberarm. Die Nähte ihres T-Shirts rissen.

Ein Schrei des Entsetzens drang aus ihrer Kehle.

Zähne schlugen sich in ihren Bizeps.

Wieder schrie sie auf.

Spitze Zähne. Höllischer Schmerz. Der Biss machte sie rasend. Sie wirbelte mit dem Kopf herum.

Endlich konnte sie sich losreißen. Sie taumelte die Stufen hinauf. Blind tastete sie nach der Klinke am Treppenabsatz. Schließlich konnte sie die Tür aufstoßen. Tageslicht brach herein, sie blinzelte.

Alina wagte es nicht, sich noch einmal umzudrehen.

Außer sich vor Angst stürmte sie durch das Wohnzimmer in den Flur und stürzte zur Vordertür hinaus.

Die Wunde pochte. Sie hatte die Jacke ausgezogen, damit der Stoff nicht daran rieb. Zusammengesunken hockte sie in der S-Bahn und zählte die Stationen, bis sie endlich daheim wäre. Sie hatte das Gefühl, von den anderen Fahrgästen fortwährend angestarrt zu werden. Mitleidig und abschätzig zugleich. Zunächst musterte man ihren verletzten Arm, dann ihr Gesicht, schließlich wieder die Blessur auf ihrer Haut.

Sie selbst traute sich nicht, sie anzuschauen. Erst wenn sie allein wäre, könnte sie vielleicht die Kraft dazu aufbringen. Oder müsste sie deswegen einen Arzt aufsuchen? War es so schlimm? Auf jeden Fall durfte kein Dreck hineingeraten. Und darum nestelte sie, ohne einen Blick auf die schmerzende Stelle zu wagen, am halbzerfetzten Ärmel des T-Shirts und schob ihn sich über die Schulter. Nun fühlte sie sich den fremden Augenpaaren noch stärker ausgesetzt. Was sollte man auch von ihr halten, verschwitzt wie sie war, das Haar zerzaust und sichtlich benommen von dem eben erst erlittenen Schock?

Dazu diese schreiende Wunde auf ihrem linken Oberarm.

Sie musste gereinigt werden, desinfiziert. Hatte sie Wundspray im Haus? Jod? Das Zeug brannte doch höllisch. Zumindest gründlich ausspülen. Am besten unter der Dusche, alles abwaschen, den ganzen Körper. Aber durfte man warmes Wasser nehmen? Oder war das nicht auch infektiös?

Verdammt, es handelte sich um einen Biss, wie nach einer Tollwutattacke. Sie wusste nicht, wer oder was sie in diesem Keller heimgesucht hatte. Müsste sie jetzt etwa einen Bluttest machen lassen?

Ruhig. Ganz ruhig. Eins nach dem anderen. Erst einmal nach Hause fahren. Und tief durchatmen.

Ihre Gedanken rasten. Sie kreisten um den Garten, in dem sie als Kind gespielt hatte, um das Baumhaus. Und um Simona. Sie vermisste sie so sehr.

Simonalina.

Diese Stimme. Heiser, krächzend. Es war merkwürdig, aber sie hatte das Gefühl, es sei *ihre* Stimme gewesen.

Unmöglich.

Simona war tot. Sie hatte ein schwaches Herz gehabt. Alina wusste von ihrer Krankheit.

Auch wenn es ihrer besten Freundin kaum anzumerken war, ihre fröhliche, quirlige Art es einen stets vergessen ließ – Simona hatte immer ein gewisses Risiko mit sich herumgeschleppt. Ihre Lebenserwartung war von manchen Ärzten als nicht besonders hoch eingeschätzt worden, das hatte sie ihr selbst einmal anvertraut.

Ich sollte Frau Wiesner anrufen, dachte Alina, und mit ihr über alles sprechen. Aber sie konnte doch unmöglich zugeben, dass sie wie eine Diebin in ihr Haus eingedrungen war. Was sollte sie denn zu ihr sagen? »Es gibt etwas in Ihrem Keller, das ...«

Sie stockte. *Etwas*, durchfuhr es sie. Etwas Unheimliches. Wie aus einem Horrorfilm.

Mit einem Mal war ihr, als würde sie zu fiebern beginnen. Und wenn es nun wirklich eine Infektion war, ausgelöst durch den Biss?

Abermals mahnte sie sich zur Ruhe. Doch schon jagten ihre Gedanken weiter.

Es könnte eine Einbrecherin gewesen sein, die sie attackiert hatte. Ja, das wäre eine Erklärung. Der defekte Fensterriegel könnte ein weiteres Indiz dafür sein. Möglicherweise eine Wahnsinnige, die sich in Frau Wiesners Haus verschanzte. Simonas Mutter war zu schwach, um sich gegen sie zu wehren. Wer auch immer ihr zu nahe kam, wurde gebissen.

Endlich hatte die S-Bahn die Station Hermannstraße erreicht. Alina stieg in die U8 um und fuhr bis zum Kottbusser Tor. Nach einem kurzen Fußweg schloss sie die Haustür in der Manteuffelstraße auf. Gerade als sie ihren Briefkasten öffnete, kam Luis von draußen herein.

Nicht schon wieder, dachte sie.

»Hallo«, sagte er, ein schmales Lächeln auf den Lippen.

Sie nickte bloß, spürte seinen Blick auf ihrem entblößten Oberarm.

»Was ist das?«, fragte er ernst.

»Ach, nichts.«

Er trat näher an sie heran. »Sieht mir aus wie eine Bissspur.«

»Nur ein Kratzer, mehr nicht«, murmelte sie wie zur Entschuldigung. Sie hatte keine Post, schloss den Kasten ab und ging die Treppe bis zum Absatz hinauf.

Da blieb sie stehen und wandte sich zu ihm um: »Hattest du eigentlich was mit Simona? In der Nacht, als sie starb?«

Sie registrierte, wie er leicht zusammenzuckte. »Nein.«

»Du warst aber in ihrer Wohnung, als es geschah.«

Luis rührte sich nicht.

Sie hätte ihn das schon längst fragen sollen. Es tat ihr gut, ihn endlich offensiv anzugehen: »Es ist nichts zwischen euch passiert, ja?«

Er blickte sie bloß an.

»Also doch?«

Betreten schüttelte er den Kopf.

»Ich finde das nämlich äußerst merkwürdig. Du warst überhaupt nicht ihr Typ.«

»Sie mochte meine Fotos.«

»Ach ja?«

Sie erinnerte sich an den Tag, als er ihnen beiden in der Agentur seine Mappe präsentiert hatte. Simona hatte sich vornehm zurückgehalten, letztlich war es an Alina gewesen, ein Urteil zu fällen. Sie konnte einfach nichts anfangen mit seinen Aufnahmen. Viel zu dekorativ. Ihnen fehlte das gewisse Etwas. Handwerklich ganz in Ordnung, mehr aber auch nicht.

Er schien die Wunde auf ihrem Arm zu scannen. Würde er verstehen, was sie durchgemacht hatte? Und plötzlich lehnte sie sich über das Treppengeländer und raunte ihm zu: »Glaubst du an die Rückkehr der Toten?«

Verwundert legte er die Stirn in Falten. »Wie kommst du darauf?«

Alina stieß die Luft aus. Sie gab sich einen Ruck und eilte die Treppe hinauf.

Sie hörte ihn rufen: »Was ist denn passiert? Alina!«

Aber sie war schon in ihrer Wohnung. Sie sperrte von innen die Tür ab und versuchte, ihren fliegenden Atem zu beruhigen.

In der Nacht konnte Luis nicht schlafen. Es war einfach zu unruhig nebenan. Einmal war er hinübergegangen und hatte an Alinas Tür geklingelt, aber sie öffnete nicht.

Er stand auf und drückte das Ohr gegen die Wand. Bisher hatte sie ihn noch nie in ihre Wohnung gelassen, warum sollte sie auch? Jedoch vermutete er, dass ihr Schlafzimmer direkt an seines grenzte. Schon so manches Mal hatte ihn die Vorstellung erregt, dass sie vielleicht sogar Kopf an Kopf schliefen.

Er malte sich aus, wie sie auf ihrem Bett lag. Was hatte sie an, was trug sie auf ihrer Haut? Eine Zeit lang wärmte er sich an der Vorstellung, bei ihr zu sein, mit ihr über Simona zu reden. Sie wären sich ganz nahe, zwei Lebende und eine Tote.

Angestrengt lauschte er. Was waren das für Geräusche? Es klang wie ein Schmatzen. Dann dröhnte es. Zuweilen waren Stimmen zu vernehmen.

Der Fernseher? Oder hatte sie Besuch bekommen, spät in der Nacht? Ihm war nichts aufgefallen, keine Schritte im Treppenhaus, kein Klappen der Tür.

Wieder das Schmatzen.

Er schlug mit der Faust gegen die Wand und rief ihren Namen.

Abrupt wurde es still.

Das Blut rauschte in seinen Ohren.

Sie drückte den Pausenknopf auf der Fernbedienung. Das Bild gefror. Ihr Nachbar Luis hatte wohl geklopft. Schlief er etwa im Zimmer gleich nebenan? Hatte sie den Ton zu weit aufgedreht?

Der Fernseher stand direkt vor ihrem Bett. Das Schlafzimmer war in bläuliches Licht getaucht.

Sie hatte eine DVD eingelegt. Es war ein Horrorfilm. Ein Film, der sie bestürzte. Strenggenommen fand sie ihn abstoßend. In dieser Nacht aber übte er phasenweise eine gewisse Faszination auf sie aus. Zuweilen ertappte sie sich dabei, wie sie das Grauen antörnte. Ja, die krude Handlung wirkte beinahe sexuell stimulierend, auch wenn sie sich das nicht recht eingestehen wollte.

Jedenfalls sah sie den Film seit Mitternacht nun schon zum zweiten Mal.

Sie drückte wieder auf »Play«. Sie musste es aushalten. Die Angst besiegen und den merkwürdigen Kitzel zulassen.

Den Ton stellte sie ein klein wenig leiser, um ihren Nachbarn nicht zu stören. Allerdings überkam sie gelegentlich das Gefühl, er würde über ihre Schulter hinweg mitschauen.

Bestimmt belauscht er mich, dachte sie. Er steht hinter der Wand und horcht.

Diese Nähe war beängstigend. Befremdlicher noch als der Film. Luis hatte etwas Unheimliches an sich, denn er war bei Simona gewesen, als sie gestorben war, und darüber kam sie einfach nicht hinweg.

Lichtreflexe tanzten auf ihrer Bettdecke. Alina hielt das Kopfkissen gegen den Bauch gepresst. Während einer besonders abgründigen Sequenz musste sie das Gesicht abwenden. Dabei fiel ihr Blick auf ihre Wunde, und sie erschrak umso heftiger.

Die Haut war zum Teil abgeschürft, das Muskelgewebe gequetscht. Ein dunkelrotes Hämatom, an den Rändern blau unterlaufen.

In der Mitte waren deutlich die Zahnabdrücke zu erkennen.

SECHS

Ihre Finger berührten das T-Shirt mit dem großen bunten Schmetterlingsmuster. Die Farben wirkten so hell und strahlend auf sie, dass sie sich für eine Weile ganz darin verlieren konnte. Franziska Wiesner hatte es auf dem Rückweg von der Arbeit gekauft, als sie ein wenig durch die Geschäfte gebummelt war, und das auch nur, um den Zeitpunkt ihrer Heimkehr hinauszuzögern, den Moment, da sie wieder von der trügerischen Stille in ihrem Haus bedrängt wurde.

Kaum hatte sie das Shirt in dem Laden entdeckt, war ihr auch schon der Gedanke gekommen: Das würde meiner Simona gefallen.

Nun saß sie daheim auf dem Sofa und hielt es im Schoß, strich es glatt, faltete es zusammen, breitete es wieder aus, hielt es hoch und bewegte es leicht hin und her, als habe es sich ihre Tochter übergestreift und tänzelte vor ihr darin.

Ja, es war ganz nach ihrem Geschmack. Wild und fröhlich, extravagant und doch charmant, so wie Simona selbst.

Sie könnte doch gleich zu ihr gehen und es ihr überreichen. *Ein Geschenk. Für dich. Probier mal an.*

Sie straffte die Schultern, drückte das Shirt an sich, erhob sich und ging zur Kellertür.

Sie öffnete, schaltete das Licht ein und stieg die Stufen hinab. Im Kellergang wandte sie sich nach rechts. Sie verlangsamte ihre Schritte, dann gab sie sich einen Ruck und öffnete die Tür zu dem Raum, der sich dahinter befand.

Sie erwartete sofort lautstarken Protest, es sei viel zu hell. Aber nichts dergleichen. Es fiel ja auch nur ein blasser Streifen Licht vom Gang herein.

Franziska räusperte sich. »Ich hab dir was mitgebracht«, sagte sie leise. »Du musst doch mal was anderes anziehen, und da dachte ich, dieses T-Shirt könnte dir gefallen.«

Es kam keine Antwort.

Sie legte das Shirt über die Lehne des Stuhls, den sie beim letzten Mal hereingetragen hatte. Langsam gewöhnten sich ihre Augen an das Dämmerlicht. Weiter hinten an der Wand stand das Klappbett für Gäste, das sie unter größter Anstrengung in den Keller geschleppt hatte. Es war ordentlich bezogen mit einem weißen Laken, und natürlich hatte sie auch an eine Bettdecke und ein Kissen gedacht.

Schlief sie? Es war nichts zu hören.

Frau Wiesner wandte den Blick zum Tisch, auf dem sie das Geschirr aufgereiht hatte. Selbst eine elektrische Kochplatte hatte sie ihr hingestellt, einen Topf, dazu Tütensuppen, falls sie Hunger bekam, gebackene Bohnen aus der Dose, eine Schale für die Cornflakes. Sie war ja so abgemagert. Saft und Mineralwasser standen bereit. Sogar ein paar von ihren Anziehsachen hatte sie nach unten gebracht, dazu einige Toilettenartikel, schließlich weigerte sie sich beharrlich, mit ihr nach oben zu kommen.

Neulich erst hatte Franziska Milchreis für sie gekocht, für den Anfang ein einfaches, leicht verdauliches Gericht. Sie hätte sie sogar, wenn nötig, damit gefüttert. Doch sie war furchtbar zornig geworden. Nichts davon wollte sie zu sich nehmen, stattdessen hatte sie die Schüssel wutentbrannt an die Wand geschleudert. Am Boden lagen noch immer Scherben und Essensreste. Franziska war nichts anderes übriggeblieben, als die Flucht zu ergreifen.

»Das T-Shirt hat ein hübsches Muster«, sagte sie laut in Richtung des Bettes, »es sind Schmetterlinge drauf. Schau es dir doch wenigstens mal an.«

Noch immer erhielt sie keine Antwort. Sie lauschte. Es waren nicht die leisesten Atemgeräusche zu vernehmen.

Ihr Herz schlug plötzlich wild und schnell.

Sie trat auf das Bett zu und zupfte an der Decke.

Mit einem erstickten Aufschrei wich Franziska zurück.

Das Bett war leer. Sie taumelte zurück. An der Tür drehte sie am Lichtschalter. Die Neonleuchten flackerten auf.

Nichts. Hier befand sich niemand. Das Zimmer im Keller war unbewohnt.

Für einen Moment wurde ihr schwindlig. Schließlich rannte sie hinaus und knallte die Tür hinter sich zu. Sie eilte die Treppe hinauf.

Im Wohnzimmer griff sie zum Telefon und drückte eine Kurzwahltaste.

Zum Glück hob Melanie gleich nach dem dritten Freizeichen ab.

»Ich bin es. Franziska.«

»Du klingst ja ganz aufgeregt.«

»Ich wollte nur … Ich dachte, wenn wir uns unterhalten, dann …«

»Was ist denn passiert?«

Sie musste sich setzen. Atmete ein paarmal tief durch. »Weißt du, manchmal hab ich das Gefühl, verrückt zu werden. Als würde irgendwas in meinem Kopf nicht stimmen.«

Nach einer Pause sagte ihre Freundin: »Ich komme sofort zu dir, sei unbesorgt.«

»Nein!«, rief sie aus. »Das ist keine gute Idee.«

»Aber warum?«

»Lass uns nur am Telefon reden, ja?«

»Franziska ... Wir haben uns nun schon seit einiger Zeit nicht mehr gesehen, und ... offen gestanden mache ich mir langsam Sorgen um dich.«

Frau Wiesner senkte die Stimme: »Es war jemand im Haus.«

Am anderen Ende der Leitung blieb es still.

Nach einer Weile fragte ihre Freundin leise: »Wer? Wer war bei dir im Haus?«

Sie kämpfte mit den Tränen. »Ich darf es nicht verraten. Das hab ich ihr versprochen. Und vielleicht kommt sie ja wieder zurück. Ich hoffe es so sehr.«

»Von wem sprichst du?« Ihre Freundin schien unendlich weit von ihr entfernt zu sein. »Von Simona?«

Sie gab keine Antwort.

»Lass sie endlich los«, sagte Melanie eindringlich. »Lass dein Kind gehen, so schwer es auch fällt.«

Wortlos legte Franziska den Hörer auf.

Der Rotwein machte sie müde, aber er half ihr auch zu vergessen. Sie würde einfach immer weitertrinken, bis der Schlaf käme. Betäubung und Frieden. Morgen früh hätte sie Kopfweh, aber das wäre kein Problem, sie würde ein Aspirin einwerfen und dann zum Friedhof fahren. Ja, sie würde das T-Shirt mitnehmen und es vor Simonas Gedenkstein in der Erde vergraben.

Ruhe in Frieden, mein Kind, dachte sie.

Franziska lehnte sich in ihrem Sessel zurück, ihre Glieder wurden schwer. Sie war gerade dabei einzunicken, als sie von einem Geräusch aufgeschreckt wurde.

Sofort war sie wieder nüchtern.

Die Dielen knarrten.

Sie horchte. Ängstlich fingerte Franziska nach dem Rotweinglas auf dem Tisch.

Es ließ sich nicht leugnen. Abermals ächzten nicht weit von ihr entfernt die Dielenbretter. Waren das Schritte?

Franziska nahm einen großen Schluck Wein, rang ihre Furcht nieder und erhob sich. Im Flur bemerkte sie sogleich den kalten Luftzug, der aus der Küche kam. Das Fenster. Es war noch immer defekt. Und es stand einen kleinen Spalt offen. Sie drückte es zu. Die Klebestreifen, mit denen sie versucht hatte, es zu reparieren, hingen lose herab. Das war ja auch keine geeignete Methode, um Einbrecher abzuhalten. Morgen früh würde sie als Erstes einen Handwerker anrufen.

Sie verriegelte das Fenster notdürftig, dann ging sie zurück in den Flur. Sie war schon beinahe im Wohnzimmer, als sie zusammenzuckte.

Unter der Kellertür war ein Lichtstreifen zu erkennen. Hatte sie die Beleuchtung denn vorhin nicht ausgeschaltet?

Ihr Herz schlug heftig. Sie öffnete die Tür. Zögerte am Treppenabsatz. Ich will das nicht mehr, dachte sie, es muss aufhören, sonst werde ich tatsächlich noch wahnsinnig.

»Simona?«, fragte sie leise.

Stille.

»Simona«, sagte sie noch einmal.

Dann stieg sie die Stufen hinab.

Die Tür unten rechts war geschlossen, aber auch hier war ein Lichtschimmer zu erkennen. Also war sie zurück?

Franziska öffnete die Tür.

»Mein Kind.«

Es war ein Schock für sie, denn das Bett war noch immer leer. Franziska blinzelte eine Träne weg. Sie trat näher heran und schüttelte Decke und Kissen auf.

Sie wollte sich gerade bücken, um die mit Milchreis verklebten Scherben aufzusammeln, als sie eine Stimme in ihrem Rücken vernahm.

Die Stimme eines Mannes.

»Willkommen«, sagte er leise.

Franziska fuhr herum.

Er hatte hinter der Tür gelauert. Er lächelte sie an. »Willkommen im Reich der Toten.«

Sie rang nach Luft.

»Das hier ist doch das Reich der Toten, oder etwa nicht?«

SIEBEN

Es war die schlimmste Nacht ihres Lebens.

Als es irgendwann am nächsten Morgen an der Tür läutete, sagte er ihr, sie solle nicht öffnen. Doch es klingelte beharrlich weiter. Also wurde sie von ihm aus dem Keller nach oben geschickt.

Franziska Wiesner war so zittrig, dass ihr der Weg dorthin wie eine Ewigkeit erschien. Er blieb in ihrem Rücken, folgte jedem ihrer Schritte. Sie wagte es nicht einmal, durch den Spion zu schauen.

»Wer ist da?«, fragte sie hinter der Tür.

»Ich bin es. Alina.«

Franziska zögerte. Wägte verschiedene Möglichkeiten ab, Flucht oder Hilfeschrei, dann eher Flucht, aber sie hatte keine Kraft mehr. Und über allem schwebte die Angst, diese furchtbar lähmende Angst.

Mit einem Stoß in ihren Rücken bedeutete er ihr zu antworten.

»Ist gerade unpassend«, sagte sie.

In ihren Ohren toste es. Sie war der Freiheit, dem Überleben so nah. Gleich hinter der Tür, ein neuer Oktobermorgen, offenbar wieder sonnig und klar.

»Ich muss dringend mit Ihnen über Simona reden«, rief Alina von draußen.

Der Mann hinter ihr legte drohend seine Hand in ihren Nacken.

»Geh«, sagte sie. Und da sie fürchtete, Alina könnte sie nicht verstanden haben, setzte sie noch einmal nach: »Bitte geh.«

Es folgte keine Reaktion.

Bange Sekunden vergingen.

Franziska wurde lautlos zur Seite geschoben. Der Mann trat an den Türspion und blickte hindurch. Als er sich ihr zuwandte und sie anlächelte, wusste sie, dass Alina fort war.

Mit einem Kopfnicken wies er sie zurück zur Kellertür. Am Treppenabsatz sagte er leise: »Sie wollte über Simona reden, ja?«

Franziska atmete gepresst.

Sein Lächeln wurde breiter. »Also ist Simona tatsächlich noch am Leben?«

»Ich sagte doch, sie ist tot.«

Beinahe mitleidig schüttelte er den Kopf. »Das hatten wir alles schon. Wo ist sie?«

Er ließ die Drahtschlinge, mit der er sie bereits etliche Male gewürgt hatte, vor ihren Augen hin- und herpendeln.

»Antworte«, flüsterte er.

»Ich kann nur immerzu wiederholen, dass mein Kind vor einem Jahr verstorben ist.«

Er packte sie. »Wollen wir wieder hinuntergehen?«

»Nein«, flehte sie. »Bitte nicht.«

»Ins Zimmer der Toten?«

»Nein!«

»Aber da sind wir ungestört.« Er lächelte. »Geh du voran.«

Das Fenster, durchfuhr es sie. Vielleicht hatte Alina ja die Angst in ihrer Stimme bemerkt und war misstrauisch geworden. Wenn sie nur einmal um das Haus ging, könnte ihr unter Umständen auffallen, dass das Küchenfenster nicht richtig schloss. Und dann? Ob sie die Situation so weit erfasste

74

und sich dazu entschied, ins Haus einzusteigen? Aber auch das würde nichts helfen, im Gegenteil, sie würde sich selbst in Gefahr bringen.

Alina müsste die Polizei rufen. Jetzt. Sofort. Aber Franziska wusste, wie aussichtslos das war.

Der Mann gab ihr einen Stoß. Ihre Knie wurden weich.

Langsam ging sie die Kellertreppe hinunter. Er folgte ihr. Das Zimmer der Toten nannte er den Raum, rechts den Gang hinunter. Franziska verstand, dass die Einrichtung dort auf ihn äußerst verdächtig wirken musste. Die Anziehsachen, das Bett, die Vorräte, das Geschirr. Reste von Milchreis, Scherben. Die ganze Nacht über hatte sie vor ihm beteuert, sie wüsste nicht, wo Simona sei, was ja auch der Wahrheit entsprach.

Er aber hielt den Raum für ein Versteck ihrer Tochter und erwies sich als gnadenlos bei seinen Verhörmethoden.

Er schloss hinter ihr die Tür und grinste sie an.

Das Zimmer der Toten hatte keine Fenster, und niemand würde sie sehen oder ihre Schreie hören.

Ihr Blick glitt an ihrem Körper herab. Noch im Nachhinein erschrak sie davor, was für Wunden er ihr zugefügt hatte. Sie wusste nicht, wie lange sie das durchstehen würde.

Abermals legte er die Drahtschlinge um ihren Hals.

»Schieb den Ärmel deiner Bluse hoch«, sagte er. »Bis zur Schulter.«

»Nicht. Bitte.«

»Mach es«, sagte er und zog den Draht fester.

Sie bekam keine Luft mehr. Erst als sie gehorchte, lockerte er die Schlinge.

»Streck den Arm aus.«

Keuchend rang sie nach Atem. Es half nichts, sie musste tun, was er ihr befohlen hatte.

»Gut so.«

Er befreite sie von dem Draht.

Etwas stimmte mit seinen Augen nicht. Sie flackerten wie irr. Und wenn sie von ihm berührt wurde, spürte sie die verstörende Hitze, die von ihm ausging. Er schien von innen zu glühen.

Genüsslich strich er mit zwei Fingern über ihren ausgestreckten nackten Arm. Es ließ sie schaudern. Voller Entsetzen blickte sie auf seine sich öffnenden Lippen.

Er biss zu. Sie schrie.

Wieder schlug er ihr die Zähne in den Arm, und sie schrie lauter.

Sein Mund war blutig, als er sie fragte: »Wirst du mir jetzt verraten, wo Simona ist?«

ZWEITER TEIL

ACHT

Melanie Schopf verspürte ein leichtes Unbehagen, als sie vor dem Einfamilienhaus im Westhofener Weg an der Tür klingelte. Seit zwei Tagen hatte Franziska nicht mehr auf ihre Anrufe reagiert. Mehrere Nachrichten hatte sie ihr auf dem Anrufbeantworter hinterlassen, und auch wenn sie es auf dem Handy versuchte, das ihre beste Freundin allerdings eher selten benutzte, meldete sich bloß die Mailbox.

Das alles wäre weniger besorgniserregend, wenn Franziska an den Tagen zuvor nicht diese rätselhaften Andeutungen gemacht hätte. Erst war es ein Höllenhund, den sie angeblich aus ihren eigenen vier Wänden hatte verjagen müssen, dann behauptete sie, jemand sei bei ihr im Haus gewesen, ließ sich aber nicht entlocken, wer, und oftmals klang es so, als habe sie Visionen von ihrem verstorbenen Kind, die sie erschütterten und ihr den Schlaf raubten.

Eigentlich hätte Melanie schon längst nach ihr schauen sollen, doch Franziska hatte sie immerzu beharrlich abgewimmelt.

Heute jedoch war sie noch vor der Arbeit nach Nikolassee hinausgefahren, um sich endlich zu vergewissern, wie es wirklich um ihre Freundin stand. Manche Menschen verfielen nach dem plötzlichen Tod eines Angehörigen in tiefe Depressionen, und da Franziska äußerst sensibel war, durfte Melanie nicht ausschließen, dass sich ihre Freundin gerade in einer labilen Verfassung befand.

Erneut betätigte sie die Klingel. Doch niemand öffnete.

Als auch auf ihr drittes Läuten nicht reagiert wurde, zückte sie den Zweitschlüssel, den ihr Franziska einmal anvertraut hatte, sperrte auf und trat ein.

Ihrem ersten Eindruck nach war sie nicht daheim. Sie rief nach ihr, schaute erst im Erdgeschoss, dann im oberen Stockwerk nach. Die Tür zum Badezimmer war angelehnt, sie warf einen kurzen Blick hinein, doch hier war niemand. Fliesen und Armaturen glänzten, als sei vor Kurzem gründlich saubergemacht worden. Auch das Schlafzimmer war aufgeräumt. Die Tagesdecke lag auf dem Bett, sorgfältig glattgestrichen.

Melanie ging wieder hinunter. Sie inspizierte erneut die Küche und das Wohnzimmer. Dort sah sie den Anrufbeantworter blinken, drei Nachrichten wurden angezeigt, möglicherweise allesamt von ihr selbst. Das würde bedeuten, dass das Gerät nicht abgehört worden war. Oder sollte Franziska etwa verreist sein, ohne ihr vorher Bescheid gegeben zu haben? Das war ungewöhnlich, früher hatten sie sich immer gründlich über Neuigkeiten ausgetauscht. Zugegeben, in letzter Zeit hatte sie ein wenig verstockt gewirkt, als wäre sie längst nicht mehr bereit, ihr jede Einzelheit aus ihrem Privatleben zu erzählen.

Und wenn sie heute arbeiten war und schlichtweg versäumt hatte, den Anrufbeantworter abzuhören?

Allerdings war Melanie der Wagen vor dem Haus aufgefallen, mit dem Franziska normalerweise zur Arbeit fuhr.

Wo könnte sie bloß stecken?

Wieder rief sie ihren Namen, diesmal ängstlicher. Sie trat ans Wohnzimmerfenster und schaute in den kleinen Garten hinaus, aber auch dort war niemand.

Vielleicht war ihre Unruhe völlig unbegründet, letztlich könnte sich Franziska tatsächlich zu einer spontanen Flug- oder Bahnreise entschieden haben, eventuell sogar, um auf diese Weise mit ihrer Trauer besser klarzukommen. Und möglicherweise wollte sie darüber hinaus ein wenig Abstand zu ihrer Freundin gewinnen und hatte sie deshalb bewusst über ihre Absichten nicht informiert.

Ja, mit dieser Annahme sollte sie sich zufriedengeben.

Doch abermals erinnerte sie sich an Franziskas mysteriöse Worte: *Es war jemand im Haus.*

Wer?

Ich darf es nicht verraten. Das hab ich ihr versprochen.

Sie hegte kaum Zweifel, dass Franziska damit Simona gemeint hatte.

Aber die Toten kehrten nicht zurück, davon war Melanie Schopf felsenfest überzeugt. Es könnte sich lediglich um eine seelische Krise bei ihrer Freundin handeln.

Sie wandte sich bereits zum Gehen, als sie an der Kellertür verharrte. Es gab ja die absurdesten Unfälle, denkbar, dass sie auf der Treppe gestürzt war und sich schwer verletzt hatte. Wenn sie nun dort unten lag, zu schwach, um sich bemerkbar zu machen? Oder gar ohnmächtig?

Beherzt drückte Melanie die Klinke und öffnete die Tür.

»Franziska?«, rief sie leise.

Es kam keine Antwort. Sie knipste das Licht an und stieg die Stufen hinab.

Unten angelangt, sah sie zunächst im Heizungsraum nach, dann wandte sie sich zu der Tür am anderen Ende des Ganges.

Sie war verschlossen.

Mit einem Mal begann ihr Herz heftig zu schlagen. Es war der Geruch, der sie irritierte. Was ihr in die Nase stieg, verband sie mit etwas sehr Unangenehmem.

Nicht doch, dachte sie, das sind alles nur Projektionen deiner Angst. Viele Menschen fürchten sich im Keller, du gehörst entschieden dazu. Aber mit jedem Schritt näher an die Tür roch es stärker. Kupfrig. Durchdringend.

Nach Unheil.

Kurzentschlossen öffnete Melanie. Es war stockdunkel in dem Raum, ihre Hand tastete nach dem Lichtschalter. Die Neonröhren an der Decke summten. Zögerlich flammten sie auf.

Sie war überrascht, denn der Kellerraum war eingerichtet wie ein Zimmer, mit Bett, Stuhl und Tisch. Geschirr und Vorräte standen bereit, dazu eine Kochplatte. Das Bett war weiß bezogen, auf dem Stuhl lagen Anziehsachen.

Da bemerkte sie vor sich auf dem Boden einen Fleck, rostfarben, angetrocknet. Ihr Blick wanderte weiter. Noch ein Fleck und noch einer.

Sie sah das geronnene Blut, und der Geruch machte sie benommen.

Ein einzelner Schuh lag auf dem Boden. Er gehörte zu Franziska, wie sie sofort erkannte. Merkwürdig, dass es ihr sogleich auffiel, aber es war einer von den Pumps, die sie ihr einmal stolz nach einer ausgelassenen Shoppingtour vorgeführt hatte.

Ihre Augen folgten der gesprenkelten Blutspur. Sie führte bis in eine Ecke des Raumes.

Da war der zweite Schuh, er hing lose an einem Fuß.

Und dort saß jemand.

In sich zusammengesunken, an die Wand gelehnt, die Beine ausgestreckt. Der Kopf hing auf der Brust.

Es war ihre Freundin.

Kein Schrei drang aus Melanies Kehle, nur ein leises Japsen. Ihr fehlte es an Luft zum Atmen.

Großer Gott, was war hier passiert?

Sie starrte auf die unzähligen Bisswunden am Körper ihrer Freundin.

Ein Tier, durchfuhr es sie. Das war die einzige Erklärung. Franziska war im Keller von einem wilden Tier angefallen worden.

NEUN

Kurz nach ihrer ersten Begegnung ging Trojan einfach zu ihr. Er klopfte an den Rollladen, und sie ließ ihn herein. Franz, der Hund, begrüßte ihn, indem er das linke Ohr spitzte und einmal mit der Rute auf den Boden schlug.

Loni war diesmal ganz in Weiß gekleidet, ihr Gewand ähnelte einer Toga. Es war über der nackten Schulter verknotet und mit goldfarbenen Bändern drapiert. Auch in ihrem Haar war so ein Band. Trojan fand ihre Aufmachung recht luftig für einen eher kühlen Oktobertag, zumal er feststellen musste, dass ihr halber Rücken frei lag. Aber es war auch gut geheizt in der Ladenwohnung. Loni trug ihre helle Haut und die kleinen Fettpölsterchen liebevoll zur Schau, und wieder duftete es betörend bei ihr. Trojan machte das Aroma von Orangen aus, Grapefruit und Limetten, dazu eine würzige Beigabe, die ihn sowohl an Wälder und Moos als auch an Gischt sprühende Meeresbrandung erinnerte.

»Mir war heute ganz nach Sommer zumute«, sagte Loni lachend, als sie seine Blicke bemerkte.

Sie kochte ihm ihre Spezialmischung, und sie tranken den Tee auf den orangefarbenen Sitzkissen und plauderten eine Weile. Auf einmal nahm sie sich eine Klangschale, schloss die Augen und schlug den kleinen Klöppel gegen das Metall in kleinen regelmäßigen Abständen. Trojan beobachtete sie dabei. Sie war völlig versunken. Vorübergehend dachte er nicht mehr über ihr Alter nach, sondern lauschte einfach diesem anmutigen Klang. Ein einzelner Ton, langanhaltend. Und noch ein Gong. Und noch einer. Je länger er zuhörte, desto tiefer atmete er.

Nach einer Weile schaute sie ihn lächelnd an. »Versuch es doch auch mal, Nils. Es ist schön.«

Er stand auf, nahm sich aus dem Regal eine von diesen großen bronzenen Schalen, in dem ein Klöppel mit Filzbezug lag, und setzte sich wieder.

»Stell sie flach auf die Hand.«

Er tat es.

»Anreiben oder anschlagen, ganz wie du willst.«

Erst strich er über die Schale, dann entschied er sich für ein sachtes Schlägeln. Zunächst klang es recht scheppernd bei ihm, bald aber harmonisierten die Töne. Loni schlug an, und er antwortete ihr.

Sein Blick wanderte zu Franz. Der Hund schien zuzuhören, wohlig entspannt auf seiner Steppdecke.

Was mach ich hier eigentlich?, durchfuhr es Trojan. Anstatt dass ich endlich bei Jana anrufe, mir einen Ruck gebe, meinen Stolz überwinde, sie um ein klärendes Gespräch bitte, alles daransetze, unsere Beziehung zu retten, hocke ich bei dieser fröhlichen, alterslosen Esoterik-Frau und schlage auf eine Bronzeschale ein.

Ob Loni vielleicht doch eher Ende fünfzig war? Nein, dann hätte sie sich aber gut gehalten. Vermutlich waren sie beide gleich alt, Mitte vierzig. Diese Toga gab ihr aber auch etwas von einer Dreißigjährigen, die sich wie eine Zwanzigjährige kleidete.

Es war merkwürdig, mit der Zeit lösten sich die Gedanken von ihm. Sie waren zwar noch da, aber sie hatten keine Bedeutung mehr für ihn, und er erfreute sich an Lonis Lächeln, ihren Grübchen, betrachtete die winzigen Falten unter ihren Augen.

Er atmete den Duft der orientalischen Gewürze ein, ihres Parfüms, oder was immer das war, und verlor sich im Klingklang ihrer Schalen.

»Der Tee hat seine Tücken«, sagte er plötzlich.

Loni lachte.

»Auch wenn ich dienstfrei hab, frage ich dich lieber nicht nach den Zutaten.«

Ihr Lachen war glucksend. »Keine Sorge, Nils. Es sind ausschließlich legale Substanzen.«

»Wirklich?«

Verschmitzt antwortete sie mit einem Gong, und er tat es ihr gleich. So ging es eine Weile hin und her, doch der Tee zeigte Wirkung.

»Sind bloß Kräuter, Nils«, hörte er sie schnurren, »und die Geheimzutat ist Liebe.«

Er erschrak, denn sie waren nicht mehr in dem vorderen Raum, sondern irgendwo an einem Plätzchen neben der Küche.

»Loni, wo sind wir?«

»Ganz ruhig, Nils. Lass dich einfach fallen.«

Sie trug ihr Gewand nicht mehr. Die Toga hatte sich aufgelöst. All die goldfarbenen Bändchen, wo waren sie hin?

Ihr Lachen beglückte ihn. Erst gluckernder Bergbach, dann schäumende Brandung.

Als er die Augen öffnete, realisierte er zwei Dinge gleichzeitig. Franz, der ihn betrachtete, als würde er über ihn nachdenken. Und das Klingeln seines Handys.

Trojan schaute sich um. Er lag auf einem breiten Bett, allein. Er hob den Kopf. Über ihm hing ein Bild, das nur aus Farblandschaften zu bestehen schien, überquellend bunt.

Neben einer übergroßen dickbäuchigen Buddha-Figur am Boden befand sich seine Hose, und darin läutete es.

Er fischte das Handy heraus. Das Display zeigte »Landsberg« an. Nicht abheben, dachte er, ich bin im Urlaub.

Und dann bekam er einen Schreck. Loni. Er sah wieder vor sich, wie er in ihren Armen versank, tiefer und tiefer. Ein Taumel, ein Tanz, in dem er völlig abgetaucht war.

Loni. Er kannte sie doch gar nicht richtig, weder ihr Alter noch ihre Vergangenheit. Er wusste nur, dass sie in die verborgenen Schichten seines Herzens schauen konnte.

Sie entsprach nicht im Geringsten dem Erscheinungsbild einer Frau, die ihn unter normalen Umständen in Versuchung bringen würde. Und doch hatte sie etwas in ihm berührt und zum Schwingen gebracht.

Der Hund stieß einen leisen Seufzer aus. Schon möglich, dass Trojan ihm in diesem Moment Anlass zum Grübeln gab, nackt und ratlos auf dem Bettrand hockend.

Die Geheimzutat ist Liebe, hatte Loni gesagt.

Und Trojan begriff: Er liebte Jana. Hatte er ihr das eigentlich jemals gestanden?

Und das hier? War das eine Ausflucht gewesen?

Nicht nur, dachte er. Es war auch die ..., er raufte sich das stoppelkurze Haar, während er nach dem richtigen Wort suchte, ... Ausstrahlung dieser Frau, oder wie nannte man das? ... Ihre Aura.

»Loni?«, rief er leise.

Der Hund spitzte sein linkes Ohr.

Trojan hüllte sich in das Bettlaken und ging in den vorderen Raum, aber da war niemand.

Das Telefon in seiner Hand klingelte weiter, aus einem unerklärlichen Grund wollte sich partout nicht die Mailbox einschalten.

Eigentlich hatte er vor, den Anrufer wegzudrücken, aber versehentlich – oder war es eine unbewusste Handlung seines ausgeprägten Pflichtgefühls? – erwischte er die Taste fürs Annehmen.

»Hilmar?«

Die Stimme seines Chefs klang belegt. »Ich weiß, Nils, eigentlich hast du Urlaub, aber …«

»Ja«, unterbrach er ihn schroff, »und wir haben oft genug besprochen, wie wichtig diese Ruhepausen für mich sind!«

Schweigen am anderen Ende.

Und schon lenkte Trojan ein: »Was gibt es denn?«

»Na ja, es ist so, Holbrecht hat sich krank gemeldet, und wir brauchen hier dringend Verstärkung.«

»Was ist passiert?«

Statt einer detaillierten Antwort nannte ihm Landsberg bloß die Adresse eines Einfamilienhauses in Nikolassee.

Trojan wurde von seinem Chef in den Keller geführt. Er begrüßte die Mitarbeiter des Teams mit einem Kopfnicken. Außer dem schüchternen Dennis, der an Grippe erkrankt war, waren sie alle versammelt, Stefanie, Ronnie, Albert, ihr Tatortmann, und Max Kolpert, dazu die Kollegen von der Spurensicherung in ihren weißen Overalls. Auch Dr. Semmler, der Rechtsmediziner, war bereits am Tatort eingetroffen.

Die Scheinwerfer der Kriminaltechnik verbreiteten eine beinahe unerträgliche Hitze in dem relativ kleinen Kellerraum. Trojan ließ den Blick langsam umherwandern und sog förmlich jedes Detail in sich auf, um danach fest und konzentriert die Augen zu schließen.

Am liebsten hätte er die anderen hinausgebeten. Allein sein. Den ersten Eindruck wirken lassen, denn der war der wichtigste. Die Schwingungen aufnehmen, die Atmosphäre. Zunächst nicht werten, sondern nur auffangen. Feine, unsichtbare Antennen auf den Ort des Verbrechens ausrichten.

Und sich dabei nicht stören lassen.

Die anderen kannten mittlerweile seine Eigenarten, also ließen sie ihn gewähren, gestatteten ihm diesen einen meditativen Moment. Das Schweigen, Innehalten, Spüren.

Alsbald kristallisierte sich eine Frage in seinem Kopf heraus: Wer schläft in einem Keller? Sicher, es gab Häuser mit ausgebauten Kellergeschossen, aber die hatten zumindest Oberlichter. Dieser Raum hier war fensterlos.

Trojan atmete durch. Das Bett, denk über das Bett nach. Es war zusammenklappbar. Ein Gästebett. Er begann frei zu assoziieren. Wo bringt man Gäste unter? Im Gästezimmer, aber doch nicht im Keller. Unliebsame Gäste. Verstohlene Gäste. Verstohlen? Nicht werten. Lass alles zu, was sich an Bildern einstellt. Vielleicht nicht verstohlen, sondern peinlich? Scham. Gäste, für die man sich schämt?

Ein unsichtbarer Gast. Was hast du noch gesehen? Erinnere dich. Bettwäsche. Nicht die schönste. Weiß, aber nicht die beste. Das Bettzeug, das man für überraschenden Besuch bereithält.

Überraschend. Unangekündigt.

»Nils?« Es war Landsbergs Stimme.

Trojan ließ die Augen geschlossen und machte eine unwirsche Geste mit der Hand, die seinem Chef bedeuten sollte abzuwarten.

Tisch und Stuhl passten nicht zusammen. Wahllos angeordnet. Die Anziehsachen auf der Stuhllehne. Ein T-Shirt mit einem knallbunten Muster, Strumpfhosen, ein Rock. Irgendwie gehörten auch die Kleidungsstücke nicht richtig zusammen. Ein Schuh am Boden, spitzer Absatz. Scherben von einer Schüssel. Hatte hier ein Kampf stattgefunden? Nein, dafür wirkte es wieder zu ordentlich.

Die Kollegen konnten offenbar nicht mehr stillhalten. Das

Scharren der Füße, ihr nervöses Geräusper lenkten ihn ab. Allein sein. Stille. Sich ganz auf die Situation einlassen. Wie oft sollte er ihnen das noch erklären, sie verstanden es einfach nicht. Schwierige Tatortarbeit. Nicht in Routine verfallen, zu viele Handgriffe, die eingeübt waren, die Spurenmarkierungen, die nummerierten Klarsichtbeutel für Asservate, dazu das ewige Rastern im Kopf. Nicht werten, nur wirken lassen. Doch es gab diese Handlungsmechanismen, Automatismen. Und dann war alles verdeckt. Nichts mehr sichtbar von dem allerersten Bild, das sich ihnen bot.

Er spürte, wie seine imaginären Antennen außer Kontrolle gerieten. Nervenbahnen, Synapsen, Gedanken, Fetzen. Er schweifte ab. Loni. Ihr Lachen. Was hatte er nur getan? Und er sah Jana vor sich. Sie wollte ihm etwas sagen. Sie streckte die Hand nach ihm aus und öffnete den Mund. Aber der Mund blieb stumm.

Er war taub. Taub für diesen Moment.

Hör auf, dachte er, das gehört nicht hierher.

Ein Gast.

Wer war der Gast in diesem Keller?

Trojan öffnete die Augen. Sein Blick fiel auf die Tote am Boden, in sich zusammengesunken, halb sitzend, an die Wand gelehnt. Er erkannte die Strangulationsmale an ihrem Hals, zumindest an der Seite, wo sie nicht von ihrem aufs Brustbein gesunkenen Kinn verdeckt waren.

Und er sah die Bissspuren überall an ihrem Körper.

Sie trug Nylons, Rock und eine Bluse. Ein einzelner Schuh an ihrem linken Fuß. Passend zu dem anderen auf dem Boden.

War sie es selbst gewesen, die sich hier unten ein Zimmer eingerichtet hatte?

Aber warum sollte sie?

Nach Landsbergs knappem Eingangsbericht handelte es sich um eine Franziska Wiesner, sechsundfünfzig Jahre alt, die allein in diesem Haus gelebt hatte.

Also eher die Gastgeberin? Fremder Gast, unheimlicher Gast, versteckt.

Ja, ein Versteck.

Kellerversteck.

»Okay, fangen wir an«, sagte Nils.

Der Chef nickte ihm zu, die Ungeduld war ihm ins Gesicht geschrieben, aber gerade er war mit Trojans Marotten bestens vertraut und unterstützte sie, wo immer sie hilfreich waren.

»Die beste Freundin der Ermordeten hat sie heute Vormittag hier unten entdeckt. Melanie Schopf ist ihr Name, sie besitzt einen Zweitschlüssel zu dem Haus. Franziska Wiesner reagierte nicht mehr auf Anrufe, also ging sie nachsehen.«

»Warum ausgerechnet im Keller?«, hakte Trojan nach.

»Gute Frage. Sie wäre auch beinahe unverrichteter Dinge wieder abgezogen, doch dann dachte sie an einen Unfall, hielt es für möglich, dass Frau Wiesner auf der Treppe gestürzt sein könnte.«

»War die Kellertür geschlossen?«

»Nach ihrer Aussage, ja.«

»Licht?«

»Sie hat es selbst eingeschaltet. Zuvor war alles dunkel.«

»Und die Eingangstür?«

»Sie musste den Schlüssel nur ein einziges Mal im Schloss herumdrehen. Es war also nicht vollständig abgesperrt.«

»Okay, und weiter?«

»In der Küche schließt ein Fenster nicht richtig. Der Täter oder die Täterin könnte dort leicht hereingekommen sein.«

»Wie sieht es da oben aus?«

»Erstaunlich sauber.«

»Keine weiteren Einbruchsspuren, Hinweise auf einen Kampf?«

Landsberg schüttelte den Kopf.

»Und das Küchenfenster?«

»Es war geschlossen, aber der Riegel ist defekt. Die Spurensuche in den oberen Räumlichkeiten läuft auf Hochtouren.«

»Gut. Und wo ist diese Frau Schopf jetzt?«

»Draußen in einem Mannschaftswagen. Sie steht unter leichtem Schock, ist aber ansprechbar.«

Trojan ließ die Informationen kurz auf sich wirken, dann ging er an dem Tisch vorbei, auf dem sich ein paar Vorräte, Geschirr, ein Wasserkocher und eine Kochplatte befanden.

Er näherte sich der Toten.

Dr. Semmler nickte ihm zu und wies auf die dunklen Male am Hals. »Schau dir das an, Nils.«

Trojan ging neben ihm in die Hocke.

»Die Frau ist mehrmals stranguliert worden, vermutlich mit einem Draht, mal mehr, mal weniger fest, das zeigen die Abdrücke am Hals. Und das wohl über einen längeren Zeitraum.«

»Was ist mit den …?« Er brach ab. Sein Blick verschwamm für einen Moment. Gleichzeitig verspürte er eine jähe Übelkeit, die er niederzuringen versuchte, indem er sich bemühte, weniger flach zu atmen.

Der Rechtsmediziner musterte ihn. »Du meinst die anderen Verletzungen?«

»Ja«, erwiderte er tonlos.

»Dazu komme ich gleich.«

Trojan wusste nicht, ob Semmler genauso entsetzt war wie er, jedenfalls ließ er sich nichts anmerken, sondern fuhr im nüchternen Tonfall fort: »Sie starb ganz offensichtlich aufgrund der Strangulationen, und das nach ersten Schätzungen vor mehr als vierundzwanzig Stunden.«

Trojan schaute auf die rostfarbenen Flecken am Boden.

»Und das Blut?«, fragte er.

»Stammt von den Bissen.«

Trojan spürte, wie ein Ruck durch die Kollegen ging. Sie alle waren bestürzt und bildeten einen dichteren Kreis um die Tote. Ein jeder von ihnen schien entschlossen zu sein, die Flucht nach vorn anzutreten. Gnadenlos inspizierten sie gemeinsam die Zahnabdrücke und blau unterlaufenen Stellen am Oberarm der Toten, wo der Ärmel der Bluse halb abgerissen war. Sie betrachteten die Bissspuren im Gesicht und an den Beinen. Selbst an der Hüfte, wo die Bluse zerfetzt war, hatte etwas oder jemand seine Zähne in Haut und Bindegewebe geschlagen.

Semmler richtete sich mit einem Seufzer auf: »Ich weiß, was du mich nun fragen wirst, Nils. Aber es war kein Tier, nein, diese Zahnabdrücke sind eindeutig menschlicher Natur.«

Auch Trojan kam aus der Hocke hoch.

»Das ist barbarisch«, sagte jemand in die betretene Stille hinein.

Trojan drehte sich um.

Die Bemerkung stammte von Albert Krach. Er sah wie immer etwas blass und angekränkelt aus. Schon öfter hatte Trojan überlegt, ob er vielleicht heimlicher Trinker war.

Die anderen aus dem Team versuchten, ihre Beklommenheit mit ein paar lockeren Sprüchen loszuwerden. Nur sein Kumpel Ronnie Gerber blickte Trojan ernst an, als würde er über ihn nachdenken.

Trojan hatte ihm in einem schwachen Moment gestanden, dass er seinen eigenen Vater verdächtigte, vor vielen Jahren einen Menschen umgebracht zu haben. Seitdem hatten sie nicht mehr darüber gesprochen. Schweigend teilten sie dieses Geheimnis.

Ronnie nickte ihm kaum merklich zu.

Nach einer Weile wandte sich Trojan von ihm ab.

Er musste sich sammeln, durfte jetzt nicht auch noch an seinen Vater denken.

Wir sind nicht mehr Herr im eigenen Haus, durchfuhr es ihn, als er auf die Wunden am Körper der Toten starrte.

Landsberg berührte ihn flüchtig am Ellbogen und führte ihn zu dem Klappbett hin, vor dem auch Stefanie stand. »Kommen wir zu dem nächsten etwas merkwürdigen Detail. Wir wissen nicht, zu welchem Zweck dieser Kellerraum eingerichtet wurde, aber es sieht so aus, als habe hier jemand übernachtet.«

»Vielleicht der Täter oder die Täterin selbst«, warf Stefanie ein. »Es ist doch zumindest denkbar, dass Frau Wiesner hier unten jemandem Obdach gewährt hat, von dem sie schließlich auf grausame Weise ermordet wurde.«

»Ja«, sagte Landsberg. »Da sind diese Essensvorräte, die Kochplatte, das Geschirr.«

»Fehlen eigentlich Wertsachen im Haus?«, fragte Trojan.

»Offenbar nicht«, erwiderte Stefanie. »Wir müssen die Zeugin Melanie Schopf noch dazu befragen. Und Frau Wiesners Exmann sollte benachrichtigt und zu einer Vernehmung vorgeladen werden.«

»Hab ich bereits angewiesen«, murmelte Landsberg.

»Ist den Nachbarn etwas aufgefallen?«

»Nach ersten Befragungen nicht.«

»Franziska Wiesner lebte also allein, ja?«

Sein Chef nickte. »Geschieden.«

»Kinder?«

»Eine Tochter, allerdings ist sie vor einem Jahr verstorben.«

»Woran?«

»Herzversagen. Mit dreißig.«

Trojan hob die Augenbrauen. »Das ist aber früh.«

»Sie hatte einen angeborenen Herzfehler«, sagte Stefanie. »In diesem Zusammenhang gab Melanie Schopf an, Frau Wiesner sei in letzter Zeit in recht labiler psychischer Verfassung gewesen.«

»Inwiefern?«

»Sie kam wohl über den Verlust ihrer Tochter nicht hinweg.«

»Ist das nicht verständlich nach nur einem Jahr?«

»Schon, aber sie hat wohl regelrecht mit der Toten kommuniziert.«

Trojan schaute auf das weiß bezogene Klappbett.

Und wieder geisterte die Frage durch seinen Kopf: Wer war zu Gast in diesem Keller?

ZEHN

Luis liebte es, im Hinterzimmer seines Büros, das er sich als Dunkelkammer eingerichtet hatte, im Rotlicht vor den Entwicklungsbädern zu stehen und den betörenden Geruch der Chemikalien zu inhalieren. Es war wie Magie, wenn ein erster Schemen auf dem Fotopapier auftauchte, rötlich schimmernd in der Flüssigkeit. Er hantierte mit der Zange, tauchte das Papier in die nächste Schale. Motiv war die Brücke zwischen den Stationen Neukölln und Hermannstraße, nachts. Die S-Bahn rauschte gerade darunter hindurch, allmählich tauchten am Geländer zwei Passanten auf. Ein Mann und eine Frau, einander bei den Händen haltend. Er hatte mit Doppelbelichtungen gearbeitet, so dass das Paar wie eine Geistererscheinung wirkte, befremdlich und suggestiv zugleich. Gebannt beobachtete er, wie die Umrisse der beiden deutlicher wurden.

Gleich würden sie springen. Sich mit den verwischten Leuchtspuren der dahinrasenden Bahn vereinen. Nur noch wenige Augenblicke, und sie wären eins mit dem Strom der Farben, der rauschenden Bewegung. Eine letzte Sekunde noch, und sie würden sich auflösen im tanzenden Licht.

Abermals wechselte er das Entwicklungsbad.

Niemals würde er den Glauben an die analoge Fotografie aufgeben. Standhaft bleiben, dachte er, in den Zeiten der digitalen Knipserei, da alles und nichts gerastert, ins Netz gestellt, geteilt, kommentiert und vervielfältigt wurde, bis auch dem allerletzten Blick auf die Welt jeglicher Zauber genommen wäre.

Die Zeit verstrich, bis er sein Werk zum Trocknen aufhängen konnte.

Und er war selbst davon überrascht. Seit der nächtlichen Begegnung mit einer rothaarigen Frau in Biker Boots schienen seine Arbeiten an Tiefe, Schärfe und Nachhaltigkeit gewonnen zu haben.

Sie hatte ihn inspiriert. Bestärkt. Ihm die Augen geöffnet. Und durch sie hatte er eine Ahnung davon bekommen, dass in ihm vielleicht mehr Mut und Abenteuerlust steckte, als er sich eigentlich eingestehen wollte.

Fasziniert betrachtete er das Geisterpaar am Brückengeländer.

Schließlich schaltete er das Rotlicht aus, verließ die Kammer und legte sich im vorderen Raum aufs Sofa. Da erst merkte er, wie müde er eigentlich war. Er sollte heimgehen und sich schlafen legen, aber selbst dafür war er zu erschöpft.

Nach einer Weile nickte er ein, bis er jäh hochschreckte. Er fühlte sich beobachtet. Natürlich, er hatte ja auch versäumt, die Rollläden an der Glasfront zur Straße herabzulassen.

Und da sah er sie. Draußen, die Stirn gegen die Scheibe gepresst, die Augen mit den Händen abgeschirmt, blickte sie zu ihm herein.

Träumte er?

Sofort war er auf den Beinen, eilte zur Tür und schloss auf. Aber da war niemand.

Drüben auf der anderen Straßenseite machte er einen Schemen aus. Eine junge Frau in einem schwarzen Kleid, rothaarig. Sie rannte davon, er ihr nach. Sie tauchte hinter der nächsten Häuserecke ab. Luis beschleunigte.

Als er den Kottbusser Damm erreicht hatte, war sie ihm

entwischt. Er lief noch ein Stück weiter, dann hielt er schwer atmend inne.

Ein Trugbild, mehr nicht, er war ja noch ganz benommen von seinem kurzen Schlaf. Irritiert kehrte er um.

Zurück im Büro, schloss er hinter sich die Tür. Da erst wurde ihm bewusst, dass er nicht abgeriegelt hatte. Wie unvorsichtig von ihm, in dieser Gegend wurde viel geklaut. Er kontrollierte seine Arbeitsmaterialien. Zum Glück fehlte nichts, auch seine Nikon war noch an Ort und Stelle.

Kaum hatte er sich wieder auf dem Sofa niedergelassen, vernahm er eine raue Stimme.

»Luis.«

Er war wie erstarrt.

»Lass die Jalousien herunter.«

Er hielt die Luft an.

»Mach schon.«

Die Stimme drang aus einer Ecke hinter dem Schreibtisch, verborgen hinter einem Stapel Kartons.

War das *ihre* Stimme?

Endlich konnte er sich wieder rühren. Er erhob sich, ging zum Fenster und zog an dem Riemen für den Rollladen. Krachend senkte er sich herab.

Auch an der Tür ließ er die Verdunklung herunter.

Ohne den Widerschein der Straßenlaternen war es nun noch schummriger in seinem Büro. Sein Herz hämmerte, als er sich dem Stapel Kartons näherte. Er wusste selbst nicht, warum, aber er nahm den obersten herunter und ließ ihn zu Boden fallen. Dann den nächsten. Es waren Zeitschriften, Fotobücher und ältere Aufnahmen, die er in den Kartons aufbewahrte. Einen nach dem anderen fegte er herunter, bis er sie schließlich dahinter erblickte.

In sich zusammengesunken hockte sie an der Wand und

starrte ihn an. Sie war bleich. Ihr ehemals so leuchtend rotes Haar war stumpf und hing in Strähnen an ihr herab.

»Simona!«

Sie hob schützend die Hände vor ihr Gesicht. »Ich existiere nicht. Du hast mich nicht gesehen. Hörst du?«

Er schien zu träumen. Bestimmt lag er noch immer auf dem Sofa und schlief tief und fest. Auch sein Spurt auf die Straße, ein Traum. Wie sollte es denn sonst möglich sein?

»Simona«, sagte er noch einmal.

Aber selbst ein Traum folgte einer gewissen Logik. Offenbar hatte sie sich in einen Hinterhof verflüchtigt und war von dort zu seinem Büro zurückgekehrt, wo sie die Tür unverschlossen vorgefunden hatte.

Und nun hockte sie hier, direkt vor ihm.

Als sei sie soeben ihrem Grab entstiegen.

»Du bist tot«, murmelte er.

»Ja.« Ihre Stimme so rau, so schleppend.

Und wieder sagte er ihren Namen, wagte es aber nicht, die Hand nach ihr auszustrecken.

»Verrate mich nicht.« Ausgemergelt ihre Gestalt. Die Wangen eingefallen. »Wenn du es irgendjemandem sagst, zerfalle ich zu Staub.«

Reglos blickte er sie an.

Sie wirkte so zerbrechlich auf ihn, als würde allein eine Berührung ausreichen, sie in einen Haufen Knochenstaub zu verwandeln.

Nach einer Weile kniete er vor ihr nieder. Ihre Hände glitten von ihrem Gesicht. Die Augen lagen tief in den Höhlen, kein Glanz mehr darin.

»Ich hab geschlafen«, murmelte er, »und dann ...«

»Ja, das war ich. Nur ein Blick durch dein Fenster. Ich hab mir vorgestellt, wie warm es hier drin ist. Und ob es wohl gut wäre, mich in deinem Büro zu verstecken. Doch dann hast du mich entdeckt. Ich wollte vor dir wegrennen. Aber ich hatte keine Kraft mehr. Und mir ist kalt. Entsetzlich kalt.«

Er stand auf, nahm die Baumwolldecke vom Sofa und legte sie ihr über die Schultern.

»Das Licht blendet mich«, sagte sie heiser.

Er drehte am Dimmer der Schreibtischlampe. Nun war das Büro beinahe in völlige Dunkelheit getaucht. Er kauerte neben ihr nieder.

»Simona. Wie ist das möglich? Du bist gestorben. Ich war doch bei dir, als …«

Und erneut war ihm, als würde er durch einen Traum gleiten voller Bildfetzen, Erinnerungen, Doppelbelichtungen. Vielleicht war er noch betäubt vom Silberhalogenid der Fotobäder, berauscht von den lichtempfindlich wirkenden Substanzen.

»Ich stand an deinem Grab.«

»Hast du um mich geweint?«

Er nickte.

»Komm zu mir.« Er rückte dichter an sie heran, und sie legte ihre Hand auf seine Wange. »Es war eine schöne Nacht. Die Nacht mit dir. Du warst so süß. Ängstlich und süß.«

Bloß eine Phantasie, dachte er. Sie ist das Abbild meiner verborgenen Wünsche, meines Begehrens.

»Wir hätten es gut haben können«, murmelte sie. »Wir beide.«

Nein, sie hatte doch nur mit ihm gespielt. Oder sollte es ihr tatsächlich ernst gewesen sein in jener Nacht, als sie starb? Beerdigt und nun? Woher kam sie? Es *konnte* nicht real sein.

Er holte aus und verpasste sich selbst eine Ohrfeige. Er spürte den Schmerz. Es tat ihm gut. Abermals schlug er sich.

»Was soll das? Luis!«

Er hielt inne. »Ich bin also wach? Ich träume nicht?«

Sie sah ihn bloß an. Sein Blick glitt an ihr herab. Die Decke um ihre Schultern. Das Kleid auf ihrer blassen Haut, schmutzig. Sie war so mager. Ihre dünnen Beine steckten in schwarzen Strumpfhosen. Laufmaschen überall. Stiefel mit abgewetzten Sohlen, hohe Absätze. Er dachte an ihre Biker Boots, sah sie wieder vor sich auf dem Dach der S-Bahn, als sei es erst gestern gewesen.

Mit einem Mal durchflutete es ihn warm, und er genoss es, wie sie ihm ihren Atem ins Gesicht hauchte. Inständig hoffte er, dass dieser Traum, wenn es denn einer war, niemals enden würde.

»Simona, sag mir, was passiert ist. Erzähl mir alles, und dann melden wir es den Behörden, der Polizei, oder wer auch immer dafür zuständig ist. Dein Tod war ein Missverständnis. Da ist einiges, was ich mir nicht erklären kann, aber …«

Er erschrak, als sich ihr Gesicht verzerrte. Sie stieß eine Art Knurren aus und presste die Sätze zwischen den Lippen hervor: »Sei still, Luis. Halt den Mund.«

Die Hand, die sich noch eben an seine Wange geschmiegt hatte, stieß ihn weg. Er verlor das Gleichgewicht, stützte sich auf dem Arm ab. Sie schlug seinen Arm weg, richtete sich auf und drückte ihn zu Boden.

Mit einem Mal hockte sie auf ihm. Ihr Kleid war verrutscht, und er erkannte, dass sie keinen BH trug. Nicht einmal eine Jacke schien sie bei sich zu haben, wie hatte sie das nur ausgehalten in dieser kalten Oktobernacht?

Sie peitschte ihm ihr Haar ins Gesicht. Ihre Hände waren an seinem Hals. Er keuchte.

»Du wiederholst jetzt, was ich dir sage: Ich-werde-niemals-die-Polizei-einschalten.«

Sie würgte ihn, er bekam keine Luft mehr.

»Sag es.«

Aber sie drückte noch fester zu. Er röchelte. Sie beugte sich zu ihm herab, ihr Atem war heiß.

Plötzlich war ihr Mund an seinem Hals. Er spürte ihre Zähne. Sie biss ihn. Er konnte es nicht fassen. Zunächst war es mehr ein Kneifen, Nagen, Necken. Doch dann kam Blut.

Wieder biss sie zu. Es war unvorstellbar.

Und es erregte ihn.

Er konnte keinen Ton hervorbringen. Erst als sie den Griff ein wenig lockerte, stammelte er: »Keine Polizei.«

Sie stieß ihm die Finger ins Gesicht, ihre Nägel zerkratzten seine Haut. Sie beugte sich noch näher zu ihm herab: »Wiederhole es im ganzen Satz.«

Er versuchte sich aufzubäumen, ihre Schenkel aber umklammerten ihn mit ungeahnter Kraft. Er presste seinen Unterleib gegen ihren Schoß und spürte ihre Hitze.

Er war so erregt. Es *musste* ein Traum sein. Fiebrig und grell.

»Ich werde nicht die Polizei einschalten«, keuchte er.

»Wirklich?« Und erneut biss sie zu. Wieder am Hals. Danach warf sie den Kopf herum, ihr Haar wirbelte. »Versprochen?«

»Ja«, murmelte er. »Ja!«

Der Ausschnitt ihres schwarzen Kleids war verrutscht, und er blickte auf den hellen Ansatz ihres Busens.

Ihre Lippen wölbten sich. Und sie biss zu, diesmal so stark, dass es ihm den Atem nahm.

Sie ist doch tot, durchfuhr es ihn, wie ist das möglich?

Tot, tot, dröhnte es in seinem Kopf.

Mit der Hand stieß sie seinen Kopf auf den Boden, und er offenbarte ihr die verletzte Stelle an seinem Hals.

Wieder tauchte sie mit ihrem Mund in ihn ein.

Sie kam hoch und leckte sich das Blut von den Lippen.

ELF

Es war nach neun am Morgen, und Alina hatte noch nicht einmal geduscht und gefrühstückt. Eigentlich müsste sie längst im Büro sein, der Abgabetermin für den Entwurf der Carsharing-Kampagne rückte immer näher, und die Konkurrenz schlief nicht. Sie musste weitaus besser sein als ihre Mitbewerber, höchste Zeit, dass sie sich mit größtem Elan in das Projekt hineinkniete, doch nach wie vor fehlte es ihr an einer zündenden Idee. Mittlerweile war sie ziemlich mutlos, und bereits am Vortag hatte sie die Arbeit komplett geschwänzt. Nach ihrer dritten Fahrt hinaus nach Nikolassee, als Frau Wiesner sie hinter der verschlossenen Tür abgewimmelt hatte, war sie geradewegs in ihre Kreuzberger Wohnung zurückgekehrt und hatte sich völlig verstört unter der Bettdecke verkrochen.

So konnte es einfach nicht weitergehen. Dieser Vorfall im Keller hatte sie völlig aus dem Konzept gebracht, unaufhörlich kreisten ihre Gedanken darum.

Und nun hatte sie auch noch den furchtbaren Verdacht, dass ihr jemand vor der Haustür auflauerte. Jedes Mal, wenn sie ans Fenster trat, registrierte sie denselben Passanten unten auf der Straße. Er trug einen langen grauen Mantel und hatte die Hände in den Taschen vergraben. Sein Gesicht war unter einer Schirmmütze verborgen. Mal ging er scheinbar ziellos auf und ab, mal stand er in der Toreinfahrt auf der anderen Straßenseite. Gelegentlich lungerte er vor einer Plakatsäule herum, oder er bog um die Ecke, um kurz darauf wieder aufzutauchen.

Alina war sich ziemlich sicher, dass er verstohlen zu ihrem Fenster hinaufschaute.

Selbst nachdem sie die Vorhänge zugezogen hatte, musste sie sich ständig vergewissern, ob er noch da war, indem sie durch einen Spalt hindurchlugte.

Sie nannte ihn bereits ihren Beschatter, tadelte sich aber umgehend selbst dafür. Sie merkte, dass sie längst dabei war, sich in etwas hineinzusteigern.

Wenn sie ganz ehrlich war, traute sie sich kaum noch aus der Wohnung hinaus.

Ihr zwanghaftes Benehmen hatte mit ihrer Wunde zu tun, davon war sie überzeugt. Als sei seit dem Biss tatsächlich eine Veränderung mit ihr vorgegangen.

Immer wieder trat sie vor den Badezimmerspiegel, um ihren Oberarm zu betrachten. Sie hatte sogar die Stehlampe aus dem Wohnzimmer an die Steckdose im Bad angeschlossen. So konnte sie den Lichtkegel direkt auf ihren Körper richten und die Verletzung genauer untersuchen.

Die Entzündung schien fast minütlich fortzuschreiten. Rings um die Zahnabdrücke war die Haut krebsrot, an den Rändern hatte sich die Wunde blau bis violett verfärbt, noch weiter außen schimmerte sie gelblich und grün.

Sie schauderte. Und doch konnte sie sich kaum von dem Anblick losreißen.

In der Nacht hatte sie so gut wie gar nicht geschlafen und sich ruhelos in ihrem Bett hin- und hergewälzt.

Mehrmals hatte sie sich dabei ertappt, wie sie an Luis' Zimmerwand lauschte. Er war nachts nicht heimgekehrt, was sie verunsicherte, war er doch sonst regelmäßig abends zu Hause. Aber bis in die Morgenstunden hinein war nebenan alles still geblieben.

Dann wieder hatte sie sich gefragt, warum sie sich überhaupt für ihren Nachbarn zu interessieren begann. Lag es daran, dass sie ihn beinahe ins Vertrauen gezogen hätte? War es ihr flüchtiges Gespräch über den Biss gewesen? Sie hätte lieber schweigen sollen.

Und doch hätte sie seine Nähe in dieser Nacht wohl beruhigt, zumindest sein gedämpftes Rumoren hinter der Wand.

Gegen zehn war noch immer nichts von ihm zu hören. Erneut trat Alina ans Fenster und spähte durch eine Öffnung im Vorhang auf die Straße hinab.

Von ihrem Beschatter war nichts mehr zu sehen. Gott sei Dank. Vielleicht hatte sie sich ja auch getäuscht.

In diesem Augenblick vernahm sie Schritte draußen auf der Treppe. War *er* das etwa? Hatte sich ihr Beschatter Zutritt ins Haus verschafft?

Sofort war sie am Türspion.

Nein, es war Luis, der die letzten Stufen hinaufkam.

Sie beobachtete, wie er seine Wohnung aufschloss. Da wandte er sich plötzlich zu ihrer Tür um. Sie zuckte zusammen, so bleich sah er aus, völlig übernächtigt. Seine Augen waren rotunterlaufen. Er hatte ein paar Kratzer im Gesicht. Den hochgeschlagenen Kragen seiner Jacke hielt er mit einer Hand fest verschlossen.

Offenbar spürte er, dass sie ihn durch den Spion hindurch musterte, denn er trat näher und fragte leise: »Alina?«

Sie rührte sich nicht.

Er klopfte gegen die Tür.

»Alina, ich weiß doch, dass du da bist. Mach bitte auf. Es ist etwas Merkwürdiges passiert.«

Verzerrt durch die Fischaugenperspektive des Spions sah sie, wie er an seinem Jackenkragen nestelte. Und für einen Moment war ihr, als klebte geronnenes Blut an seinem Hals.

Alina öffnete nicht.

Er stand unter der Dusche und ließ das heiße Wasser über seinen Körper laufen. Die Stelle am Hals brannte. Aber das war gut so. Und er hielt den Brausekopf so dicht an die Wunde, dass sie von dem pulsierenden Wasserstrom noch mehr gereizt wurde. Aus dem Brennen wurde ein Stechen. Luis zog die Luft ein.

Aber er ertrug die Schmerzen nicht nur, sondern stachelte sie weiter an, indem er die Verletzung mit noch heißerem Wasser ausspülte. Die Antwort war wie ein gellender Aufschrei aus dem feurigen Innern der Blessur, so dass er schließlich überzeugt war: Er hatte nicht geträumt, die Ereignisse der vergangenen Nacht entsprachen der Wirklichkeit. Sie waren so real wie das Wüten unter seiner aufgerissenen Haut.

Luis drehte die Hähne zu, griff nach seinem Handtuch und frottierte sich ab, dabei sparte er die Verwundung aus und ließ sie an der Luft trocknen. Als er einen Blick in den Spiegel warf und die in allen Farben schillernden Blutergüsse, die Abschürfungen und Zahnabdrücke an seinem Hals erkannte, war er für einen Moment zutiefst erschüttert. Aber schon strömten die nächtlichen Bilder auf ihn ein.

Diese bleiche Frau, hohlwangig und mit stumpfem Haar. War das überhaupt Simona gewesen?

Denk lieber an den Schmerz, ermahnte er sich. Der Schmerz ist real. Sie hat dich gebissen. Sie lebt.

Er zog sich an. Nicht länger darüber nachgrübeln, befahl er sich. Plötzlich aber überkam ihn das dringende Bedürfnis, mit jemandem darüber zu sprechen. Dieses Mysterium musste aufgeklärt werden.

Andererseits hatte Simona ihn davor gewarnt.

Luis kochte sich einen starken Kaffee und trank gleich zwei Tassen. Etwas Essbares bekam er nicht herunter. Eine Weile hockte er gedankenverloren an seinem Küchentisch.

Erneut musste er an Alinas seltsame Worte denken, neulich vor den Briefkästen. Und an ihre Bisswunde am Arm.

Wir sind uns näher, als wir ahnen, durchfuhr es ihn. Warum aber öffnete sie ihm nicht die Tür? Er war sich sicher, dass sie ihn durch den Spion beobachtet hatte.

Er ging ins Treppenhaus und läutete abermals bei ihr. Nichts. Und doch dieses untrügliche Gefühl, sie sei daheim. Als hielte sie in ihren vier Wänden den Atem an und stellte sich tot.

Zurück in seiner Wohnung, schnappte er sich einen Notizblock und kritzelte darauf in großen, dringlichen Lettern:

WARUM NOCH LÄNGER SCHWEIGEN? AUCH ICH GLAUBE AN DIE RÜCKKEHR DER TOTEN. SPRICH MIT MIR. LUIS.

Er riss das Blatt ab, trat wieder hinaus und schob es unter ihrer Wohnungstür hindurch.

Als sie am Mittag noch immer nicht darauf reagiert hatte, schrieb er ihr eine zweite Nachricht:

LASS UNS ÜBER DIE TOTEN REDEN. BITTE. L.

Auch diesen Zettel steckte er unter ihrem Türspalt hindurch.

Schließlich ging er in sein Schlafzimmer und sank auf sein Bett.

Sobald er die Augen schloss, sah er Simonas Mund vor sich. Blut auf ihren sich öffnenden Lippen.

Luis Ferner wurde von einem unbändigen Verlangen gepackt.

Am Nachmittag klingelte es an seiner Tür. Ein Blick durch den Spion verriet ihm, dass es nicht Alina war. Rasch streifte er sich eine Strickjacke über und zog den Reißverschluss bis über den Hals zu.

Luis öffnete.

Es war seine Freundin Katharina, von allen, die ihr nahestanden, bloß Cat genannt. Freundin traf es nicht ganz, eher war sie eine Art platonische Gefährtin für ihn.

»Hallo, Luis.«

»Hi.«

Er ließ sie herein. Mit ihr hatte er nun wirklich nicht gerechnet.

»Störe ich gerade?«, fragte sie.

»Nein.«

»Warum rufst du mich eigentlich nicht mehr zurück? Ich hab es mehrmals bei dir versucht.«

Hatte sie das? Sein Handy war offenbar stummgeschaltet.

Einerseits war er froh, dass sie ihn besuchen kam. Immerhin war sie diejenige, der er beinahe alles anvertrauen konnte. Das erfüllte ihn andererseits aber mit Sorge, da sie so viel über ihn wusste und ihn leicht zu durchschauen vermochte.

Würde sie ihn für verrückt erklären, wenn er ihr gestand, was in der letzten Nacht vorgefallen war?

Bestimmt. Also wäre es ratsamer zu schweigen.

In einer Phase größerer Verzweiflung, als es ihm schier unnatürlich vorgekommen war, dass er noch immer als Single durch die Gegend lief, hatte er auf eine Kontaktanzeige im Internet geantwortet, und so war er Cat begegnet. Sie mochten sich auf Anhieb, aber es gab einfach keine sexuelle Spannung zwischen ihnen.

Zumindest empfand Luis das so.

Er half ihr aus dem Mantel. Cat war ein wenig korpulent, ging damit jedoch recht offensiv um und trug gern Kleider im Retrostil oder knallige Print-Shirts zu weiten Tellerröcken. Heute hatte sie einen Bleistiftrock an, und ihre Seidenbluse war mit auffälligen Volants geschmückt. Ihr Gesicht war offen und freundlich, ihr brünettes Haar, das sie raffiniert hochgesteckt im Stil der Zwanzigerjahre trug, war leicht gewellt. Sie arbeitete als Assistenzärztin in einer Klinik, ihr Fachbereich war die Dermatologie. Männer schienen in ihr mehr den Kumpel zu sehen, das machte ihr offenbar zu schaffen. Jedenfalls hatte sie das Luis gegenüber einmal durchblicken lassen.

»Setz dich doch«, murmelte er.

Sie nahmen beide auf seinem Sofa Platz. Da erst bemerkte er, dass in seiner Wohnung ein schreckliches Chaos herrschte. Er müsste dringend mal wieder für Ordnung sorgen. Möglichst unauffällig versuchte er, ein paar gebrauchte Socken und eine Unterhose unter dem Sofakissen zu verbergen, was Cat anscheinend nicht entging, denn sie kommentierte es mit einem flüchtigen Schmunzeln.

»Du siehst blass aus«, sagte sie schließlich.

»Wirklich?«

»Hmm. Hast du schlecht geschlafen in letzter Zeit?«

»Kann schon sein.« In der letzten Nacht überhaupt nicht, dachte er.

»Was ist denn los mit dir? Ich kenne dich doch mittlerweile ganz gut. Wenn du dich verkriechst, auf SMS und Anrufe nicht mehr reagierst, liegt es meistens an dieser Frau mit dem schwachen Herzen. Deine unerfüllte Liebe, hab ich recht?«

Volltreffer, dachte er.

»Sie ist tot, Luis. Lass sie gehen.«

Er hatte ihr in allen Einzelheiten von seiner damaligen Begegnung mit Simona erzählt. Cat war eine geduldige Zuhörerin. Bei ihr hatte er sich den Schock über ihren plötzlichen Tod von der Seele reden können.

Allerdings war bei seiner platonischen Freundin auch eine gewisse Eifersucht spürbar gewesen, es war wohl doch ein sensibles Thema für sie beide.

Sie legte ihre Hand auf sein Knie. »Du wirst darüber hinwegkommen. Nun ist schon ein Jahr vergangen seit dieser Tragödie, und das ist viel Zeit. Außerdem kanntest du diese Simona ja nicht einmal richtig. Und wenn ich dich recht verstanden habe, ist doch überhaupt nichts zwischen euch gelaufen.«

Er sah sie schweigend an.

Cat nahm ihre Hand zurück und fischte dafür einen Zettel aus ihrer henkellosen schwarzen Ledertasche. Er war verblüfft, als er auf dem Papier seine eigene Schrift erblickte.

»Hier«, sagte sie. »Ragte unterm Türspalt der Nachbarwohnung hervor. Hab deine Handschrift gleich erkannt, also verzeih meine Neugier.«

»Gib das her«, sagte er erbost und riss ihr den Zettel weg.

»*Lass uns über die Toten reden*? Das klingt beängstigend, Luis.«

Er faltete das Papier rasch zusammen. Es war ihm extrem peinlich. Was sollte sie nur von ihm denken?

»Nebenan wohnt doch die beste Freundin von dieser Frau, hab ich recht?«

Er antwortete nicht.

Sie lächelte ihm aufmunternd zu. »Also, Luis, erzähl mir endlich, was dich bedrückt.«

Natürlich könnte es ihn erleichtern, und doch zögerte er. Er hatte keine Ahnung, wie Cat darauf reagieren würde.

»Ich glaube … Simona ist noch immer unter uns«, murmelte er nach einer längeren Pause. »Ich weiß, es klingt verrückt.«

Cat starrte ihn an. Sie war so überrascht, dass sie ein Stück von ihm abrückte.

»Was?«

»Es ist wahr.«

»Luis! Bist du übergeschnappt?«

»Es muss dir seltsam erscheinen, aber …« Er schlug die Augen nieder. »Vergiss es.«

»Wie?«

»Ich hab nichts gesagt. Alles ist gut.«

Sie holte tief Luft. »Du musst dich endlich von ihr lösen. Versprich mir das, Luis. Das grenzt an Besessenheit bei dir. Lass die Toten ruhen.« Sie bedachte ihn mit einem sorgenvollen Blick. »Was hat deine Nachbarin damit zu tun? Warum hast du ihr diesen Zettel geschrieben? Alina heißt sie, oder?«

Ja, auch das hatte er einmal erwähnt. Eigentlich wusste Cat über die Angelegenheit ziemlich gut Bescheid.

Er musste vorsichtig sein.

»Alina ist … sie hat …« Er brach ab.

»Und was sind das für Kratzer in deinem Gesicht?«

Er begann zu schwitzen, gleichzeitig war ihm innerlich so kalt. Bekam er etwa Fieber? Hatte er sich mit irgendetwas infiziert?

Und wieder spürte er Simonas Bisse, den süßen Schmerz, ihre wilden Umarmungen, und es verlangte ihn nach mehr.

»Luis! Hörst du mir denn gar nicht zu?«

Er zuckte zusammen. »Was hast du gesagt?«

»Dein Gesicht.«

»Ach das. Hab mich beim Rasieren geschnitten.«

Ihr war anzumerken, dass sie ihm nicht glaubte. Instinktiv griff er nach dem Reißverschluss seiner Strickjacke und kontrollierte, ob sie noch bis zum Kinn geschlossen war.

Cat stieß einen Seufzer aus, klappte ihre Handtasche zu und

erhob sich. »Ruf mich an, wenn du Hilfe brauchst. Du weißt, ich bin immer für dich da.«

Er nickte, stand ebenfalls auf und begleitete sie zur Tür. »Danke, Cat.«

Sie nahm ihren Mantel vom Haken, blickte ihn eine Weile wortlos an, dann verschwand sie im Treppenhaus.

Luis wartete einen Moment ab. Daraufhin schob er den Zettel erneut unter Alinas Wohnungstür hindurch, diesmal so, dass nichts mehr von ihm zu sehen war.

ZWÖLF

G eistererscheinung?«
Trojan sah Melanie Schopf zweifelnd an. Sie saß vor ihm in seinem Büro in der Karthagostraße, zusammengesunken, bleich, die Augen umschattet. Brünettes Haar, eine kleidsame Bobfrisur, eine helle Bluse, die von teurem Geschmack zeugte. Sie war Ende fünfzig, tätig als Chefeinkäuferin bei einer großen Kaufhauskette. Nach ihren Angaben hatte sie Franziska Wiesner vor einigen Jahren bei einem Kuraufenthalt im Tessin kennengelernt. Der Schock über den Mord an ihrer Freundin war ihr noch immer ins Gesicht geschrieben.

Am Samstagvormittag hatte sie die Tote entdeckt und die Polizei alarmiert. Am späten Abend hatte Trojan sie noch einmal vorgeladen, um mit ihr über das rätselhafte Zimmer im Keller zu sprechen. In ihren Ermittlungen waren sie bisher noch nicht weit gekommen. Immerhin lag ihnen der vorläufige Obduktionsbericht von Dr. Semmler vor. Der Rechtsmediziner hatte den Todeszeitpunkt auf vergangenen Donnerstag gegen Mittag datiert. Todesursache war Ersticken durch Strangulation mit einem scharfen Gegenstand, offenbar einem Drahtseil.

Und er hatte noch einmal bestätigt, dass die zahlreichen Bissspuren von einem Menschen stammten.

Frau Wiesner war über einen längeren Zeitraum malträtiert worden, das zeigten die unterschiedlichen Blutgerinnungsfaktoren ihrer Bissverletzungen. Unklar war noch, ob dies aus reinem Sadismus geschehen war oder um sie zur Herausgabe einer Information zu zwingen. Trojan ging mittlerweile davon aus, dass sie sich seit Mittwochnacht in ihrem Keller aufgehalten hatte, und das offenbar zusammen mit dem Täter oder der Täterin.

Melanie Schopf räusperte sich. »Ich glaube ja selbst nicht an Geister. Aber nach allem, was Franziska mir am Telefon anvertraut hat, klang es beinahe so, als sei ihre ...«, sie schluckte, »... ihre Tochter bei ihr im Haus gewesen.«

Trojan war um Geduld bemüht, allzu oft hatten sie diesen Punkt bereits besprochen. »Aber das ist doch Unsinn. Nach unseren Erkenntnissen ist Frau Wiesners Tochter im Oktober letzten Jahres aufgrund eines angeborenen Herzklappenfehlers verstorben.«

»Das weiß ich doch auch. Ich selbst habe Franziska zur Beerdigung ihres Kindes begleitet und ihr in den schwersten Stunden beigestanden. Und glauben Sie mir, ich bin nicht im Geringsten übersinnlich veranlagt. Ich gebe nur wieder, was sie mir am Telefon anvertraut hat.«

»Was sagte sie denn nun genau?«

»Sie sprach leider immer nur in Andeutungen und tat äußerst geheimnisvoll. Ich hörte heraus, dass sie ... zuweilen an ihrem Verstand zweifelte, und dann wieder .... bitte halten Sie mich jetzt nicht selbst für verrückt, aber ...«

»Aber was?«

»Für mich erschloss sich das Ganze so, als dürfe sie die Anwesenheit der Verstorbenen nicht verraten.«

Trojan stieß einen tiefen Seufzer aus. Was wollte ihm diese Frau eigentlich weismachen? Dass man auf die Wünsche der Toten Rücksicht nehmen musste? War sie entgegen ihrer eigenen Behauptung etwa doch eine Anhängerin der Esoterik? Das ergab alles keinen Sinn.

Melanie Schopf schlug die Augen nieder. »Und dann erzählte mir Franziska, sie hoffe, dass ihr Kind wieder zu ihr zurückkehrt.«

»Verstehe ich nicht«, entgegnete Trojan barsch. »Erst war ihre verstorbene Tochter also angeblich bei ihr und dann wieder weg?«

Sie hob die Schultern und schaute ihn zaghaft an. »Wegen dieser Ungereimtheiten war ich ja in großer Sorge um Franziska. Mehrmals schlug ich vor, bei ihr nach dem Rechten zu sehen, mich um sie zu kümmern, sie aber wies mich jedes Mal äußerst schroff zurück. Sie wollte wohl einfach nur in Ruhe gelassen werden. Manchmal allerdings hatte ich den Verdacht …« Sie brach ab.

Trojan nickte ihr zu. »Ja?«

»… dass sie einen unheimlichen Besuch vor mir verbergen wollte.«

»Unheimlichen Besuch? Wen meinen Sie damit? Das tote Kind?«

Sie sah ihn bloß an. Schließlich sagte sie kaum hörbar: »Ich fürchte, ja.«

Er dachte an das Bett im Keller, die Vorräte, die Kochplatte. Sollte Frau Wiesner etwa schizophren gewesen sein?

Trojan rieb sich über die Augen. Mit Sicherheit hatte er wieder eine schlaflose Nacht im Büro vor sich, vielleicht könnte er sich gerade mal für zwei oder drei Stunden auf der Klappliege ausstrecken. Die Ermittlungen würden unter Hochdruck weiterlaufen, Tag und Nacht. Dabei hatte er doch eigentlich seinen zusätzlichen Urlaub genießen wollen.

Schizophrenie, dachte er. Jana anrufen, sie zu diesem Krankheitsbild befragen. Aber nein, das war nicht drin, er würde ihr die gewünschte Auszeit lassen.

Auch wenn sie nach seinem Empfinden schon viel zu lange

dauerte. War nun alles vorbei? Ihre Beziehung hatte doch gerade erst begonnen.

In seinem Kopf summte es vor Erschöpfung. Plötzlich musste er an die Klangschalen denken, an Loni, ihr Lachen.

Er presste die Handballen auf die Augenlider. Esoterik, was hieß das überhaupt? Ob auch Loni an Geistererscheinungen glaubte? Tischrücken, Kristallkugeln, im Kaffeesatz lesen, so ein Blödsinn. Sie sollten das Haus von Frau Wiesner noch einmal nach solchen Utensilien durchsuchen, vielleicht war Frau Wiesner ja eine Anhängerin der schwarzen Magie gewesen.

Verdammt, er war so müde. Sonntagabend. Was wohl Emily heute machte? Ob es seiner Tochter gutging? Sie anrufen. Jetzt gleich.

Die Geheimzutat ist Liebe. Wer hatte das vor Kurzem gesagt? Loni.

Die orangefarbenen Sitzkissen. Ihr Gelächter. Der Kräuterduft ihres Tees. Die Farblandschaften in ihrem Schlafzimmer.

»Herr Trojan?«

Er ließ die Hände sinken und öffnete die Augen.

Melanie Schopf blickte ihn ratlos an.

»Unheimlicher Besuch«, murmelte er, »richtig.« Er straffte den Rücken. »Wann haben Sie Frau Wiesner denn das letzte Mal lebend gesehen?«

»Vor mehr als zwei Wochen. Wir trafen uns in einem Café in Zehlendorf.«

»Und wann waren Sie zuletzt bei ihr im Haus?«

»Das ist sicher schon mehr als einen Monat her.«

»Warum eigentlich? Sie waren doch sehr gut miteinander befreundet.«

»Ja, und gerade nach ihrer Scheidung vor ein paar Jahren war Franziska besonders anhänglich. Nur hat sie sich in letzter

Zeit ein wenig von mir distanziert. Ich weiß selbst nicht, warum. Ich vermute, es hat mit der Trauer zu tun. Der Tod von Simona war für sie ein Schock, auch wenn sie um die Gefahr wusste, die wegen des angeborenen Herzfehlers fortwährend über ihrer Tochter schwebte.«

Trojan schob ungeduldig die Akten auf seinem Tisch hin und her. Die Vernehmung brachte ihn nicht weiter. Auch den Exmann von Franziska Wiesner, einen Politiker, Mitglied im Berliner Abgeordnetenhaus, hatte er bereits mehrmals befragt. Er kam als Täter nicht in Frage. Kein erkennbares Motiv, dazu ein lupenreines Alibi für die gesamte Woche. Er hatte mit seiner zweiten Frau einen Kurzurlaub an der Algarve verbracht. Wie beneidenswert, dachte Trojan bitter. Verdammt, er hätte sich einfach nur für ein Reiseziel entscheiden sollen, aus dem Ausland hätte ihn Landsberg nicht so ohne Weiteres herbeordern können, und er säße jetzt nicht hier.

Zeig etwas mehr Leidenschaft und Einsatzwillen, schalt er sich sogleich in Gedanken selbst, deine momentane Erschöpfung ist keine Entschuldigung. Eine wehrlose Frau wurde auf brutale Weise ermordet, also streng dich gefälligst an!

»Frau Schopf, ich muss Sie das routinehalber fragen: Wo waren Sie in der Nacht vom vergangenen Mittwoch zu Donnerstag?«

Sie verzog überrascht das Gesicht. »Bei mir zu Hause.«

»Kann das jemand bezeugen?«

»Leider nicht, ich lebe derzeit allein. Hab mich von meinem langjährigen Partner getrennt.«

Trojan machte sich eine Notiz.

»Mit wem pflegte Frau Wiesner denn ansonsten regelmäßigen Kontakt? Hatte sie einen Freund?«

»Nicht, dass ich wüsste. Sie erwähnte zwar in letzter Zeit, dass sie sich einsam fühle, und darum haben wir mal darüber gesprochen, ob sie sich vielleicht bei einem Onlineportal für Singles anmelden sollte.«

»Und?«

»Sie sagte mir, das wäre nichts für sie.«

»Okay. Nun noch einmal zu dieser Geschichte mit ihrer Tochter. Ich glaube nicht an paranormale Erscheinungen, mich beschäftigt nur die Frage, zu welchem Zweck der Raum im Keller diente. Wozu das gemachte Bett, die Essensvorräte, das Geschirr? Haben Sie vielleicht eine Erklärung dafür?«

Sie runzelte schweigend die Stirn.

Das Bettzeug wurde untersucht. Sie warteten noch auf die detaillierten Laborbefunde. Bisher waren ein paar Haare gefunden worden, die nach einem DNA-Abgleich zweifelsfrei Franziska Wiesner zugeordnet werden konnten. So war zumindest denkbar, dass sie das Zimmer für sich selbst dort unten eingerichtet hatte. In diesem Fall wären jedoch Zweifel an ihrem Geisteszustand angebracht.

»Ich habe keine Ahnung«, sagte Melanie Schopf nach einer Pause. »Ich kann mich auch nicht daran erinnern, jemals zuvor in Franziskas Kellerräumen gewesen zu sein. Warum sollte ich auch? Ich fürchte nur, dass ...« Abermals brach sie ab.

»Sprechen Sie es ruhig aus.«

»Und Sie denken wirklich nicht von mir, ich sei komplett übergeschnappt?«

»Nein«, versuchte er, sie zu beruhigen. »Dieser Fall ist dermaßen rätselhaft, dass mich so leicht nichts erschüttern kann.« Er lächelte ihr gequält zu.

»Ich glaube, dass sie in Kontakt mit der Toten stand, regelmäßig mit ihr sprach und dabei vielleicht ... na ja, den Sinn für die Realität verlor.«

»Und deshalb ihrer verstorbenen Tochter im Keller ein Zimmer einrichtete?«

Sie nickte schwach.

»War sie in psychologischer Behandlung?«

»Meines Wissens nicht.«

In diesem Moment durchzuckte eine Regung ihre Miene, eine kaum merkliche Irritation.

Trojan, der sie genau beobachtete, fragte sofort nach: »Fällt Ihnen noch etwas ein?«

Sie schwieg.

»Egal, wie nebensächlich es Ihnen erscheint, sagen Sie es mir. Es sind oftmals die Kleinigkeiten, die für die Aufklärung eines Mordfalls von Bedeutung sind.«

»Na ja, es ist so, sie hat da etwas erwähnt. Es wirkte so ... bizarr ... und ... verstörend auf mich, dass ich ... eher annehmen musste, sie habe von diesem Vorfall lediglich geträumt.«

»Was für ein Vorfall?«

Ihre Augen füllten sich plötzlich mit Tränen. »Ich hätte längst nach ihr schauen sollen. Warum hab ich bloß ihre Einwände so ernst genommen? Sie war doch ganz offensichtlich in Not und brauchte meine Hilfe. Und nun ist es zu spät dafür.«

Trojan reichte ihr wortlos ein Papiertaschentuch und wartete ab, bis sie sich geschnäuzt und wieder gesammelt hatte.

Melanie Schopf senkte die Stimme. »Bei einem unserer letzten Telefonate erwähnte sie einen Hund. Er habe sich in ihr Haus verirrt. Ein schwarzer Pitbull. Und wörtlich sagte sie zu mir: ›Es war ein wahres Höllentier.‹«

Trojan massierte seinen verspannten Nacken.

»Und was geschah dann?«

»Sie hat ihn verjagt. Ihm Gulaschstücke zugeworfen und ihn vertrieben.«

Er wiegte den Kopf. Eine Geistererscheinung und ein Höllenhund. Ein Gästebett im Keller und Essensvorräte für mehrere Tage.

Entweder war Frau Wiesner komplett wahnsinnig gewesen, oder aber er hatte es hier mit einem ganz besonderen Mysterium zu tun.

Melanie Schopf lehnte sich vor. »Finden Sie diese Bestie, Herr Kommissar. Meine Freundin ist zu Tode gebissen worden. In was für einer Welt leben wir eigentlich?«

Er holte tief Luft. »Ich werde mein Bestes versuchen.«

Trojan erhob sich, bedankte sich für das Gespräch und begleitete sie zur Tür.

Als er allein in seinem Büro war, stand er lange Zeit am Fenster und dachte nach.

Schließlich setzte er sich an den Computer, klickte sich ins Internet und gab den Namen »Simona Wiesner« in die Suchmaske ein.

Einer der ersten Treffer war der Link zu einer Werbeagentur namens *Kron & Wiesner*. Durch seine Recherchen wusste er bereits, dass die Tochter der Ermordeten diese Firma mitbegründet hatte.

Er öffnete die Website der Agentur und sah sich die Fotos an. Dabei stieß er auf eine Kampagne für Lederhandtaschen, die recht freizügig gestaltet war.

Zwei Frauen in goldfarbenen Ganzkörpertrikots mit enganliegenden Kapuzen, der Stoff über den angemalten Brüsten aufgerissen, die Gesichter weiß geschminkt. Lasziv wanden sie die ledernen Accessoires um ihre Körper herum.

Wenn er die Bildunterschrift richtig deutete, handelte es sich bei den Models gleichzeitig um die Macherinnen der Agentur.

Wer von den beiden war Simona?

Er zoomte näher heran.

Schließlich klickte er auf das rot unterlegte Kreuz, rechts oben im Programmfenster des Computers, und das Bild erlosch.

DREIZEHN

Luis fuhr einen klapprigen Škoda Fabia Combi mit rutschender Kupplung und leckendem Öltank, der bald reif für die Verschrottung war. In dieser Nacht aber sollte ihm der Wagen gute Dienste tun.

Er parkte ihn in der Pflügerstraße in zweiter Spur, stieg aus, öffnete die Heckklappe und schloss sein Büro auf. Die Jalousien waren herabgelassen. Bevor er eintrat, sah er sich verstohlen um.

Kurz darauf balancierte er eine Teppichrolle auf seinen Schultern hinaus. Sie war extrem schwer. Einmal geriet er ins Schwanken, und schon perlte der Schweiß auf seiner Stirn.

Als er das Heck des Autos erreicht hatte, ging Luis in die Hocke, schwankte abermals und wuchtete die Rolle vorsichtig auf die Ladefläche. Sein Nacken verkrampfte sich, und in seinem Rücken rebellierte ein heftiger Muskelschmerz. Eine Weile war er damit beschäftigt, die Ladung so zu verschieben, bis er die hintere Wagentür schließen konnte.

Luis verriegelte auch die Bürotür, setzte sich wieder ans Steuer und startete den Motor.

Kaum war er losgefahren, sprang ihm etwas von hinten gegen die Heckscheibe. Luis zuckte zusammen. Er gab Gas. Schemenhaft erkannte er im Rückspiegel ein Tier. Dunkel. Schwarz. Er vernahm ein wütendes Gebell und beschleunigte.

Die Fahrt führte ihn über die Stadtgrenze hinaus. Er nahm die A11 in nördlicher Richtung, dann die Ausfahrt Gramzow.

Er bog in die Bundesstraße 198 ein und wählte kurz vor Prenzlau den nächsten Abzweig. Hier orientierte er sich an der Beschilderung, ein Navi besaß er nicht.

Die Reflektoren der Begrenzungspfähle waren wie in der Finsternis aufblitzende Augen, die ihn bei seinem verbotenen Tun beobachteten. Gelegentlich überprüfte er im Rückspiegel, ob ihm auch niemand folgte.

Er näherte sich einem kleinen Dorf in der Uckermark, kurz vor dem Ortseingangsschild bog er in einen Schotterweg ein. Einige hundert Meter weiter, und er war am Ziel.

Als er vor dem unbeleuchteten einstöckigen Klinkerbau ausstieg, war es bereits weit nach Mitternacht.

Er öffnete den Vordereingang des Gebäudes, ging zurück und sperrte die Heckklappe auf. Wieder brüllte der Schmerz in seinem Rücken, als er die Last aus dem Innern hochhievte.

Luis trug die Teppichrolle in das Einfamilienhaus. Es war kühl und dunkel darin. Er kniete nieder und ließ die Rolle vorsichtig auf den Boden gleiten.

Er schloss die Tür und verschnaufte. Dann schaltete er das Licht ein.

Er hatte eine kreisrunde Öffnung in den Teppich geschnitten, etwa drei Zentimeter im Durchmesser. Darunter war bleiche Haut zu erkennen. Fahle Lippen. Kein Laut drang zu ihm. Er beugte sich hinab, durfte keine Zeit verlieren. Behutsam wickelte er die Rolle auf.

Und schon lag eine rothaarige Frau vor ihm auf dem Teppich, kalkweiß im Gesicht. Ihre Augen waren geschlossen. Er wurde unruhig, da sie sich nicht rührte. Er horchte, ob noch Atemgeräusche kamen. War das Luftloch etwa zu klein gewesen?

Die Wunde an seinem Hals schien zu kochen.

Da schlug die junge Frau endlich die Augen auf.

»Simona«, stieß er erleichtert hervor.

»Wo sind wir?«, fragte sie nach einer Pause gedämpft.

»Im Ferienhaus meiner Eltern. Aber hab keine Angst, sie sind nicht da. Sie nutzen es kaum noch.«

Das Verhältnis zu seinen Eltern war nicht besonders gut. Zwar hatten sie ihn mit einem kleinen Startkapital für seine Tätigkeit als selbstständiger Fotograf versorgt, das aber auch nur widerstrebend, und besonders sein Vater wurde nicht müde zu betonen, dass die analoge Fotografie doch im Aussterben begriffen sei. Generell war ihm das Dasein eines Künstlers zutiefst suspekt, was Luis nicht weiter wunderte, sein Vater war ein schlichter Verwaltungsbeamter und nicht gerade ein phantasievoller Mensch. Wenigstens hatte seine Mutter für manche seiner Arbeiten ein paar leise, anerkennende Worte übrig, auch wenn sie wohl nicht ganz aufrichtig gemeint waren. Das bisschen Geld, das die beiden ihm zugeschustert hatten, bedrückte ihn eher. Letztlich bewies es ihm nur, dass er sich mit seinen spärlichen Auftragsarbeiten kaum über Wasser halten konnte.

Als Jugendlicher hatte er in dem Ferienhaus einige trübselige Wochenenden mit seinen Eltern verbracht. Doch auch sie verloren allmählich das Interesse an den Fahrten ins Umland und ließen das Gebäude überwiegend leer stehen.

Simona richtete sich auf. Ihr Kleid war zerschlissen und fleckig. Er hatte ein paar neue Klamotten für sie gekauft, sie waren noch im Auto.

»Und deine Eltern kommen wirklich nicht hierher?«, fragte sie.

»Nein. Das Haus liegt zudem recht einsam. Hier kannst du vorerst bleiben.«

In seinem Büro hatte sie sich zwischenzeitlich in der Dunkelkammer verschanzt, so groß war ihre Angst davor, entdeckt zu werden. In der Stadt sei sie nicht mehr sicher, hatte sie ihm gesagt.

Ihre Augen wanderten nervös hin und her. »Ist uns jemand gefolgt?«

»Nein.«

»Wirklich?«

»Glaub mir, hier findet uns keiner.«

Sie stand auf und sah sich um. Es waren insgesamt drei Räume, dazu Küche und Bad, einfache Ausstattung. Der nächste Nachbar wohnte in mehr als zweihundert Metern Entfernung.

»Die Fensterläden müssen unbedingt geschlossen bleiben.«

»In Ordnung.«

»Und weniger Licht.« Sie knipste die Lampe aus. »Ich vertrage die Helligkeit nicht mehr.«

»Wirst du mir endlich sagen, was passiert ist? Hat man dir was angetan, Simona?«

Es zuckte um ihren Mund.

»Bitte erzähl mir alles. Ich möchte dir doch nur helfen.«

Ihre Miene verzog sich. »Es würde mir helfen, wenn du aufhörst, mich auszuhorchen, okay?«

Er nickte. »Soll ich dir was zu essen machen? Ich hab genügend Vorräte eingekauft. Sie sind noch im Wagen.«

Sie hob verächtlich die Schultern. »Ich hab keinen Hunger.«

Dabei war sie so dünn. Nach seiner Meinung müsste sie dringend etwas zu sich nehmen.

Sie schien zu frösteln. »Hast du mein Medikament bekommen?«

Gestern im Morgengrauen hatte sie ihm eine Substanz aufgeschrieben, die er dringend für sie im Internet bestellen sollte, und ihm eine Website dazu genannt.

Luis druckste herum.

»Hast du es oder nicht?«

»Der Apotheker hat gesagt …«

Sie schnellte auf ihn zu und packte ihn grob am Arm. Ihr Blick flackerte. »Du solltest es doch nicht in einer Apotheke versuchen!«

»Tut mir leid, aber diese Seite im Netz erschien mir irgendwie nicht vertrauenswürdig. Und der Apotheker sagte mir, dass Mittel falle unters BtMG.«

Sie blickte ihn missbilligend an.

»Das heißt Betäubungsmittelgesetz, nicht wahr?« Natürlich wusste er es längst.

»Verdammt, Luis, du musst tun, was ich dir sage«, zischte sie. »Ich brauche diese Substanz. Es ist ein starkes Beruhigungsmittel, damit ich endlich wieder schlafen kann. Ich bin seit zig Nächten nicht mehr zur Ruhe gekommen.«

»Entschuldige, das war mir nicht klar.«

Sie begann zu zittern. Ihre Lippen waren farblos. Die roten Haare hingen ihr verwirbelt in der Stirn.

»Hier haben wir leider keinen Internetanschluss, aber ich will sehen, was ich tun kann.«

Nun bebte sie am ganzen Körper.

»Ich werde erst mal die Heizung für dich in Gang setzen.«

»Nein! Nicht! Der Rauch im Schornstein könnte uns verraten.«

»Und was ist mit dem Wagen vor der Tür?«

»Fahr ihn hinters Haus.«

»Gut, ich …«

»Nein, warte.« Sie streckte die Hand nach ihm aus. »Komm her. Komm zu mir. Du musst mich unbedingt wärmen.«

Er trat auf sie zu, und sie schlang die Arme um ihn. Sie umklammerte ihn fest, dabei schlotterte sie. Er spürte ihre hervorstechenden Rippen, die spitzen Beckenknochen, und erschrak. Was war bloß mit ihr geschehen?

»Es überfordert dich, nicht wahr?«, murmelte sie an seiner Schulter, als habe sie seine Gedanken gelesen.

»Nein, ganz im Gegenteil. Ich will für dich sorgen, Simona. Und ich werde dir keine unangenehmen Fragen mehr stellen.«

Sie blickte ihn an. Das Zittern ließ ein wenig nach.

»Findest du mich nicht mehr attraktiv?«

»Doch.«

»Aber nicht mehr so wie vor einem Jahr? In unserer damaligen Nacht?«

»Es ist …«

»Ich gefalle dir nicht mehr.«

»Aber ja, Simona, du gefällst mir.«

»Ich bin dir zu bleich. Zu mager. Gib es zu.«

Er schüttelte verzweifelt den Kopf.

In einer langsamen, unheimlichen Bewegung bohrten sich ihre spitzen Fingernägel in seine Wangen. »Ist dir der Tod nicht sexy genug?«, fragte sie leise.

Luis schwieg.

»Antworte mir.«

»Aber du lebst doch, Simona.«

Abrupt ließ sie von ihm ab und strich mit beiden Händen über ihren Körper. »*Das hier* nennst du Leben?«

Er starrte sie an.

Sie muss etwas Schreckliches durchgemacht haben, dachte er.

»Du bist …« Er brach ab.

»Was?«

»… wunderschön bist du.«

Sie presste sich wieder an ihn.

Ja, sie war zwar abgemagert und bleich, aber dennoch ging

von ihr eine Kraft aus, ein rätselhafter Sog, dem er sich nicht entziehen konnte. Auch wenn es sie beide in einen Abgrund treiben würde, er wollte sie auf immer für sich behalten. Niemandem dürfte er verraten, dass sie hier war. Hier bei ihm.

Und er sah, wie sie lächelte, und sein Blick glitt über ihren Mund hinab zu ihren Schultern, streifte das schwarze Kleid, die helle Haut und die Rundung ihrer Brüste.

»Simona.«

Sie berührte die Wunde an seinem Hals.

»Du bist infiziert«, wisperte sie. »Weißt du, was das bedeutet?«

Er war so benommen von ihrer Nähe, dass er nicht antworten konnte.

»Es gibt kein Zurück mehr für dich, Luis. Bereust du es?«

Plötzlich bekam er es mit der Angst zu tun. Ein Schauer rann über seinen Rücken. Aber es war auch erregend. Luis war nicht nur gewillt, es auszuhalten, sondern es auch zu genießen.

Er wollte sich berauschen an diesem Gefühl.

Simona drückte sich noch enger an ihn.

»Nein«, sagte er. »Ich werde es nicht bereuen, niemals.«

Er erwachte von einem Krachen.

Luis knipste das Licht an. Er hatte ihnen auf dem Boden ein Schlaflager gerichtet, dazu die Matratzen aus dem Bett seiner Eltern in den vorderen Raum getragen, denn die Atmosphäre in den hinteren Zimmern hatte Simona als zu beklemmend empfunden.

Wie leblos lag sie neben ihm. Wieder einmal musste er sich vergewissern, ob sie noch atmete.

Erneut krachte es. Der Lärm kam von der Haustür.

Simona schreckte hoch. »Was ist das?«

»Keine Ahnung.«

126

Da war es wieder. Als würde etwas gegen die Tür geworfen werden.

Luis stand auf.

Plötzlich hörten sie es auch an einem der Fensterläden poltern. Und dann kratzte etwas über das Holz.

Eine Zeit lang blieb es still. Sie horchten beide. Simona setzte sich auf und umklammerte ihre Bettdecke.

»Jemand ist vorm Haus«, flüsterte sie.

Die Eingangstür vibrierte, kurz darauf knallte es wieder am Fensterladen.

Luis fasste sich ein Herz, öffnete das Fenster einen Spalt und versuchte, durch eine Ritze im Holz des Ladens hindurchzuspähen.

Ein Fauchen, ein Hecheln, gefolgt von einem Sprung. Die Scharniere schepperten.

Luis wich zurück. »Großer Gott. Da draußen ist ein Tier!«

»Was?«

»Ein riesiges Viech!«

Erneut donnerte es gegen den Fensterladen, und Krallen ratschten über die Holzlatten.

Simona sprang auf. »Was für ein Tier?«

»Ich weiß nicht.«

Sie hörten es knurren. Nun warf es sich wieder gegen die Tür. Einige Sekunden später schien es auf den Hinterläufen zu stehen und die Krallen am Türblatt zu wetzen.

Da vernahm Luis von draußen ein Gebell, so kehlig, rau und rasend, dass sich seine Nackenhaare sträubten.

Und plötzlich sagte Simona: »Mach die Tür auf.«

»Bist du wahnsinnig?«

»Mach schon!«

»Wie? Und diese Bestie?«

Es belferte vorm Fenster, grollend vor Wut.

Simona aber lächelte verzückt. »Er ist zurück.«

»Wer?«

Ihr Lächeln wurde breiter. »Das ist er, ich kann es spüren. Wir müssen ihn reinlassen.«

»Um Himmels willen, nein! Das Biest wird uns zerfleischen.«

Aber sie war bereits auf dem Weg in den Flur. Sie trug ein weißes T-Shirt für die Nacht. Er hatte es für sie gekauft, neben anderen Klamotten, mehreren Shirts, einer Hose, einem Pulli, sogar ein Kleid hatte er für sie ausgesucht. Strümpfe. Selbst an Unterwäsche hatte er gedacht. Schwarze Slips im Zehnerpack. Bei den BHs war er unsicher gewesen, wegen der Größe. Und dann dieser unangenehme Moment an der Kasse. Die Verkäuferin hatte ihn mit verächtlichen Blicken gestraft. Danach musste er noch einmal zurück und eine Jacke für Simona auswählen. Sie sollte doch nicht frieren.

Ängstlich folgte er ihr. Kaum hatte sie geöffnet, schoss etwas großes Dunkles auf sie zu.

Luis schrie auf.

Es war ein schwarzer Pitbull, der an ihr hochsprang, das Maul aufsperrte und sie mit Geifer besprühte.

Er kläffte wie wild.

Es riss sie beinahe um. Kaum hatte er von ihr abgelassen, näherte er sich Luis.

Er knurrte, fletschte die Zähne.

Simona warf die Tür zu. Luis verstand es nicht, denn nun gab es kein Entkommen mehr, und sie waren allein mit diesem Viech.

Es tappte auf ihn zu.

Luis setzte einen Schritt zurück. Plötzlich erinnerte er sich an den Vorfall vom Abend, als ihm ein Tier an die Heckscheibe seines Wagens gesprungen war. Ob es dasselbe war?

»Zeig ihm nicht deine Angst«, sagte sie.

»Verdammt!«

»Er gehört zu mir. Er wird dir nichts tun.«

Luis atmete gepresst. »Hat er einen Namen?«

»Nein.«

Schließlich verharrte der Pitbull vor ihm, sprungbereit, die Ohren angelegt.

»Ruhig«, murmelte er in verhaltener Panik, »ganz ruhig.«

Das Höllentier knurrte.

Simona aber war frei von Furcht, tätschelte ihm den kantigen Kopf und strich über seine Flanken. »Ist das nicht erstaunlich? Den ganzen Weg hierher ist er uns gefolgt. Normalerweise weicht er nicht von meiner Seite. Doch dann hat ihn meine Mutter verjagt.«

»Deine Mutter?«

»Ja, ich hab mich bei ihr im Keller versteckt. Aber das war ein Fehler. Ich konnte ihr nicht trauen.«

Luis ließ den Hund nicht aus den Augen. »Bist du dir ganz sicher, dass es derselbe ist? Aus Berlin hierher, das sind ein paar Kilometer.«

»Ja, es grenzt an ein Wunder. Dieser Hund ist einzigartig. Er ist mein Beschützer, Luis. Er wacht über eine Tote.«

»Eine Tote? Aber du lebst, Simona, wie oft soll ich dir denn noch sagen …«

Der Pitbull knurrte leise. Sein Halsband war nietenbesetzt, seine Augen funkelten schweflig gelb.

»Kannst du ihn zurückrufen?«

Abermals tätschelte sie sein glänzend schwarzes Fell. Sie hockte sich hin und drückte das Tier an sich. »Schon gut. Luis gehört zu uns.« Sie blickte zu ihm auf. »Streck ihm die Hand hin.«

»Lieber nicht.«

»Na los.«

Es kostete ihn einige Überwindung, doch schließlich ließ er den Hund an seiner Hand schnüffeln, und allmählich entspannte sich die Situation.

»Woher hast du ihn?«

»Das darfst du nicht wissen.«

»Von welchem finsteren Ort kommst du eigentlich, Simona?«

Sie erhob sich und blickte ihn streng an. »Du wolltest mir doch keine Fragen mehr stellen.«

Sie gingen zurück ins Wohnzimmer, wo sie das Fenster und den Laden verriegelte. Der Höllenhund wich nicht von ihrer Seite, seine Krallen kratzten auf dem Holzfußboden.

Simona dämmte das Licht. »Kann ich dir überhaupt vertrauen?«

»Natürlich.«

»Würdest du mich jemals verraten?«

»Niemals.«

Sie trat dicht an ihn heran. »Gib mir die Hand darauf, Luis.«

Er tat es.

»Gut.«

Das Tier strich lautlos an seinen Beinen entlang, es jagte ihm Schauer über die Haut.

»Hast du Angst?«

»Ein wenig.«

»Warte.« Neben ihrer Matratze lagen ihre Stiefel. Sie schnappte sich den linken, suchte etwas darin und kam wieder zu ihm.

»Hier, ich habe noch einen kleinen Notvorrat.«

Sie reichte ihm eine Kapsel.

»Was ist das?«

»Nimm sie, wenn du Angst hast. Schluck sie, wenn du stark

sein musst, extrem stark. Und wenn sie sich in deinem Blut auflöst, denk an mich. Verwahre sie gut.«

Er schaute auf die Kapsel. Sie war weiß wie Schnee.

»Was hat das zu bedeuten?«

»Keine Fragen.«

»Simona«, wisperte er wie entrückt, und wieder einmal war ihm, als sei er in einem Traum gefangen.

»Süßer, trauriger Luis, ist das alles zu viel für dich?«

»Nein.«

»Du bist nicht zu bieder?«

»Nicht mehr.«

Seine Hand schloss sich um die Kapsel, und das Maul des Pitbulls schnappte auf zu einem heulenden Gebell.

VIERZEHN

Sie drückte sich an ihn und flüsterte ihm Koseworte ins Ohr. Ihr Haar kitzelte ihn. Noch im Erwachen spürte er, wie er lächelte.

Luis öffnete die Augen. Es war finster um ihn herum. Seine Hand tastete nach ihr, doch da war niemand. Er knipste das Licht an. Ihr Bettzeug war zerwühlt, auf ihrem Kissen fand er eines ihrer roten Haare.

»Simona?«

Er blickte zur Uhr, es war kurz nach drei. Am Vorabend war Simona so ruhelos gewesen. Lange Zeit hatte er neben ihr vorm Fernseher ausgeharrt, denn das Zappen durch die Kanäle hatte sie ein wenig ablenken können, doch irgendwann war er müde geworden und allein zu Bett gegangen.

Er sank zurück. Er war so schlaftrunken, dass er glaubte, die Fäden seines Traums mühelos wiederaufnehmen zu können. Abdriften, hin zu den Bildern, die ihm eine Simona gezeigt hatten, wie sie früher gewesen war. Vor ihrem angeblichen Tod. Im Halbschlaf machte ihm auch dieses Rätsel nicht mehr zu schaffen, sein Unbewusstes nahm es einfach als gegeben hin. Und allmählich wegdämmernd, hörte er Simona lachen, so übermütig und sprühend vor Lebensfreude wie damals.

Schon schmiegte sie sich an ihn, warm und zärtlich. Er tanzte mit ihr im Scheinwerferlicht seines Foto-Ateliers, sie summte die Melodie mit, die Arme um ihn geschlungen, während durch seinen Kopf die Bässe der Musik waberten, träge und lässig. Er vernahm die dunkle Stimme einer Soul-Diva aus den späten Siebzigern, es war eine gecoverte Version, mit kosmisch angehauchten Loops unterlegt. Der Track passte gut zu ihrem lasziven Tanz. Die luftigen Traumfetzen beförderten Turntables eines DJs in sein Atelier, und er sah die Nadel über die Rillen des Vinyls wandern, während Simona ihre Hüften an ihn presste. Wieder kitzelte ihn eine Strähne ihres Haars, und er nahm ein wenig Abstand von ihr, um sie besser betrachten zu können.

Er flüsterte ihren Namen.

Endlich war sie nicht mehr bleich wie der Tod. Stattdessen lebendig gerötet ihre Wangen, in ihren Augen ein Glanz und ihr Lächeln so verzückt.

Luis stieß einen Seufzer aus. Könnte er doch auf ewig in diesem Dämmerzustand verweilen, zusammen mit ihr, vereint in den Resten seines Traums.

Doch abrupt war er hellwach.

Die Musik kam aus dem Haus. Sie war real. Und nun machte er auch den spärlichen Lichtschein am Türspalt aus, bläulich flackernd.

Ein Jingle beendete jäh den Groove des Siebzigerjahre-Souls. Dafür wurde eine Nachrichtensendung angekündigt, die Nachtausgabe.

Luis stand auf und ging ins Nebenzimmer. Der Fernseher lief. Aber Simona war nicht da.

Und auch der Hund war fort.

Nervös durchsuchte er die anderen Räume. Nichts.

Rasch war er an der Eingangstür und öffnete sie. Die kühle Nachtluft ließ ihn schaudern.

»Simona!«, rief er in die Dunkelheit hinaus.

Er schlüpfte in seine Klamotten und seine Schuhe, zog sich die Jacke über, nahm sich den Schlüssel und eilte hinaus. Der Wagen war noch da, hinterm Haus geparkt.

Er eilte ein Stück die nächtliche Landstraße hinunter. Ins Dorf wäre sie nicht gegangen, vermutete er, dafür war ihre Angst, entdeckt zu werden, wohl zu groß. Er überlegte noch, ob er mit dem Auto die nähere Umgebung absuchen sollte, aber schließlich entschied er sich, umzukehren und im Haus auf sie zu warten.

Noch immer hoffte er, dass sie vielleicht bloß eine Runde mit dem Hund drehte. Auch wenn er das für ziemlich unwahrscheinlich hielt, mitten in der Nacht.

Zurück im Ferienhaus, vernahm er gedämpftes Stimmengewirr. Zunächst erschrak er, dann wurde seine Aufmerksamkeit auf die laufenden Fernsehbilder gelenkt. Er hatte vergessen, den Apparat abzuschalten.

Ein Sprecher kündigte die Nachricht des Tages aus der Region an, auf die offenbar im Stundentakt Bezug genommen wurde.

Ein Bericht wurde wiederholt. Luis lauschte dem aufgeregten Parlando einer Reporterin.

Sie stand vor einem Einfamilienhaus, im Hintergrund waren polizeiliche Absperrbänder zu erkennen. Zuckendes Blaulicht, Schaulustige, die von Beamten zurückgedrängt wurden. Ein Kamerazoom auf das Fenster. Männer in weißen Overalls, die im Inneren offenbar mit der Spurensuche beschäftigt waren.

Eine Franziska W., 56 Jahre alt, so wurde berichtet, sei am gestrigen Vormittag im Keller ihres Hauses in Nikolassee tot aufgefunden worden.

Die Reporterin sprach von Strangulationsmalen am Hals.

Und von zahlreichen Bissverletzungen.

Mit kaum verhohlener Sensationslust raunte sie in ihr Mikrofon: »Es sind menschliche Bissspuren.«

Luis berührte die Wunde an seinem Hals.

W., dachte er. Simonas Nachname lautete Wiesner.

Und hatte sie ihm nicht gesagt, sie habe sich zuvor im Keller ihrer Mutter versteckt?

Die Reporterin schien ihm vom Bildschirm aus zuzunicken: »Die Frau wurde von einem Menschen gebissen, mehrfach und mit größter Brutalität, bevor sie zu Tode gewürgt wurde.«

Alina schreckte hoch. Sie hatte so deutlich geträumt, dass sie völlig außer Atem war. Keuchend stieß sie die Bettdecke von sich. Ihr T-Shirt klebte schweißdurchtränkt auf ihrer Haut. Sie spürte, wie ihr Herz wummerte.

Es brauchte eine Weile, bis sie sich halbwegs beruhigt hatte. Noch immer waren die Bilder aus ihrem Traum zum Greifen nah.

Langsam, dachte sie, ganz langsam. Ein leichtes Zittern durchlief ihren Körper, als sie aufstand. Im Badezimmer streifte sie sich T-Shirt und Höschen ab, drehte die Hähne auf und ging unter die Dusche. Als das Wasser heiß und erfrischend auf sie herabprasselte, konnte sie allmählich tiefer atmen.

Doch wenn sie die Augen schloss, tauchten erneut die Szenen aus ihrem nächtlichen Kopfkino vor ihr auf.

Sie waren verstörend. Alina hatte jemanden gebissen. Und dabei große Lust empfunden.

Es war ein Mann, von dem sie geträumt hatte, dunkelhaarig, athletische Figur. Sie hatte auf seine Bauchmuskulatur geschaut, den Brustkorb. Sie hatte etwas zu ihm gesagt, was ihn zum Lächeln brachte. Dann war sie näher getreten. Sie wusste, dass sie es gleich tun würde. Allein der Gedanke daran war überaus erregend. Im Grunde war die Vorstellung, es im nächsten Augenblick zu tun, noch viel aufreizender als die Handlung selbst.

Ja, dachte sie, während sie sich von oben bis unten mit dem

Wasserstrahl abbrauste, das Aufregendste waren diese Momente davor gewesen. Ein nie geahnter Kitzel. Und das Lächeln dieses ihr unbekannten Mannes. Seine Lippen bedeuteten ihr stumm, dass er Bescheid wusste. Er war tatsächlich bereit dafür. Ihr träumender Blick, gleich einem Zoom, näher und näher. Seine nackte Haut. Jede einzelne Pore schien sich vor ihr zu öffnen. Sein Duft. Das lockende Aroma seiner Erwartung, süßlich und herb zugleich.

Beiß zu, dachte sie. *Beiß ihn. Jetzt. Er will es auch.*

Glattrasiert seine Brust, hervorstechend das Schlüsselbein. Ihr Blick wanderte hinauf, streifte seinen Adamsapfel und verharrte an seinem Hals. Die Sehnen. Die Haut. Sein Fleisch.

Beiß zu, beiß, er ist bereit.

Alina presste das Duschgel aus der Tube und seifte sich damit ein. Sie sah seinen Kehlkopf vor sich, das Kinn. Sie konnte seinen Atem spüren. Überall auf ihrem Körper. Sie sah seinen Mund, die sinnlich geschwungenen Lippen. Und wieder den Hals. Immerzu den Hals. Er reckte ihn ihr entgegen.

Das war überhaupt das Erregendste an ihrem Traum gewesen. Wie er sich ihr erwartungsvoll entgegengestreckt hatte.

Lustvoll.

Offenbart.

Bereit.

Beiß doch, beiß.

Sie spülte die Seife ab, genoss die sprudelnden Wasserkaskaden auf ihrer Haut. Ein ungeheuerlicher Traum. Niemals dürfte sie jemandem davon erzählen. Ihr Geheimnis, tief in ihr verborgen. Doch jederzeit könnte sie die Schlösser öffnen und aus der Dunkelkammer ihrer Lust die Szenen heraufbeschwören, Sequenz für Sequenz. Um jedes einzelne Bild ganz für sich allein zu genießen.

Ja. Dein geheimes Auge. Der verbotene Blick.

Und dann war sie ganz nahe bei ihm gewesen, und sie hatte sein Schaudern gewittert, diese kribbelnde Erwartung ihres Bisses, seine Bereitschaft für den damit verbundenen Schmerz.

Er ist bereit. Er lässt dich gewähren.

Näher zoomte ihr Blick, näher und näher, und sie machte einen einzelnen Schweißtropfen auf seiner Haut aus. Sie sah ihre Zunge. Sie sah sich selbst dabei zu, wie sie den Tropfen mit der Zungenspitze aufnahm. Sie kostete von ihm, schmeckte das Salz seiner Lust.

Bereit ist er.

Bebend bereit.

Beiß jetzt, beiß.

Und dann …

… das Ende. Viel zu schnell. Sie hätte den Moment davor noch länger hinauszögern sollen.

Alina hatte die Zähne in ihn geschlagen und war erwacht.

Erneut durchlief sie ein Zittern. Sie drehte die Duschhähne zu und frottierte sich ab.

Nackt vorm Spiegel betrachtete sie ihren Oberarm. Er hatte sich gänzlich violett verfärbt. Dort, wo Blut gewesen war, war nun Schorf. Es sah noch immer furchtbar aus, aber es war merkwürdig, sie konnte sich mit dem Schrecken anfreunden.

Sie gehörte nun dazu.

Zu wem?

Zu einem Kreis. Sie war eine von … *ihnen* … sie war …

Alina wagte es nicht, den Gedanken zu Ende zu bringen.

Sie zog sich an und schaute durch einen Spalt im Vorhang. Die Straße war menschenleer. Niemand, der sie beobachtete. Und doch war der Frieden trügerisch.

Sie war sich sicher, dass ihr Beschatter in der Nähe war.

Alina schloss die Augen, nur für eine Sekunde, aber der

Traum war noch immer gegenwärtig. Und er spendete ihr Kraft.

Plötzlich gab ihr Handy einen Signalton von sich. Sie hatte eine SMS erhalten.

Sie checkte die Rufnummer, sie war ihr unbekannt. Doch der Wortlaut der Nachricht war wie ein Blitz, der durch ihre Glieder fuhr:

WIEDERHOLE IN DER ABENDDÄMMERUNG DAS SHOOTING. LASSE NICHTS AUS. WENN DU ALLEIN BIST, HEB DEIN GLAS AUF MICH.

Simona, dachte sie. *Das* Shooting. Nichts anderes konnte damit gemeint sein.

Sie stieß die Luft aus.

Von wem in aller Welt stammte diese SMS?

Ihr legendäres gemeinsames Fotoshooting. Die Kampagne, mit der ihre Firma, mit der *Kron & Wiesner* für ein gewisses Aufsehen gesorgt hatte, und das war nicht gerade leicht in der Branche.

Simona und sie. *Simonalina*. Sie beide hatten nicht nur als Produzentinnen, sondern auch als Models für das Projekt gearbeitet. Dafür hatten sie sich eine ganz besondere Inszenierung ausgedacht.

Abermals schloss sie die Augen. Simona war ihr in diesem Moment ganz nah, sie beide beim Shooting, in hautengen goldfarbenen Trikots, die Gesichter weiß geschminkt, um ihre Körper geschlungen die Handtaschen eines neuen Berliner Labels, für das sie werben sollten.

Die Choreografie war überwiegend Simonas Idee gewesen. Auch die Location hatte sie ausfindig gemacht, eine halbzerfallene, leer stehende Turnhalle neben einem verwaisten Fußballfeld im Berliner Umland. Alte Turngeräte, die sie in das Shooting mit einbezogen hatten.

Wieder starrte sie auf die Nachricht.

Tote verschicken keine SMS, dachte sie.

Allerdings gab es zwei Informationen darin, über die eigentlich nur Simona und sie selbst verfügten. Zum einen die Bezeichnung *das* Shooting, es war ja nicht ihr einziges gewesen, aber so hatten sie es immer genannt, gerade weil es so einzigartig und erfolgreich gewesen war. Zum anderen die Aufforderung: *Wenn du allein bist, heb dein Glas auf mich.*

Damals hatten sie tatsächlich, als sie mit allem fertig waren, den Fotografen weggeschickt und zusammen angestoßen und eine Flasche Wein geleert. Niemand war ansonsten bei ihnen gewesen. Sie hatten einander zugeprostet, beinahe wortlos, ziemlich erschöpft, aber beseelt von ihrer mit Abstand wohl besten gemeinsamen Arbeit.

Es war einer der schönsten Momente ihrer langjährigen Freundschaft gewesen.

Und wenn das Ganze nun eine Finte war? Jemand könnte sie ja auch bei ihrem Projekt beobachtet haben.

Dass es sich um einen makabren Scherz handelte, war ebenso denkbar.

Fall also bloß nicht darauf rein, dachte sie, Simona ist tot. Sie kann dich nicht zur Wiederholung eures Shootings auffordern.

Doch wieder sah sie das verlassene Gebäude vor sich und meinte den Geruch der alten Turngeräte in sich aufzunehmen, erinnerte sich an das aufgerissene Leder eines Pferds, die herausquellende Füllung, sie sah Böcke, Sprungbretter, die abgewetzten Ledermatten am Boden, Ringe, die an ausgefransten Hanfseilen von der Decke hingen

Simona und sie tanzten, während der Fotograf sie im Visier

hatte, sie turnten auf den Geräten. Alina glaubte den Schweiß ihrer beglückenden Arbeit zu wittern, den pudrigen Geruch der Farbe in ihrer beider Gesichter. Ihre Trikots waren wie eine zweite Haut, dazu das Licht an diesem magischen Ort, schräg einfallend durch die Fenster unterhalb der Decke, die Musik, die Simona ausgewählt hatte, die Bewegungen, die von ihr inspiriert waren.

Jener Abend vor gut einem Jahr war für sie beide wie ein Rausch gewesen.

Und bald darauf war Simona gestorben.

Sie musste es tun, auch wenn sie nicht mehr am Leben war. Es sollte ihr zum Gedenken geschehen. Sie würde dieser mysteriösen Aufforderung Folge leisten, auch wenn sie sich nicht erklären konnte, von wem sie stammte.

Vielleicht könnte sie sogar auf diese Weise Simona für ein paar Augenblicke zum Leben erwecken, allein durch den Zauber ihrer Kunst.

Simona würde buchstäblich auferstehen, wenn Alina am selben Ort wie damals, mit denselben Kostümen ihr großartiges Projekt wiederholte, zu dem ihre beste Freundin die meisten Ideen beigetragen hatte.

Und wenn sie auch denselben Fotografen dazu engagierte, hätte sie obendrein einen männlichen Beschützer bei sich, falls sich doch eine böse Absicht hinter all dem verbarg.

Ihr war ganz schwindlig vor Aufregung. Erst dieser verstörende Traum und nun diese rätselhafte Botschaft.

Kurzentschlossen suchte Alina die Nummer des Fotografen ihrer Kampagne im Handy-Verzeichnis.

Sein Name war Raffael Bold.

FÜNFZEHN

Ich verstehe das nicht«, sagte Raffael, »das gleiche Shooting noch einmal, nur ohne Simona?«

Er warf ihr vom Beifahrersitz einen zweifelnden Blick zu. Alina nagte an ihrer Unterlippe, während sie sich auf den dichten Stadtverkehr zu konzentrieren versuchte. Um Benzingeld zu sparen, benutzte sie ihren zerbeulten Mitsubishi Colt nur äußerst selten, so dass es ihr an Fahrpraxis mangelte. Hinter ihr hupte jemand, da sie sich zu spät für die Linksabbiegerspur entschieden hatte, doch davon durfte sie sich jetzt nicht provozieren lassen. Sie war ganz auf ihr Vorhaben fokussiert, und dass sich Raffael so kurzfristig Zeit dafür nehmen konnte, deutete sie als ein positives Zeichen.

»Ich weiß, es klingt verrückt«, entgegnete sie, »aber vielleicht können wir sie auf diese Art zurückgewinnen.«

»Zurückgewinnen?« Raffael zog die Stirn kraus. Er war recht hübsch, helles halblanges Haar, wache braune Augen, lange Beine. Alina fand ihn nicht ganz uninteressant.

Sie erreichten den Stadtring, auf dem es nur stockend voranging.

»Simona war meine beste Freundin«, sagte sie, »und diese Handtaschen-Kampagne bedeutete für uns den Beginn von etwas Großem und Neuem. Nur leider starb sie dann, und …«, ihre Stimme wurde brüchig, sie musste tief Luft holen, um sich zu sammeln, »… manchmal weiß ich nicht, wie ich es allein ohne sie schaffen soll. In der Firma und überhaupt im Leben.«

Raffael nickte ihr zu. »Okay, damit kann ich etwas anfangen.«

»Wirklich? Du hältst mich nicht für völlig übergeschnappt?«

Er lächelte. »Nein. Nennen wir die spontane Aktion heute Abend einfach ein Simona-Erinnerungsshooting.«

Sie war erleichtert. »Danke, Raffael. Das rechne ich dir hoch an. Und wie gesagt, ich würde dich auch für den Job bezahlen.«

Er schüttelte den Kopf. »Also hör mal, das mache ich doch gerne für dich. Als Freund und selbstverständlich ohne Honorar.«

»Das ist lieb von dir.«

Alina schätzte seine Arbeit sehr. Seine Fotos hatten einen eigenwilligen Stil mit hohem Wiedererkennungswert, suggestiv, provokant, ein wenig schrill, aber auch mit einem Hauch von Melancholie. Manchmal dachte sie daran, dass Raffael sowohl menschlich als auch künstlerisch ziemlich gut zu ihr passen würde.

In diesem Moment musste sie an Luis denken. Sein fotografisches Werk war, gemessen an dem von Raffael, äußerst bemüht, ohne Kraft und nahezu ideenlos.

Die Botschaft auf seinen Zetteln, die er ihr unter der Tür hindurchgeschoben hatte, deutete allerdings auf eine ganz andere Seite von ihm hin.

Zumindest seit dem letzten Mal, als sie ihn gesehen hatte, bleich und mit verkrustetem Blut am Hals, lag der Verdacht nahe, dass der schüchterne Luis Ferner so manchen Abgrund in sich verbarg.

Alina blickte in den Rückspiegel. Bisher war ihnen offenbar niemand gefolgt. Ob sie sich ihren Beschatter bloß eingebildet hatte? Auf jeden Fall fühlte sie sich in Raffaels Nähe sicher.

»Ja«, sagte sie, um sich von ihren kreisenden Gedanken abzulenken, »bezeichnen wir es als eine kurzfristig anberaumte Fotosession in Gedenken an Simona Wiesner.«

»Sie war ein toller Mensch.«

»Hmm.«

»Ich hab sie sehr gemocht. Ein rothaariger Irrwisch, sie fehlt mir.«

»Mir auch. Jeden Tag vermisse ich sie.«

Von der SMS hatte Alina ihm lieber nichts erzählt.

Sie ist noch immer unter uns, durchfuhr es sie. Ich kann es spüren. Sie ruft mich. Aber möglicherweise hat sie sich verändert. Sie hat eine Metamorphose durchgemacht, so unheimlich und verstörend wie die violett verfärbte Bissspur an meinem Arm.

»Pass auf!«, rief Raffael.

Ein Mercedes schoss links an ihnen vorbei, Alina bremste ab und wich nach rechts aus, so dass der Mitsubishi leicht ins Schlingern geriet. Schließlich hatte sie das Lenkrad wieder unter Kontrolle.

»Entschuldige«, murmelte sie.

Mittlerweile waren sie auf der A115 angelangt, wo der Verkehr schneller floss, aber sie hatte die Motorkraft ihres Wagens überschätzt, ein Überholmanöver war einfach nicht drin.

»Einen Penny für deine Gedanken.«

»Es ist Simona, sie …«

Raffael strich aufmunternd über ihre Schulter. »Schon gut, Alina, die Wunde ist noch frisch.«

Wunde? Sie warf ihm einen erschrockenen Seitenblick zu. »Wie meinst du das?«

»Schau lieber nach vorn!«

Alina starrte auf die zitternde Tachonadel, dann auf den Seitenstreifen und hielt wieder die Spur. »Sorry.«

»Du trauerst noch immer um sie, *das* meine ich.«

»Ja.«

»Kann es sein, dass du heute ziemlich durcheinander bist?«

»Hmm.«

»Soll ich lieber fahren?«

»Ist schon okay.«

Nein, sie würde ihn nicht einweihen. Ihr kamen ja selbst Zweifel. Es gab keine Kurznachrichten aus dem Totenreich.

Aber sie glaubte an die Magie der Kunst. Allein durch diesen Zauber sollte ihre beste Freundin wieder lebendig werden und wenn auch nur für wenige Augenblicke.

Auf der A10 nahm sie die Ausfahrt Michendorf. Auf der B2 ging es weiter in Richtung Beelitz.

Sie passierten eine Ortschaft in Potsdam-Mittelmark, gesäumt von Kiefernwäldern, und nach einer kleinen Wegstrecke, vorbei an brachliegenden Feldern, näherten sie sich dem Fußballplatz und der verlassenen Turnhalle, die Simona damals mehr oder minder durch Zufall bei einem Ausflug ins Berliner Umland entdeckt hatte.

Alina parkte den Wagen auf dem von Unkraut überwucherten Gelände und stieg zusammen mit Raffael aus.

Keine Menschenseele weit und breit. Nur die karge Landschaft im frühen Abendlicht, ein paar Bäume, Wiesen, das Sportfeld und verwischte Markierungen auf dem Gras. Schiefe Torpfosten und Querlatten ohne Netze, dahinter das marode Backsteingebäude.

Alina blickte sich um, sog die schwermütige Herbststimmung der Umgebung in sich auf und half schließlich Raffael, seine Ausrüstung auszuladen. Sie selbst hatte ein paar von den Handtaschen dabei, die ihnen von den Machern des Labels nach Abschluss der Kampagne als Geschenk überlassen worden waren, dazu ihren Schminkkoffer und natürlich das goldfarbene Trikot, das sie bei dem damaligen Shooting getragen hatte. Ihre Outfits hatten Simona und sie als Maskottchen für weitere erfolgreiche Projekte in der Agentur aufbewahrt.

Allerdings hatte sie es verblüfft, nur noch einen der beiden hautengen Suits im Wandschrank im Büro in der Friedelstraße vorzufinden. Simonas Ganzkörperanzug lag nicht mehr an Ort und Stelle. Alina vermutete, dass ihre Freundin ihn irgendwann mit nach Hause genommen hatte, zu welchem Zweck auch immer.

Der Eingangsbereich der alten Sporthalle war mit Brettern verrammelt, doch Alina erinnerte sich noch vom letzten Mal an die zwei losen Holzlatten, zwischen denen man sich hindurchzwängen konnte.

Und so gelangten sie ins Innere.

Ergriffen verharrten sie. Alles war wie damals. Die gleiche verwunschene Atmosphäre. Sogar die Lichtverhältnisse waren ähnlich wie vor gut einem Jahr, gebündelte Strahlen, die durch die schmalen Fenster unterhalb der Decke hereinfielen, flirrender Staub. Ein modriger Geruch nach Leder und Holz. Gesplittertes Parkett, eine Sprossenwand, halb eingebrochen. Hanfseile hingen von der Decke, daran die Ringe für die Turner. Ein Barren mit nur noch einem Holm. Mehrere Kästen, zum Teil umgestürzt. Zwei krummbeinige Böcke mit abgewetzten Bezügen, davor die Überreste eines Sprungbretts. Und selbst das Pferd mit dem aufgerissenen Polster war noch da.

Alina durchquerte die Halle, ging in die Hocke und berührte verträumt eine der altertümlichen Ledermatten, die auf dem Boden ausgebreitet waren.

Sie erinnerte sich an Turnstunden in ihrer Kindheit, an das fragwürdige Aroma von Schweiß und Tennissocken, den Kreidestaub und den durchdringenden Klang der Trillerpfeife.

Das Quietschen von Gummisohlen auf dem Hallenboden. Und wie sie einmal einen Medizinball aufgefangen hatte, überrascht und stolz und schwankend, ein Gewicht, das sie beinahe niedergedrückt hätte, und doch war sie in der Senkrechten geblieben, das wuchtige Leder an sich gepresst.

Und sie dachte an Simona, wie sie hier herumgewirbelt war, verzückt, begeistert, außer sich vor Freude, zum einen, weil sie diesen verwunschenen Ort überhaupt entdeckt hatte, zum anderen, da niemand bisher auf die Idee gekommen war, all die alten Turngeräte herauszuschleppen und bei eBay zu verkaufen.

Alina stand auf und breitete die Arme aus.

»Ist das nicht wunderbar, Raffael?«

»Ja«, sagte er.

»Also los, lass uns anfangen.«

Raffael schloss seinen iPod an einen mitgebrachten akkubetriebenen Lautsprecher an. In Endlosschleife erklang nun die Musik, die sie auch damals beim Shooting gehört hatten. Es war eine extrem basslastige, völlig abgefahrene Techno-House-Version von *I put a spell on you* von dem unvergesslichen Screamin' Jay Hawkins. Simona war jedes Mal ausgeflippt, wenn sie diesen Track gespielt hatten.

I put a spell on you, because you're mine.

Während Raffael das Licht prüfte und einige Probeaufnahmen im Raum machte, zog sich Alina in einer Ecke der Turnhalle die Klamotten aus und streifte sich den goldfarbenen Ganzkörperanzug über die nackte Haut. Ihr langes dunkles Haar steckte sie mit Klammern fest und ließ es ganz unter der Kapuze des Suits verschwinden. Vor dem Spiegel im Deckel ihres Alukoffers schminkte sie sich das Gesicht komplett weiß.

You better stop the thing that you're doin'.

Jäh erinnerte sie sich an Simonas Worte: »Du musst die Alpha-Phase erreichen.«

»Alpha-Phase? Was ist das?«

»Ein besonderer Zustand in deinem Gehirn. Beide Hirn-hälften sind gleichzeitig aktiv. Das ist so, als würde alles in dei-nem Kopf leuchten. Und weißt du, gerade diese Musik ist es, die bei mir diese Phase hervorzaubert.«

Raffael schaltete lediglich zwei seiner Akku-Scheinwerfer ein. Ansonsten bevorzugte er die letzten Sonnenstrahlen des frühen Abends, die durch das Fenster hereinbrachen, und be-diente sich mehrerer Aufheller.

Er drehte die Musik auf. Es herrschte eine gespenstische Akustik in dem Raum, die Bässe wummerten satt und schwer.

I said, »Watch out, I ain't lyin'«, yeah.

Simonas Lächeln war ein einziges Strahlen gewesen: »Ist das nicht der Wahnsinn, Alina?«

»Ja.«

»Von heute an, ich schwöre es dir, ist alles möglich. Wir er-füllen uns jeden Traum.«

Alina machte ein kurzes Warm-up, dann war sie bereit.

I ain't gonna take none of your foolin' around.

Sie ließ die Beats in ihren Körper fahren. Raffael näherte sich ihr. Sie sah, wie die Blende aufschnappte. Sie hörte das Klicken des Auslösers. Alina wollte das einzige Licht sein in dieser Halle, und sie spürte, wie sie allmählich von innen zu glühen begann.

Und wieder setzte Screamin' Jay mit seinem heulenden Gesang ein:

I put a spell on you, because you're mine.

Raffael gab seine knappen Anweisungen, und Alina ließ sich darauf ein. Noch war sie ein wenig befangen. Bald aber war es so, als müsste sie sich nicht mehr allein der Musik hingeben, sondern als wäre Simona in der Nähe und spornte sie an.

Alina wand sich die Griffe der Taschen um ihren Körper und presste das Leder an sich. Tänzelnd näherte sie sich dem Pferd, während das irre Kreischen des schwarzen Sängers aus dem Lautsprecher drang:

You better stop the thing that you're doin'.

Schon glaubte sie, auch Simonas Stimme zu vernehmen, sie sang den Song mit. Endlich war sie wieder bei ihr. Ihr Lachen und Screamin' Jay, der Sound und die Loops waren eins mit ihren katzengleichen Bewegungen.

Ihre beste Freundin war zurück, mit all ihrer Lebensfreude, der geballten Energie, und das Parkett unter ihnen schien zu beben.

Alina setzte zum Sprung an. Sie spreizte die Beine zum Spagat, und Raffael war bei ihr. Er schoss.

Sie landete dicht vor ihm, warf den Kopf in den Nacken, goldglänzend ihr Trikot, totenblass das Gesicht.

Wieder drückte er ab.

I said, »Watch out, I ain't lyin'«, yeah.

Auf einmal schien Simona sie zu umkreisen. Sie hauchte ihr den Text ins Ohr. Alina roch ihre Haut. Sie atmete den Geruch ihrer Schminke ein.

Und ihre Freundin feuerte sie an, infizierte sie mit ihrem grenzenlosen Enthusiasmus, so dass sich bei Alina die letzten Blockaden lösten, und gemeinsam sangen sie, unterlegt von den psychedelischen Soundwellen:

I ain't gonna take none of your, foolin' around.

»Lauter«, schrie Alina.

Raffael drehte an dem Regler, und nun war Simona noch näher bei ihr, tanzend auf den Matten und am Barren. Sie waren wieder ein Team, sie waren wie zwei Schwestern in Gold und Weiß. Simona presste sich an sie im Rhythmus der Musik, während der Holm des Turngeräts vibrierte.

Raffael schoss, schoss.

Sie hatten die Taschen an ihren Körpern, unter den Achseln, zwischen den Beinen, überall. Simona wiegte sich in den Hüften. Der Auslöser klickte.

Simona flirtete direkt mit der Kamera. »Ja, das ist gut, gut, gib uns mehr.«

Die Nikon feuerte Maschinengewehrsalven ab.

Damals war Simona in schallendes Gelächter ausgebrochen. Wie ein Irrwisch war sie plötzlich durch die Halle gerannt, und dann hatte sie sich einen der Ringe geschnappt. Schon pendelte sie am Seil, einarmig in der Luft. Sie flog.

Gleich darauf war Alina unter ihr, fing sie auf, und Simonas Schenkel schmiegten sich an ihre Schultern. Sie trug sie durch die Halle, während Raffael abdrückte.

Alina wirbelte herum. Der Puls der Musik drang ihr unter die Haut.

»Lass es raus, Alina, du bist gut, so gut!« Raffael tänzelte um sie herum, und seine Nikon schmetterte Salven ab.

»*I put a spell on you, because you're mine*«, sang sie leise mit. Und sie dachte an all die Coverversionen dieses großartigen Songs von Marilyn Manson, Sonique und Annie Lennox, von Nina Simone, Bette Midler und Iggy Pop im Duett mit Catherine Ringer. Auch Joe Cocker hatte sich einmal an dieser Nummer versucht und war ihrer Meinung nach kläglich gescheitert, denn niemand kreischte so entrückt, so völlig überdreht wie Screamin' Jay Hawkins selbst. Simona hatte ihr einmal ein Video gezeigt, auf dem er einen Stab mit einem Totenkopf in der Linken hielt, während er, einen Ring mit zwei Stoßzähnen unter der Nase, mit der Rechten auf die Tasten seines Klaviers einhämmerte.

»*Spell, spell, spell*«, raunte sie, und Raffael schoss, und dann raste sie auf das zersplitterte Sprungbrett zu wie damals Simona. Das war der Moment gewesen, da sich ihre Freundin das Trikot aufgerissen hatte. Die Nähte waren geplatzt, und sie hatte ihre goldfarben geschminkten Brüste in die Kamera gehalten, und nach einigem Zögern hatte es ihr Alina gleichgetan, und so war die eine legendäre Aufnahme entstanden, die letztlich für die Kampagne ausgewählt wurde.

Sie beide, trunken vom Tanz, entrückt und entgeistert, weiß-goldene Schwestern, halbnackt, von den Ledertaschen nur spärlich bedeckt. *Goldweiß* hieß das Taschen-Label, und ihre Macher hatten sie gefeiert für den Witz, den Esprit, den Sexappeal ihres Projekts.

Auffallen um jeden Preis. Das war die Devise.

Wieder und wieder drückte Raffael ab.

Doch urplötzlich war der Zauber fort. Die Musik klang

hohl, das Klicken des Auslösers mechanisch. Die Atmosphäre war künstlich, und Alina verspürte keinen Rhythmus mehr in den Gliedern.

Ihre Bewegungen wurden eckig, und abrupt hielt sie inne.

»Stopp«, rief sie.

Raffael ließ die Kamera sinken. Alina schaltete die Musik ab und rang nach Luft.

»Was ist los?«

»Verdammt. Es ist … irgendwie doch nicht dasselbe wie damals.«

»Sie fehlt dir, hmm?«

Allmählich kam sie wieder zu Atem. »Ja. Und es war bescheuert von mir zu glauben, dass sie auf diese Art wieder bei uns sein könnte.«

»Aber sie war hier. Hier bei uns. Ich hab es gespürt.« Raffael versuchte es mit einem aufmunternden Lächeln. »Außerdem haben wir ein paar gute Aufnahmen im Kasten, denke ich. Du hast alles gegeben.«

»Das macht sie auch nicht wieder lebendig.« Sie wischte sich eine Träne aus dem Gesicht. Ihre Schminke war zerlaufen. Sie kam sich dumm und kindisch vor. Wie ein kleines Mädchen nach einer Ballettaufführung, die gründlich schiefgelaufen war.

»Raffael?«

»Hmm?«

»Könntest du mich jetzt allein lassen?«

»Soll ich draußen auf dich warten?«

»Nein. Mir wäre es lieber, wenn … Kann ich dir ein Taxi rufen?«

»Du willst mutterseelenallein an diesem gottverlassenen Ort bleiben?«

»Tut mir leid, ich bin heute etwas melancholisch. Aber ja, es würde mir guttun. Ich will an sie denken. Und mit ihr anstoßen. Weißt du, wie damals, da warst du auch schon weg, und wir haben noch zusammen einen Wein getrunken. Sie und ich, allein.«

Er nickte. »Verstehe. Das war, glaube ich, so etwas Spirituelles zwischen euch. Eine Art Seelenverwandtschaft, hab ich recht?«

»Ja.« Er verstand sie wirklich gut. Schließlich fasste sie sich ein Herz. »Glaubst du eigentlich an die Rückkehr der Toten? Oder anders gefragt: Glaubst du, dass sie manchmal mit uns Kontakt aufnehmen wollen?«

»Meinst du so etwas Paranormales?«

»Ja.«

»Übersinnliche Phänomene?«

»Hmm.«

Er schüttelte den Kopf. »Um ehrlich zu sein ... ist das nicht so mein Ding.«

Sie schluckte. »Schon klar. Tut mir leid, ich will dich damit nicht belasten.«

Er musterte sie.

Die Wunde unter ihrem Trikot pochte.

Nach einer Pause berührte er sie an der Schulter und sagte leise: »Versprichst du mir, dass du gut auf dich aufpasst, ja?«

»Versprochen.«

Alina telefonierte mit der Taxizentrale. Es dauerte eine Weile, bis schließlich ein Wagen vor dem Gebäude hielt. Sie half Raffael beim Einladen seiner Ausrüstung, gab ihm das Geld für das Taxi und verabschiedete sich von ihm.

Zurück in der baufälligen Turnhalle, nahm sie die Flasche Wein hervor, die sie mitgebracht hatte, entkorkte sie und wickelte zwei Gläser aus einem Küchenhandtuch.

Sie füllte sie beide. Alina trank einen Schluck.

Dann sank sie auf eine der Ledermatten und streckte sich aus. Sie schaute zur Decke hinauf.

Simona, dachte sie. Wo auch immer du jetzt bist, im Himmel oder in der Hölle, ich werde dich niemals vergessen.

Der Abend hatte sich herabgesenkt. Es war nun beinahe völlig finster in dem Gebäude. Kein Laut drang zu ihr. Alina genoss die Stille.

Sie war umgeben von dem Geruch nach Staub und altem Leder.

Damals hatten sie gemeinsam auf einer dieser Matten gelegen, erschöpft, aber beseelt nach ihrem Shooting, zwei goldfarbene Tänzerinnen mit weißgeschminkten Gesichtern. Sie hatten sich still bei den Händen gehalten, innig und vertraut.

»Verdammt, Simona«, murmelte sie, »ich vermisse dich so sehr.«

In diesem Augenblick zerriss eine Tonfolge die Stille in der Halle.

Sie kam von ihrem Handy, es war das Signal für eine SMS.

Alina stand auf und ging in die Ecke, wo ihre Sachen lagen. Sie nahm das Mobiltelefon aus ihrer Tasche. Es war bestimmt Raffael, vermutete sie, der ihr einen tröstlichen Gruß von der Heimfahrt sendete.

Doch als sie den ersten Satz der Nachricht von unbekannter Rufnummer auf dem Display las, war sie wie erstarrt:

HEUTE IST DER TAG DEINES TODES.

Plötzlich vernahm sie ein lautstarkes Krachen. Holz splitterte. Alina stockte der Atem.

Die Latten an der Eingangstür wurden herausgerissen.

SECHZEHN

S ie war vor Angst wie gelähmt.

Nur das Display ihres Handys spendete etwas Licht, ansonsten war es finster in der Halle. Schemenhaft erkannte sie, wie jemand die Bretter im Eingangsbereich mit roher Gewalt auseinanderbog, an ihnen rüttelte und sie aus ihrer Verankerung zerrte.

Plötzlich herrschte Stille. Doch sie währte nur kurz, dann war ein Krachen zu vernehmen, jemand warf sich von draußen gegen die Latten, bis sie barsten.

Darauf folgten Fußtritte, energisch, brachial. Und wieder und wieder splitterte das Holz.

Ein kalter Luftzug drang von draußen herein, und nur wenig später erkannte Alina den Umriss einer großen Gestalt in der Türöffnung.

Endlich konnte sie sich aus ihrer Erstarrung lösen und ging hinter einem Sprungkasten in Deckung. Sie schirmte das Display mit der Hand ab, damit der Lichtschein sie nicht verriet.

Während das Blut in ihren Ohren rauschte, las sie den kompletten Wortlaut der Nachricht auf ihrem Handy:

HEUTE IST DER TAG DEINES TODES. ABER HAB
KEINE ANGST. LAUF IN RICHTUNG AUSGANG B!
LAUF, SO SCHNELL DU KANNST!

Schwere Schritte näherten sich. Sie musste hier weg. Ausgang B? Wo war das? Und wer um alles in der Welt schickte ihr diese Botschaft?

Sie kauerte sich hinter dem Turngerät zusammen. Plötzlich erinnerte sie sich an eine Aufschrift an der Stirnwand der Halle. »AUSGANG B« in roten Lettern, gleich daneben ein Pfeil. Irgendwo dort gab es vielleicht einen Fluchtweg.

Das Licht ihres Handys erlosch. Geduckt eilte sie los. Sie stürmte an dem Pferd und den Böcken vorbei, suchte Schutz an der Sprossenwand, dabei bemühte sie sich, möglichst flach und lautlos zu atmen, um ja nicht bemerkt zu werden.

Doch die Gestalt verharrte bereits in der Mitte des Raums und wandte den Kopf in ihre Richtung.

Ihr Herz raste. Schon kam die Gestalt auf sie zu. Alina tauchte in einer Ecke ab, wo es noch dunkler war. Hier in diesem Bereich, so vermutete sie, hatte sie zuvor einmal die Aufschrift »AUSGANG B« wahrgenommen.

Die Schritte hallten in ihrem Rücken.

Für eine Sekunde ließ sie ihr Handy aufflammen, um sich besser orientieren zu können.

Dabei entdeckte sie die roten Lettern an der Wand und folgte dem aufgemalten Pfeil. Erneut war sie im Dunkeln, blindlings tastete sie umher. Auf einmal spürte sie Rost unter den Fingern, machte eine Eisentür aus, erfasste die Klinke und riss sie auf. Die Schritte kamen näher, atemlos warf sie die Tür hinter sich zu.

Finsternis umfing sie auch hier, ein modriger Geruch. Sie hatte überhaupt keine Orientierung mehr, umklammerte ihr Handy. Gut, dass sie es dabeihatte. Sie drückte eine Taste, benutzte es erneut als Taschenlampe. Sie erkannte Treppenstufen, die vor ihr in die Tiefe führten. Alina stürmte hinab, als hinter ihr die Tür geöffnet wurde und ihr die schweren Schritte folgten.

Sie durfte keine Zeit verlieren, rannte weiter, geriet ins Straucheln, suchte Halt an der Wand und rutschte ab. Panisch rappelte sie sich auf. Weiter, nur weiter. Mit fliegendem Atem eilte sie die Treppe hinunter.

Unten angelangt, entdeckte sie eine weitere Tür und klinkte sie auf. Sie ließ das Display leuchten, hörte ihren Verfolger dicht hinter sich und knallte die Tür zu. Es gab keinen Riegel, also musste sie irgendetwas finden, womit sie die Eisentür verrammeln konnte. Gehetzt blickte sie sich um. Da waren Bänke und mehrere Metallspinde, offenbar befanden sich hier unten die Umkleideräume der alten Sporthalle. Kurzentschlossen packte Alina einen der Spinde und zerrte ihn vor die Tür. Gleich darauf schob sie den nächsten davor, einen dritten und einen vierten.

Sie schwitzte unter ihrem enganliegenden Trikot und der festsitzenden Kapuze. Keuchend wuchtete sie weitere Schränke als Barrikade vor die Tür.

Schon wurde an der Klinke gerüttelt, und kurz darauf gab es ein ohrenbetäubendes Geräusch, als das Türblatt gegen die Spinde schlug. Es hallte, donnerte, die Gestalt dahinter schien sich mit aller Kraft dagegenzustemmen. Metall scharrte auf dem Steinboden, und Alina spürte, wie das Adrenalin durch ihre Adern schoss.

Mit ihrem Mobiltelefon leuchtete sie den Raum ab. War sie hier unten in eine Falle getappt? Ausgang B? Sollte sie die SMS in die Irre geführt haben? Oder gab es einen Ausweg aus dem Keller?

Neben ihr geriet ein Spind ins Wanken und krachte um. Sie nahm Deckung.

Schließlich konnte sie im Halbdunkeln die Umrisse einer

weiteren Tür ausmachen. Sie öffnete sie. Dahinter tat sich ein zweiter Umkleideraum auf, ebenfalls mit Bänken, Kleiderhaken und Spinden.

Sie trat ein, warf die Tür hinter sich zu, umklammerte einen der Metallschränke und schob ihn davor. Dann den nächsten und übernächsten. Sie mobilisierte all ihre Kräfte, um aus zahlreichen Spinden eine dichte Barriere hinter sich aufzubauen.

Im Nebenraum krachte es, ihr Verfolger hatte längst aufgeholt. Da sah sie, wie sich auch diese Tür bereits einen Spalt öffnete. Polternd wurden die Schränke weggeschoben.

Lauf, so schnell du kannst, durchfuhr es sie. Aber wohin?

Sie hielt ihr leuchtendes Mobiltelefon in die Höhe und suchte den Raum ab.

Das war ihr Ende. Hier kam sie nicht mehr raus.

Wieder donnerte es, ein Spind fiel um. Rasch stemmte sie sich gegen einen anderen, um ihn quer vor die Barrikade zu legen. Dabei erkannte sie einen Streifen Licht unterhalb der Decke.

Sollte das ihre Rettung sein? Ein schmales Fenster? Sie umklammerte einen weiteren Schrank und wuchtete ihn dorthin, quietschend scharrten seine metallenen Beine auf dem Boden. Unterhalb des Fensters kippte sie ihn um und stieg auf seine Breitseite hinauf.

Während hinter ihr Spind für Spind umgestoßen wurde, hangelte sich Alina zu dem Fenster hinauf.

Dahinter war die Freiheit.

Dröhnend schlug in ihrem Rücken Metall auf Metall, während sie an der Mauerkante unter dem Fenster hing. Japsend versuchte sie, sich höher zu stemmen. Doch es fehlte ihr an Kraft. Also ließ sie sich wieder auf den Spind herab und sprang von dort zurück auf den Boden. Sie musste einen zweiten

Schrank flach auf den ersten wuchten, um besser an das Fenster heranzukommen.

Unter Mühen zerrte sie den nächsten heran, kalt, blechern klirrend und zerbeult, hielt erschöpft inne, ackerte weiter, bis seine metallischen Kanten auf dem Steinuntergrund Funken sprühten. Sie warf ihr Körpergewicht dagegen und stieß ihn um. Geschafft.

Wieder dröhnte es hinter ihr, der nächste Schrank, der von ihrem Verfolger umgeworfen wurde. Ihr Vorsprung schmolz, und die Angst zerrte an ihren Nerven.

Alina hechtete auf die beiden Spinde hinauf. Zittrig tasteten ihre Hände nach dem Fenstergriff.

Es schepperte nah bei ihr, und sie verspürte einen Luftzug. Sie ahnte, ihr Verfolger war nicht mehr weit.

Das Fenster klemmte.

Donnernd ging der nächste Spind zu Boden, dicht neben ihr, gefolgt von einem zweiten.

Und da passierte es. Die Kante erwischte sie am Kopf. Der Schmerz war dumpf und heftig.

Alina stöhnte auf.

Während sie nach Atem rang, starrte sie zum Kellerfenster hinaus. Nur noch wenige Zentimeter, und sie hätte es geschafft. Ihre Augen flackerten.

Mit einem Mal war es so hell dort draußen. Gleißend hell, als sei der Abendhimmel aufgerissen, um ihr dahinter ein glitzerndes Meer aus Sternen zu präsentieren.

Der Schmerz machte sie schwindlig.

Blitze rasten auf sie zu, grell zuckend.

Alina verlor das Gleichgewicht.

DRITTER TEIL

Der Junge hasste den Montag, wenn alles von vorne begann. Montag bedeutete Lärm. Montag schnitt eine Fratze im Klassenraum. Jeder Wochenanfang war ein Grund mehr, sich zu verkriechen. Er ertrug das Gelächter der Schulmeute nicht, das Johlen und Kreischen, die fiesen Witze. Die Woche nahm ihren Lauf, und er konnte sie nicht stoppen.

Die anderen verachteten ihn insgeheim wegen seines Sprachfehlers. Natürlich ließen sie sich nichts anmerken, dafür waren sie viel zu clever. Aber er spürte es. Manchmal war es bloß ein Grinsen, mal ein verstohlener Blick. Er setzte zu sprechen an, und ein kaum merklicher Ruck ging durch die Klasse. Sie waren gespannt auf seine nächste Blamage.

Dabei war es weniger das Artikulieren, das ihm Schwierigkeiten bereitete, als der Moment davor. Die Verzögerung. Die Sekunde, da er lieber schweigen wollte. Die Nanosekunde der Angst. *Gleich lachen sie dich aus, denn mit dir stimmt was nicht.*

Am schlimmsten war es, wenn die Lehrerin vorne am Pult um Geduld bat. *Ihr wisst doch, dass Joshua etwas mehr Zeit braucht.*

Und sie lauerten umso gespannter auf seine Fehler.

Er mochte auch seinen Namen nicht. Joshua. Kompliziert auszusprechen. Leicht zu vernuscheln. Die Logopädin hatte mit ihm geübt. Josh war besser, weil kürzer. Seine Mitschüler verweigerten ihm die Koseform. Aus purer Grausamkeit, wie er fand. Wenn sie ihn überhaupt beim Namen nannten, taten sie so, als bereitete es ihnen selbst große Mühe, die Silben über die Lippen zu bringen.

Ansonsten missachteten sie ihn. Und das war ihm lieber. Nur nicht auffallen.

Und abseits gehen.

Schon am frühen Morgen beschloss er zu schwänzen. Er schulterte den Rucksack mit den Schulsachen, verließ das Haus, nahm den Weg zur Bushaltestelle, um dann jäh zwischen den Ginsterbüschen zu verschwinden. Dahinter taten sich die herbstlich kargen Felder auf.

Es war kälter geworden. Der November nahte. Wie schön es wäre, wenn ihn jemand wärmen würde. An seinem geheimen Ort vielleicht. Ein Mädchen, das die Arme um ihn schlang. Eine, mit der er nicht viel reden müsste. Wenn sie sich an ihn drücken würde, bekäme dieser Montag einen Sinn.

Aber so viel hatte er mit seinen elf Jahren kapiert: Ohne die Gabe, frei und unbefangen zu sprechen, blieb ihm nichts weiter übrig, als wortlos vor sich hin zu träumen.

Wenn er querfeldein ging, die Abkürzungen nahm, brauchte er etwa eine Stunde bis zu seinem geheimen Ort.

Er kannte sich gut aus in der Gegend. Schon von Weitem sah er das Gebäude und beschleunigte seine Schritte.

Doch dann erkannte er den vor der Turnhalle geparkten Wagen, und er erschrak, als er die Baulatten am Eingang aufgebrochen vorfand. Das verhieß nichts Gutes. Wenn Leute hierherkamen, verlor der Ort an Reiz. Seine schlimmsten Befürchtungen betrafen spontane Zusammenrottungen, Alkoholgelage und aufdringliches Partyvolk. Joshua liebte die Stille und die Abgeschiedenheit.

Er betrat die Halle. Es war gut, hier zu sein. Normalerweise. Wenn niemand kam und ihn störte.

Er blickte sich um. Schummriges Licht, das durch die schmalen Fenster hereinfiel. Einer der Sprungkästen war verschoben worden. Auch den Barren mit dem einen Holm hatte jemand verrückt.

Und dann sah er den Kleiderhaufen in der Ecke. Joshua trat näher.

Da lag eine Handtasche. Er bückte sich, um sie zu durchsuchen. Er fand ein Portemonnaie, zögerte kurz, dann klappte er es auf. Kleingeld und ein paar Scheine. Noch ein Zögern, und er steckte das Portemonnaie ein. Sein Blick wanderte über die Kleidungsstücke. Hier hatte sich jemand komplett ausgezogen.

Frauenunterwäsche. Er betastete sie.

Nicht das Zeug, das Pennerinnen trugen. Er hatte ja mal eine Obdachlose in dieser verrotteten Turnhalle aufgestöbert. Nein, das hier war ein anderes Kaliber. Feines Spitzenzeug. Es gefiel ihm. Auch die anderen Klamotten betastete er. Ein cooles Shirt. Wenn er jemals eine Freundin hätte, sollte sie auch so eines tragen.

Für einen Moment überlegte er, ob er auch die Anziehsachen einstecken sollte, alles in seinen Rucksack, fette Beute, doch dann schämte er sich dafür und ließ es bleiben.

Schließlich entdeckte er einen Schminkkoffer und betrachtete lange die Utensilien, die sich darin befanden.

Er durchquerte die Halle. Vor einer Turnmatte blieb er kurz stehen und legte die Stirn in Falten. Auch hier war einiges anders als sonst.

Schließlich öffnete er die Eisentür. Unten im Keller war es gruselig.

Er mochte das.

Joshua nahm die Taschenlampe aus dem Seitenfach seines Rucksacks und knipste sie an. Dann stieg er die Treppen hinunter. Unten angelangt, öffnete er die nächste Tür. Er schwenkte den Strahl seiner Lampe.

Hier hatte jemand gewütet, die Metallspinde waren umgestoßen worden. Er ging in den nächsten Raum. Das war *sein* Raum. Sein spezieller Ort im Halbdunkeln zum Nachdenken und Alleinsein.

Aber auch hier herrschte Chaos. Die Umkleideschränke waren wild durcheinandergeworfen.

Einer davon lag flach am Boden, die Tür war nach oben aufgeklappt. Sieht aus wie ein Schrein, dachte Joshua.

Oder ein Sarg aus Metall.

Er trat näher und richtete den Schein seiner Stableuchte ins Innere.

Da blieb ihm die Luft weg. Jemand lag darin.

Es war ein Engel mit goldener Haut.

Die Haut hatte Risse. Joshua schrie.

Am Nachmittag wurden sie von den Kollegen aus Potsdam benachrichtigt. Landsberg fuhr mit Trojan ins Berliner Umland hinaus, und die übrigen Kollegen des Teams folgten. Bis sie den abgelegenen Bereich in der Nähe von Beelitz erreicht hatten, war eine weitere Stunde vergangen. Die Sonne stand bereits tief, als sie vor der verlassenen Turnhalle ankamen.

Zwischen all den Polizeifahrzeugen fiel Trojan als Erstes ein zerbeulter Mitsubishi Colt mit Berliner Kennzeichen auf.

Reiner Wetzlar, Hauptkommissar im Land Brandenburg, trat auf sie zu. Sie kannten den Kollegen bereits von den Mordermittlungen im vergangenen Winter, als sie auf der Jagd nach der sogenannten *Hexe* gewesen waren. Wetzlar war von gedrungener Statur und trug einen altmodischen Schnauzbart. Er begrüßte sie auf seine übliche leicht unterwürfige Art und erstattete ihnen Bericht. Landsberg unterbrach ihn recht bald und machte, für Trojans Geschmack eine Spur zu arrogant, unmissverständlich klar, dass die Angelegenheit in ihren Kompetenzbereich fiel.

Wetzlar wollte etwas einwenden, doch Landsberg schnitt ihm mit einer Geste das Wort ab.

»Die Hinweise, lieber Herr Kollege, die Sie uns gewohnt umständlich und zeitraubend aufzählen, deuten glasklar auf einen Zusammenhang mit dem Mord in Nikolassee hin, also übernehmen *wir* das hier!«

»In unseren Dienstvorschriften heißt es aber ...«

Landsberg sog die Luft ein, und Trojan versuchte, ihn mit einem Blick zu besänftigen.

»Danke, Wetzlar«, murmelte Trojan, um die Wogen ein wenig zu glätten, »dass Sie uns überhaupt so rasch informiert haben.«

»Rasch?«, zischte Landsberg. »Wertvolle Zeit ist verloren gegangen.«

Trojan machte eine beschwichtigende Geste hin zu seinem Chef, und Wetzlar krümmte die Schultern ein. In ihrer Mordkommission ging das Gerücht um, der Potsdamer Kollege strebe eine Versetzung in die Hauptstadt an, allerdings mit wenig Aussicht auf Erfolg.

»Die Turnhalle ist baufällig«, sagte Wetzlar und wies auf das halb zerfallene Backsteingebäude, »der zuständige Sportverein ist pleite, aber leider fehlt es auch dem Landkreis an Geld, so dass nicht einmal ein Abrissunternehmen bezahlt werden kann.«

Sie ließen sich von ihm in die Halle führen und von dort aus in den Kellerbereich, wo sich die ehemaligen Umkleideräume befanden.

Die Szenerie, die sich ihnen dort unten bot, grell ausgeleuchtet von den Halogenscheinwerfern der örtlichen Kriminaltechnik, war grotesk. Überall lagen zahlreiche umgestürzte Schränke aus grauem Stahlblech am Boden. Bei einem war die Tür nach oben aufgeklappt. Eingezwängt unter dem Hutboden und der Garderobenstange lag eine junge Frau.

Das Gesicht war weiß geschminkt. Ihr Körper steckte in einem hautengen Suit mit Kapuze, unter der ihr Kopfhaar völlig verschwunden war.

Die Farbe ihres Kostüms war golden. Am Hals war es aufgerissen.

Trojan erkannte die Strangulationsmale.

Sein Blick glitt weiter. Auch an anderen Stellen war das Trikot zerfetzt, darunter sichtbar die nackte Haut, verkrustetes Blut und Zahnabdrücke.

»Bisse«, murmelte Landsberg.

Stefanie und Ronnie, Albert und Max und auch Dennis, der sich wieder gesund gemeldet hatte, traten zu ihnen. Nur Dr. Semmler war noch unterwegs, sollte aber bald bei ihnen eintreffen. Dafür fasste Frohnheim, der für Potsdam und Umgebung zuständige Rechtsmediziner, für sie seine ersten Eindrücke zusammen. Er war erstaunlich jung, hatte sein Studium wohl gerade erst hinter sich. Gekleidet war er mit einem eigentümlichen grauen Regenmantel, der so aus der Mode war, dass er in Berlin-Neukölln schon wieder als hip gegolten hätte. Er sprach so leise, dass man ihn kaum verstand.

Trojan schnappte bloß die Information auf, dass der Todeszeitpunkt der Frau offenbar weniger als vierundzwanzig Stunden zurücklag, danach war er in seinen Gedanken bereits weiter.

»Der Wagen draußen«, sagte er unvermittelt.

Die Potsdamer Kollegen blickten ihn irritiert an, da er Frohnheim ins Wort gefallen war.

166

»Wurde der Mitsubishi überprüft?«, setzte er ungeduldig nach.

»Natürlich«, antwortete Wetzlar.

»Und?«

Wetzlar blätterte umständlich in seinem Notizbuch.

Derweil betrachtete Trojan nachdenklich den weiblichen Leichnam in dem engen goldfarbenen Kostüm. Warum war die Frau von ihrem Mörder in den Spind gelegt worden? Oder hatte sie sich etwa aus purer Verzweiflung darin versteckt?

Der Schrank sah aus wie ein Sarg aus Stahlblech. Trojans Blicke scannten die Tür, das Schloss, feine Kratzer darauf. Es kribbelte auf seiner Kopfhaut. Er schaute sich um. Was war hier vorgefallen?

Als habe Ronnie seine Gedanken gelesen, sagte er: »Zwei der Schränke wurden vor dem Fenster übereinandergestapelt, siehst du?«

»Hmm.«

»Und vor der Tür hier und im Nebenraum finden sich ganze Haufen davon.«

»Eine Verbarrikadierung.«

»Ja.«

»Die junge Frau ist vor ihrem Mörder in den Keller geflohen.«

»Genau, und möglicherweise hat sie versucht, durch das Fenster zu entkommen.«

Trojan zückte seine Maglite und leuchtete das schmale Kellerfenster ab.

In diesem Moment las Wetzlar den Namen der Fahrzeughalterin von seinen Notizen ab. »Der Wagen ist auf eine Alina Kron zugelassen.«

Trojan stieß die Luft aus und fuhr herum. »Wie war das eben?«

»Alina Kron.«

»Verdammt.«

»Moment«, murmelte Landsberg, »der Name sagt mir was.«

Trojan nickte. »Wir hatten das Thema neulich in einer Dienstbesprechung, Hilmar. *Kron & Wiesner*, diese Werbeagentur. Erinnerst du dich?«

»Richtig.«

Trojan fragte Wetzlar: »Wer hat die Tote gefunden?«

»Ein elfjähriger Junge namens Joshua Berg, der die Schule geschwänzt und sich hier herumgetrieben hat. Er ist draußen bei den Kollegen der Schutzpolizei. Ziemlich verstockt, der Junge, kaum ein Wort ist aus ihm herauszubekommen.«

Landsberg gab den anderen Anweisungen, mit der Spurensicherung im Keller zu beginnen, dann stieg er mit Trojan die Treppe zum Obergeschoss hinauf.

»*Kron & Wiesner*«, sagte er.

»Ja«, sagte Trojan. »Neben den Bissspuren und den Strangulationsmalen ist das ein weiteres Verbindungsglied zwischen beiden Fällen.«

»Franziska Wiesners Tochter …«

»… Simona«, ergänzte Trojan.

»… und Simona Wiesners damalige Agenturpartnerin …«

»… Alina Kron.«

»Das heißt, dass eine junge Frau, die offenbar mit Dreißig einem Herzversagen erlag, das Bindeglied zwischen zwei Mordfällen ist.«

Trojan nickte. »Allerdings wissen wir noch nicht mit Sicherheit, ob es sich bei der zweiten Ermordeten tatsächlich um Alina Kron handelt.«

»Einiges deutet jedoch darauf hin. Ihr Auto zum Beispiel.«

»Und dieses goldfarbene Trikot.«

»Wie kommst du darauf?«

»Ich hab ein entsprechendes Foto gesehen. Aber dazu gleich, Hilmar, lass mich bitte erst mit dem Jungen sprechen. Ich denke, es ist besser, wenn ich es alleine tue, um ihn nicht unnötig unter Druck zu setzen.«

»In Ordnung.«

Trojan trat ins Freie hinaus. Er erkundigte sich bei den uniformierten Beamten nach dem Zeugen, und sie führten ihn zu ihm.

Der Junge stand etwas abseits von dem Pulk aus Polizisten und Schaulustigen, die sich mittlerweile vor dem Tatort versammelt hatten. Auch ein Fernsehteam war eingetroffen, dazu zahlreiche Reporter von der Presse.

»Mein Name ist Nils Trojan, ich bin von der Berliner Kripo. Kannst du mir ein paar Fragen beantworten?«

Der Junge nickte zaghaft. Er hatte den Kragen seiner Jacke hochgeschlagen und die Schultern hochgezogen. Offenbar war ihm kalt.

»Möchtest du lieber ein paar Schritte gehen?«

Er zeigte keine Reaktion.

»Im Gehen spricht es sich besser.«

Abermals nickte er schwach.

Sie entfernten sich ein Stück von der Turnhalle und überquerten den verlassenen Fußballplatz.

»Kommst du öfter hierher?«

Wieder kam bloß eine bejahende Kopfbewegung zur Antwort.

»Warum?«

Der Junge holte tief Luft, presste die Lippen aufeinander, aber er sagte nichts.

»Du willst allein sein, hmm? Zu viele Menschen machen dich nervös, stimmt's?«

Sein Blick verriet Erstaunen, zeugte aber auch von wachsendem Vertrauen. Anscheinend hatte Trojan ihn richtig eingeschätzt.

»Warst du heute nicht in der Schule?«

Erneut schüttelte er den Kopf.

Trojan lächelte schmal. »Lieber schwänzen und dafür diesen verwunschenen Ort besuchen, ja?«

Der Junge blinzelte zustimmend.

»Erzähl mir bitte, was dir zuerst aufgefallen ist, als du in die alte Turnhalle kamst.«

Alles an ihm verkrampfte sich, sein Kopf wurde rot, er blies die Lippen auf.

»Ganz ruhig«, sagte Trojan. »Lass dir Zeit.«

Nach einer Weile zog der Junge etwas aus der Hosentasche. Es war ein Portemonnaie, das er Trojan stumm hinhielt.

»Woher hast du das?«

Der Junge verzerrte das Gesicht. »T-tut mir leid«, brachte er unter Mühen hervor.

»Hast du es in der Turnhalle gefunden?«

Der Junge nickte. »I-ich gebe es zurück.«

Es war weniger ein Stottern, mehr eine große Anstrengung beim Sprechen. Auch wenn das Beweisstück nun bereits mit den Spuren des Jungen behaftet war, nahm Trojan dennoch ein Paar Latexhandschuhe aus seiner Jackentasche und streifte sie sich über, bevor er das Portemonnaie an sich nahm und es aufklappte.

»Warum, Joshua?«

»N-nur so. Hab wenig Taschengeld.«

»Verstehe. Und du hast es eingesteckt, bevor du die Tote entdeckt hast?«

»J-ja. Ich hätte es nicht getan, wenn ich …« Er ruderte hilflos mit den Armen herum.

»Schon gut.«

»T-tut mir wirklich leid.«

Trojan fand einen Führerschein in einem der Fächer der Geldbörse. Er war auf Alina Kron zugelassen. Er fischte einen Asservatenbeutel aus der Jackentasche hervor und tütete das Portemonnaie ein. »Zeig mir, wo du es gefunden hast.«

Sie gingen gemeinsam in die zerfallene Sporthalle. Auch im oberen Bereich hatten die Kriminaltechniker inzwischen zahlreiche Scheinwerfer aufgestellt, so dass die alten Turngeräte in gleißendes Licht getaucht waren und gespenstische Schatten warfen.

Zielstrebig führte der Junge Trojan zu einer Ecke des Raumes und deutete wortlos zu den Sprungkästen hin.

Trojan begutachtete die Kleidungsstücke, den Schminkkoffer und die Handtaschen, die sich versteckt dahinter befanden und von den Potsdamer Kollegen offenbar noch nicht entdeckt worden waren.

»W-werden Sie mich jetzt verhaften?«

»Hast du denn noch etwas an dich genommen?«

Kopfschütteln.

»Ganz ehrlich?«

»J-ja.«

»Kennst du die Frau, die du unten im Keller entdeckt hast?«

»N-nein.«

»Du hast sie niemals zuvor gesehen?«

»N-ein. Sie ist ein goldener Engel.«

Goldener Engel, dachte Trojan und musterte ihn. Er beschloss, dem Jungen Glauben zu schenken.

»Hast du etwas mit den Sachen angestellt?«

»N-nein.«

»Aber sie gefallen dir? Sind hübsche Klamotten, stimmt's?«

Ein scheues Lächeln, ein leichtes Erröten. Trojan klopfte

dem Jungen auf die Schulter. »Ich verrate den Kollegen nichts davon, okay? Aber du musst mir bei den Ermittlungen helfen.«

»G-gerne.«

»Wann bist du hier eingetroffen? Hast du mal zur Uhr geschaut?«

»Ja. Es war kurz nach neun.«

»Wissen deine Eltern eigentlich Bescheid, dass du noch immer hier bist?«

»Nein.«

»Niemand hat sie informiert? Sie machen sich doch sicher Sorgen um dich.«

Er schüttelte den Kopf. »Die Schule geht bis nachmittags. Und oft fällt es niemandem auf, wenn ich nicht daheim bin.«

»Na schön. Du kommst also öfter hierher, ja?«

»Hmm.«

»Was ist anders als sonst? Schau dich bitte um.«

Joshua wies sogleich auf einen Barren, an dem sich nur ein einziger Holm befand. »Hier war jemand. Das Turngerät ist verschoben worden. Auch der Sprungkasten.« Er sprach jetzt erstaunlich flüssig. »Und sehen Sie, hier.«

Er ging ein paar Schritte in den Raum hinein und zeigte auf den Boden. »Das ist mir gerade erst aufgefallen, als wir hereinkamen.«

Trojan folgte ihm. Da lag eine Verschlusskappe. Er hob sie auf und betrachtete sie.

»Gehört zu einem Foto-Objektiv«, sagte der Junge.

»Bravo, du solltest Polizist werden.«

Der Junge grinste. »Und dort.« Er ging zu einer Turnmatte. Daneben stand eine geöffnete Weinflasche und ein Glas. Weitere Handtaschen lagen verstreut am Boden.

»Danke, Joshua. Du hast uns viel Arbeit abgenommen.«

Seine Miene hellte sich weiter auf. »Noch mal sorry wegen dem Portemonnaie.«

Trojan legte den Finger an die Lippen zum Zeichen seiner Verschwiegenheit.

»Nun lass dich von den Beamten nach Hause fahren. Falls ich noch einmal deine Hilfe brauche, rufe ich dich an. Die Kollegen haben ja sicher deine Daten aufgenommen.«

Joshua lächelte. »In Ordnung, Herr Trojan. Dann hoffentlich bis bald.«

Er hob stolz die Hand zum Gruß und ging.

In diesem Moment kam Landsberg aus dem Keller herauf. Trojan zeigte ihm die Verschlusskappe, das Portemonnaie mit dem Führerschein, die Handtasche, die Schminkutensilien und die Anziehsachen. Auch die anderen Beweismittel präsentierte er ihm, Weinflasche und Weinglas, weitere Ledertaschen.

»Was war hier nur los?«, fragte der Chef erstaunt.

»Diese Verkleidung«, sagte Trojan, »das goldfarbene Trikot, die weiße Schminke im Gesicht der Toten und diese Handtaschen, all das gehörte zur Ausstattung einer Werbekampagne von *Kron & Wiesner*, die allerdings längst abgelaufen ist.«

»Das musst du mir jetzt aber genauer erklären.«

»Ich fand entsprechende Fotos auf der Website der Agentur. Warte.« Trojan verband sich über sein Smartphone mit dem Internet und suchte die Webadresse heraus. Dann tippte er auf die Aufnahmen und zeigte sie seinem Chef. »Das hier sind Alina Kron und Simona Wiesner selbst. Und nun achte mal auf den Hintergrund.«

Landsberg war überrascht. »Das sind die alten Turngeräte.«

»Ja.«

»Und du meinst also …?«

»Möglicherweise ist Alina Kron hierhergefahren, hat sich

in dieser Ecke dort umgezogen, um sich dann in dem goldfarbenen Körperanzug fotografieren zu lassen, genau wie bei der Kampagne. Oder sie wurde dazu gezwungen, was ebenso merkwürdig ist.«

»Aber warum das alles nur?«

Trojan wischte mit zwei Fingern über das Display des Smartphones, um das Copyright der Aufnahme zu vergrößern.

»Befragen wir doch mal den Fotografen von damals, vielleicht hat der ja eine Erklärung dafür.«

ACHTZEHN

Das Atelier von Raffael Bold befand sich in der Oderstraße. Es war eine Fabriketage direkt am Tempelhofer Feld. Trojan ging in den ersten Stock hinauf. Die Tür war nur angelehnt.

Dahinter waren merkwürdige Geräusche zu hören, hell, sphärisch, entrückt. Er klopfte an, aber niemand reagierte. Also trat er einfach ein.

Es war ein Raum mit hohen Decken. Verschiedenfarbige Projektionsflächen gliederten ihn in mehrere Bereiche.

»Herr Bold?«

Die Geräusche verdichteten sich zu einer eigentümlichen Musik, flirrend, schwebend. Eine Halogenleuchte blendete Trojan, er ging hinter den Prospekt, der knallrot war, dahinter war mehr Licht, nun wandelte er hinüber zu Blau, zu Rosa, dann zu Weiß, und schließlich war die Beleuchtung so grell, dass er die Augen mit der Hand abschirmen musste.

»Hallo?«

Die Klänge schraubten sich in die Höhe. Sie gefielen Trojan, ließen sich aber nur schwer einordnen. Was war das nur?

Da vernahm er eine Stimme. »Kommen Sie nur rein.«

Trojan ging um den nächsten Prospekt herum, und dort sah er jemanden auf einer Chaiselongue lagern, dicht vor einer weiten Fensterfront, die von einem Scheinwerfer angestrahlt wurde. Das Licht fiel hinaus auf einen Baum im Hof. Die Blätter bewegten sich im Wind.

»Schauen Sie doch«, sagte der Mann auf der Chaiselongue. »Ist das nicht wunderschön?«

Trojan räusperte sich.

Der andere wandte das Gesicht zu ihm.

»Nils Trojan, mein Name. Kriminalpolizei. Sind Sie Raffael Bold?«

»Ja.« Er erhob sich lächelnd.

»Die Tür war offen, da dachte ich ...«

»Kein Problem. Ich hab nichts zu verbergen.«

»Was ist das für eine Musik?«

»Gefällt sie Ihnen?«

»Zugegeben, ja.«

Bold griff nach einer Fernbedienung und stellte sie lauter. Die Klänge waren so bezaubernd, dass Trojan unwillkürlich die Augen schloss, um verzückt zu lauschen.

»Bleiben Sie so! Nicht bewegen.«

Plötzlich klickte es. Und Trojan schaute Bold irritiert an. Er hatte sich seine Kamera geschnappt und offenbar ein Foto von ihm geschossen.

»Aber nicht doch!«

Bolds weiße Zähne blitzten auf. »Wollen Sie es sich ansehen?«

»Ich hab im Moment Wichtigeres zu tun.«

Doch Bold war schon bei ihm und zeigte ihm das Bild auf dem Display seiner Nikon.

Trojan war verblüfft. War *er* das? Konnte er so selig lächeln? Er sah aus, als habe er sich von der Welt für einen flüchtigen Augenblick entfernt. Glücklich und zufrieden sah er aus.

Und das, obwohl er im Dienst war.

»Ich mache Ihnen gerne einen Abzug und schenke es Ihnen. Sie sind sehr fotogen.«

»Sie schmeicheln mir.«

»Aber es ist wahr.«

»Es muss an dieser Musik liegen.«

»Ja, der Klang der Glasharmonika vermag uns alle zu verändern.«

»Glasharmonika?«

»Ein seltenes Instrument aus dem achtzehnten Jahrhundert. Es besteht aus verschieden großen, ineinandergeschobenen Glasglocken, die auf einer Achse lagern. Sie werden durch ein Pedal bewegt. Der Musiker berührt die Glockenränder mit feuchten Fingern. Während des Konzerts steht immer eine Schale mit Wasser vor ihm. Ist das nicht schön?«

»Hmm.«

»Was wir da hören, ist eine moderne Komposition von einem jungen finnischen Künstler, arrangiert eigens für dieses Instrument. Ich spiele das Stück gewöhnlich, um mich zu entspannen. Das Instrument wird übrigens auch ›Stimme der Engel‹ genannt.«

Jäh zuckten die Bilder der Toten in ihrem Schrein aus Stahlblech vor Trojans innerem Auge auf. Engelsstimme. Und was hatte der Junge vorhin gesagt? Ein goldener Engel.

Sein Blick wanderte hinaus in den Hof zu der vom Scheinwerferlicht angestrahlten weitverzweigten Kastanie und ihrem oktobergelben Laub.

»Wozu eigentlich diese dramatische Beleuchtung?«, fragte er.

»Dramatisch? Ich finde es eher unterstützend. Ich wähle die Lichtstimmung, um Abend für Abend die Bewegung der Blätter beobachten zu können, wenn der Wind durch sie hindurchstreicht. Ich fotografiere dieses Schauspiel absichtlich nicht, ich betrachte es nur. Wissen Sie, etwas *nicht* zu tun, ist oftmals eine viel größere Herausforderung, als es doch zu tun.«

Trojan runzelte die Stirn.

Er musterte Bold, attraktiv, charmant, aber auch ein wenig überkandidelt, schätzungsweise Anfang dreißig.

Der Fotograf lächelte ihn an, und wieder blitzten seine Zähne auf. »Weshalb sind Sie zu mir gekommen?«

»Es geht um Alina Kron.«

Bold schaltete abrupt die Musik aus. »Was ist passiert?«

»Sie ist tot. Sie wurde ermordet.«

Schlagartig wich ihm das Blut aus dem Gesicht, und er schnappte nach Luft.

»Wo waren Sie gestern Abend?«

»Ich war mit ihr … großer Gott.«

»Sagen Sie schon.«

Er starrte ihn an. »Wir sind zu einem Shooting hinausgefahren. In der Nähe von Beelitz.«

»Alte Turnhalle? Halb zerfallenes Gebäude?«

Er nickte kaum merklich.

»Was ist dort geschehen?«

Nach einer längeren Pause berichtete ihm Bold stockend von den Fotoaufnahmen und Alinas Maskerade, ihrem Tanz an den Turngeräten zu der gesampelten Musik von Screamin' Jay Hawkins, einem US-amerikanischen Blues-Sänger, der seine größten Erfolge in den Fünfziger- und Sechzigerjahren hatte.

Und Bold erwähnte den Namen Simona Wiesner.

»Alina hatte die verrückte Idee, die Erinnerung an ihre Freundin wiederaufleben zu lassen.«

»Das verstehe ich nicht.«

»Sie glaubte wohl, wenn sie das Shooting in allen Einzelheiten wiederholt, könnte das eine Art Gedenkritual sein, so hab ich das jedenfalls begriffen, und darum hab ich mich auch dazu bereit erklärt mitzumachen.« Er presste den Handrücken gegen seinen Mund. »Ich kann noch immer nicht glauben, dass sie …« Ihm versagte die Stimme.

»Herr Bold, Sie haben sie als Letzter lebend gesehen. Ist Ihnen klar, was das bedeutet?«

»Oh, mein Gott. Ich hätte sie nicht allein lassen sollen. Aber es war nun mal ihr Wunsch.«

»Ach ja?«

»Alina sagte mir …« Bold stutzte. »Sie verdächtigen mich doch nicht etwa, Herr Kommissar?«

Trojan schwieg.

»Ich …«, der Fotograf ließ sich auf die Chaiselongue fallen und vergrub das Gesicht in den Händen, »…ich fasse das einfach nicht.«

»Nun mal der Reihe nach. Fuhren Sie mit einem oder mit zwei Wagen zu dem Shooting hinaus?«

Er stand wieder auf und verschränkte die Arme vor der Brust. »Mit einem. Wir nahmen Alinas Auto. Sie hat mich hier abgeholt. Gegen halb fünf am Nachmittag waren wir dort.«

»Und dann?«

»Gegen sieben waren wir mit den Aufnahmen fertig. Sie war erschöpft. Irgendwie auch traurig. Offen gestanden, wirkte sie auf mich ziemlich durcheinander. Ich hatte das Gefühl, dass irgendetwas vorgefallen war.«

»Was könnte das sein?«

»Ich denke, es hat mit Simonas Todestag zu tun. Der jährte sich gerade. Alina hat sehr an Simona gehangen, sie waren beste Freundinnen.«

Trojan wartete ab.

»Um sieben Uhr abends ungefähr bin ich von dort weggefahren. Mit einem Taxi.«

»Und Sie ließen Alina Kron ganz allein an diesem einsamen Ort zurück?«

»Ich war in großer Sorge um sie, wollte ihr das eigentlich ausreden. Aber sie sagte, sie wolle mit Simona noch … im Gedenken an sie … ein Glas Wein trinken … wie damals … nach ihrem gemeinsamen Projekt.«

»Es will mir einfach nicht in den Kopf. Simona Wiesner ist seit einem Jahr nicht mehr am Leben. Kann sich denn niemand damit abfinden?«

Raffael Bold raufte sich das Haar. »Die Aktion war mir selbst unbegreiflich. Ich glaube, es handelte sich um etwas Spirituelles. So eine Art Geisterbeschwörung, oder was auch immer.«

Trojan setzte eine Pause und beobachtete ihn genau. Dann fragte er leise: »Gab es einen Streit während des Shootings zwischen Ihnen und Alina Kron? Irgendetwas, das Sie zornig gemacht hat, Herr Bold?«

»Nein, nicht im Geringsten. Im Gegenteil, wir fühlten uns sehr verbunden während der Arbeit.«

»Hatten Sie mal eine Affäre mit Alina?«

»Nein! Worauf wollen Sie eigentlich hinaus?«

»Haben Sie sich eine Liaison mit ihr gelegentlich vorgestellt?«

Er schluckte. Schwieg. Nach einer Weile sagte er leise: »Schon möglich, dass ich mal in diese Richtung gedacht hab …«

»Fühlte sich Alina zu Ihnen hingezogen?«

»Keine Ahnung. Wir mochten uns. Bei dem Projekt hat es gut zwischen uns funktioniert.«

»Darf ich die Fotos mal sehen?«

»Sie sind noch nicht fertig bearbeitet, das ist bloß eine Rohfassung.«

»Ist mir egal. Ich will sie nur ansehen.«

Bold zögerte. Dann nickte er schwach. Er führte ihn hinter einen weiteren Prospekt, wo sich ein ausladender Schreibtisch befand, darauf stand ein Apple-Computer. Er setzte sich und klickte sich durch die Dateien. Plötzlich erschien eine Aufnahme von Alina auf dem Bildschirm. Sie tanzte in diesem hautengen Suit vor der Kamera, ihr Gesicht weiß geschminkt, die Haare unter der Kapuze verborgen.

»Sie hat eine unglaubliche Ausstrahlung«, murmelte Bold. »Sie ist eine schöne Frau.«

»Haben Sie sie geliebt?«

Bold schien nachzudenken. »Nein. Liebe ist nicht das richtige Wort.«

Er erhob sich schweigend. Schließlich sagte er: »Ich habe sie verehrt. Beide habe ich verehrt. Simona und Alina. Es ist unfassbar, dass zwei so wunderbare und kreative Frauen kurz hintereinander …« Er brach ab.

Trojan blickte ihn scharf an. »Ließen Sie sich von dem Taxifahrer direkt nach Hause bringen?«

»Ja.«

»Ziemlich teuer so eine Fahrt aus dem Umland hierher, nicht wahr?«

»Ich verstehe die Frage nicht.«

»Wie viel haben Sie bezahlt?«

»Das weiß ich nicht mehr.«

»Haben Sie sich eine Quittung geben lassen?«

»Kann sein. Für die Steuer, ja. Wenn ich es nicht vergessen hab. Ich müsste nachschauen.«

»Was taten Sie, als Sie hier ankamen?«

»Ich hab meine Ausrüstung ausgeladen.«

»Und dann?«

»Ich weiß nicht. Ich war … unter der Dusche … und danach … Herr Trojan, das müssen Sie mir glauben, ich habe Alina nichts angetan.«

Nils blickte ihn reglos an.

Sie schwiegen eine Zeit lang.

Da fragte Bold kaum hörbar: »Auf welche Art wurde sie denn ... ich meine ... die arme Alina ...?«

»Sie wurde erdrosselt. Mit einem Draht vermutlich.«

Von den Bissen erwähnte Trojan vorerst nichts.

»Wo hat man sie gefunden?«

»Im Keller. Sind Ihnen die Kellerräume bekannt?«

»Nein.«

»Herr Bold, Sie haben kein Alibi für die Tatnacht. Ist Ihnen das bewusst?«

»Sie können den Taxifahrer befragen.«

»Okay, und wen noch?«

Bold war kurz davor, in Tränen auszubrechen. »Kamal war gestern hier. Ein Nachbar. Er hat mich am späten Abend besucht. Wir haben uns zusammen die Fotos von Alina angesehen und dazu die Musik der Glasharmonika gehört.«

Trojan blieb hartnäckig. »Um wie viel Uhr war das?«

»Gegen elf.«

»Da tut sich leider eine Lücke auf. Sind Sie vielleicht noch mal zu der Turnhalle zurückgekehrt?«

»Bitte, Herr Kommissar, Sie müssen mir glauben.«

»Wo waren Sie Mittwochnacht?«

»Wieso am Mittwoch?«

»Antworten Sie.«

Er riss die Augen auf. »Reden wir jetzt etwa über den Mord in Nikolassee?«

»Woher wissen Sie davon?«

»Aus dem Fernsehen, dem Internet. Die halbe Stadt spricht darüber.«

»Hat Alina Kron diesen Mordfall Ihnen gegenüber erwähnt?«

Bold sah ihn überrascht an. »Nein.«

»Glauben Sie, sie hat davon gewusst?«

»Keine Ahnung.« Es zuckte um seine Mundwinkel. »Verdammt, ist das hier ein Verhör?«

»Wir nennen es Vernehmung, das klingt freundlicher.«

Bold starrte ihn an.

Trojans Handy läutete. Er hob ab. Es war Stefanie Dachs. Sie klang aufgeregt.

»Nils, wir sind in der Wohnung von Alina Kron. Was wir hier gefunden haben, solltest du dir unbedingt mal ansehen.«

NEUNZEHN

Es lebten keine Angehörigen von Alina Kron in der Stadt, und auch ansonsten war niemand aufzufinden gewesen, der einen Schlüssel zu ihren Räumlichkeiten besaß, also hatten sie die Wohnung von einem Experten der Kriminaltechnik öffnen lassen.

Ihre Mutter war bereits verstorben, der Vater in einem kleinen Dorf im Bayerischen Wald ansässig. Man hatte ihn benachrichtigt und gebeten, nach Berlin zu kommen, um den Leichnam seiner Tochter zu identifizieren.

Stefanie, die zusammen mit Dennis Holbrecht die Durchsuchung in der Manteuffelstraße vornahm, empfing Trojan an der Eingangstür. Sie wies auf eine lange Reihe von Stiefeln, Stiefeletten, Pumps und Sneakers neben der Wohnungstür.

»Hier lagen sie, halb versteckt und ein wenig zerknüllt unter den Schuhen.«

Sie reichte ihm einen Asservatenbeutel, in dem sich zwei eingerissene und leicht zerknitterte Zettel befanden, die offenbar hastig aus einem linierten Notizblock herausgerissen worden waren.

»Wir nehmen an, dass sie unter der Tür durchgeschoben wurden«, sagte Dennis, »worauf sie jemand, vermutlich Alina Kron selbst, mit dem Fuß beiseitegeschoben hat.«

»Oder sie hat sie aufgehoben und dann erschrocken fallen gelassen«, ergänzte Stefanie. »Der Inhalt der Nachrichten ist jedenfalls brisant.«

Trojan las die handgeschriebenen Botschaften auf dem Papier:

LASS UNS ÜBER DIE TOTEN REDEN. BITTE. L.

Auch die andere Notiz bestand aus zittrigen Großbuchstaben:

WARUM NOCH LÄNGER SCHWEIGEN? AUCH ICH GLAUBE AN DIE RÜCKKEHR DER TOTEN. LUIS.

»Habt ihr irgendeine Ahnung, wer dieser Luis sein könnte?«, fragte Trojan.

»Mittlerweile schon«, antwortete Stefanie. »Es gibt einen Zeugen im dritten Stockwerk des Hauses, der beobachtet und gehört haben will, dass der direkte Nachbar von Alina Kron, ein gewisser Luis Ferner, in den letzten drei Tagen mehrfach an ihrer Tür geklopft und geklingelt hat. Dabei soll er sinngemäß einige Male ausgerufen haben: ›Mach doch endlich auf, Alina.‹ Der Zeuge behauptet, dieser Luis Ferner habe Alina schon öfter im Treppenhaus Avancen gemacht. So wie er ihn dargestellt hat, habe er sie zum Teil regelrecht gestalkt.«

»Ist der Zeuge glaubwürdig?«

»Mag sein, dass er ein wenig übertreibt. Zumindest aber können wir vermuten, dass die Zettel von jenem Nachbarn stammen.«

»Ist er zu Hause?«

»Nein«, sagte Dennis. »Wir haben es schon mehrfach bei ihm versucht, aber vergeblich.«

Trojan betrachtete nachdenklich die Zettel in der Asservatenhülle. »Er will mit ihr reden. Glaubt an die Rückkehr der Toten.«

»In ihrem DVD-Player fanden wir übrigens einen Horror-film. Einige Szenen zeigen Beißattacken der übelsten Sorte.«

»Hmm. Noch etwas Verdächtiges in der Wohnung?«

»Alle Vorhänge waren zugezogen, und das wohl schon seit mindestens zwei Tagen, wie einer anderen Zeugin im Haus aufgefallen ist.«

»Ein wenig befremdlich ist auch das hier«, sagte Stefanie und führte ihn ins Badezimmer. Eine Stehleuchte befand sich vor dem Waschbecken, der trichterförmige Lampenschirm war direkt auf den Spiegel gerichtet.

Trojan blickte sich um. »Was hat das eurer Meinung nach zu bedeuten?«

Stefanie überlegte. Schließlich sagte sie: »Entweder war Alina Kron sehr eitel oder ...«

»Was? Denk nach, es könnte wichtig sein.«

»Die Lampe ist wie ein Scheinwerfer auf das Spiegelbild gerichtet. Sie wollte sich zur Schau stellen.«

»Oder etwas untersuchen«, sagte Trojan. »Eine Veränderung. An ihrem Körper vielleicht.«

»Wie kommst du darauf?«

»Weiß nicht. Nur so eine Eingebung. Das hier sieht so ... medizinisch aus. Wie in einem Operationssaal.«

Stefanie und Dennis blickten ihn an.

Plötzlich sagte Trojan: »Wir müssen in die Wohnung von Luis Ferner rein. Und zwar schnell.«

»Dazu benötigen wir einen Durchsuchungsbeschluss«, sagte Dennis.

»Nicht bei Gefahr in Verzug, und davon gehen wir jetzt einfach aus. Also los!«

Eine halbe Stunde später hatte ein Kriminaltechniker das Schloss der Nachbarwohnung aufgebohrt, und sie traten ein. Einige Handgriffe weiter, und sie beförderten Dutzende von Fotos aus den Schubladen im Arbeitszimmer. Darunter eine grüne Sammelmappe, auf die jemand in ganz ähnlicher Handschrift wie auf den Zetteln mit Filzstift geschrieben hatte:

SIMONA

Es waren Aufnahmen einer jungen rothaarigen Frau. Sie trug eine Lederjacke und einen kurzen schwarzen Rock.

Ein Abgleich mit den Daten beim Einwohnermeldeamt und dem dort gespeicherten Passbild, das sie sich aufs Smartphone mailen ließen, brachte ihnen Gewissheit.

Es handelte sich um Simona Wiesner.

»Egal, wie wir uns drehen und wenden«, sagte Trojan zu seinen Kollegen, »wir stoßen immer wieder auf diesen Namen. Den Namen einer Toten.«

»Und schau dir das hier an.« Dennis hatte weitere Fotos aus den Schubladen eines Rollcontainers hervorgeholt.

Trojan stieß die Luft aus. Es waren Bilder der Handtaschenkampagne von *Kron & Wiesner*. Luis Ferner hatte sie anscheinend aus einem Hochglanzmagazin abfotografiert. Besonders von Simona hatte er mehrere Detailvergrößerungen angefertigt.

»Der war wohl regelrecht besessen von dieser Frau«, sagte Dennis.

»Ja.«

»Glaubst du, sie ist es, über die er unbedingt mit Alina Kron sprechen wollte?«

»Schon möglich.«

»Eine Tote?«

Trojan rieb sich über das Gesicht. Abermals flackerten die

Bilder des Leichnams vor ihm auf, die Bissverletzungen, das aufgerissene Trikot.

»Es ist merkwürdig. Aber wir sollten uns davon nicht verrückt machen lassen. Es muss eine plausible Erklärung dafür geben.«

Stefanie reichte ihm eine Visitenkarte. »Hier, die hab ich gerade gefunden. Luis Ferner ist offenbar ein professioneller Fotograf. Er hat ein Büro in der Pflügerstraße.«

Rasch telefonierten sie mit Landsberg, um weitere Leute für die Durchsuchung der Büroräume zu beordern.

Es war gegen drei Uhr in der Früh, als Trojan völlig übermüdet ins Kommissariat kam.

In Ferners Atelier hatten sie weitere Fotos von Simona Wiesner gefunden. Er selbst aber blieb verschwunden. Polizisten in Zivil hatten Weisung, fortan Tag und Nacht den Hauseingang in der Manteuffelstraße und sein Büro einige Straßenecken weiter zu observieren.

Trojan setzte sich an seinen Schreibtisch und breitete die Tatortfotos vor sich aus. Dabei wiederholten sich in seinem Kopf die rätselhaften Sätze auf den Notizzetteln:

Lass uns über die Toten reden ... Warum noch länger schweigen?

Er starrte auf eines der Fotos, das die junge Frau in dem Metallspind zeigte.

Ihn überkam eine Unruhe, von der er nicht genau wusste, ob sie mit seiner Erschöpfung oder mit einem tiefer liegenden Instinkt zu tun hatte.

Denk nach, ermahnte er sich. Auch wenn du müde bist, streng deine Hirnzellen an. Irgendwas stimmt nicht. Sollte er vielleicht etwas übersehen haben?

Er zuckte zusammen, als Landsberg ohne anzuklopfen eintrat. »Störe ich gerade?«

»Nein.«

»Du siehst ja ganz blass aus.«

»Ist das ein Wunder? Ich bin pausenlos im Einsatz!«

»Aber da ist noch was in deinem Gesichtsausdruck, diese Miene kenne ich schon. Wenn du so entrückt schaust, bist du meist an etwas äußerst Wichtigem dran.«

»Ist bloß so ein Gefühl, Chef. Vielleicht sollten wir uns den Tatort bei Beelitz noch einmal gründlicher ansehen.«

»Und warum?«

Sein Blick scannte die Fotos. »Ich komme im Moment einfach nicht darauf. Möglicherweise ist es ein Detail, das mich unbewusst irritiert hat.« Er atmete ein paar Mal durch. »Ach was, ich glaube, es ist nur die Erschöpfung.«

»Vielleicht hilft uns das ja auf die Sprünge«, sagte Landsberg und wedelte mit einem Stapel Papiere in der Hand.

»Was ist das?«

»Die Daten von der Telefongesellschaft, Alina Krons letzte ein- und ausgehenden Verbindungen. Übrigens fällt mir dabei ein, dass wir bisher nirgends ihr Handy finden konnten. Oder sollte ich mich täuschen?«

»Nein, du hast recht. Es lag nicht bei den Sachen in der Turnhalle, und es fehlte wohl auch in ihrer Wohnung. Und was sagt die Providerliste?«

»Alina Kron hat am Sonntag zwei erstaunliche SMS bekommen. Die dazugehörige Telefonnummer habe ich bereits überprüfen lassen. Sie stammt von einem Prepaid-Handy mit fehlerhaften Nutzerdaten, die sich nicht rückverfolgen lassen. Aber der Inhalt der Kurznachrichten hat es in sich.«

Der Chef legte ihm die Papiere auf den Tisch.

Trojan blätterte sie bis zum Ende durch. Und dann las er den vorletzten Eintrag.

WIEDERHOLE IN DER ABENDDÄMMERUNG DAS
SHOOTING. LASSE NICHTS AUS. WENN DU ALLEIN
BIST, HEB DEIN GLAS AUF MICH.

Seine Augen weiteten sich, als er die letzte Nachricht von derselben Rufnummer las, eingegangen am Sonntag um neunzehn Uhr dreiundzwanzig:

HEUTE IST DER TAG DEINES TODES. ABER HAB
KEINE ANGST. LAUF IN RICHTUNG AUSGANG B!
LAUF, SO SCHNELL DU KANNST!

Er ließ die Luft durch die Zähne entweichen.

Landsberg verschränkte die Arme vor der Brust. »Was sagst
du nun?«

»Demnach wurde Alina also in diese einsame Turnhalle gelockt.«

»Ja.«

»Ihre Idee zu dem Fotoshooting wurde vermutlich durch
die vorletzte SMS ausgelöst.«

»Ganz genau.«

»Nach Aussage von Raffael Bold bezeichnete sie das Projekt als eine Art Gedenkritual für ihre Freundin Simona Wiesner.«

»Wusste Bold von der SMS?«

»Offenbar nicht.«

»Von wem also stammt die Nachricht? Komm schon, Nils,
wie hört sich das an? Ich werde es dir verraten: Es klingt, als
stamme die Botschaft von der Toten selbst.«

»Aber das ist doch absurd.«

»Natürlich ist es absurd. Jemand hat Alina Kron im Namen
der Toten manipuliert.«

»Okay, was sollen wir also tun, Hilmar? Raffael Bold in Untersuchungshaft nehmen? Ich hab dir doch von der Vernehmung erzählt. Reichen die Verdachtsmomente gegen ihn aus?«

»Er hat sie als Letzter lebend gesehen. Du hast mir gesagt, er könnte ein Motiv haben, wirkte irgendwie besessen von dieser Alina.«

»Besessen ist vielleicht das falsche Wort. Auf jeden Fall war er äußerst fasziniert von ihr. Allerdings wurde mir von den Kollegen auf dem Weg hierher mitgeteilt, dass inzwischen der Taxifahrer ausfindig gemacht werden konnte, der Bold von Potsdam-Mittelmark zurück nach Berlin gebracht hat.«

»Und?«

»Er kann sich aufgrund der Fotoausrüstung, die Bold bei sich hatte, tatsächlich noch recht genau an ihn erinnern und bestätigt, ihn gegen halb neun in seinem Atelier in der Oderstraße abgesetzt zu haben.«

»Hmm.«

»Und auch Bolds Nachbar, ein gewisser Kamal Salam, hat mittlerweile eine Aussage getätigt. Demnach war er gegen zweiundzwanzig Uhr bei ihm zu Hause.«

»Bleibt noch ein Zeitraum von etwas mehr als einer Stunde, in dem Bold zu der Turnhalle zurückgefahren sein könnte.«

»Ziemlich knapp das Ganze.«

»Zugegeben, ja. Was ist mit diesem Luis Ferner, dem anderen Fotografen?«

Trojan erzählte ihm kurz von der Durchsuchung seiner Wohnung und der Büroräume. Auch von den Notizzetteln berichtete er.

»Das wird ja immer rätselhafter«, murmelte Hilmar.

»Offenbar gab es da eine Verbindung zwischen Alina und ihm. Diese Botschaften, die er ihr offenkundig zugesteckt hat, klingen wie Anspielungen auf den Versuch eines früheren Gesprächs. ›*Warum noch länger schweigen?*‹, schreibt er ihr. Ich hab den Verdacht, dass es dabei ebenfalls um Simona Wiesner geht.«

»Wie kommst du darauf?«

»Es sind ähnliche Andeutungen wie in den Aussagen von Melanie Schopf und Raffael Bold. Sie umkreisen etwas Spirituelles, Unfassbares.«

»Und genauer?«

»*Die Rückkehr der Toten*. Keine Ahnung, was in den Köpfen dieser Menschen vor sich geht. Bemerkenswert daran ist, dass alles irgendwie auf Simona Wiesner zuzulaufen scheint, eine junge Frau, die offenkundig voriges Jahr an einem Herzversagen verstarb.«

Hilmar legte die Stirn in Falten. »Und wie ordnest du in diesem Zusammenhang die mysteriöse SMS an Alina Kron ein?«

»Der Satz ›*Heb dein Glas auf mich*‹ ist bezeichnend. Raffael Bold erwähnte, dass Alina und Simona nach ihrem damaligen Shooting in der Turnhalle tatsächlich mit einem Glas Wein angestoßen haben.«

»Eine angebliche Nachricht aus dem Totenreich also, von jemandem, der genau Bescheid weiß.«

»Ja. Mit dem kleinen Hinweis auf Rettung. ›*Hab keine Angst. Lauf in Richtung Ausgang B.*‹«

»›*Ausgang B*‹ ist auf einer der Turnhallenwände vermerkt.«

»Genau, aber es ist der Weg in den Keller. Dort unten gibt es keinen Weg nach draußen.«

»Eine Falle?«

»Möglicherweise. Sie schnappt zu, und Alina Kron liegt in einem Sarg aus Stahlblech.«

Sie blickten sich schweigend an.

Schließlich sagte Landsberg: »Okay, Nils, ruh dich für zwei, drei Stunden aus. Danach müssen wir die Suche nach Luis Ferner intensivieren.«

Eigentlich habe ich noch immer Urlaub, wollte Trojan entgegnen, doch sein Chef war bereits zur Tür hinaus.

ZWANZIG

Luis starrte auf den bläulich flackernden Fernsehbildschirm. Ein halb zerfallenes Backsteingebäude wurde gezeigt, Polizeifahrzeuge im Hintergrund. Die emsigen Bewegungen steril gekleideter Beamter in ihren Overalls, das grausam weiße Ballett der Spurensicherung. Kameraschwenk auf die Reporterin. Nach einer Weile achtete er nur noch auf ihre Zähne. Sie waren hell, spitz und scharf. Ihr Mund schnappte auf und zu. Auf einmal schien sie ihn direkt anzugrinsen. Gierig und hämisch.

Und ihm war, als würde sie ihm zuraunen: *Du bist der Nächste, den es erwischt.*

In diesem Moment klopfte es an der Tür.

Luis zuckte zusammen und schaltete den Fernseher aus.

Stille.

Die Fensterläden waren geschlossen. Tiefe Nacht, kein Licht im Haus. Den Škoda Fabia hatte er vorsichtshalber in einem entfernten Waldstück geparkt.

Wieder klopfte es.

Sie holen mich, durchfuhr es ihn. Alle, die mit Simona in Kontakt standen, müssen sterben.

»Luis?«, rief eine Stimme von draußen.

Er wagte kaum zu atmen.

»Mach auf!«

Es war eine weibliche Stimme. Sollte Simona zu ihm zurückgekehrt sein? Als er sich aufrichtete, wurde ihm kurzzeitig schwindlig. Er hatte den ganzen Tag über nichts als ein paar kalte Bohnen aus der Dose gegessen. Die Vorräte waren aufgebraucht, aber er traute sich nicht mehr aus dem Haus.

Es wummerte an der Tür.

»Luis!«

Nein, das war nicht Simonas Stimme. Er schlich sich in die Küche und schnappte sich ein großes Fleischermesser. Vorsichtig näherte er sich dem Eingang.

Erneut herrschte Stille.

Kurz darauf versuchte jemand, den Fensterladen zu öffnen.

Gleich haben sie mich. Er sah Zähne, die sich in sein Fleisch schlugen. Alina K., hatten sie in den Nachrichten gesagt, ein weiterer Mord.

Und wenn er sich zum Garten hinausschlich? Leise ging er zur Hintertür, schloss auf und öffnete sie einen Spalt, das Fleischermesser fest im Griff.

Ein Gesicht starrte ihn von draußen an.

Er fuhr zurück, sein Herzschlag stolperte, und er rang keuchend nach Luft.

»Luis!«

Nun erst erkannte er, wer es war.

»Mach die Tür zu«, wisperte er.

Sie trat ein und sperrte hinter sich ab.

»Cat«, sagte er leise.

Seine platonische Freundin rührte sich nicht. Sie trug einen dunklen Mantel, bis obenhin zugeknöpft. Das Haar hatte sie sich hochgesteckt, ihre Wangen waren gerötet.

Er bemerkte ihren erstaunten Blick, versuchte das Messer vor ihr zu verbergen, doch zu spät.

»Hat dich jemand gesehen?«, fragte er leise.

»Nein.«

»Bist du mit dem Wagen hier?«

»Wie denn sonst in dieser gottverlassenen Gegend?«

»Ich hab den Motor nicht gehört. Wo hast du ihn geparkt?«

»Vor dem Haus.«

»Das war ein Fehler, Cat.«

Sie ging zu dem Schalter an der Wand und knipste das Licht an. »Luis! Was ist nur los mit dir?«

Er hielt das Messer noch immer in der Hand, geduckt und angriffsbereit.

»Gib das her«, sagte sie beherzt.

Er reichte es ihr. Sie zog eine Schublade auf und legte es hinein. »Ich hab geahnt, dass du dich hier draußen versteckst.«

Sie hatten ein einziges Wochenende in dem Haus verbracht, zu einer Zeit, da noch Hoffnung bestand, sie könnten ein Paar werden. Luis erinnerte sich nicht gern daran. Verdruckste Gespräche, getrennte Schlafräume. Sex war kein Thema für ihn, nicht bei Cat.

Plötzlich wurde ihm klar, dass jene zwei Tage und Nächte in dem Haus für sie wohl recht demütigend gewesen waren.

»Um Himmels willen, was ist passiert? Sieh dich bloß mal an.«

Er rieb sich über das Gesicht. Meinte sie die Bartstoppeln, seine ungewaschenen Klamotten?

Wortlos ging er mit ihr ins Wohnzimmer. Auch hier machte sie Licht, was ihm nicht recht war. Erstaunt schaute sie auf den aufgeschlitzten Teppich am Boden, in den Simona eingerollt gewesen war.

Sie musterte die beiden Matratzen, das Nachtlager.

Besorgt trat sie auf ihn zu. »Was hast du da am Hals?«

Er nestelte am Kragen seines Hemds.

»Lass mich das mal genauer ansehen.«

»Nein, bitte nicht.«

Doch sie stand bereits dicht vor ihm und untersuchte seine Verletzungen. »Großer Gott, sind das etwa Bisswunden? Sie haben sich entzündet. Das muss dringend versorgt werden.«

Er schwieg.

Schließlich fragte er gedämpft: »Was willst du von mir, Cat?«

»Ich hab dich überall gesucht. Dein Handy ist anscheinend ausgeschaltet. Ich hab dir etliche Nachrichten auf deine Mailbox gesprochen. Schließlich ließ ich es bleiben, da ich mir nicht sicher bin, ob sie nicht …« Sie brach ab.

»Was?«

»Vielleicht hören sie ja inzwischen dein Telefon ab.«

Er wich einen Schritt zurück.

»Wer denn?«

»Die Polizei! Sie sind hinter dir her.«

Er sank aufs Sofa.

Cat setzte sich neben ihn. Nach einer Weile griff sie nach seiner Hand. Es tat ihm gut, ihre warme Haut zu spüren. Er blickte sie an. Warum funktionierte es eigentlich nicht zwischen ihnen? Cat war doch immer für ihn da, auf sie konnte er zählen.

»Geht es um … Alina?«, fragte er schwach.

Sie nickte. »Alina K. Sie haben es in den Nachrichten gebracht. Man geht davon aus, dass sie die Tote aus der Turnhalle ist. Die Rede war von Bissen, menschlichen Zahnabdrücken an dem Leichnam. Angeblich dieselben wie bei dieser anderen Frau. Ich hatte so ein merkwürdiges Gefühl und bin gleich zu deiner Wohnung gefahren. Weil doch deine Nachbarin Alina heißt. Und weil … du so rätselhafte Andeutungen gemacht hast, als ich das letzte Mal bei dir war.« Sie schluckte. »Ich sah Polizeiwagen vorm Haus. Ich bin die Treppe hinaufgegangen, wollte zu dir. Sie haben alles bei ihr durchsucht. Es ist wohl tatsächlich sie, die ermordet wurde. Und dann ... hab ich gesehen, wie sie ...«

Cat musterte ihn.

»... sie sind in deine Wohnung eingedrungen. Ich hab im Treppenhaus ein paar Gespräche aufgeschnappt, aber zum Glück haben sie mich nicht bemerkt.«

»Was für Gespräche?«

»Ein Nachbar hat dich schwer beschuldigt. Er sagte, du hättest Alina nachgestellt und ... naja, vielleicht hat er ja auch recht damit.«

»Wie kommst du darauf?«

»Hast du ihr nicht diesen mysteriösen Zettel unter der Tür durchgeschoben?«

Nicht nur einen, dachte er. Und dann fielen ihm die Fotos ein, die er von Simona geschossen hatte, ausgerechnet am Tag ihres Todes. Lauter verdächtiges Material in seiner Wohnung und seinem Büro.

»Luis.«

Er sah sie an. Dann fiel er ihr in die Arme. Sie streichelte seine Schulter. Er wollte weinen, aber es kamen keine Tränen.

»Am besten erzählst du mir alles, was passiert ist, ja?«

Er zitterte. »Ich bin der Nächste«, flüsterte er. »Jeder, der Kontakt mit ihr hatte, muss sterben.«

»Kontakt? Mit wem?«

Er antwortete nicht. Er hatte ein Versprechen gegeben. Sie nicht verraten und niemals die Polizei einschalten.

»Geht es um diese Frau, von der du nahezu besessen bist?«

Er rückte von ihr ab. Sie musterte die Wunden an seinem Hals.

»Stammen diese Bisse von ihr? Von dieser Simona?«

Er schwieg.

Cat runzelte die Stirn. »Aber sie ist doch tot!«

Sie holte tief Luft.

»Sie ist überhaupt nicht gestorben, hab ich recht? War sie hier?«

Er rührte sich nicht.

Sie stand auf. »Luis, die Kriminalbeamten werden schon bald herausfinden, wo du dich versteckst. Melde dich lieber vorher bei ihnen. Oder hast du etwa …?«

Auch Luis erhob sich.

Er bemerkte die Furcht in ihren Augen. Er musste wohl einen entsetzlichen Eindruck auf sie machen, verletzt, verwahrlost und verstört.

»Hast du was mit diesen Morden zu tun?«

Er schüttelte heftig den Kopf. »Nein!«

»Warum sagst du mir dann nicht, was passiert ist?«

Nach einer längeren Pause murmelte er: »Simona scheint in eine furchtbare Geschichte verwickelt zu sein. Ihr Tod war offenkundig nur vorgetäuscht.«

»Und wo ist sie jetzt?«

Er zuckte mit den Schultern. »Sie ist fort. Ich weiß nicht, wo sie steckt.«

Sie starrte ihn an. »Entweder bist du komplett übergeschnappt, oder du bist da in etwas hineingeraten, das dich in große Gefahr bringen könnte. Begreifst du das denn nicht?«

Abermals schwieg er.

»Stell dich sofort der Polizei! Mach eine Aussage! Erzähl den Ermittlern alles, was du gesehen hast!«

»Ich musste ihr versprechen, es nicht zu tun.«

Ihre Miene verfinsterte sich. »Du bist verrückt. Und du liebst sie, ob sie nun tot ist oder lebendig.«

Sie wandte sich zur Tür.

»Cat!«

Sie blieb stehen und drehte sich noch einmal zu ihm um.

»Mich hast du niemals geliebt. Ich Idiotin, warum hab ich mir Hoffnungen gemacht!«

»Es tut mir furchtbar leid.«

Sie blickten sich reglos an.

Er senkte die Stimme. »Bitte erzähl niemandem, wo ich bin.«

»Sie werden dich hier draußen finden. Es ist nur eine Frage der Zeit.«

»Sag ihnen nicht, dass du bei mir warst. Bitte.«

Cat antwortete nicht. Schließlich ging sie zur Vordertür hinaus.

Luis hörte, wie draußen der Motor angelassen wurde und sie mit dem Wagen davonfuhr.

Danach war er allein.

EINUNDZWANZIG

In dieser Nacht begriff Luis, dass Cat und er niemals ein Paar werden würden. Sie hatte sich bis zuletzt Hoffnungen gemacht. Doch nun war die Tür für immer zugeschlagen.

Machte er etwa einen Fehler? Sollte er sie anrufen? Ihr hinterherfahren? Cat war vernünftig, sie war klug, sie gab ihm Halt.

Und sie hatte ja recht, offenbar war er wirklich in eine gefährliche Geschichte hineingeraten. Aber er durfte keinesfalls die Polizei einschalten. Schließlich hatte er Simona ein Versprechen gegeben.

Nein, es gab kein Zurück.

Er streckte sich auf der Matratze aus und schmiegte das Gesicht an Simonas Kopfkissen. Wenn er sich ganz auf seinen Geruchssinn konzentrierte, vermochte er einen leichten Duft von ihr auszumachen. Wenn er die Augen schloss, war sie ihm nah, und er glaubte, ihre Berührungen zu spüren.

Simona. Wie sehr er sich nach ihr sehnte.

Es half alles nichts. Er musste sie finden.

Und sollte sie tatsächlich in Gefahr sein, würde er sie retten.

Er würde sie von seiner Stärke, seinem Mut überzeugen, ihr beweisen, dass er nicht zu bieder für sie war.

Der Wind rüttelte an den Fensterläden. Draußen zog ein Sturm auf, sie hatten es in den Nachrichten angekündigt.

Eine Weile horchte er ängstlich auf jedes Geräusch im

Haus. Ihm war, als würde es im Gemäuer rumoren, als seien da Kräfte am Werk, die ihn herausforderten.

Da erinnerte er sich plötzlich an ihre Worte.

Wenn du stark sein musst, extrem stark.

Er richtete sich auf. Die Kapsel, die sie aus ihrem Stiefel gezogen hatte.

Im Dunkeln tappte er in die Küche.

Nimm sie, wenn du Angst hast.

Er hatte sie in ein Stück Papier eingewickelt und hinter den Besteckkasten gelegt.

Wenn sie sich in deinem Blut auflöst, denk an mich.

Er zog die Schublade auf. Da war sie, ins Papier eingehüllt wie ein Bonbon. Er wickelte sie aus. Schon lag die Kapsel flach auf seiner Hand. Das Mondlicht, das durch die Ritzen der Fensterläden hereinfiel, strahlte sie an.

Sie war weiß, reinweiß.

Vielleicht lag in ihr der Schlüssel zu dem ganzen Geheimnis. Die Antwort auf die Frage, warum Simonas Tod vorgetäuscht, sie so verschreckt war und sich in der Öffentlichkeit nicht zeigen wollte. Der Grund ihrer Angst vor Entdeckung, vor der Polizei, sollte etwa all das verborgen sein in dieser kleinen Hülse?

Er spürte, wie die Innenfläche seiner Hand zu schwitzen begann.

Schluck sie. Denk an mich.

Ja, wenn er sich die Substanz einverleiben würde, wäre Simona wieder bei ihm. Er würde sie buchstäblich in sich aufnehmen.

Noch zauderte er. Was, wenn das Mittel ihn vergiften würde?

Nein. Er musste vertrauen.

Luis legte sich die Kapsel auf die Zunge. Ein letzter zögerlicher Moment, dann schluckte er sie hinunter.

Er ging zurück zu seiner Matratze und streckte sich flach auf dem Rücken aus.

Es dauerte nicht lange, bis die Wirkung einsetzte.

Sein Herzschlag beschleunigte sich. Seine Stirn fühlte sich mit einem Mal kochend heiß an. Und er hatte Durst.

Luis stürzte in die Küche und drehte das Wasser auf. Er trank in gierigen Schlucken direkt aus dem Hahn.

Danach schüttelte er sich. Seine Atmung ging stoßweise. Schnaubend eilte er zurück ins Wohnzimmer. Er machte überall Licht. Seine Unruhe war grenzenlos, gleichzeitig schien alles in seinem Kopf zu strahlen, und er lachte in einem fort.

Immerzu sagte er ihren Namen. Der Klang ihrer Silben war ein heiteres Versmaß: *Si-mo-na. Si-mo-na.*

Lange Zeit war er damit beschäftigt, seine Autoschlüssel zu suchen. Immer wieder ließ er sich von Dingen ablenken, die ihm in ihrer Einzigartigkeit noch nie aufgefallen waren. Die Maserung auf dem Holztisch zum Beispiel sah aus wie ein ineinander verschlungenes Blumenmuster, und wenn er den Blick weiterwandern ließ, vergrößerte sich ein Astloch auf der Tischplatte zu einem Tunnel, von dem seine Augen schier aufgesogen wurden. Zunächst war alles pechschwarz im Innern, dann wirbelten Fetzen von Regenbogenfarben um ihn herum. Schließlich betrachtete er fasziniert ein Bild an der Wand. Seine Mutter hatte es auf einem Flohmarkt in der Nähe erworben. Es war die Reproduktion eines holländischen Gemäldes aus dem siebzehnten Jahrhundert. *Das Mädchen mit den Perlohrringen* von Jan Vermeer. Luis verlor sich im Anblick des leuchtenden Schmuckstücks, bis er von der Farbe des Kopftuchs in den Bann gezogen wurde. Dieses Blau, ihm war, als würde es direkt in sein Gehirn strahlen, jede Faser seines Sehnervs wollte seine Pigmente abtasten, einzeln, Lichtpunkt für

Lichtpunkt. Schließlich bewunderte er den Glanz auf den Lippen des Mädchens und wurde ganz von ihrem Lächeln absorbiert. Es war so unschuldig und rein, und es verzückte ihn.

Endlich konnte er sich davon losreißen. Ihm war nicht erklärlich, wo er sie eigentlich gefunden hatte, doch mit einem Mal klimperten die Autoschlüssel in seiner Hand. Luis zog sich seine Jacke über und riss die Tür auf.

Er atmete tief durch. Die raue Nachtluft prickelte in seinen Lungen, blies ihn an und kühlte seine Stirn. Das Mondlicht war ein gelb blinzelndes Versprechen.

Luis eilte los. Es dauerte nicht lange, bis er das Waldstück erreicht hatte, wo sein Wagen geparkt war. Er stieg ein und startete den Motor. Die Räder drehten eine Weile im Morast durch, bis der Škoda Fabia einen Satz nach vorn machte und wie von allein den Waldweg entlangraste, um dann mit quietschenden Reifen auf die Bundesstraße einzubiegen.

Er drückte das Gaspedal durch, und die Karosserie seines Wagens schepperte. Die Begrenzungspfähle huschten an ihm vorbei, verwischte Leuchtspuren, so begeisternd grell, dass er kaum die Augen von ihnen abwenden konnte.

Er bemühte sich, die Fahrbahnmarkierungen im Blick zu behalten. Die Mittelstreifen waren ein weiß reflektierendes Getier, Würmer, Schlangen, Drachen, die von seiner Motorhaube verschlungen wurden. Und plötzlich mutierte sein Škoda Fabia zu einer Raumkapsel, die sich für ein paar Sekunden über Brandenburgs Wälder erhob, bis sie wieder sanft auf dem Asphalt landete und auf das nächste Ortsschild zuraste. Luis brauchte nur sanft abzubremsen, und schon durchquerte er elegant die Häuseransiedlung. Hinter der Ortschaft erreichte er erneut die Höchstgeschwindigkeit.

Und ihm war heiß, so heiß.

Er betätigte den Fensterheber, und schon wirbelte der

Fahrtwind zu ihm herein. Er sperrte den Mund weit auf und streckte die Zunge heraus. Ihm war, als könnte er jedes einzelne Luftmolekül auffangen und auf seiner Zungenspitze tanzen lassen.

Straße und Auto schienen miteinander zu verschmelzen. Das Lenkrad vibrierte. Einmal ließ er versuchshalber los, um begeistert in die Hände zu klatschen. Als ihm die Bäume am Straßenrand zu nahe kamen, packte er es wieder an und wich ihnen geschickt aus. Nein, er hatte keine Angst. Er war mutig und verwegen, und er jubelte Simonas Namen.

Er lachte, und er schrie. Es war nicht leicht, die Gedanken in seinem Kopf zu sortieren. Aber es war ihm egal, denn sie ergaben einen brodelnden Bewusstseinsstrom, und dem brauchte er sich einfach nur hinzugeben.

Er erreichte die A10 und nahm die Überholspur, auch wenn wenig Verkehr herrschte. Die Leitplanken schienen ihm freundlich gesinnt zu sein, denn sie hielten wie von selbst Abstand zu seinem Wagen. Am Dreieck Pankow bog er ab. Schon tauchten die Randbezirke der Hauptstadt vor ihm auf.

Die Straßen waren bunt beleuchtet. Jeden einzelnen Peitschenmast bestaunte er, die weißen Neonstrahlen der Laternen, das Spiel der Lichtreflexe auf der Windschutzscheibe. Wo Warnschilder vor ihm auftauchten, stoppte er ab, vor rotleuchtenden Ampeln hielt er an, und wenn sie auf Grün geschaltet wurden, brauchte er bloß das Gaspedal anzutippen, und schon wurde sein Trip durch das nächtliche Berlin fortgesetzt.

Er hatte wohl einen Autopiloten in seinem Gehirn, der alles überschauen konnte, alles begriff und auf jeden einzelnen Wimpernschlag von ihm reagierte, um sogleich an der nächsten Kreuzung zur Landung anzusetzen.

Doch hier gab es Ärger.

Der Fahrer des Wagens hinter ihm hupte, zeigte ihm den Stinkefinger. Noch lächelte Luis, doch dann preschten sie bei Grün los, und er roch Gummi. Da musste er einsehen, dass sein Hintermann plötzlich Vordermann war. An der folgenden roten Ampel wurde ihm der Weg abgeschnitten, und Luis war gezwungen, scharf abzubremsen. Er spürte, wie seine Halsschlagader anschwoll.

Er stoppte, öffnete die Wagentür, stieg aus und eilte zu dem schwarzen BMW hinüber. Wütend klopfte er aufs Wagendach.

Das Fenster wurde mit einem Surren herabgelassen. Der Fahrer beugte erst den Arm, dann den Kopf heraus.

Sein Gesichtsausdruck verhieß nichts Gutes. »Was willst du?«

Luis holte tief Luft. Er wollte etwas sagen, sich über dessen Fahrweise beschweren, doch plötzlich schmeckte er das Blut am Arm des Mannes. Die salzige Haut. Er hatte die Zähne in seinem Fleisch.

Luis hörte ihn schreien.

Er riss sich von ihm los und spuckte aus.

Er rannte zurück und sprang in seinen Wagen.

Luis zitterte, gleichzeitig war ihm kochend heiß. Hatte er den anderen wirklich gerade gebissen? Nein, das konnte doch nicht sein. Von Natur aus war er ein völlig friedfertiger Mensch.

Es gab einen Zeitsprung. Die Kreuzung lag weit hinter ihm. Wenn ihn sein Orientierungssinn nicht täuschte, befand er sich irgendwo zwischen Wedding und Prenzlauer Berg.

Er musste vorsichtiger sein, langsamer fahren.

Er schluckte. Sein Speichel schmeckte kupfrig.

Für ein paar Sekunden betrachtete er sich entsetzt im Rückspiegel.

Sein Mund war blutverschmiert.

Er hielt an, mahnte sich zur Konzentration. Ihm war ein Einfall gekommen, ein jäher Gedanke, dem er nur zu folgen brauchte, um das Rätsel zu lösen.

Luis schaltete den Motor aus und stieg aus dem Wagen. Der geschwungene Neonschriftzug über dem Eingang einer Kneipe fesselte seine Aufmerksamkeit, er hatte Mühe, sich davon loszureißen. Kurzentschlossen ging er ins Innere hinein. Der Laden war gerammelt voll, Menschen, die ihn schubsten, bedrängten, laute Musik. Er kämpfte sich nach hinten zu den Toilettenräumen vor.

Luis beugte sich über ein Waschbecken und warf sich kaltes Wasser ins Gesicht. Er sah Blut im Ausguss verschwinden. Er wollte es nicht wahrhaben. Ein kurzer Blick in den Spiegel, und er registrierte seine rotunterlaufenen Augen. Zudem stimmte irgendetwas mit seinen Pupillen nicht, mal sah er scharf, dann verschwamm wieder alles. Er musste hier raus.

Abermals schob er sich durch das dichte Gedränge der Kneipengäste. Endlich war er wieder auf der Straße. Plötzlich hatte er sein Mobiltelefon in der Hand. Auch eine Nummer hatte er wohl bereits gewählt, denn er hörte eine Stimme am anderen Ende.

Es war Cat, sie klang verschlafen. »Luis?«

»Hab ich dich geweckt?«

»Es ist drei Uhr morgens.«

»Im Ernst? So spät?«

»Bist du in Schwierigkeiten?«

»Schwierigkeiten?«, er schrie beinahe. »Nein, ganz im Gegenteil!« Er schnappte nach Luft. »Cat, Katharina. Ich weiß es jetzt.«

»Was weißt du?«

»Hörst du mich?«

Seine Stimme war schrill. Luis starrte zum Mond hinauf. Der war so prall und rund und wunderschön.

»Was ist los?«

»Cat! Cat!«, rief er aufgeregt.

»Ja doch.«

»Ich bin auf etwas gestoßen, auf das wir längst hätten kommen müssen.«

»Wovon redest du?«

Jählings liefen ihm Tränen übers Gesicht. Er konnte sich das nicht erklären. Warum Tränen? Ihm ging es doch gut. Er war der Lösung einen gewaltigen Schritt nähergekommen.

»Wir müssen ihr Grab öffnen«, raunte er ins Telefon.

Cat erwiderte nichts.

»Simonas Grab!«, wisperte er. »Begreifst du denn nicht?«

Nach einer längeren Pause fragte sie leise: »Luis, hast du getrunken?«

»Ich bin nicht … nein, wie kommst du nur darauf?«

Er stand dicht am Straßenrand. Autos glitten an ihm vorbei. Sie zogen Lichter hinter sich her. Alles war illuminiert, der Himmel, die Stadt, und auch sein Gehirn schien nach wie vor von innen zu leuchten.

Ja, dachte er, ihr Grab öffnen, das war die einzige Möglichkeit. Und das Einfachste von der Welt. Er musste nur nach Zehlendorf fahren. Luis überlegte fieberhaft, wo er seinen Wagen abgestellt hatte.

Erneut drang Cats Stimme an sein Ohr. »Simona, immer nur Simona. Ich kann das nicht mehr. Hörst du, Luis? Es ist vorbei. Ich kann dir nicht helfen. Auch nicht als deine gute Freundin. Damit ist es vorbei.«

»Cat, wir brauchen eine Schaufel. Hast du eine?«

»Verdammt, Luis!«

»Wir müssen tiefer graben. Verstehst du denn nicht? Nur

wer tief genug gräbt, kann das Rätsel lösen. Jemand liegt in Simonas Sarg, der da nicht hineingehört. Und ich habe ...«

Es überforderte ihn, die Sätze zu Ende zu bringen, zu viele Dinge um ihn herum, die es wert waren, beachtet zu werden, Tausende Details, flimmernde Kostbarkeiten, dazu das funkelnde Mondlicht und der Geruch nach Herbst und Straßenstaub. Alles war im Fluss, alles war greifbar, stimmig, die Moleküle der Nacht umtanzten ihn, er brauchte sich ihren Bewegungen nur hinzugeben, schon trugen sie ihn weg, und seine Gedanken flatterten ihm nach, leicht und verspielt, glitzernd und verträumt.

Er schnipste mit den Fingern, und sogleich entdeckte er die winzige Parklücke, in die er den Škoda Fabia gezwängt hatte. Ihm war, als würde sich die Fahrertür von allein öffnen. Im Nu saß er am Steuer, das Handy am Ohr, und auch das Ausparken gelang ihm mühelos. Sekunden später raste er erneut durch die Stadt, und der Autopilot seiner Synapsen übernahm das Kommando.

Als ihm allerdings mehrere Fahrzeuge gleichzeitig in die Quere kamen, musste Luis selbst eingreifen. Während er das Lenkrad fest anpackte, glitt ihm das Mobiltelefon aus der Hand und fiel auf die Gummimatte im Fußraum.

Cat schien ihm etwas durch den Hörer hindurch zuzurufen. Es klang warnend, bohrend, oder war das ein schrillendes Martinshorn? Polizeikontrolle hinter ihm? Er drosselte das Tempo, durfte nicht auffallen. Nein, keine Sirenen, falscher Alarm, bloß eine akustische Täuschung. Dennoch nicht der richtige Moment, um das Handy aufzuheben. Wilde Fahrt, heißer Ritt, zu viele Fragen in seinem Kopf. Zuallererst, wie er auf dem schnellsten Weg zum Waldfriedhof kam. Zehlendorf, links abbiegen. Osloer Straße, dann Seestraße, schließlich ein Stück auf der Stadtautobahn. In diesem Fall wäre ein Navigationsgerät hilfreich. Sollte er vielleicht mal die entsprechende App auf seinem Smartphone ausprobieren? Er beugte sich halb hinunter, um nach dem Handy zu fingern, doch dann gab es Probleme mit dem Verkehr, und er ließ es bleiben.

Luis schlingerte über die Fahrspuren.

Zeit war ein relativer Begriff. Mal dehnten sich die nächtlichen Minuten, mal wurden sie gestaucht. Ehe er sichs versah, hatte er den Friedhof vor sich. Und zu seinem eigenen Erstaunen befand er sich nicht mehr in seinem Wagen, sondern hangelte sich bereits an der Mauer hinauf.

Plötzlich stand er oben auf dem First, reckte sich und blickte zum Nachthimmel hinauf. Der Mond war sein Gefährte. Luis winkte ihm zu und stimmte einen heulenden Jubelgesang an.

Und dann sprang er, und er landete so sicher auf der anderen Seite, als hätte ihm irgendwer eine spezielle Federung unter den Sohlen eingebaut. Nun brauchte er sich nur noch zu orientieren. Während er die Reihen der Gräber abging, dachte er an die Störung der Totenruhe, die seines Wissens strafbar war. Er musste vorsichtig sein.

Luis nahm Abkürzungen, stieg furchtlos über Gräber hinweg. In der Ferne hörte er einen Hund bellen. Für einen Moment hielt er inne, dann hastete er weiter.

Einige Wimpernschläge weiter, und er befand sich vor dem schlichten Granitstein, auf dem ihr Name und die Inschrift eingemeißelt waren.

SIMONA WIESNER
RUHE IN FRIEDEN

Plötzlich war er ratlos, zögerte, möglich, dass er sich in etwas verrannte, das ihm nicht guttun würde. Dann aber gab er sich einen Ruck. Wenn er sich tatsächlich zu Simonas Retter aufschwingen wollte, musste er über sich selbst hinauswachsen.

Erneut vernahm er das Kläffen des Hundes.

Luis kniete nieder. Angestrahlt vom Mondlicht, begann er, mit bloßen Händen in der Erde zu wühlen.

Mit einer Schaufel ginge es leichter, doch verfügte er über ungeahnte Energien, so dass er in Windeseile ein Loch gegraben hatte. Allerdings war es gerade mal so tief, dass sein Arm bis zum Ellenbogen hineinpasste. Er musste tiefer graben, viel tiefer, bis er auf den Sarg stoßen würde. Ob der überhaupt noch vorhanden war? Luis malte sich morsches Holz, Würmer und menschliche Knochen aus. Bei dem Gedanken wurde ihm nicht einmal übel. Seit heute Nacht existierte ein anderer Luis Ferner, und dieser kannte keine Angst.

Eifrig arbeitete er sich weiter durch das Erdreich vor.

Das Hundegebell war nicht mehr weit von ihm entfernt. Luis warf Erdbrocken um Erdbrocken hinter sich.

Jäh richtete sich der Strahl einer Taschenlampe auf ihn.

Luis hielt inne.

Der Hund war mit einem Satz bei ihm. In Gesichtshöhe. Knurrend sperrte er das Maul auf. Heiß belferte er ihn an.

Ein paar Atemzüge lang hielt er ihn für Simonas schwarzen Pitbull. Er wisperte ihren Namen. Da verschob sich etwas in seiner Wahrnehmung, und für einige Augenblicke hatte der Hund drei Köpfe.

Der Höllenhund, durchfuhr es ihn. Hades. Kerberos. Das Totenreich.

Entsetzt sprang Luis auf.

»Was machen Sie da?«, rief eine Stimme.

Nein, es war nicht Simonas Hund, sondern ein Rottweiler. Und offenbar handelte es sich um einen Wachmann, der das

Tier an der Leine hielt und Luis mit seiner Stableuchte blendete.

»Sie! Ich rede mit Ihnen!«

Luis aber brachte keinen Ton hervor.

Erst als er die Worte »Polizei rufen« vernahm, konnte er sich aus seiner Erstarrung lösen.

Er stürzte auf den Wachmann zu.

Während der Rottweiler an ihm hochsprang, riss Luis seinen Mund weit auf und schrie.

ZWEIUNDZWANZIG

Trojan hatte es für kurze Zeit nach Hause geschafft, um zu duschen und die Klamotten zu wechseln. Danach wollte er sofort zurück ins Büro. Doch nach einem sehnsüchtigen Blick auf sein Bett hatte er sich plötzlich in der Waagerechten wiedergefunden. Sekunden später war er in einen tiefen Schlaf gefallen.

Er träumte von Loni und Jana. Die beiden schienen sich zu kennen, aber nicht besonders zu schätzen. Sie waren alle drei in einem Zimmer ohne Türen und Fenster eingesperrt. Loni war diejenige, die lachte, sie schien aus jeder Situation das Beste zu machen. Jana blickte ihn bloß ernst und schweigend an. Immer wenn Trojan den Versuch unternahm, ein Gespräch mit ihr zu beginnen, wurden sie von Lonis schallendem Gelächter unterbrochen. Das Lachen wurde hämisch, hatte längst keinen fröhlichen Klang mehr. Als es sich immer weiter in die Höhe schraubte und eher an eine heulende Sirene erinnerte, schreckte Trojan hoch.

Es war das Läuten seines Handys, das ihn aus dem Schlaf gerissen hatte.

Trojan hob ab. In diesem Moment, noch völlig benommen und unter dem Eindruck seines Traums, fasste er einen Entschluss. Er würde Jana noch heute anrufen. Er brauchte Klärung. Und er vermisste sie.

»Ja?«

Landsbergs Stimme meldete sich: »Wir haben ihn.«

Trojan blinzelte. Seine Müdigkeit war wie eine dichte schwarze Wolke, aus der gerade mal sein Kopf herausragte. »Wen?«

»Luis Ferner. Er wurde auf einem Friedhof aufgegriffen. Und nun rate mal, wessen Grab er schänden wollte?«

»Du wirst es mir hoffentlich gleich sagen.«

»Ich geb dir einen Hinweis. Unser Verbindungsglied.«

»Simona Wiesner?«

»Bingo.«

»Aber warum, zum Teufel?«

»Ich fürchte, der Kerl ist nekrophil veranlagt. Leichenfledderei, diese überaus unappetitliche Sorte sexueller Fehlleitungen. Mich schüttelt's, wenn ich nur daran denken muss. Jedenfalls wirkt er völlig übergeschnappt auf mich. Noch verstrickt er sich in Widersprüchen. Aber ich denke, er ist unser Täter.«

»Bist du dir sicher?«

»Nils, er hat einen Wachmann gebissen. Es brauchte allein vier Polizisten, um ihn in Gewahrsam zu nehmen. Der Kerl hat getobt. Hatte Schaum vorm Mund. Den musst du dir vorknöpfen. Wir brauchen jetzt deine berüchtigten Vernehmungsmethoden. Du weißt schon, erst eine Weile die sanfte Tour, dann die harte und wieder *sweet, soft and lazy*, um ihm gleich darauf den nächsten Haken zu verpassen. Und dann im raschen Wechsel, dein berühmter Schnellfeuerstil, bamm, bamm, bamm, Lucky Punches, bis er klein beigibt. Nimm diesen Luis Ferner in die Mangel, und wir können den Fall endlich abschließen.«

Trojan raufte sich das stoppelkurze Haar. »Du bist müde, Hilmar, irgendwie überdreht, kann das sein?«

»Na klar, bin ich das. Das sind wir doch alle, oder etwa nicht?«

»Durchhalten, Chef. Ich bin sofort bei dir.«

Er unterbrach die Verbindung.

Und dann geschah etwas Merkwürdiges. Er saß noch auf

dem Bettrand, das Mobiltelefon in der Hand, als er wie ferngesteuert eine Kurzwahltaste drückte. Es war Janas Nummer, die automatisch gewählt wurde.

Dabei war es sechs Uhr früh, nicht die beste Zeit für ein klärendes Gespräch.

Umgehend schaltete sich die Mailbox ein:

»Hier spricht Jana Michels. Bitte hinterlassen Sie mir eine Nachricht nach dem Tonsignal.«

Trojan schluckte. Sein Herz pochte. Sag was, dachte er.

»Jana, hier ist Nils. Bitte lass uns reden, ja?«

Pause. Atmosphärisches Rauschen.

Nun mach schon, du bist im Einsatz, es gilt zwei furchtbare Morde aufzuklären, und du hockst hier und ringst um Worte.

Sprich ihr auf die Mailbox, Mann.

Und schließlich sagte er: »Ich denke an dich. Jeden Tag, Nacht für Nacht, zu jeder Minute. Du fehlst mir, Jana.«

Er legte auf.

Sie nannten ihren speziellen Vernehmungsraum bloß *das Zimmer*. Ein Stahltisch, zwei Stühle, fest verankert im Boden. Keine Fenster, eine Mithöranlage und ein Einwegspiegel, hinter dem der Verdächtige beobachtet werden konnte, ohne dass er selbst Einblick hatte. Eine Lampe, ebenfalls fest verschraubt, eine Stahltür.

Trojan betrat den Raum, von seinem Chef hinter dem Spiegel beäugt.

Luis Ferner saß kerzengerade am Tisch, einen Becher Kaffee vor sich. Er wirkte recht unauffällig, aschblondes, trotz seiner fünfunddreißig Jahre erstaunlich schütteres Haar. Schmale Schultern. Blasser Teint.

Was Trojan irritierte, waren seine Augen. Ruhelos, panisch, unnatürlich geweitet.

Trojan setzte sich ihm gegenüber und nannte ihm Dienstrang und Namen.

»Wie geht es Ihnen?«

Ferner schien die freundliche Frage zu überraschen.

»Nicht gut.«

»Schlimme Nacht gehabt?«

Er beugte sich vor. Seine Stimme war rau. »Herr Hauptkommissar, es tut mir unendlich leid, was geschehen ist.«

»Sie meinen den Widerstand gegen die Staatsgewalt? Die Störung der Totenruhe?«

»All das. Es ist nämlich so …« Er brach ab. Nahm wieder seine ungewöhnlich aufrechte Haltung ein und faltete die Hände im Schoß.

»Was denn?«

»Ich habe schreckliche Angst.«

»Wovor?«

Er holte tief Luft. Dann schüttelte er den Kopf.

»Sagen Sie schon.« Trojan lächelte ihm zu.

»Ich sehe immerzu diesen dreiköpfigen Hund vor mir. Er ist mir an Simonas Grab erschienen.«

»Leiden Sie unter Wahnvorstellungen, junger Mann?«

Kopfschütteln.

»Sie wissen doch, dass es keine dreiköpfigen Hunde gibt.«

»Für gewöhnlich schon, aber ich hab ihn nun mal gesehen. Er war da und …«

»Nun mal der Reihe nach, Herr Ferner. Warum ausgerechnet das Grab von Simona Wiesner?«

»Ich kenne sie von früher.«

»Woher?«

»Über eine Nachbarin.«

»Name?«

»Alina Kron.«

Trojan hob die Augenbrauen. »Und? Zwei recht hübsche junge Frauen. Hatten Sie mal was mit einer von ihnen? Oder mit beiden?«

»Nein, weder noch.«

»Aber?«

»Nichts aber. Ich hab ein paar Fotos von Simona gemacht. Das ist alles.«

»Fotos, so.«

»Professionelle Fotos. Analog. Nicht dieses digitale Zeug. Es ist mein Beruf. Ich bin Künstler.«

Trojan blickte ihn reglos an.

»Was wollten Sie denn mitten in der Nacht auf dem Waldfriedhof in Zehlendorf?«

»Ich bekomme das leider selbst nicht mehr zusammen.« Er nahm einen Schluck aus dem Kaffeebecher, wirkte dabei höchst konzentriert. Seine Hand zitterte nur leicht, als er ihn wieder abstellte.

»Bewusstseinstrübungen?«

»Ja.«

»Kenne ich auch.«

»Tatsächlich?«

Trojan präsentierte ihm ein breites Lächeln. »Aber ja doch. Immer wenn ich zu wenig Schlaf kriege. So wie heute zum Beispiel.«

Luis Ferner schien seine Worte abzuwägen, versuchte es ebenfalls mit einem Lächeln, das jedoch recht gezwungen wirkte. Sehr gut, dachte Trojan, Vertrauen hergestellt.

Dann legte er die Hände flach auf den Tisch. Sein Tonfall war noch immer freundschaftlich, sein Habitus hingegen bestimmter. »Wo waren Sie Mittwochnacht?«

»Das weiß ich nicht mehr.«

»Denken Sie nach.«

»Ich weiß, worauf Sie anspielen. Der Mord in Nikolassee.«

»Wie kommen Sie nur darauf?«

»Weil ich ... ich habe einen Bericht im Fernsehen gesehen und ...«

Trojan senkte die Stimme zu einem beinahe schmeichlerischen Raunen. »Kennen Sie eine Franziska Wiesner?«

»Nein. Oder doch, wenn wir von derselben Person sprechen, allerdings war es nur eine flüchtige Begegnung. Ich hab sie auf Simonas Beerdigung gesehen. Und ich fürchte, dass sie ...« Er biss sich auf die Lippen.

Trojan nickte ihm aufmunternd zu. »Antworten Sie.«

»Franziska W. Das haben sie in den Nachrichten gesagt. Es ist tatsächlich Simonas Mutter, die umgebracht wurde, nicht wahr?«

Nils tat überrascht. »Simona! Simona Wiesner, aber natürlich. An deren Grab Sie heute Nacht ....« Er öffnete die Hände zu einer einladenden Geste. »Sagen Sie es mir selbst. Was haben Sie dort gemacht?«

Luis Ferner kniff die Augen zusammen.

Trojan setzte nach. »Überkommt Sie eine besondere Freude, wenn Sie auf Friedhöfen sind?«

»Nein!«

»Verspüren Sie eine sexuelle Erregung vor den Gräbern der Toten?«

Er riss die Augen auf. »Großer Gott, nein.«

»Ach, Sie glauben ja nicht, was mir schon alles in diesem Raum gebeichtet wurde.«

Schweiß glänzte auf Ferners Stirn. Es entstand eine Pause.

»Okay«, sagte Nils und verschränkte die Arme vor der Brust. »Sonntagnacht. Irgendein Alibi?«

»Was wird mir denn vorgeworfen?«

Trojan schwieg.

»Außer dass ich …«

»Dass Sie was? Einen Wachmann verletzt haben? Mit einem Biss in die Wange?«

Ferners Hände waren noch immer gefaltet, die Finger verkrampft und gerötet. Trojan registrierte die Dreckränder unter den Nägeln. Friedhofserde, dachte er.

»Dafür möchte ich mich in aller Form entschuldigen. Normalerweise neige ich nicht zu Aggressionen. Ich kann mir dieses Verhalten selbst nicht erklären.«

»Antworten Sie auf meine Frage. Wo waren Sie Sonntagnacht?«

Ferner schwieg.

Trojan lehnte sich vor, stützte die Ellenbogen auf die Oberschenkel und nahm ihn fest in den Blick. »Hören Sie, der Grund unserer Unterredung ist nicht eine fragwürdige Nacht auf dem Friedhof, Körperverletzung und Widerstand gegen Staatsbeamte. Nein, es handelt sich eher um zwei bestialische Morde. Die Mordopfer wurden gebissen. Klingelt es bei Ihnen?«

Er schnappte nach Luft. »Herr Hauptkommissar …«

»Ja?«

»Sprechen wir etwa über Alina Kron?«

Trojan richtete sich auf und zeigte wieder sein Lächeln. »Na also, geht doch. Ihre Nachbarin also! Wann haben Sie sie das letzte Mal gesehen?«

»Das muss am Dienstag letzter Woche gewesen sein. Im Treppenhaus, ja. Sie stand an den Briefkästen, sah nach ihrer Post. Sie wirkte irgendwie mitgenommen auf mich. Und sie hatte eine Bissspur an ihrem Oberarm.«

Trojan runzelte die Stirn. »Interessant. Und weiter?«

»Sie machte seltsame Andeutungen, fragte mich, ob ich an die Rückkehr der Toten glaube. Es war gleich nach Simonas einjährigem Todestag. Ich wollte dieses Gespräch mit ihr gerne fortführen, weil …«

»Weil was?«

Ferner griff nach dem Pappbecher, doch Trojan zog ihn weg. »Sie haben genug Kaffee getrunken! Reden Sie!«

Die Sätze brachen stakkatoartig aus ihm heraus. »Ich selbst habe nie an diese Geschichten geglaubt. Die Toten sollten ruhen. Aber wenn sie dann plötzlich wieder auftauchen und sie in furchtbarer Verfassung sind, und man selbst anfängt, an seinem Verstand zu zweifeln, dann … Aber sehen Sie selbst. Hier.« Er riss seinen Hemdkragen auf.

Trojan erblickte die Wunde an seinem Hals, verkrustet und verschorft.

Er tat unbeeindruckt. »Ja, und?«

»Eine Zeit lang hatte ich Angst, wahnsinnig zu werden. Gott sei Dank bin ich über dieses Stadium hinaus. Nein«, er schlug sich gegen die Brust, »Luis Ferner kennt keine Angst mehr. Luis Ferner ist sich seiner geistigen Kräfte bewusst. Und endlich habe ich eine Erklärung, wie alles miteinander zusammenhängt.«

»Ach ja?«

Ferner legte den Kopf schief und wisperte: »Sie müssen das Grab von Simona Wiesner öffnen.«

»Und warum sollte ich das tun?«

»Das darf ich Ihnen eigentlich nicht verraten. Denn ich habe ein Versprechen gegeben.«

Trojan war um Fassung bemüht. »Herr Ferner, ich möchte lediglich eine Antwort auf meine Frage: Wo waren Sie Sonntagnacht?«

»Im Ferienhaus meiner Eltern.«

»Wo genau befindet sich das?«

»In der Nähe von Gramzow in der Uckermark.«

»Kann jemand bezeugen, dass Sie dort waren?«

Er schluckte. »Leider nicht. Aber am Samstag war sie noch da.«

»Wer?«

»Simona Wiesner«, sagte er kaum hörbar.

»Simona Wiesner ist tot.«

Luis Ferner schüttelte bloß den Kopf. Seine Augen flackerten.

»Und wo ist sie Ihrer Meinung nach jetzt?«

»Sie ist verschwunden. Spurlos. Ich habe große Angst um sie.«

Nach einer Weile erhob sich Trojan, drückte auf den Notfallknopf, bis sich vor ihm die Eisentür öffnete. Wortlos verließ er den Vernehmungsraum.

Er ging hinüber zu seinem Chef. Schweigend betrachteten sie den Delinquenten durch den Einwegspiegel.

»Sag schon«, murmelte Landsberg.

»Vielleicht hat er ja recht. Wir sollten eine Exhumierung anweisen.«

»Du meinst, in Simona Wiesners Grab liegt jemand anderes?«

»Oder es ist leer.«

Landsberg stieß die Luft aus.

»Nein, Hilmar, wirklich. Alle aus dem Umkreis der Ermordeten reden von dieser Simona, als sei sie noch am Leben. Und dem müssen wir endlich nachgehen.«

»Aber der Kerl ist doch verrückt!«

»Zumindest erweckt er den Eindruck. Psychotisch. Desorientiert. Womöglich steht er unter Drogen. Wir müssen einen Test bei ihm machen lassen. Ich denke, die Droge ist der Schlüssel.«

DREIUNDZWANZIG

Nils saß über die Tatortfotos aus der Turnhalle gebeugt. Er scannte jedes einzelne mit seinen Blicken. Betrachtete die umgestürzten Spinde und die Nahaufnahmen der Toten. Ihr goldfarbenes Kostüm, die Bisswunden. Und die Strangulationsmale am Hals. Er ließ das Vergrößerungsglas über die Details gleiten, immer in der Hoffnung, sich dem entscheidenden Punkt zu nähern, der seine Irritation ausgelöst hatte, dieses nagende Gefühl, etwas übersehen zu haben.

Er schreckte zusammen, als Stefanie Dachs plötzlich neben ihm stand.

»Steff!«

»Hab ein paar Mal vergeblich an die Tür geklopft.«

»'tschuldige, war in Gedanken. Setz dich doch.«

Sie legte einen Stapel Papiere auf seinen Tisch, zog sich einen Stuhl heran und nahm Platz. Mehrmals holte sie tief Luft.

»Du bist ja ganz außer Atem.«

»Tut mir leid, aber ...«

Er musterte sie. So verstört hatte er Stefanie noch nie erlebt. Normalerweise galt sie im Kommissariat als äußerst tough und belastbar.

»Es ist nur so ...« Sie deutete auf die Unterlagen. »Ich bin hier auf etwas gestoßen, das mich persönlich ... also jedenfalls erscheint alles plötzlich in einem anderen Licht. Und ich muss das erst einmal verarbeiten. Es sind so viele Informationen. Mir schwirrt der Kopf.«

Jäh stützte sie das Gesicht in die Hände.

Ich weiß so wenig über Stefanie, dachte Trojan. Sie ist immerzu fleißig, meistens gut gelaunt. Aber über ihr Privatleben ist mir eigentlich rein gar nichts bekannt.

»Soll ich dir erst mal einen Kaffee holen?«

Sie ließ die Hände sinken und streckte ihren Rücken durch.

»Nicht nötig, danke.«

Im Grunde ist sie recht attraktiv, dachte Trojan. Er wunderte sich, dass ihm das noch nie aufgefallen war. Schlank, sportlich, hellblondes Haar, wie üblich zu einem Pferdeschwanz zurückgebunden. Wache Augen, blau, mit einem Schimmer von Grün.

»Worum handelt es sich denn nun?«

Sie wich seinem Blick aus. Unvermittelt fragte sie: »Ich hab hier doch immer überzeugende Arbeit geleistet, oder etwa nicht?«

»Natürlich.«

»Gab es je Anlass zur Beschwerde?«

»Nein. Wie kommst du darauf?«

»Ich meine, es ist so, dass andere Kollegen weitaus …« Sie sah ihn kurz an, dann schlug sie die Augen nieder. »Na ja, es müssen ja nicht alle so ehrgeizig sein wie ich.«

Er runzelte die Stirn. »Was liegt dir auf dem Herzen, Steff?«

»Andere Leute nehmen Aufputschmittel, um in ihrem Beruf zu funktionieren.«

»Ich verstehe nicht ganz, worauf du hinauswillst.«

Sie kontrollierte den Sitz ihrer Frisur. Holte noch einmal tief Luft.

»Du bist ja ganz durcheinander.«

»Ja, das bin ich.«

»Warum? Hat es mit den Ermittlungen zu tun?«

»Ja und nein.«

Er wartete ab.

»Nils, die Presse macht sich doch bloß lustig über uns. Wir ackern hier Tag und Nacht, und diese verdammten Schreiberlinge bauschen die beiden Morde zu einer Horrorstory auf und werden nicht müde zu behaupten, dass wir von der Kripo absolut unfähig sind.«

»Von negativen Schlagzeilen darfst du dich nicht beirren lassen, das ist nun mal so.«

»Ich weiß. Aber jetzt bin ich an einen Hinweis geraten, der einen völlig anderen Blick auf den Fall zulässt. Und ich frage mich, was wir hätten tun sollen, um eher darauf zu kommen.«

»Was ist es denn um Himmels willen? Sag schon.«

»Es ist …«, sie rieb sich über die Stirn. »Verdammt, kennst du das Gefühl? Du bist am Ermitteln und schaust plötzlich in einen Abgrund, der dir selbst vertraut ist?«

Er schwieg.

Sie senkte die Stimme. »Kann ich dir etwas anvertrauen?«

»Natürlich.«

»Und es bleibt wirklich unter uns?«

»Klar.«

»Ich hab es noch nie im Kommissariat erzählt. Noch nicht einmal in meinem Freundeskreis.« Sie schluckte. »Meine Mutter ist schwer tablettenabhängig, und sie hat … na ja, ich erlebe immer wieder ihre Abstürze. Schon als junges Mädchen musste ich das mit ansehen. Besonders diese Eindrücke aus meiner Kindheit sind furchtbar.« Stefanie nahm den Stoß Papiere und blätterte ihn durch. »Weißt du, es geht um gewisse Substanzen. Amphetamine. Psychostimulanzien. Manche Leute kommen morgens nicht mehr aus dem Bett, ohne das Zeug zu schlucken. Sie würden sich nicht aus dem Haus trauen ohne ihre kleinen Muntermacher.«

Trojan sah sie bloß an.

»Nach außen hin ist meine Mutter eine starke Frau, so wie ich. Sie würde es sich niemals erlauben, in der Öffentlichkeit Schwäche zu zeigen. Abends jedoch dröhnt sie sich mit Alkohol zu, und morgens braucht sie starke Aufputschmittel, um die Fassade aufrechtzuerhalten. Sie ist sehr erfolgreich in ihrem Beruf. Sie ist sehr geschickt darin, andere Leute von ihrer strahlenden Persönlichkeit zu überzeugen, die sie in Wahrheit gar nicht besitzt.«

Ihre Blicke trafen sich.

»Ich habe andere Methoden für ein besseres Selbstwertgefühl entwickelt. Kleine, bescheidene Tricks. Bitte lach mich jetzt nicht aus, Nils, aber ich sage jeden Morgen zu meinem Spiegelbild, dass ich wichtig bin und gebraucht werde. Es ist nämlich nicht gerade einfach, unter euch Alphatieren zu bestehen.«

»Alphatier? Meinst du damit …?«

»Auch dich, Trojan, ja. Du giltst hier zwar gemeinhin als der Sensible unter den Kollegen, aber das stimmt nur zum Teil. Bitte versteh mich nicht falsch, ich mag dich, und ich respektiere deine Arbeit, aber wenn es darum geht voranzukommen, bist du eigensinnig und sprichst nichts mit uns ab. Es ist dir ganz wichtig, dass du die Nummer eins bist, und jeden Fall würdest du am liebsten allein lösen. Und dann Landsberg, dieser Obermacho. Okay, er ist der Chef, und du bist sein Stellvertreter, aber wenn ihr beide die Köpfe zusammensteckt, ist der Rest des Teams außen vor.«

»Stefanie, ich begreife nicht ganz …«

»Lass mich bitte ausreden.«

»Okay.«

»Was ich nur sagen will: Dieser Job geht mir an die Knochen, und das seitdem ich hier angefangen hab. Aber ich gebe jeden Tag mein Bestes. Allerdings kostet es mich verdammt viel Mühe, immerzu das *Good Girl* zu spielen, so wie es mir meine Mutter vorgelebt hat. Dabei ist diese Frau innerlich ein Wrack.« Sie strich sich eine Haarsträhne aus der Stirn. »All das ist mir heute schmerzlich bewusst geworden, als ich die Ergebnisse aus dem Labor bekam.«

Sie tippte auf die Papiere in ihrem Schoß.

»Und damit sind wir endlich wieder bei unseren Ermittlungen.« Sie straffte die Schultern und wechselte abrupt in einen sachlichen Tonfall. »Du hattest recht mit deiner Einschätzung. Luis Ferner stand tatsächlich unter Drogeneinfluss, als er versuchte, das Grab von Simona Wiesner zu öffnen. Ich komme soeben von einem Mediziner-Experten, der für die Kriminaltechnik die Untersuchungen der Drogentests leitet. Ferner hat sich einem solchen Test freiwillig unterzogen, sein Blut wurde auf verschiedene Substanzen untersucht. Mit folgendem Ergebnis.« Sie zog ein Blatt Papier aus dem Stapel hervor und las von ihm ab. »In seinem Blut fanden sich Reste von einem Wirkstoff namens Methylendioxypyrovaleron, kurz MDPV. Es ist ein relativ neues Rauschgift, das zu den Designerdrogen gehört, die man auch Badesalzdrogen nennt. Es wird künstlich im Labor hergestellt.« Sie blickte auf. »Nun, und das Erstaunliche daran ist, dass dieser Wirkstoff ursprünglich in der Pharmaindustrie entwickelt wurde. Und zwar als Nachfolger des Medikaments Ritalin. Sagt dir der Name etwas?«

»Moment, das ist doch für Kinder, die …«

»Richtig, eine Arznei, die zur Behandlung von ADHS entwickelt wurde. Es wird Kindern und Jugendlichen verabreicht, die unter der sogenannten Aufmerksamkeitsdefizit-Hyperaktivitätsstörung leiden, im Volksmund auch als Zappelphilipp-Syndrom bezeichnet. Und es ist mittlerweile kein Geheimnis mehr, dass auch Erwachsene gerne mal zu diesem Mittel greifen. Um sich morgens aufzuputschen zum Beispiel. Ganz wie meine Mutter.«

Sie schwiegen.

»Nils, ich weiß auch nicht, warum ich heute meinen privaten Kram vor dir ausbreite.«

»Kein Problem, Steff, wirklich.«

»Vielleicht, weil du ein vertrauenerweckender Mensch bist, ein guter Zuhörer ... und weil ich dich mag und ... Scheiße, weil ich heute einfach so dünnhäutig bin. Da tappst du tagelang im Dunkeln, und dann bekommst du einen Laborbericht, der ...« Sie brach ab.

Er berührte sacht ihre Schulter. »Schon gut. Ich verstehe das. Bei mir vermischt sich auch öfter einiges. Privates und Berufliches. Und zugegeben, das ist nicht gerade angenehm.«

Sie blickte ihn an. »Wenn ich meine Mutter besuche, denke ich jedes Mal, sie schafft es schon, sie hat einen eisernen Willen. Aber manchmal weiß ich nicht, wen ich vor mir habe, sie oder das Medikament. Das Mittel macht sie zu einer verbissenen Kämpferin, und das ist mir unheimlich.«

Er nickte.

Sie raschelte mit den Papieren. »Weiter zu unserem Wirkstoff. Die Pharmaindustrie wollte eine Arznei auf den Markt bringen, die um ein Vielfaches stärker ist als Ritalin, das aus Methylphenidat, kurz MPH, besteht. So wurde im Labor MDPV entwickelt, jenes Methylendioxypyrovaleron, das in Luis Ferners Blut entdeckt wurde. Doch die Pharmakologen haben schnell herausgefunden, dass es zu viele Nebenwirkungen hat, also wurde die Forschung aufgegeben. Damit wäre die Substanz eigentlich in der Versenkung verschwunden. Nur irgendjemand hat in seinem Privatlabor daraus eine neue Designerdroge kreiert. Und nun kommt es, Nils. Der Stoff wird von Insidern Cloud Nine oder auch Cannibal genannt.«

»Cannibal?«

»Ja, und damit wären wir auch schon bei den unerwünschten Nebenwirkungen. Einerseits berauscht dich das Mittel, macht dich im Kopf klar, verschafft dir unglaubliche Energien, so dass du mit wenig Schlaf auskommst und allzeit positiv gestimmt bist. Andererseits macht es dich extrem aggressiv. Du wirst buchstäblich zum Tier. Und fängst an zu beißen.« Sie atmete durch. »Nils, ich habe inzwischen einige Recherchen zu dieser Droge vorgenommen. Es gibt einen Fall aus den Vereinigten Staaten. Passanten alarmierten die Polizei, als sie einen Mann beobachteten, der mit einem Obdachlosen in Streit geraten war. Dabei hat er ihn halb zu Tode gebissen. Auch er stand unter dem Einfluss von Cloud Nine beziehungsweise Cannibal. Ein anderer Vorfall ereignete sich auf Ibiza, dort wurde das Mittel unter Ravern vertickt. Einer der Konsumenten war in eine Schlägerei verwickelt. Bei dem Versuch, ihn festzunehmen, wurden mehrere Polizisten verletzt. Der User hat die Beamten angefallen und sie mit Bissen traktiert.«

»Unglaublich. Das heißt also …«

»… dass der Mörder von Franziska Wiesner und der jungen Frau aus der Turnhalle wohl ebenfalls unter dem Einfluss dieser Designerdroge stand.«

»Luis Ferner. Vielleicht ist er ja doch unser Täter. Er hat dieses Mittel genommen, daran besteht kein Zweifel, ja?«

Sie nickte. »Die Laborberichte sind eindeutig.«

»Wir müssen ihn fragen, woher er diese Substanz bekommen hat.«

»Das hab ich bereits.«

»Was?«

»Ja, Nils, ich hab mir auch mal herausgenommen, eigenmächtig zu handeln, weil diese Frage in mir brannte. Und da er bereits in Untersuchungshaft sitzt, bin ich zur JVA Moabit rausgefahren und hab ihn mir dort vorgeknöpft.«

»Und mit welchem Ergebnis?«

Sie machte eine Pause. »Luis Ferner hat offenbar niemals zuvor Drogen konsumiert. Bei dieser Aussage wirkte er überzeugend auf mich. Verblüfft hat mich nur, was er danach behauptete.« Abermals setzte sie eine Pause.

»Komm schon, Steff, spann mich nicht auf die Folter.«

»Cannibal wurde ihm von einer Toten überreicht. Oder von einer angeblich Toten.«

Trojan stieß die Luft aus. »Simona Wiesner?«

»Ja. Anscheinend hatte er die Frau in dem Ferienhaus seiner Eltern versteckt. Er sagte, sie sei bleich, abgemagert, völlig verängstigt gewesen und habe große Angst vor der Polizei gehabt. Und dann verschwand sie.«

»Letzteres hat er mir gegenüber auch erwähnt.«

»Er macht sich nun große Vorwürfe, dass er sie an uns verraten hat.«

»Aber warum nur?«

»Er scheint von ihr besessen zu sein. Er liebt sie. Ob nun tot oder lebendig.«

»Und wozu diese Droge?«

»Nach seinen Angaben gab sie ihm eine Kapsel aus ihrem geheimen Notvorrat für den Fall, dass er Angst hat und enorme Kräfte braucht.«

Sie schwiegen.

»Was sollen wir nun mit dieser Version anfangen?«, fragte Stefanie schließlich. »Ist der Kerl ein Psychopath? Hat er im Drogenrausch zwei Frauen mit Bissen malträtiert und sie dann erdrosselt? Gehört vielleicht auch Simona Wiesner zu seinen Opfern? Oder spricht er die Wahrheit?«

Trojan stieß die Luft aus. »Die Exhumierung ist bereits angewiesen. So verrückt dieser Luis Ferner auch auf uns wirkt, sein Impuls, Simonas Grab zu öffnen, war vielleicht gar nicht verkehrt.«

»Das glaube ich auch. Und sein irres Verhalten könnte auch allein auf den Konsum von Cloud Nine zurückzuführen sein, was ihn wiederum entlasten würde.«

Trojan schnalzte mit der Zunge. »Danke, Stefanie. Das war eine tolle Arbeit von dir. Du hast uns ein großes Stück weitergebracht.«

Sie lächelte ihn an.

Und er fragte: »Könntest du mir die Adresse von dem Hausarzt heraussuchen, der damals den Totenschein für Simona Wiesner ausgestellt hat?«

»In Ordnung.«

Er wollte noch etwas sagen, doch da wurde er vom Läuten des Telefons unterbrochen. Trojan sah auf dem Display, dass es Holbrecht war.

Er hob ab. »Was gibt's?«

Dennis klang atemlos. »Nils, ich bin gerade im Leichenschauhaus der Charité. Du musst unbedingt herkommen. Hier hat sich etwas Unglaubliches abgespielt.«

»Worum geht es?«

»Es handelt sich um den Leichnam aus der verlassenen Turnhalle. Bitte beeil dich.«

VIERUNDZWANZIG

Dennis erwartete ihn in einem der steril wirkenden, weiß-gekachelten Vorräume der Pathologie. Er sah blass aus. Trojan wusste nicht genau, ob es mit der noch nicht ganz auskurierten Grippe zu tun hatte oder mit den Umständen seines Anrufs.

»Nils, ich weiß nicht genau, wie ich es einschätzen soll. Vielleicht ist dieser Mann schrecklich durcheinander, andererseits kann es auch sein, dass …«

»Langsam, Dennis, immer der Reihe nach.«

Er schluckte, holte tief Luft. »Heute ist doch endlich der Vater von Alina Kron in Berlin eingetroffen.«

»Richtig.«

»Seitdem er im Ruhestand ist, lebt er in einer kleinen Ortschaft im Bayerischen Wald. Seine Anreise hat sich verzögert, weil er gerade erst an der Hüfte operiert wurde und nicht transportfähig war. Zudem scheint er recht eigenwillig zu sein. Als man ihm die Nachricht von dem Mordfall überbrachte, war er so geschockt, dass er sein Bett nicht mehr verlassen wollte.«

»Ja, darüber hat man mich informiert. Aber nun ist er schließlich hier, oder?«

Dennis nickte. »Landsberg hat mich beauftragt, mit ihm hierher zu fahren, damit er den Leichnam identifizieren kann.«

»Gut. Und weiter?«

»Na ja, die Reaktion des alten Mannes war mehr als überraschend.«

»Wie meinst du das?«

Holbrecht verzog das Gesicht. »Hast du eigentlich Semmlers Obduktionsbericht gründlich durchgelesen?«

»Natürlich hab ich das.«

»Auch den Abschnitt, in dem es um die Zahnstellung der Toten ging?«

»Ihr fehlte ein Eckzahn, ja.«

»Laut Semmlers Anmerkungen war der Zahn in jüngster Zeit herausgebrochen.«

»Aber eventuell nicht in der Tatnacht.«

»Genau.«

»Er hat das in seinem Bericht offengelassen, wollte sich nicht festlegen.«

»So ist es.«

Trojan wurde immer ungeduldiger. »Komm bitte zur Sache. Weswegen hast du mich so eilig herbestellt?«

Holbrecht wiegte den Kopf. »Okay, es ist so … Vielleicht hätten wir bei dem Gebiss misstrauischer werden sollen.«

Trojan runzelte die Stirn. »Wieso?«

»Na ja, es stand doch auch im Bericht, dass die Zähne der Toten nicht im allerbesten Zustand waren. Dabei war Alina Kron offenbar eine junge Frau, die großen Wert auf ihr Äußeres legte.«

Allmählich dämmerte es Trojan, worauf sein Kollege hinauswollte. »Du meinst, wir hätten anzweifeln sollen, ob es sich bei der Toten wirklich um Alina handelt?«

Er nickte. »Zugegeben, das Gesamtbild wirkte eindeutig auf uns. Ihr Wagen vor der Turnhalle. Die Fotosession. Die Kostümierung, in der die Leiche steckte. Dazu Raffael Bolds Aussage. Alina Krons Sachen. Der Personalausweis, ihr Führerschein. Alles war am Tatort vorhanden.«

»Willst du damit sagen, die Sachlage war *zu* eindeutig?«

Dennis hob die Schultern. »Hinterher ist man immer klüger. Jetzt fällt mir auch ein, dass Semmler in seinem Bericht erwähnte, die Leber der Toten sei vergrößert gewesen, was auf einen Alkoholmissbrauch hindeuten könnte.«

»Verdammt, Dennis, rück schon raus damit. Was hat denn nun der Vater von Alina Kron gesagt, nachdem er den Leichnam angeschaut hat?«

»Das ist ja gerade das Problem. Der alte Mann befindet sich offenbar in einem ziemlich labilen Zustand. Vielleicht will er letztlich nicht wahrhaben, dass seine Tochter nicht mehr am Leben ist.«

»Wo ist er jetzt?«

»Er wartet nebenan.«

»Und wo ist Semmler?«

»Der musste schon wieder weg. Zu einer anderen Obduktion.«

Trojan ließ den Atem ausströmen. »Du willst mir doch nicht weismachen, dass …«

»Ich will dir gar nichts weismachen. Ich kann nur berichten, wie Peter Kron reagiert hat, als ich ihn zu dem Leichnam führte. Er warf einen kurzen Blick auf die Tote, schüttelte den Kopf und verließ wortlos den Raum. Ich bin ihm nachgegangen und hab ihn zur Rede gestellt, woraufhin er sagte: ›Warum tun Sie mir das an? Warum sagen Sie mir, dass meine Tochter tot ist?‹«

»Und dann?«

»Nichts und dann. Er spricht kein Wort mehr mit mir.«

»Vielleicht ein Schock? Der Anblick war zu viel für ihn?«

»Möglicherweise.«

»Komm schon, deine Einschätzung ist eine andere. Das sehe ich dir doch an.«

»Mir sind mittlerweile ernsthafte Zweifel gekommen.« Er rieb sich mit dem Handrücken über die Stirn. »Klar, was hätten wir anderes tun sollen, als geduldig auf seine Ankunft zu warten. Schließlich ist er der nächste Angehörige von Alina Kron, also obliegt es auch ihm, den Leichnam zu identifizieren. Nur jetzt ... Scheiße, Nils, sollte die Tote in dem Kühlfach jemand anderes sein, dann ...«

»Mal langsam, Dennis. Bisher haben wir alles richtig gemacht. Pass auf. Wir gehen jetzt zu ihm rein und befragen ihn noch einmal. Wenn er unter Schock steht, braucht er gegebenenfalls etwas länger, um den Eindruck zu verarbeiten. Du und ich, wir sind den Anblick von Mordopfern halbwegs gewohnt, aber wenn ein Vater seine eigene Tochter ...«

Holbrecht fiel ihm ins Wort. »Du hast ja recht. Vielleicht hab ich völlig übertrieben reagiert. Sorry, aber damit konnte nun wirklich niemand rechnen.«

»Selbstvorwürfe bringen gar nichts. Kühlen Kopf bewahren, also los.«

Gemeinsam betraten sie den Nebenraum. Trojan brach auf einmal der kalte Schweiß aus. Was, wenn sie sich tatsächlich getäuscht hätten? Sollte sie etwa jemand hereingelegt haben? Und wieder zerbrach er sich den Kopf darüber, was seine Irritation am Tatort in der Turnhalle ausgelöst haben könnte. Ruhig, ganz ruhig, dachte er, einen Schritt nach dem anderen.

»Peter Kron?«, sagte Dennis zu dem alten Mann auf dem Besucherstuhl.

Er war hager und weißhaarig, schätzungsweise um die siebzig. Seine Krückstöcke ruhten flach auf seinen Knien. Angestrengt starrte er auf einen Punkt am Boden.

Trojan räusperte sich. »Herr Kron!« Endlich blickte der alte Mann zu ihm auf. »Mein Kollege hat mich soeben über Ihr Verhalten unterrichtet. Ich kann verstehen, dass diese Situation für Sie äußerst nervenaufreibend ist, aber wir müssen Sie bitten, eine eindeutige Aussage zu machen.«

Peter Kron hob das Kinn. »Sie wollen mir den letzten Lebensmut rauben!«

»Wie bitte?«

»Vor zwei Jahren verstarb meine Frau, und ich verfiel in tiefe Trauer. Und nun lassen Sie mir ausrichten, dass meine Tochter tot ist, mein einziges Kind? Schämen Sie sich denn gar nicht?«

»Wir baten Sie her, um sicherzugehen. Handelt es sich bei dem Leichnam um Ihre Tochter oder nicht?«

Der alte Mann starrte ihn bloß finster an.

»Herr Kron, Ihre Aussage ist für uns äußerst wichtig. Es geht um die Aufklärung zweier Mordfälle.«

Er zeigte nicht die geringste Reaktion.

Altersstarrsinn, dachte Trojan und senkte die Stimme. »Ich verstehe Sie. Es ist ein Schock für Sie, nicht wahr?«

Kron antwortete nicht.

»Sind Sie dazu in der Lage, noch einmal einen Blick auf die Tote zu werfen?«

Statt einer Antwort erhob er sich nach einer Pause schwerfällig und stützte sich auf seine Gehhilfen.

»Gut.« Dennis nickte ihm zu. »Hier entlang bitte.« Er öffnete ihnen die Tür. »Ich weiß, es ist schwer für Sie. Aber wir müssen uns wirklich absichern.«

Holbrecht drückte auf einen Signalknopf. Kurz darauf wurden sie von einem Assistenten der Rechtsmedizin in die Leichenschauhalle eingelassen. Der weißgekleidete Mitarbeiter prüfte ihre Papiere mit der Vorgangsnummer, ging zu den Kühlfächern, entriegelte eines davon und zog die Lade heraus. Er öffnete den Plastiksack und trat einen Schritt zurück.

Trojan nickte Peter Kron zu.

»Ich kann das nicht«, wisperte der alte Mann. »Nicht noch einmal.«

»Seien Sie tapfer. Bitte.«

Trojan schaute kurz auf die entkleidete Leiche. Ohne die weiße Schminke im Gesicht und mit offenem Haar wirkte sie noch befremdlicher auf ihn. Sie hatten einen Vergleich mit Alina Krons Passbild aus dem Melderegister angestellt. Es war zwar ein ziemlich veraltetes Foto, aber eine Ähnlichkeit ließ sich ableiten, so dass auch ihr Rechtsmediziner offenbar nicht misstrauisch geworden war.

Die Haut der Leiche war wächsern, von Bissspuren übersät. Am Hals waren deutlich die Strangulationsmale zu erkennen.

Trojan beobachtete den alten Mann, wie er näher trat, den Kopf vorneigte und seinerseits die Tote betrachtete.

»Und?«, fragte er gespannt.

Der alte Mann keuchte. Schließlich sagte er kaum hörbar: »Sie ist es nicht.«

»Sind Sie sich ganz sicher?«

»Ja.« Seine Hand zitterte, als er auf eine Stelle des Leichnams wies, unterhalb des Schlüsselbeins. »Dort müssten drei Leberflecken sein, sie sind bei Alina sternförmig angeordnet.« Sein ausgestreckter Zeigefinger wanderte weiter. »Die Haare, Länge und Farbe, verblüffend ähnlich. Aber dieses Gesicht. Die Augen. Nein, das ist nicht mein Kind.«

Trojan war fassungslos. »Bitte schauen Sie noch einmal genau hin. Lassen Sie sich nicht von den Verletzungen irritieren.«

Peter Kron rang nach Luft. »Ich werde doch wohl noch meine eigene Tochter erkennen!«

Trojan und Holbrecht tauschten Blicke.

Und nach einer Pause stieß Kron hervor: »Wo ist Alina? Was ist mit ihr passiert? Großer Gott, wo ist sie jetzt?«

In diesem Moment wurde Trojan schlagartig klar, was er am Tatort übersehen hatte.

VIERTER TEIL

FÜNFUNDZWANZIG

Mein goldener Engel, wie geht es dir?«
Die Stimme drang wie aus weiter Ferne zu ihr. Sie
hallte in ihrem Kopf. *Golden. Engel. Dir.*

Ihr war, als sei sie von Watte umgeben. Schwebender Vlies. Wabernde Gedanken. Fetzen von Farben. Überwiegend Rottöne. Blasen aus Orange. Dann ein Krachen und Scheppern in den Resonanzräumen ihres Schädels.

Und wieder die Stimme: »Du hast lang geschlafen.«

Echowellen brandeten. *Du. Lang. Schlaf.*

Sie hatte bohrendes Kopfweh. Hinter ihren Augen glühte es.

Ihre Lider hoben sich, doch ihre Pupillen rutschten weg. Sie unternahm einen zweiten Versuch, meinte ihren eigenen Wimpernschlag zu erkennen, zittrig, verwischt, als krabbelten Spinnenbeine über sie hinweg. Ein Gesicht tauchte vor ihr auf, erst verschwommen, dann schärfer, bis es hinter einem Vorhang aus rinnenden Wassertropfen zu verschwinden schien.

Sie blinzelte, wollte sprechen, doch ihre Zunge fühlte sich an wie ein lebloser Fisch, zu groß für ihren Mund und kalt an ihren Gaumen gespickt.

Da vernahm sie ein Plätschern, und plötzlich lag ein Waschlappen auf ihrer Stirn. Wohltuende Kühle.

»Hast du Durst?«

Sie versuchte zu antworten, doch es gelang ihr nicht.

»Trink.«

Eine Hand fuhr ihr in den Nacken und stützte sie. Die Berührung war ihr unangenehm, aber sie konnte sich nicht dagegen wehren. Stattdessen schürzte sie die Lippen, der Durst war überwältigend. Sie schmeckte bitteren Tee, lauwarm, sie trank gierig, bis die Tasse leer war.

Nun erkannte sie die Umrisse eines Zimmers. Weiße Wände. Sie lag auf einem Bett. Auch die Decke, in die sie eingehüllt war, war blütenweiß. Zu hell, abermals musste sie blinzeln.

Ein Lächeln. Geschwungene Lippen. Ein Mann saß auf dem Bettrand. Seine Nähe beunruhigte sie, denn sie verband keine Erinnerung mit seinem Gesicht. Sie wusste nicht einmal, wie sie hierhergekommen war.

Ihre Zunge löste sich vom Gaumen.

»Wo bin ich?«, fragte sie schwach.

Die Haarsträhne, die ihm in die Stirn hing. Seine hellwachen Augen. Die langen Wimpern. Wer war das?

Panik keimte in ihr auf. Sie machte eine hektische Bewegung. Die Bettdecke verrutschte. Und dann sah sie an sich herab. Sie trug ein goldfarbenes Ganzkörpertrikot, lose hing die Kapuze auf ihrer Schulter, ihr Haar war zerzaust.

Er gab ein leises Lachen von sich. »Du bist bei mir daheim, goldener Engel. Man muss die Liebe in sein Herz lassen, sich ihr öffnen. Das Leben ist zu kurz, um einem flatterhaften Engel die Tür zu weisen.«

Sie versuchte sich zu erinnern. Was war geschehen? Wie war sie an diese Kostümierung geraten? Erneut dröhnte es in ihrem Schädel. Grelle Kopfschmerzen, wie aufzuckende Blitze.

Sie fuhr zusammen, als seine Hand sie flüchtig an der Wange berührte.

»Erinnerst du dich denn gar nicht an mich?«, fragte er mit leiser Stimme.

Es war merkwürdig, es kostete sie Mühe, darüber nachzudenken und eine Antwort zu finden. Sie erinnerte sich bloß
an ein Scheppern. Und an Licht. Viel Licht. Strahlenbündel,
weißglühend.

Wieder hallte es in ihrem Kopf. *Erinnerst. Du. Dich. Nicht?*

Alina, dachte sie. Ja, mein Name ist Alina Kron. Ich bin
eine Werberin. Ich betreibe ein kleines Büro in der Neuköllner Friedelstraße. Meine Wohnung befindet sich in der Manteuffelstraße in Kreuzberg.

Sie war froh, dass sie es wusste. Die Eckdaten einer Persönlichkeit. Alina, dachte sie wieder. Ich heiße Alina. Das darf ich
nicht vergessen.

Doch schon klafften Lücken vor ihr auf. Schwarze Löcher,
schwindelerregende Untiefen. Wie war sie hierhergekommen?

Und was hatte der Mann in der Zwischenzeit mit ihr angestellt?

Sie atmete schwer, versuchte sich aufzurichten.

»Langsam, langsam«, sagte er. »Du kannst ausruhen, solange du willst. Nur dein hübsches Trikot ist leider schmutzig.
Wenn du magst, stopfe ich es für dich in die Waschmaschine.«

Sie begann zu schwitzen, ihr Herzschlag stolperte.

»Hast du Gedächtnisstörungen?«, fragte er. »Weißt du deinen Namen?«

»Alina«, murmelte sie.

»Gut, Alina. Bei mir bist du in Sicherheit.«

»Ich muss an die frische Luft.«

Er lächelte sanft. »Keine gute Idee. Du wirkst noch immer
ziemlich mitgenommen. Solltest dich ausruhen.«

»Ich glaube, ich hatte einen Unfall. Ich brauche einen Arzt.
Bitte.«

»Sicher alles halb so wild.«

»Und diese Kopfschmerzen.«

»Wie wär's mit einem Aspirin?«

Sie wand sich hoch.

Er berührte ihren Arm. »Lass dir Zeit, Alina. Hab Vertrauen, ja?«

»Wer sind Sie?«

Er lächelte. »Du hast wirklich Gedächtnisstörungen.«

Wieder dröhnte es in ihrem Kopf. Ein Klirren in ihren Hirnwindungen, als würde etwas umstürzen.

»Ich hätte dich auch in ein Krankenhaus bringen können. Aber ich wusste nicht, ob dir das recht gewesen wäre.« Wieder lächelte er sanft. »Wenn man jemanden hat, der auf einen achtgibt, für einen sorgt, verfliegt mancher Kummer wie von selbst.«

Verzweifelt blickte sie um sich.

»Wenn du dich frisch machen willst, den Flur hinunter ist das Bad.«

Sie nickte. Vielleicht kam sie auf diese Weise von hier weg. Er half ihr beim Aufstehen. Seine Hand glitt unter ihre Achsel. Sie konnte sich nicht allein auf den Beinen halten. Sie war einfach zu schwach.

Ihr Blick glitt zum Fenster. Draußen schien offenbar die Sonne, doch das hereinbrechende Licht schmerzte in ihren Augen. Ihr war zu schwindlig, um die Flucht zu ergreifen. Außerdem wusste sie nicht, wie dieser Mann reagieren würde. Auch wenn er so freundlich tat, sie traute ihm alles zu.

Mühsam, von ihm gehalten, setzte sie Schritt für Schritt in Richtung Zimmertür.

»Geht's?«, fragte er.

Weglaufen, dachte sie, doch ihre Glieder waren zu schwer. Angestrengt versuchte sie sich zu erinnern, welches Datum sie hatten. Von ihrem Gefühl her war es spät im Jahr, eher ein kühler Monat. Und welcher Wochentag? Es machte ihr Angst, dass sie keine Antwort wusste. Wie um sich zu beruhigen, memorierte sie in Gedanken: Mein Name ist Alina Kron. Ich wohne in der Manteuffelstraße. Mein Büro ist in Fußnähe. Ich gehe täglich dorthin.

»Schön vorsichtig.« Er öffnete für sie die Tür. »Niemand sollte behaupten, ich sei kein hilfsbereiter Mensch. Wer weiß, was dir alles zugestoßen wäre, wenn ich nicht gewesen wär.«

Dieses Kostüm. Warum hatte sie es an?

»Komm.« Er führte sie durch einen Flur.

»Wohnt noch jemand hier?«, fragte sie matt.

Er lächelte. »Nein. Wir sind allein.«

Er klinkte eine weitere Tür auf. Dahinter war das Badezimmer.

Sie brachte ihre letzten Kräfte auf, schob sich rasch hinein, knallte die Tür zu und sperrte von innen ab.

»Handtücher sind im Schrank«, rief er von draußen. »Und du darfst meinen Morgenmantel anziehen, wenn du magst.«

Sie keuchte, stützte sich am Waschbecken ab. Das Porzellan hatte einen Sprung.

Als sie den Blick hob, erschrak sie vor ihrem Spiegelbild. Sie hatte Reste von weißer Schminke im Gesicht.

Alina konnte sich nicht erklären, warum.

Und dann schob sie sich das Haar aus der Stirn und entdeckte eine Schwellung an ihrem Kopf.

Da war ein Bluterguss.

Was hatte man ihr angetan?

Sie besprizte sich mit kaltem Wasser. Es linderte ein wenig den Schmerz hinter ihren Schläfen. Sie öffnete den Schrank, nahm eines der Handtücher heraus und rieb sich damit ab.

Danach blickte sie sich um. Noch immer hatte sie Sehstörungen, und das beängstigte sie. Das Fenster, dachte sie, ein möglicher Fluchtweg.

Sie kniff für einen Moment die Augen zu, denn es wunderte sie, dass sie plötzlich schwarze Balken vor ihrem Gesichtsfeld hatte. Es brauchte einige Zeit, bis sie schärfer sah, und nun erkannte sie die gusseisernen Streben vorm Fenster. Sie befand sich im Obergeschoss eines Hauses. Dahinter befand sich eine Brandmauer.

Erneut pochte der Schmerz an ihren Schläfen. Sie stöhnte auf.

»Alina!«

Es war seine Stimme. Sie fuhr herum. Durch den kleinen Glaseinsatz in der Badezimmertür erkannte sie sein Gesicht, platt gedrückt an der milchigen Scheibe, grotesk verzerrt.

»Ist dir nicht gut? Soll ich reinkommen?«

Sie keuchte.

Was sollte sie ihm erwidern?

»Alles in Ordnung«, murmelte sie, und endlich verschwand seine Fratze.

Da sie Harndrang verspürte, pellte sie sich aus dem Trikot und ließ sich auf dem Toilettensitz nieder. Sie war so verdammt müde. Und diese Kopfschmerzen. Was war nur mit ihr geschehen?

Sie durfte nicht verzweifeln. Musste einen Plan entwerfen. Was war als Erstes zu tun? Es fiel ihr verdammt schwer, einen klaren Gedanken zu fassen.

Abermals kämpfte sie gegen ein Schwindelgefühl an. Telefonieren, durchfuhr es sie. Ja, jemanden anrufen und um Hilfe bitten. Aber wen?

Polizei? Was sollte sie den Beamten denn sagen? Dass sie Gedächtnislücken hatte? Besser einen Arzt alarmieren.

Schon driftete sie weg. Ihr war, als würden irgendwo im

Innern ihres Schädels Metallstücke aufeinanderschlagen. War das der Bruchteil einer Erinnerung, oder lag es an ihren Schmerzen? Sie riss die Augen auf. Denk nach! Du musst dich konzentrieren.

»Alina?«

Wieder tauchte der Kopf des Mannes schemenhaft hinter dem Milchglas auf, und sie erschrak, schlug die Arme um ihren entblößten Körper.

»Gleich«, murmelte sie.

Sie drückte die Klospülung. Plötzlich fiel ihr Blick auf ihren Oberarm. Da war eine verschorfte Wunde. Weitere Blutergüsse. Und Bissspuren. Sie stieß die Luft aus. Was hatte das zu bedeuten? Sie konnte sich nicht erklären, wer sie so zugerichtet hatte.

Mühsam stand sie auf und fingerte gleichzeitig nach dem Stoff des Trikots, das lose um ihre Beine hing. Es war starr vor Schmutz. Was sollte ihr die goldene Farbe sagen? Eine Weile horchte sie in sich hinein, ob ein Fetzen Erinnerung zurückkam. Doch nichts, nur Leere in ihrem Kopf.

Da erblickte sie den Herrenbademantel am Haken neben der Duschwanne. Nein, den würde sie nicht anziehen. Dann lieber den verdreckten Ganzkörper-Suit. Kurzentschlossen streifte sie sich ihn wieder über.

Sie wankte zur Tür.

Danach kehrte sie noch einmal um, denn ihr war ein Einfall gekommen. Sie durchforstete die Utensilien im Badezimmerregal. Rasierschaum. Feuchtigkeitscremes. Eau de Toilette für Männer, mehrere Flakons.

Ihre Bewegungen waren so fahrig, dass sie versehentlich einen davon umstieß. Klirrend zerbarst er am Waschbeckenrand. Sofort nahm sie einen betörenden Duft von Sandelholz wahr. Er löste eine schwache Erinnerung bei ihr aus, die sofort wieder verflog. Sie wollte gerade die Scherben aufsammeln, als sie eine Nagelfeile entdeckte. Lang. Spitz. Stabil.

Für einen Moment hielt sie inne. Danach verschwand die Feile in ihrer hohlen Hand.

Alina entriegelte die Tür und trat hinaus. Im Nu war der Mann bei ihr.

Jäh verlor sie das Gleichgewicht und taumelte direkt in seine Arme. Gleich darauf versuchte sie, sich von ihm loszureißen.

»Lassen Sie mich.«

»Aber Alina, hab doch Vertrauen.«

»Ich muss dringend telefonieren.«

»Zunächst musst du dich ausruhen. Willst du dir denn nicht was anderes anziehen? Ich könnte ein paar Sachen für dich besorgen, die könnten dir gefallen.«

»Nein!«, stieß sie mit schriller Stimme hervor.

Sie hob die Hand, wollte zustechen, doch schon hatte er die Feile entdeckt.

»Was soll das? Alina!«

Im Nu hatte er ihr die Waffe entwunden. Sie war einfach zu schwach.

Sein Blick war tadelnd, als habe er es mit einem störrischen Kind zu tun. »Du hättest mich verletzen können!«

Sie schwieg.

»Wolltest du dir die Nägel feilen?«

Sie nickte.

»Deine Bewegungen sind unkontrolliert?«

Abermals nickte sie.

Er musterte sie. »Na schön, das lasse ich gelten.«

Er ließ die Feile in seiner Hosentasche verschwinden, nahm sie am Arm und führte sie zurück zu dem Zimmer. Sie erkannte, dass auch hier das Fenster vergittert war. Es flößte ihr Angst ein. Was sollte sie nur tun? Ihre Glieder waren bleischwer, also erschien es ihr ratsamer, sich erst einmal hinzulegen, um Kraft zu schöpfen.

Kurze Zeit später fand sie sich auf dem Bett wieder. Er hatte sie bis zum Kinn zugedeckt. Er schaute sie so freundlich an, dass sie völlig irritiert war.

»Nun schlaf«, sagte er. »Und in der Zeit koche ich dir was Leckeres. Was ist dein Lieblingsessen?«

Alina konnte nicht antworten.

Sie war bereits am Wegdämmern.

»Schlaf, goldener Engel«, murmelte der Mann dicht an ihrem Ohr.

SECHSUNDZWANZIG

Es war Dienstag, der dreißigste Oktober, gegen neunzehn Uhr, als Trojan mit Landsberg ein weiteres Mal die verlassene Turnhalle bei Beelitz betrat. Der Tatort war noch immer abgesperrt. Sie schalteten die Halogenscheinwerfer der Kriminaltechnik ein und gingen durch die Tür, die als Ausgang B ausgewiesen war, hinunter in den Keller. Auch hier machten sie Licht. Vor dem am Boden liegenden Spind, in dem die Tote im goldfarbenen Trikot entdeckt worden war, blieben sie stehen.

Trojan streifte sich ein paar Latexhandschuhe über und wies auf die nach oben aufgeklappte Tür. »Hier. Das ist das entscheidende Detail, das wir übersehen haben. Es war nur ein kurzer Blick, eine flüchtige Wahrnehmung, die meine Irritation ausgelöst hat. Danach wurde ich abgelenkt, dabei hätte ich diesem Impuls sofort nachgehen sollen.« Er schloss die Tür. »Diese Spuren sind es.«

»Ich verstehe nicht ganz«, sagte Landsberg.

Trojan deutete auf das Schloss des Metallschranks, es war völlig eingerostet. An einer Stelle jedoch war der Rost abgekratzt. »Hier hat jemand mit einem spitzen Gegenstand, vermutlich einem Taschenmesser, das Schloss bearbeitet.«

»Was?«

»Der Riegel funktioniert noch, siehst du?« Trojan zückte sein eigenes Schweizer Messer, versenkte die Spitze in der Schließöffnung und demonstrierte es seinem Chef. »Ich hab mir bei der ersten Sichtung des Tatorts gedacht, dass vielleicht bereits früher mal jemand das Schloss ausprobiert hat. Spielende Kinder oder wer auch immer sich an diesem Ort herumtrieb.«

»Davon kann man doch ausgehen.«

»Nicht, wenn man es unter einem anderen Blickwinkel betrachtet. Alles war eine Spur zu deutlich, das draußen geparkte Auto, Raffael Bolds Zeugenaussage, Alina Krons Sachen in der Turnhalle. Etliche Hinweise, die auf die angebliche Identität der Toten abzielten, so dass wir einen DNA-Test am Leichnam gar nicht erst in Betracht zogen. Stattdessen warteten wir geduldig, bis der Angehörige Peter Kron bei uns eintraf. Und das Ergebnis kennst du ja.«

»Schon klar, Nils, aber was hat das mit dem Türschloss zu tun?«

»Die Spuren wirken noch recht frisch, es sind blanke Kratzer, siehst du? Nun könnte man annehmen, dass sich jemand vor ein paar Tagen über das Schloss hergemacht hat. Was aber, wenn es am letzten Sonntag war, als der Mord geschah?«

»Worauf willst du hinaus?«

»Lass uns einfach mal den mutmaßlichen Tathergang von Anfang an durchgehen. Also, Alina Kron flüchtet vor dem Täter in den Keller.«

Landsberg nickte. »*Ausgang B, lauf, so schnell du kannst*«, die rätselhafte SMS von einem Prepaid-Handy, das sich nicht zurückverfolgen lässt.«

»Richtig. Sie rennt hierher und verrammelt hinter sich die Eingangstür, indem sie die Schränke davorschiebt. Daraufhin versucht sie, aus dem Fenster zu steigen, aber der Riegel klemmt.«

»Sie sitzt in der Falle.«

»Ja, und bisher sind wir davon ausgegangen, dass sie in

Panik geraten ist und sich in einem der Schränke versteckt hat.«

Landsberg starrte ihn an. »Allmählich begreife ich, was du meinst! Der Schrank war schon vorher abgeschlossen! Und zwar von außen.«

Trojan nickte. »So ist es. Also kann sich Alina Kron darin nicht versteckt haben. Vielmehr lag bereits jemand im Innern. Eine zweite Frau. In der gleichen Kostümierung.«

Landsberg war verblüfft.

»So ein Schloss lässt sich von innen nicht öffnen«, sagte Trojan. »Siehst du?« Er demonstrierte ihm den Schließmechanismus. »Die Tür knallt zu, es wird abgeschlossen, und du kommst nicht mehr raus.«

Landsberg schnalzte mit der Zunge. »Du meinst also, dass eine zweite Frau, die in der gleichen Kostümierung wie Alina Kron steckte, bereits während des Shootings hier unten in dem Schrank gefangen war und sich nicht bemerkbar machen konnte?«

Abermals nickte Trojan. »Ganz genau. Raffael Bold sagte aus, sie hätten bei dem Shooting Musik gehört. Außerdem ist die Entfernung von der Turnhalle zum Keller zu groß. Selbst wenn die Frau in dem Spind noch Kraft genug gehabt hätte, mit den Fäusten von innen gegen die Metalltür zu schlagen und um Hilfe zu schreien, hätten sie Alina Kron und Bold von oben nicht gehört.«

»Alina Kron verabschiedet sich von Bold. Er steigt in das Taxi und fährt ab. Sie ist oben in der Halle. Dann bekommt sie die zweite SMS. ›*Heute ist der Tag deines Todes, aber hab keine Angst. Lauf in Richtung Ausgang B.*‹ Der Täter ist ihr bereits auf den Fersen.«

»In Panik kommt sie hier unten an. Sie verrammelt die Tür mit den Schränken. Nun gibt es zwei Möglichkeiten. Entweder ist sie in den Plan eingeweiht, oder sie ahnt noch nicht einmal, dass eine andere Frau, die ebenso kostümiert ist wie sie, in einem der Spinde gefangen ist. Unter Umständen ist diese Frau schon so entkräftet, dass sie sich nicht mehr bemerkbar machen kann, oder aber Alina Kron hört sie gar nicht wegen des Lärms der umstürzenden Spinde. Dazu ihr Adrenalin, die Angst vor dem Täter.«

Landsbergs Miene verfinsterte sich. »Verdammte Scheiße, Nils, wir sind gehörig reingelegt worden.«

»Hmm.«

»Wer ist die Tote?«, fragte Landsberg.

»Ich habe heute noch einmal mit dem Jungen gesprochen, der sie entdeckt hat. Er gab an, an diesem verlassenen Ort bereits zwei- oder dreimal eine junge Trebegängerin gesichtet zu haben. Seiner Beschreibung nach könnte sie eine vage Ähnlichkeit mit Alina Kron haben, dunkelhaarig, etwa eins siebzig groß, schätzungsweise dreißig bis fünfunddreißig Jahre alt. Ich fürchte, wir müssen die Öffentlichkeit um Mithilfe bitten und ein Foto der Ermordeten veröffentlichen. Durchaus denkbar, dass diese obdachlose Frau in den Spind gesperrt wurde.«

»Jemand zwingt sie in das goldfarbene Kostüm, schminkt sie weiß im Gesicht, sperrt sie in diesen Schrank, um sie dann zu töten?«

»Ja.«

»Vor den Augen von Alina Kron?«

»Möglicherweise. Es sei denn, sie konnte doch noch aus dem Raum fliehen.«

»Die Spuren sprechen dagegen. Das Fenster klemmt. Und davor wurden keine Fußspuren gesichtet.«

»Sie kam hier nicht mehr raus. Nur mit Hilfe des Täters. Und zwar über die Treppe.«

»Aber wozu das Ganze? Was ist der Plan des Täters?«

»Er will uns vormachen, dass Alina Kron tot ist. Dabei hat er sie nur aus dem Verkehr gezogen. Und nun ist sie ganz in seiner Hand.«

Der Chef runzelte die Stirn. »Moment. Wäre es nicht auch denkbar, dass sie selbst ihren Tod vorgetäuscht hat?«

»Und sich selber diese rätselhaften SMS zukommen ließ? Nein, das glaube ich eher nicht. Es sieht mir nach einer Falle aus, in die Alina Kron blindlings hineingetappt ist. Allerdings muss demjenigen, der die Sache hier inszeniert hat, klar sein, dass irgendwann herauskommen wird, um wen es sich bei der Toten tatsächlich handelt. Nichtsdestotrotz sind achtundvierzig Stunden ins Land gegangen. Wertvolle Zeit, in der niemand nach Alina Kron gesucht hat.«

»Was hat der Täter mit ihr vor?«

Er schwieg. Ausgang B, durchfuhr es ihn. Als sei das der Weg in eine andere Welt. Aber welche? Die Unterwelt? Jemand stirbt stellvertretend für dich, und du landest in der Hölle. »Wir müssen mit dem Schlimmsten rechnen«, sagte er.

»Wer entwirft so einen verrückten Plan? Was glaubst du?«

»Jemand, der nicht ganz bei klarem Verstand ist, sondern unter dem Einfluss dieser Designerdroge steht.«

Trojan hatte seinem Chef von Stefanies Ermittlungen ausführlich berichtet.

»Cloud Nine also«, sagte Landsberg.

»Oder auch Cannibal genannt. Das Zeug nimmt ihm die letzten Hemmungen, macht ihn extrem aggressiv. Er tötet die Frau in dem goldenen Kostüm und kidnappt dafür Alina Kron.«

»Großer Gott, er muss völlig wahnsinnig sein. Und was hat Simona Wiesner damit zu tun?«

Trojan schwieg. Dann sagte er leise: »Sie ist noch am Leben, davon bin ich mittlerweile überzeugt. Meine Theorie ist folgende: Der Mörder von Franziska Wiesner und der unbekannten Frau aus dem Spind hat ein Interesse, Simona wiederzufinden. Ihre Mutter stand demnach wohl tatsächlich mit ihr in Kontakt. Auch Luis Ferner. Doch den haben wir ja gewissermaßen selbst in Sicherheit gebracht, indem wir ihn in Untersuchungshaft nahmen. Alina Kron scheint ebenfalls dem Mysterium auf die Spur gekommen zu sein. Vielleicht war sie in Frau Wiesners Haus, vielleicht hat sie irgendwie Wind bekommen von dem rätselhaften Zimmer im Keller. Und so geriet sie ins Visier des Täters. Und damit sind wir auch bei der Information, die er aus seinen Opfern herausbekommen möchte. Und sie lautet: Wo ist Simona Wiesner?«

Abermals schwiegen sie.

»Das zweite goldfarbene Trikot«, sagte Landsberg schließlich, »woher stammt es deiner Meinung nach?«

»Womöglich aus dem Besitz von Simona. Schließlich hatte sie selbst so eines an bei den Aufnahmen vor einem Jahr.«

»Alles läuft auf sie hinaus.«

»Ja.« Trojan atmete durch. »Die Hauptfrage, die sich mir stellt, ist: Wer liegt in Simonas Grab? Und was hat Cloud Nine damit zu tun? Wenn wir Luis Ferner Glauben schenken können, ist Simona Wiesner im Besitz dieser furchtbaren Droge. Also, wann können wir endlich mit der Exhumierung beginnen? Hast du mit dem Staatsanwalt gesprochen?«

Landsberg nickte. »Ich hab bei ihm ordentlich Druck gemacht, aber vor morgen früh wird das wohl nichts. Es bedarf einiger Zustimmungen, ist ein höchst bürokratischer Aufwand.«

»Und wenn Gefahr in Verzug besteht?«

Er zuckte mit den Schultern. »Ich werde noch mal nachfragen.«

»Noch heute Nacht sollte das Grab geöffnet werden, denn unsere Zeit wird knapp. Wer weiß, was Alina Kron mittlerweile zugestoßen ist. Wie gesagt, achtundvierzig Stunden sind verlorengegangen.«

»Ich werde anordnen, dass die Gegend in der Nähe der Turnhalle abgesucht wird«, sagte der Chef. »Und wir benötigen zusätzliche Beamte, die im Umkreis die Bewohner befragen, ob eine Person gesichtet wurde, auf die Alinas Beschreibung zutrifft.«

»Okay, dann los.«

Im Eilschritt gingen sie hinauf in die zerfallene Turnhalle und traten von dort aus ins Freie.

»Was ist nun eigentlich mit dem Handy von Alina Kron?«, fragte Landsberg.

»Es wurde noch immer nicht gefunden. Ich habe die Nummer ein paar Mal versuchshalber gewählt, und es meldet sich bloß eine automatische Ansage. Entweder ist es kaputt oder ausgeschaltet. Und so lässt es sich auch nicht orten.«

»Mist. Hat jemand aus dem Team mittlerweile den Arzt ermittelt, der den Totenschein für Simona Wiesner ausgestellt hat?«

»Vorhin bekam ich eine entsprechende Nachricht.«

»Und?«

Trojan stieß die Luft aus. »Sein Name ist Dr. Leopold Traut. Aber nun mach dich auf etwas gefasst, Chef. Er verstarb Anfang des Jahres.«

Landsberg blieb stehen. »Das kann doch nicht wahr sein!«

»Ist es aber. Ein natürlicher Tod. Er ist im Alter von neunundsechzig Jahren friedlich entschlafen.«

»Also müssen wir uns die Angehörigen vorknöpfen.«

»Ich erledige das.«

Sie stiegen in ihren Dienstwagen, Landsberg übernahm das

Steuer. Auf der Rückfahrt ins Kommissariat checkte Nils sein Handy.

Jana hatte auf seinen Anruf noch immer nicht reagiert.

Was hatte das zu bedeuten? Das Ende ihrer Beziehung? Er musste dringend zu ihr fahren und um ein Gespräch bitten. Am besten noch heute Nacht, wenn es die Ermittlungen überhaupt erlaubten.

Und daran zweifelte er. Denn nun begann die fieberhafte Suche nach zwei totgeglaubten jungen Frauen.

SIEBENUNDZWANZIG

Sie schreckte hoch. Es war finster um sie herum. Sie ertastete den Schalter einer Nachttischlampe neben dem Bett und knipste sie an.

Benommen schaute sie sich um. Sie hatte wohl viele Stunden geschlafen.

Die Schmerzen hatten nachgelassen, waren bloß noch als ein leises Brummen in ihrem Kopf vorhanden.

Formelhaft wiederholte sie in Gedanken: Mein Name ist Alina Kron. Ich bin eine Werberin. Ich wohne in Berlin-Kreuzberg.

Ihre eigenartige Bekleidung konnte sie sich nach wie vor nicht erklären, aber etwas war anders. Womöglich war ihr Lebensmut zurückgekehrt.

Ich bin stark, dachte sie. Ich werde wieder gesund. Vermutlich hatte ich einen Unfall. Es gibt ein paar Lücken in meinem Gedächtnis. Wahrscheinlich habe ich einen Schock erlitten. Ich glaube, diesen Zustand nennt man partielle Amnesie.

Nun hatte sie einen Namen dafür, und das linderte die Angst.

Sie hatte mal einen Artikel über diese Form von Gedächtnisverlusten gelesen. Offenbar verschwanden sie von selbst wieder nach einer bestimmten Zeit. Wenn die Ursache nicht eine schwerere Hirnverletzung war. Und darauf musste sie hoffen.

Was war als Nächstes zu tun? Sie brauchte Flüssigkeit und

Nahrung. Und sie musste telefonieren. Jemanden um Hilfe bitten.

Alina erhob sich langsam und wartete ab, bis das Schwindelgefühl vorüber war. Danach inspizierte sie gründlich das Fenster, aber das Eisengitter davor stellte ein unüberwindbares Hindernis dar. Also ging sie zur Tür.

Noch bevor sie die Klinke drücken konnte, meldete sich die Panik zurück. Hatte man sie etwa eingesperrt? Ruhig, dachte sie, ganz ruhig. Alles wird gut.

Sie drückte die Klinke. Die Tür sprang auf. Alina atmete auf.

Sie trat hinaus in den Flur. Plötzlich erinnerte sie sich an den Geruch vom Eau de Toilette und an die Nagelfeile. Also schien ihr Gedächtnis wieder halbwegs zu funktionieren.

Denk nach! Der Name deiner Mutter? Gertrud, verstorben im Sommer vor zwei Jahren. Vater? Peter, wohnhaft in Haselbach im Bayerischen Wald. Gut, weiter, sprach sie in Gedanken zu sich selbst. Nun zu deinen Freunden.

Ihre beste Freundin war leider auch schon tot. Ihr Name war …

Alina stockte der Atem. Etwas rührte sich in ihr. Schon wurde ihr wieder schwindlig.

Mittlerweile war sie am Ende des Flurs angelangt. Da war noch eine Tür. Sie drückte behutsam die Klinke. Unverschlossen.

Lautlos trat sie ein. Nun befand sie sich in einem großen Raum mit hoher Decke. Der matte Lichtschein einer Stehlampe. Ein Sofa. Sie erkannte den Hinterkopf des Mannes.

Plötzlich wandte er sich zu ihr um.

»Alina!« Er stand auf und straffte die Schultern. »Was für eine Überraschung.«

Sie wich einen Schritt vor ihm zurück. »Wie lange hab ich geschlafen?«

Sein Lächeln war überaus charmant. »Ein paar Stunden. Wie geht es dir jetzt?«

Sie schluckte. »Kennen wir uns?«

»Aber ja. Ich denke, du leidest an einer Gedächtnisstörung. Doch das wird vorübergehen.«

»Wie ist Ihr Name?«

»Ich bin …«

In diesem Moment erblickte sie ein Handy auf dem Wohnzimmertisch. Blaue Schale, zerkratztes Display. Ihr Atem beschleunigte sich. Wieder lärmte es in ihrem Kopf. Wankende Metallstücke, aneinandergeschoben, berstend, wummernd.

Das Handy, durchfuhr es sie. Es war ihr eigenes!

Und sie sah Licht. Strahlen. Wie ein Gewitter in ihrem Kopf. Sie schüttelte sich.

»Alles in Ordnung mit dir?«, fragte er.

Sie musste ruhiger atmen.

Er schien ihren Blick bemerkt zu haben, hob die Augenbrauen.

»Oh, darum geht es dir also.« Er nahm das Mobiltelefon vom Tisch.

»Geben Sie es mir!«

Er lächelte. »Der Akku ist leer. Du konntest niemanden mehr anrufen.«

Eine Erinnerung zuckte vor ihr auf. Sie sah sich selbst dabei zu, wie sie das Telefon in der Hand schwenkte. Es diente ihr als Taschenlampe. Und wieder dieses Krachen, Dröhnen, Scharren. Geh rückwärts, Alina, Schritt für Schritt, du musst dich erinnern. Was geschah kurz davor?

Botschaften auf ihrem Handy.

Alina atmete tief durch.

Sie scrollte sich in Gedanken durch die Verzeichnisse.

Zwei Kurznachrichten.

Die letzte begann mit dem Satz:

HEUTE IST DER TAG DEINES TODES.

Und dann:

LAUF IN RICHTUNG AUSGANG B.

Das Dröhnen. Das Handy-Licht. Metallschränke. Sie krachten um. Sie wurde am Kopf getroffen.

Alina sah an sich herab. Das goldene Kostüm.

Was war mit ihr passiert?

Sie blickte sich um. Da entdeckte sie auf dem Tisch eine Zeitung. Ein Foto auf der Titelseite. Es zeigte ein halb zerfallenes Backsteingebäude. Das hatte sie schon einmal gesehen. *Mord*, las sie. Sie nahm die Zeitung auf, überflog die Zeilen. *Es wird vermutet, dass es sich bei der Toten um Alina K. handelt.*

Und dann las sie den Namen *Franziska W.* Es hieß, dass sie ebenfalls ermordet worden war.

I put a spell on you, dachte sie plötzlich. Das Shooting. *Spell, spell, spell.* Die Erinnerungen kehrten zurück. Es dröhnte in ihrem Kopf. Metallschränke. *Ausgang B. Lauf, so schnell du kannst!*

Alina holte tief Luft. »Mir ist etwas zugestoßen. Ich hatte einen Unfall. Ich brauche Hilfe.«

»Ja, das denke ich auch.«

»Ich fürchte, ich wurde am Kopf verletzt. Können Sie mich zu einem Arzt bringen?«

»Aber klar doch.«

»Ich denke, ich muss auch die Polizei benachrichtigen«, murmelte sie.

»Verstehe. Wir können das gleich von hier aus machen.«

»Danke.« Sie blickte ihn an. »Mein Name ist Alina Kron. Ich wohne in Berlin-Kreuzberg.«

Er lächelte sie mitleidig an. »Das weiß ich doch.«

Er sagte noch etwas, aber sie verstand ihn nicht richtig. Wieder wurde ihr schwindlig. Ihr Gesichtsfeld trübte sich ein. Sie schwankte.

Der Mann fing sie auf.

ACHTUNDZWANZIG

Dreißigster Oktober, kurz vor Mitternacht. Die Grabsteine warfen lange Schatten. Scheinwerfer waren rund um die Grube aufgebaut. Der Motor eines Kleinbaggers dröhnte. Weißgekleidete Männer, die Gesichter vermummt, wandelten geschäftig umher. Auch Trojan trug eine Schutzmaske und einen hellen Overall mit Kapuze. Er hatte sich Mentholsalbe unter die Nase gerieben, um gegen die Verwesungsgerüche gewappnet zu sein. Außer ihm und den Kriminaltechnikern befanden sich Dr. Semmler, Landsberg und Stefanie Dachs auf dem Waldfriedhof in Zehlendorf.

Trojan hatte kurz zuvor Gregor Wiesner, den Vater von Simona und Exmann von Franziska Wiesner, angerufen und ihn über die Graböffnung informiert. Er hatte relativ gefasst darauf reagiert. Und doch war seiner Stimme ein gewisser Schock anzumerken gewesen. »Glauben Sie wirklich, dass meine Tochter noch am Leben ist?«, hatte er gefragt. Trojan hatte ausweichend geantwortet, aber er konnte sich vorstellen, was so eine Exhumierung für einen Angehörigen bedeutete. Zum Glück hatte die Presse noch keinen Wind davon bekommen.

Immer wieder tauchte die Schaufel des Baggers in das Erdreich ein, hob sich, der Schwenkarm rotierte, die Scharniere öffneten sich, und Erdklumpen wurden ausgespien. Aber das war erst die grobe Vorarbeit, danach würden die Experten übernehmen und sich Spatenstich für Spatenstich in die Tiefe vorarbeiten.

Trojan war mulmig zumute. Er musste an das Grab seiner Mutter denken. Es war längst eingeebnet worden. Für ein Familiengrab hatte damals das Geld nicht gereicht. Reihengräber überdauerten nicht lange, die Ruhefrist endete nach zwanzig Jahren.

Seine Mutter war viel zu früh an Krebs gestorben.

Nicht nur in diesem Moment vermisste er sie entsetzlich.

Er nahm sein Handy hervor. Seine Tochter würde bestimmt schon schlafen, aber er wusste, dass sie nachts ihr Handy eigentlich immer ausschaltete, also könnte er ihr getrost eine SMS schicken, ohne sie dadurch aufzuwecken. Gleich morgen früh würde sie dann seine Nachricht erhalten.

Hi, Emily. Wie geht es dir? Denke an dich. Hab dich lieb. Pa.
PS: Mal wieder Lust auf ein Treffen? Nehme mir Zeit, versprochen.
PPS: Pass gut auf dich auf.

Er drückte auf »Absenden«.

Nach wie vor keine Antwort von Jana. Was war da los?

Es ist aus, dachte er, vorbei. Er ging ein paar Schritte abseits. Plötzlich war Stefanie bei ihm.

Ihre Stimme klang dumpf durch den Atemschutz: »Was macht die Suchaktion in der Gegend von Beelitz?«

Verdammt, dachte er, ich beschäftige mich hier mit meinem privaten Kummer, während es gerade um ein Menschenleben geht.

»Keine Neuigkeiten«, murmelte er.

»Wie viele Leute sind unterwegs?«

»Eine ganze Hundertschaft. Sie kämmen das Gebiet ab. Fragen in den Häusern nach. Es sind sogar Helikopter unterwegs, Wärmekameras, das volle Programm.«

»Die Presse wird über uns lästern.«

»Ja, aber wir konnten die Nachricht nicht zurückhalten, mussten die Suchmeldung an die Medien rausgeben und die Bevölkerung um Mithilfe bitten: ›*Eine junge Frau, auffällig gekleidet, goldfarbenes Trikot, wer hat sie gesehen?*‹ Gleichzeitig haben wir uns wegen der Identifizierung der unbekannten Toten mit einem Foto an die Öffentlichkeit gewandt.«

»Mal ehrlich, Nils, es sind achtundvierzig Stunden vergangen. Warum meldet sich Alina Kron nicht? Das heißt doch …«

Er fiel ihr ins Wort. »Ja, Steff, wir müssen davon ausgehen, dass ihr etwas zugestoßen ist.«

»Wie hat Landsberg reagiert?«

»Erstaunlich ruhig für seine Verhältnisse.«

Stefanie berührte ihn am Arm. »Müssen wir uns Vorwürfe machen? Haben wir nicht gründlich genug gearbeitet?«

»Mach dich deswegen nicht verrückt. Klar, ich grüble auch ständig darüber nach. Aber man kann uns keinen Fehler anlasten. Ein DNA-Abgleich bei der Leiche aus der Turnhalle war nicht zwingend erforderlich, da die Beweislage so eindeutig erschien. Darüber hinaus war das Passbild von Alina Kron aus dem Melderegister nicht gerade auf dem neusten Stand. Keine weiteren Angehörigen in der Stadt, dazu die verzögerte Anreise von Peter Kron. Und selbst der konstatierte eine Ähnlichkeit zwischen der unbekannten Toten und seiner Tochter Alina.«

»Schon gut«, murmelte Stefanie. Ihr war anzumerken, dass der Vorfall an ihrem Ehrgeiz nagte. Ihm ging es ja letztlich genauso.

Er dachte daran, was sie ihm über ihre Mutter erzählt hatte. Aufputschmittel. Gehirndoping. Versagensängste. Bloß keine Fehler machen. Cloud Nine gehörte in diese Assoziationskette. Er versuchte verzweifelt, den Gedanken weiterzuspinnen. Vielleicht war das der Schlüssel zur Lösung des Falls.

Doch er wurde abgelenkt. Jemand rief: »Wir sind jetzt knapp zwei Meter tief.«

Die Motorengeräusche des Baggers verstummten. Eine Leiter wurde herabgelassen. Vermummte Forensiker schulterten ihre Spaten und stiegen in die Grube hinab. Dr. Semmler rief ihnen Anweisungen zu, dann kletterte er selbst hinunter.

Trojan wandte den Blick von der verstörenden Szenerie ab. »Steff?«

»Ja?«

Er schluckte. »Hör zu, du musst nicht immerzu das *Good Girl* spielen, genauso wenig wie ich permanent eine Überlegenheit demonstrieren kann, die in Wahrheit ...« Er brach ab. Sein Herz hämmerte.

»In Wahrheit was?«

Er bekam keine Luft mehr, riss sich die Atemmaske herunter. »... nicht vorhanden ist«, brachte er tonlos hervor.

»Nils, was ist denn los?«

Schwindelgefühl. Schweißausbruch. Er taumelte. Da war es wieder. Verdammt, es war ihm furchtbar unangenehm. Direkt vor seiner Kollegin. Lange Zeit war er davon verschont geblieben, und nun traf es ihn umso heftiger.

»Nils?«

Das muss aufhören, aufhören, echote es in seinem Kopf. Sein Blick irrte über die Gräber, und die Namen der Toten auf den Gedenksteinen verschwammen. Auch mich wird es erwischen, durchfuhr es ihn, ich falle, ich versinke in einer Grube.

Stefanies Stimme war weit entfernt. »Großer Gott, was ist nur mit dir?«

»Schon gut. Ich muss bloß ...« Er sank hin. Kauerte auf der Steinumrandung eines Grabs. »Keine ernste Sache, nur Erschöpfung.« Sie durfte von seinen Panikattacken nichts wissen, schlimm genug, dass er es Ronnie Gerber einmal anvertraut hatte.

»Brauchst du einen Arzt? Könnte das ein Herzinfarkt sein?«

»Nein, nein«, stammelte er. »Alles gut. Einfach nicht beachten.«

Bestürzung in ihrem Blick. Der Großteil ihres Gesichts unter der Maske verborgen. Er rang nach Luft. Das Menthol brannte in seinen Lungen.

Landsberg rief nach ihnen.

»Geh schon mal vor. Ich komme gleich nach.«

Sie sah ihn zweifelnd an. Er versuchte zu lächeln. Dann wandte sie sich von ihm ab und ging.

Trojan wischte sich den Schweiß von der Stirn und schob die Maske zurück über Mund und Nase.

Gehirndoping, dachte er. Pillen schlucken gegen die Angst. Reiß dich zusammen, Mann. Versuche, deine Furcht zu transformieren. Wandle sie in etwas Positives um. Denk nach. Du hast einen Fall zu lösen.

Simona Wiesner. Sollte sie noch am Leben sein, geht es ihr vielleicht in diesem Moment nicht anders als dir.

Sie ist außer sich vor Angst.

Sie wird gejagt.

Sie will nicht, dass wir in ihr Grab schauen.

Nach einer Weile richtete sich Trojan langsam auf. Er ballte erst die rechte Hand zur Faust, bis es schmerzte, dann die linke. Er atmete tief durch.

Dann näherte er sich der Grube.

Er stieg die Leiter hinab. Landsberg und Semmler erwarteten ihn unten. Sie standen dicht gedrängt in der schmalen Ausschachtung. Der Holzsarg war noch längst nicht verrottet.

»Ich werde ihn jetzt öffnen«, sagte Semmler. Auch er war bis zu den Augen vermummt.

»Wann haben wir Gewissheit?«, fragte Trojan leise.

»Das hängt von dem Verwesungszustand ab. Sollten wir es nur noch mit Knochen zu tun haben, wird es länger dauern. Um intakte DNA aus den Knochen zu extrahieren, bedarf es besonderer Verfahren. Meine Hoffnung geht in eine andere Richtung. Vielleicht ist ja das Gebiss halbwegs unversehrt. So müsste man nur den damaligen Zahnarzt von Simona Wiesner ermitteln, um das Profil zu vergleichen.«

»Und wenn der Sarg nun leer ist?«, fragte Landsberg.

»Dann hat der Bestatter ein Problem.«

»Könnte die Leiche gestohlen worden sein?«

»Der Sarg sieht mir nicht so aus, als hätte sich jemand darüber hergemacht.«

Trojan bemühte sich um einen lockeren Tonfall, obwohl er von seiner Attacke noch immer leicht zittrig war. »Okay, Leute, bringen wir es hinter uns. Ach, und übrigens: Der Vater von Simona Wiesner sagte mir vorhin am Telefon, er besitze noch eine Haarlocke seiner Tochter. Ein Kollege von der Schutzpolizei holt sie bei ihm ab und bringt sie auf schnellstem Weg zu uns.«

»Rührendes Andenken«, murmelte Landsberg sarkastisch.

»Gut für den DNA-Vergleich«, sagte Semmler. »Seid ihr bereit?«

Sie nickten. Daraufhin öffnete der Rechtsmediziner den Sargdeckel.

Es roch modrig, faulig, beißend. Selbst das Menthol konnte den strengen Ammoniakgeruch nicht vollständig überdecken. Trojan kämpfte gegen die Übelkeit an.

Er verengte die Augen zu Schlitzen.

»Mehr als Knochen«, raunte Semmler.

Der Leichnam sah aus wie ein Klumpen aus dunklem Schlamm. Trojan machte den Schädel aus. »Da«, sagte er mit erstickter Stimme. »Was ist das?«

Etwas Helles blitzte im Licht der Halogenscheinwerfer auf.

Auch Semmler hatte es entdeckt. Es funkelte oberhalb des Brustbeins.

Die Finger des Rechtsmediziners steckten in Latexhandschuhen. Beherzt griff er zu.

Er präsentierte ihnen ein silbernes Schmuckstück. Es war eine Kette mit einem Anhänger.

Der Anhänger hatte die Form eines dreiköpfigen Hundes.

NEUNUNDZWANZIG

Ihr Dienstwagen raste mit Blaulicht durch die Nacht. Landsberg fuhr. Stefanie saß auf dem Beifahrersitz, Trojan hinten. Das Schmuckstück steckte in einem Asservatenbeutel. Trojan hielt es in der Hand, immerzu betastete er es.

»Ein Hund mit drei Köpfen«, sagte er, »ist das nicht aus der griechischen Mythologie?«

»Ja«, sagte Stefanie. »Hades ist der Herrscher der Unterwelt, er wacht über die Toten. Ihm zur Seite sitzt Kerberos, sein Höllentier.«

»Frau Wiesner erzählte doch kurz vor ihrer Ermordung von einem schwarzen Pitbull. Sie sagte zu ihrer Freundin Melanie Schopf, ein wahrer Höllenhund habe sich in ihr Haus verirrt.«

»Richtig. Meinst du, da besteht ein Zusammenhang?«

»Schon möglich.«

Landsberg preschte bei Rot über eine Kreuzung. »Jemand sollte noch einmal mit Gregor Wiesner sprechen. Kannst du das übernehmen, Nils?«

»Ja.«

»Frag ihn, ob seine Tochter jemals im Besitz dieses Schmuckstücks war.«

»Geht klar.«

»Semmler wird uns hoffentlich in den nächsten Stunden über das Ergebnis des DNA-Abgleichs informieren können.«

»Wir müssen uns gedulden. Es wird nicht ganz einfach für ihn.«

»Was sagt dir dein Instinkt?«

»Es ist ein anderer Leichnam, der unter dem Namen Simona Wiesner beerdigt wurde.«

»Denke ich auch.«

Wieder glitten Trojans Finger über das wichtige Beweisstück. Und dann stockte ihm der Atem.

»Halt mal an, Chef.«

»Nicht doch, wir haben es furchtbar eilig.«

»Stopp«, rief er.

Stefanie wandte den Kopf zu ihm um. »Was ist denn los?«

Trojan starrte auf das Asservat in seiner Hand. »Das Ding lässt sich öffnen. Da ist was drin.«

Landsberg bremste scharf ab und fuhr rechts ran. Trojan zog sich ein neues Paar Latexhandschuhe über und nahm die Kette mit dem Anhänger aus dem Beutel heraus. Ihm war eine Delle aufgefallen, unter die er seinen Fingernagel schieben konnte. Und in der Lücke hatte er etwas entdeckt. Nun zückte er sein Schweizer Messer, schob die Klinge in den Spalt, und der Anhänger klappte auf.

»Was ist es?«, fragte der Chef.

»Sieht mir aus wie eine winzige Speicherkarte.« Er stieß die Luft aus. »Wir brauchen Max Kolpert!«

Mittwoch, einunddreißigster Oktober. Ein Uhr sechsunddreißig in der Nacht. Kolperts linke Gesichtshälfte schien zu glühen, dort, wo seine Haut von einem Säureattentat verätzt war. Er saß vorm Hauptrechner im Sitzungsraum. Das gesamte Team hatte sich um ihn versammelt und wartete gespannt, bis er die Flash Card mit einem Wattestäbchen und etwa Spiritus gereinigt hatte. Er ging äußerst sorgfältig vor und ließ sich von der allgemeinen Nervosität nicht anstecken.

Niemand traute sich, etwas zu sagen. Die Stille war drückend. Über die Tische verstreut waren Pappbecher mit Kaffeeresten, Plastikgeschirr, Bananenschalen, zerdrückte Dosen von Energydrinks und das Einwickelpapier unzähliger Schokoriegel. Alle Mitarbeiter waren bleich und übernächtigt, aber auch gepackt vom Fieber der Ermittlungen. Letztlich waren es diese Momente, die sie antrieben, für die sie die Tortur ihrer Arbeit auf sich nahmen, die Minuten voller Adrenalin in Nächten wie dieser, da sie sich der Lösung des Falls extrem nahe wähnten, voll der Hoffnung, endlich auf den entscheidenden Hinweis gestoßen zu sein.

Zumindest erging es Trojan so. Aber wenn er in den Gesichtern der Kollegen las, fühlte er sich in seinem Eindruck bestätigt.

Stefanie bedachte ihn mit einem knappen Lächeln, ihre Wangen waren vor Aufregung gerötet. Ein Nicken von Ronnie Gerber zum Einverständnis. Zwar hielt er sich ein wenig auf Distanz, seitdem ihm Trojan das Geheimnis um seinen Vater anvertraut hatte, aber es war spürbar, dass mit seiner Diskretion zu rechnen war. Dennis und Albert verfolgten Kolperts Handgriffe gebannt. Landsberg stand neben ihm, die Schultern durchgedrückt, das Kinn vorgereckt.

Trojan blickte zur Uhr. Ein Uhr neununddreißig. Endlich legte Kolpert das Wattestäbchen weg und schraubte bedächtig die Spiritusflasche zu.

»Okay, Leute. Ich bin so weit. Die Flash Card war in dem Silber gut geschützt. Möglich, dass sie noch funktioniert.«

Trojan rieb die Handflächen aneinander. »Das muss der Plan gewesen sein, von wem auch immer. Ein Beweisstück in dem Grab, für den Fall, dass man es öffnet. Mach schon, Max. Bitte.«

Kolpert schob den Datenträger in den Kartenleser. »Fangen wir an.«

Der Kartenleser war über den USB-Port mit dem Rechner verbunden. Dieser wiederum war mit dem Beamer verkabelt, so dass sie das Ergebnis an der weißen Wand betrachten konnten. Es dauerte eine Weile. Dann öffnete sich ein Fenster auf dem Screen.

»Es ist eine MPEG-4 Datei. Vermutlich ein Video.«

Kolpert gab eine Tastenkombination ein.

Kurze Zeit später flackerten die bewegten Bilder vor ihnen auf.

Sie erkannten Simona Wiesner sofort an ihrer roten Haarpracht. Der Film war ein wenig verpixelt, offenbar mit einer einfachen Digitalkamera aufgenommen. Simona hockte auf einem weißen Sofa, die Hände ins Gesicht gestützt.

Die Kamera glitt über sie hinweg, wanderte einmal durch das Zimmer. Zugezogene Vorhänge vor einem Fenster. Künstliches Licht.

Und dann ein Schwenk zurück. Im Hintergrund auf der Couch lag eine Frau, mit dem Rücken zum Betrachter, auch sie hatte langes rotes Haar, das ihr fast bis zum Po reichte.

Sie trug einen kurzen Rock. Ihr Oberkörper war unbekleidet. Und sie rührte sich nicht.

Die Kamera verharrte. Es waren keine Atembewegungen auf dem halbnackten Frauenkörper auszumachen.

»Simona«, sagte eine männliche Stimme aus dem Off. Sie war offenbar nachträglich verzerrt worden und klang roboterhaft.

Sie blickte auf.

»Sag mir, was geschehen ist.«

»Das weißt du doch.«

»Ich will es noch einmal hören. Sprich langsam und deutlich, ja?«

Simonas Augen irrten umher. »Sie ist tot.«

»Wer ist tot?«

»Die Frau, die hinter mir liegt.«

Die Kamera wanderte erneut über den halbnackten Frauenkörper, ohne dass das Gesicht erkennbar wurde.

»Wie konnte das passieren?«

Schwenk auf Simona.

»Sag es.«

Simona atmete schwer.

»Na los. Es wird dich entlasten. Rede es dir von der Seele.«

»Ich hab sie umgebracht.«

»Wie hast du es angestellt?«

»Es sollte aufhören.«

»Sag mir, wie.«

»Es *musste* aufhören.«

»Wenn ich dir helfen soll, musst du mir sagen, wie es abgelaufen ist.«

»Aber du weißt es doch.«

»Fürs Protokoll, Simona. Nur fürs Protokoll.«

Sie wandte den Blick ab.

»Schau mich an!«

Ihre Augen flackerten.

Die Stimme aus dem Off klang trotz des Verzerrers kühl, sachlich und suggestiv. »Hast du sie geküsst? War das schön? Erzähl mir etwas von diesem Kuss. Hattest du die Kapseln im Mund? Die bösen Kapseln? Ihre Lippen kamen näher, ja? Näher und näher. Deine Lippen verschmelzen mit den ihren. Eure Münder öffnen sich. Du spürst ihre Zunge in deinem Mund. Die Kapseln wandern hinüber von deinem Mund in ihren Mund. Dieser Kuss tötet sie? Sie schluckt die Kapseln.

Sie rinnen ihr die Kehle hinunter, ohne dass sie es will. War es so, Simona?«

Tränen liefen über ihre Wangen. Schließlich nickte sie.

»Sag es laut. Ich will es hören.«

»Die Kapseln in ihrem Mund«, wisperte sie. »Es waren zu viele. Sie ist kollabiert. Vor meinen Augen. Ihre Stirn war ganz heiß. Es war furchtbar. Es hat einige Zeit gedauert. Dann war es vorbei.«

»Was sollen wir nun tun, Simona?«

»Was du mir gesagt hast.«

»Du bist also bereit?«

Sie zitterte. Die Kamera zoomte heran.

»Du bist bereit, die Schwelle zu übertreten?«

Sie schwieg.

Simona starrte in die Kamera.

Das Bild erstarb.

Es war gegen drei Uhr morgens, als Trojan seinen Dienstwagen in zweiter Spur vor einem Beletage-Altbau mit edel verzierter Fassade in der Habsburgerstraße in Schöneberg parkte. Gregor Wiesner erwartete ihn bereits an der Wohnungstür im dritten Stockwerk. Er trug einen schwarzen Bademantel, sein silbriges Haar war zerzaust.

»Nils Trojan, Kriminalpolizei. Wir haben vorhin miteinander telefoniert.«

»Kommen Sie herein, ich konnte eh nicht schlafen.« Er führte ihn in ein salonähnliches Wohnzimmer. »Setzen Sie sich doch.«

Trojan ließ sich auf einem zierlichen roten Sofa nieder. Wiesner zog sich einen Stuhl heran und nahm ebenfalls Platz.

»Haben Sie Neuigkeiten?«

»Die Untersuchungen laufen.«

»Ich hab kein Auge zugedrückt. Meine Lebensgefährtin nahm ein Schlafmittel, sie ist nebenan. Ich … mein Gott …«, er verschränkte die Arme vor der Brust, »… ich kann das nicht glauben … meine Tochter ist unter Umständen noch am Leben?«

»Ganz ruhig, Herr Wiesner. Noch haben wir keine Gewissheit.«

»Weswegen sind Sie dann hier?«

Trojan schaute sich um. Zahlreiche antiquarische Möbel, ein Zimmer, das fast so groß war wie seine bescheidene Dreiraumwohnung in Kreuzberg. Ein monochromes Gemälde an der Wand, in den Ausmaßen von schätzungsweise drei mal fünf Metern, viel zu protzig für seinen Geschmack.

Wiesner schien seinen Blick bemerkt zu haben. »Zehlendorf war nichts mehr für mich. Ich liebe die Innenstadt, darum habe ich Franziska nach unserer Trennung das Haus überlassen.« Er stieß die Luft aus. »Es ist so entsetzlich, was mit ihr passiert ist. Und nun wird auch noch das Grab unseres Kindes geöffnet.«

»Verstehe, dass Sie das belastet.« Er zog ein Foto aus der Tasche hervor. Es war eine Ausschnittsvergrößerung aus dem Film. Sie hatten Simona herausgeschnitten, so dass nur die andere rothaarige Frau darauf zu erkennen war.

»Kennen Sie diese Person?«

Wiesner nahm das Foto und betrachtete es.

»Man sieht ihr Gesicht nicht.«

»Haben Sie dennoch eine Ahnung, wer es sein könnte?«

»Nein.«

»Erkennen Sie die Umgebung wieder?«

»Woher haben Sie das?«

»Bitte antworten Sie nur auf meine Frage.«

»Das Sofa, ja. Und den Hintergrund. Das ist Simonas Wohnzimmer. Ihre damalige Wohnung in Neukölln.«

Trojan musterte ihn. »Besaß Ihre Tochter jemals einen Schmuckanhänger in der Form eines dreiköpfigen Hundes?«

Gregor Wiesner starrte ihn an. »Nein.«

»Sie wurde also auch nicht mit so einem Schmuckstück bestattet?«

»Das kann ich nicht sagen. Ich habe ihren Leichnam nicht gesehen.«

»Sie haben nicht von ihr Abschied genommen?«

Er schüttelte den Kopf. »Nicht auf diese Art.«

»Hatte Simona mal einen Hund?«

»Nein. Worauf wollen Sie eigentlich hinaus?«

Trojan schwieg. Er nahm ihm das Foto ab. Sollte Simona tatsächlich einen Menschen umgebracht haben? Oder war das Geständnis in dem Film nur erzwungen worden? Sie hatten lange im Kommissariat darüber debattiert. Die Stimme aus dem Off jedenfalls war verfälscht, ein Phonetiker der Kriminaltechnik versuchte derweil, sie zu entzerren. Doch das war ein aufwändiges Verfahren, und es galt nicht einmal als sicher, ob es von Erfolg gekrönt wäre.

Trojan hielt es für ratsam, Wiesner noch nichts von diesem Film zu verraten.

Stattdessen fragte er: »Hatten Sie ein gutes Verhältnis zu Ihrer Tochter?«

»Ja.«

»Hat sie unter der Trennung ihrer Eltern gelitten?«

»Sie war bereits sechsundzwanzig, als ich mich von Franziska scheiden ließ.«

»Hmm.«

»Ich hab den Kontakt zu Simona immer aufrechterhalten. Sie war öfter hier. Manchmal sind wir zusammen essen gegangen.«

»Und wie hat sie sich mit Ihrer jetzigen Lebensgefährtin verstanden?«

»Sie hatten nicht sonderlich viel miteinander zu tun.«

»Was für ein Mensch war Simona? Wie würden Sie sie beschreiben?«

»Ich verstehe nicht ganz, was …«

»Herr Wiesner«, unterbrach er ihn, »es leuchtet mir ja ein, dass diese Exhumierung eine emotionale Ausnahmesituation für Sie darstellt, aber ich ermittle in zwei Mordfällen, und einer davon betrifft Ihre Exfrau. Also zeigen Sie sich bitte kooperativ und antworten Sie auf meine Fragen.«

»Natürlich. Verzeihen Sie.« Er rieb sich die Augen. »Sie war sehr ehrgeizig. Sie wollte immer besser sein als alle anderen. Ihre Werbeagentur hat ihr sehr viel bedeutet. Sie wusste, wie schwer es sein würde, wegen der starken Konkurrenz. Aber sie war fest entschlossen zu gewinnen, die Herausforderung anzunehmen, sich einen Namen in dieser heiß umkämpften Branche zu verschaffen. Ich war bereit, ihr finanziell ein wenig zu helfen, aber das wollte sie partout nicht.«

»Sie sind Mitglied im Berliner Abgeordnetenhaus, wenn ich recht informiert bin?«

»Ja.«

»Aussichtsreiche Position?«

»In der Tat. Ich war schon öfter für einen Senatsposten im Gespräch.«

»Vielleicht klappt das ja eines Tages.«

»Möglicherweise.«

»Dann kann ich Ihnen nur Glück wünschen.«

Wiesner musterte ihn. Nach einer Pause verzog er das Gesicht. »Meine arme Simona. Sie war doch so zerbrechlich. Aber nach außen hin hat sie sich das niemals anmerken lassen.«

»Meinen Sie den angeborenen Herzfehler Ihrer Tochter?«
Er nickte.

»Was für eine Krankheit ist das genau?«

»Das ist sehr kompliziert. Es ging um die Herzklappen. Man konnte sie nicht operieren, nach Aussage der Ärzte war das Risiko für sie zu groß. Dadurch hatte sie wohl immerzu das Gefühl, dass ihr nicht viel Zeit bliebe. Sie wollte alles auf einmal. Die Gründung der Agentur. Die erste Kampagne. Den rauschenden Erfolg. Und dann sofort weiter, zum nächsten Projekt. Ich hab versucht, sie zu bremsen. ›Mach langsam, Simona‹, hab ich gesagt. ›Du übernimmst dich.‹ Aber sie wollte davon nichts hören, im Gegenteil. Sie nahm …«

Er brach ab. Trojan wartete gespannt.

»Sie hat …«

»Sagen Sie schon.«

»… einmal dieses Medikament genommen. Das hat sie mir gestanden.«

»Was für ein Medikament?«

»Es wird normalerweise bei ADHS eingesetzt. Dieses Aufmerksamkeitsdefizitsyndrom bei Kindern und Jugendlichen. Mittlerweile wird es wohl auch sehr häufig von Erwachsenen konsumiert.«

»Ritalin?«

»Ja. Ich nenne so etwas Gehirndoping, und das ist gefährlich. Sie kam mit weniger Schlaf aus, und angeblich hat es ihr bei der Arbeit in der Agentur geholfen. Ich hab sie eindringlich davor gewarnt. Und sie hat mir versprochen, es nie wieder zu nehmen. In Wahrheit hatte sie wohl große Angst davor zu scheitern.«

»Wer hat ihr das Medikament gegeben? Es ist doch verschreibungspflichtig. Jeder Arzt hätte sie bei ihrer Konstitution davor warnen müssen.«

»Keine Ahnung, wer das war.«

»Denken Sie nach.«

Er hob die Stimme. »Ich weiß es nicht!«

Trojan runzelte die Stirn. »Hatte Simona eigentlich einen festen Freund?«

»Darüber ist mir wenig bekannt.« Gregor Wiesner straffte die Schultern. »Würden Sie mir nun endlich verraten, wie Sie an dieses Foto gekommen sind? Eine halbnackte Frau auf dem Sofa meiner Tochter?«

Trojan wich der Frage aus. »Möglicherweise hat Simona ihren Tod nur vorgetäuscht.«

»Großer Gott. Und wo ist sie jetzt?«

»Das wissen wir leider nicht. Aber sollte sich unser Verdacht bestätigen, werden wir es herausfinden. Zunächst müssen wir das Ergebnis des DNA-Abgleichs abwarten.«

»Was fanden Sie in ihrem Grab?«

»Einen weiblichen Leichnam, der nun untersucht wird.«

Wiesner wurde bleich. Er erhob sich, ging zu einem Biedermeierschränkchen, öffnete es, nahm eine Flasche Whisky und ein Glas heraus und schenkte sich ein. »Möchten Sie auch etwas?«

»Es ist drei Uhr morgens, und ich bin im Dienst.«

»Schon klar.« Er trank das Glas in einem Zug leer und schüttelte sich. Danach setzte er sich wieder.

»Sie besitzen eine Haarlocke Ihrer Tochter, die Sie uns freundlicherweise überlassen haben.«

»Was heißt überlassen? Sie haben mich deswegen am Telefon ja regelrecht gelöchert.«

»Tut mir leid, aber ohne die DNA Ihrer Tochter ist ein Vergleich nicht möglich.«

»Leuchtet mir ein.«

»Warum haben Sie die Locke denn aufbewahrt?«

»Sie ist ein Relikt aus ihrer Kindheit. Simona war fünf oder sechs Jahre alt. Sie schenkte sie mir, nachdem ihre Mutter bei ihr eine neue Frisur ausprobiert hatte. Ich verwahrte sie in einem Briefumschlag und hab sie nach dem Umzug aus Zehlendorf mitgenommen. Eine kleine sentimentale Anwandlung, Herr Kommissar. Ist das so unbegreiflich?«

»Nein. Mich wundert nur, dass Sie, obwohl Sie offenbar einen guten Draht zu Ihrer Tochter hatten, nichts von einem Freund wissen, einem Liebhaber, einem Partner. Simona war eine attraktive Frau. Sie wird doch mit irgendjemandem zusammen gewesen sein.«

Wiesner stieß die Luft aus. »Meine Exfrau und ich haben nicht gerne darüber gesprochen.«

»Worüber?«

»Sie hatte einen festen Freund, ja. Aber er war nicht gut zu ihr. Und ich fürchte, dass er ihr das Medikament gegeben hat, und vermutlich noch etwas weitaus Schlimmeres. Ich kenne das Zeug nicht. Aber ich gehe davon aus, dass es illegal ist.«

»Wie ist der Name dieses Mannes?«

»Sie hat ihn mal erwähnt. Möglich, dass sie ihn geliebt hat. Offenbar hat sie ihn angehimmelt.«

»Ich brauche den Namen!«

»Ich weiß ihn nicht mehr. Er klang irgendwie sonderbar. Und der Kerl wurde uns nie vorgestellt.«

»Sagt Ihnen der Begriff Cloud Nine etwas?«

Eine kurze Irritation huschte über sein Gesicht.

»Oder Cannibal?«

Wiesner schlug die Faust in seine offene Hand. »Verschonen Sie mich damit.« Seine Augen verengten sich zu Schlitzen. »Cannibal? Verdammt, was wollen Sie eigentlich von mir? Sie beschmutzen das Andenken meiner Tochter.«

»Herr Wiesner, warum haben Sie nicht von ihr Abschied genommen?«

Er schluckte.

»Sie wollten den Leichnam Ihrer Tochter im Bestattungsinstitut nicht anschauen?«

»Ich konnte das nicht. Ich hab es nicht fertiggebracht.«

»Und Ihre Exfrau? Franziska Wiesner? Ein letzter Blick auf ihr verstorbenes Kind?«

»Auch sie war nicht dazu in der Lage.«

»Warum nicht?«

Sein Tonfall wurde schärfer. »Haben Sie selbst Kinder?«

»Ja, eine Tochter. Sie ist fast volljährig.«

»Und können Sie sich vorstellen, wie es ist, wenn …«

Trojan fiel ihm ins Wort. »Das kann ich sehr wohl.« Emilys Leben hing im letzten Sommer an einem seidenen Faden. Und wieder einmal holte ihn die Erinnerung an den Federmann ein.

»Franziska stand damals unter starken Beruhigungsmitteln. Simonas Tod war ein Schock für sie.«

»Wer hat ihr diese Beruhigungsmittel verschrieben?«

»Weiß ich nicht.«

»Sagt Ihnen der Name Dr. Traut etwas?«

»Nein.«

»Darf ich Ihnen vielleicht auf die Sprünge helfen? Der behandelnde Arzt von Simona? Der auch den Leichenschauschein ausgestellt hat?«

»Richtig. So hieß er, glaube ich.«

»Sie glauben?«

»Ich bin mir nicht ganz sicher.«

Trojan atmete tief durch. »Wo sind Simonas persönliche Sachen? Einrichtungsgegenstände aus ihrer Wohnung, ihr Computer und dergleichen?«

»Wir haben alles weggegeben. Ich besitze bloß noch eine Haarlocke von meinem Kind. Und die musste ich nun der Polizei anvertrauen.«

Trojan blickte ihn lange schweigend an, dann stand er auf, ließ sich zur Tür bringen und verabschiedete sich von ihm.

Er war bereits am Treppenabsatz, als Wiesner leise sagte: »Jeff.«

»Wie?«

»Simonas Freund. Sie nannte ihn Jeff.«

»Wo kann ich ihn finden?«

»Berlin-Buch. Psychiatrie. Geschlossene Abteilung. Soviel ich weiß, hat man ihn dort eingeliefert kurz vor ihrem Tod.«

DREISSIG

Trojan hielt in der Akazienstraße vor dem Mietshaus, in dem Jana wohnte. Er schaute zu ihren Schlafzimmerfenstern hinauf. Die Vorhänge waren zugezogen. Er sehnte sich nach ihrer Nähe, der Wärme ihrer Haut, stellte sich vor, eng an sie geschmiegt in ihrem Bett zu liegen. Und wenn er nun einfach bei ihr klingelte?

Er sah zur Uhr. Vier Uhr morgens. Seine Augen brannten vor Müdigkeit. Kurzentschlossen stieg er aus und drückte auf den Klingelknopf.

Er wartete ab. Nichts geschah.

Er versuchte es auf dem Handy, es war ihm egal, ob er sie wecken würde.

Wieder nur die Mailbox.

»Jana, hier ist Nils. Ich wundere mich über dein Schweigen. Lass uns reden. Ich liebe dich.«

Er drückte auf die rote Taste. Nun war es ihm herausgerutscht. Er war verwirrt, sein Herz pochte.

Er fuhr weiter. Versuchte die Informationen seiner nächtlichen Ermittlungen zu verarbeiten, doch immer wieder schweiften seine Gedanken ab, hin zu Jana, seiner Tochter, seiner Exfrau, und er fragte sich, was er verkehrt machte in seinem Leben, warum er fortwährend das Gefühl hatte, mit Höchstgeschwindigkeit auf einer Überholspur entlangzurasen, obwohl er doch eigentlich anhalten und zu Fuß weitergehen wollte, langsam, gemächlich, Schritt für Schritt.

Er passierte die Urania, das Hotel Berlin, erreichte die Klingelhöferstraße, die Hofjägerallee und durchquerte den Tiergarten. Am Großen Stern aber, wo er eigentlich in nördlicher Richtung über Moabit und Wedding weiterfahren müsste, um in Pankow die A114 zu erreichen, die nach Buch führte, nahm er kurzentschlossen die westliche Ausfahrt und fuhr die Straße des 17. Juni entlang. So gelangte er nach Charlottenburg, bog am Ernst-Reuter-Platz in die Bismarckstraße und von dort aus in die Fritschestraße. Er fand eine Parklücke direkt vorm Haus und scherte ein. Kaum hatte er den Motor abgestellt, den Fahrersitz nach hinten geschoben und die Weckfunktion seines Handys aktiviert, war er auch schon eingenickt.

Um sieben Uhr dreißig riss ihn der Signalton aus dem Schlaf. Er schlug die Augen auf und blinzelte ins Morgenlicht. Genau in diesem Moment wurde die Haustür geöffnet, und seine Tochter kam heraus.

Trojan ließ die Seitenscheibe herunter: »Emily!«

Ihr überraschter Blick. Ihr Lächeln. Und schon war sie bei ihm.

»Paps!«

»Komm, ich fahr dich zur Schule.« Sie stieg ein, setzte sich auf den Beifahrersitz und stellte ihren Rucksack in den Fußraum.

Sie warf die Tür zu, und er fuhr los.

»Was machst du denn hier?«

»Bin im Einsatz, aber es war nur ein kleiner Umweg, und ich wollte dich unbedingt sehen.«

»Du hast mir gestern Nacht gesimst, danke.«

»Du fehlst mir, Emily.«

»Du mir auch, Pa. Aber wenn du doch so viel arbeiten musst ...«

Sie trug noch immer die Haare kurz, im Jean-Seberg-Stil.

Ein flüchtiger Seitenblick sollte ihm verraten, ob wegen der Ereignisse im letzten Sommer noch immer Anzeichen einer Traumatisierung in ihrem Gesicht abzulesen waren. Die Augen umschattet? Blässe auf ihrer Haut? Aber nein, sie wirkte so frisch und fröhlich auf ihn, dass er es kaum glauben wollte.

»Hast du gut geschlafen, Em?«

»Komisch, das fragt mich Mama neuerdings auch jeden Morgen.«

»Wir sind halt nur ein bisschen besorgt um dich.«

»Es ist alles gut.« Nun bedachte sie ihn ihrerseits mit einem prüfenden Blick. »Aber *du* siehst müde aus.«

Er seufzte bloß.

»Um welchen Schwerverbrecher geht es denn diesmal?«

»Noch tappen wir im Dunkeln.«

»Ich hab da was im Internet gelesen. Geht es um diese Morde, die …«

»Hör auf damit, bitte.«

Sie stieß ein kurzes Lachen aus, das er nicht recht zu deuten wusste. »Hab ich doch geahnt, dass mein Daddy damit beschäftigt ist. Wenn es um die besonders abgründigen Fälle geht, bist du doch immer zur Stelle.«

Sie schwiegen einen Moment. Er näherte sich mit dem Dienstwagen dem Theodor-Heuss-Platz.

»Wie geht es eigentlich Jana?«, fragte sie.

»Keine Ahnung.«

Sie hob die Augenbrauen. »Ist es noch immer diese Auszeit?«

Er nickte.

»Paps, das ist nicht in Ordnung von ihr, dich so lange hinzuhalten.«

»Irgendwas stimmt da nicht. Vielleicht hat sie mittlerweile

ein neues Handy. Aber die mir bekannte Nummer ist weiterhin freigeschaltet. Ich hab ihr schon zweimal auf die Mailbox gesprochen.«

»Und?«

»Keine Antwort.«

»Du musst zu ihr fahren. Mit ihr reden.«

»Klar.«

Er wollte ihr nicht anvertrauen, dass er um vier Uhr morgens vor ihrer Tür gestanden hatte.

»Und wie läuft es in der Schule?«

»Kein Kommentar.«

Er schmunzelte. »Du hast es bald geschafft, Emily. Nach dem Abitur beginnt die Freiheit.«

Sie verzog keine Miene.

»Ist doch so, oder bist du anderer Meinung?«

»Mal sehen«, murmelte sie.

Er hielt vor dem Schulhof in Westend.

Sie drückte ihm einen Kuss auf die Wange. »Schnapp dir den Mörder, und dann ruf mich an. Wie wär's, wenn wir mal wieder zusammen kochen?«

Nils lächelte. »Nudeln mit Ketchup?«

Sie lachte. »Oder was Besseres.«

»Schöne Idee.«

Er sah ihr lange nach, bis sie schließlich im Schulgebäude verschwunden war. Meine Tochter, dachte er gerührt.

Vierter Stock, schwere Türen, Schließanlagen. Dr. Rosenbaum, Facharzt der Psychiatrie im Klinikum Buch, begleitete ihn durch die geschlossene Abteilung. Er war vollbärtig, leicht beleibt. Kleine kluge Augen, ein aufmerksamer Blick. Trojan mochte ihn auf Anhieb. Er strahlte Ruhe und Empathie aus.

»Joseph Kanter, genannt Jeff, neunundzwanzig Jahre alt. Schwere Psychose, Halluzinationen, Paranoia, extrem suizidgefährdet. Er wurde im Oktober letzten Jahres eingeliefert. Man hat ihn hierher überstellt, nachdem ihn Rettungsleute in die Notaufnahme der Charité gebracht hatten.«

»Was ist vorgefallen?«, fragte Trojan.

»Er stand unter dem Einfluss eines verheerenden Rauschgifts. Ihre Kollegen vom Drogendezernat haben in der Sache ermittelt, auch hier vor Ort. Aber aus dem Jungen war wenig herauszukriegen. Kanter war nicht mehr in der Lage, irgendeine verständliche Aussage zu machen. Überreste einer relativ neuartigen Designerdroge wurden in seinem Blut gefunden. Die Substanz hatte eine überaus zerstörerische Auswirkung auf sein Gehirn und Nervensystem. Sie hat die schwere Psychose bei ihm ausgelöst, von der er sich seither nicht mehr erholen konnte.«

»Was war das für Zeug?«

»Nach meinem Erkenntnisstand Methylendioxypyrovaleron. Kurz: MDPV.«

»Cloud Nine also.«

»Oder auch Cannibal, so nennen sie es in der Szene. Es scheint in seinem Fall ziemlich hoch dosiert gewesen zu sein. Aber ich muss Sie vorwarnen, Herr Trojan, Kanter wird Ihnen wenig dazu erzählen können. Unsere Hauptaufgabe auf der Station ist es, ihn ruhigzustellen, denn er ist eine Gefahr für sich selbst und andere.«

»Was ist mit seinen Angehörigen?«

»Schwierig. Eltern und Geschwister haben den Kontakt zu ihm abgebrochen. Soviel ich weiß, handelt es sich um eine reiche Unternehmerfamilie aus Koblenz. Joseph galt wohl als das schwarze Schaf in der Familie. Angeblich hat er seine Eltern bestohlen. Es war erschütternd. Als ich sie über den Zustand ihres Sohnes informierte, reagierten sie überaus gleichgültig. Sie sind nicht ein einziges Mal hierhergefahren, um nach ihm zu schauen.«

»Und wer besucht ihn ansonsten?«

»Gelegentlich ein Freund, mit dem er sich zusammen die Wohnung geteilt hat. Kurz nach Kanters Einlieferung kam der junge Mann regelmäßig hierher. Er war es auch, der den Notarzt alarmiert hat, als Kanter durchgedreht ist. Ich habe selbst ein paar Mal mit ihm gesprochen. Er war nervlich ziemlich angespannt, verständlich nach all dem, was er durchgestanden hat. Er musste hautnah miterleben, wie Kanter auf die Droge reagierte. Nach seiner Aussage wusste er nichts davon, dass Kanter sie kurz zuvor konsumiert hat. Jedenfalls bekam Kanter entsetzliche Wahnvorstellungen und wurde von unvorstellbaren Angstzuständen ergriffen. Er wollte sich vor den Augen seines Mitbewohners aus dem Fenster stürzen, woran ihn dieser gerade noch hindern konnte. Daraufhin hat er den Notarzt angerufen.«

Sie blieben vor einer Tür stehen.

»Wie ist der Name dieses jungen Mannes?«

»Er heißt Veit Malstrom«, sagte der Psychiater, »ich hab vorhin in meinen Notizen nachgeschaut. Leider war er schon länger nicht mehr hier. Ich habe gehofft, dass er einen positiven Einfluss auf den Patienten ausüben könnte.«

»Hat Kanter jemals seine Freundin erwähnt? Eine Simona Wiesner?«

»Der Name ist mir bekannt. Aber merkwürdigerweise hat Kanter nie über sie gesprochen. Ich weiß lediglich über Veit Malstrom von ihr. Das Tragische ist ja, dass sie gleich nach Kanters Einlieferung verstorben ist. Malstrom selbst war es, der Kanter diese traurige Nachricht überbringen musste.«

»Wie hat er darauf reagiert?«

»Kanter sagte nur immerzu: ›Das ist nicht wahr.‹ Aber ich fürchte, das hat mit den Auswirkungen seiner Psychose zu tun.«

Trojan stieß die Luft aus. In seinen Fingern kribbelte es. Er war der Lösung des Falls ganz nah, das spürte er. »Wir haben den dringenden Verdacht, dass Simona Wiesner noch am Leben ist.«

Dr. Rosenbaum starrte ihn an. »Wie ist das möglich?«

»Die Ermittlungen laufen auf Hochtouren, leider kann ich Ihnen nicht mehr darüber verraten. Was mich allerdings interessieren würde: Wusste Kanters Mitbewohner wirklich nichts von dieser Droge?«

»Offenbar nicht.«

»Sind Sie sich ganz sicher? Dieser Punkt könnte von immenser Wichtigkeit sein.«

Der Arzt legte die Stirn in Falten. »Interessant, dass Sie mich das fragen. Dieses Problem hat mich nämlich selbst beschäftigt. Es ist so: Malstrom erzählte mir, dass Simona Wiesner ihren Freund Joseph Kanter an dem verhängnisvollen Abend zu ihm in die Wohnung gebracht hat, da war der Patient wohl schon in schrecklicher Verfassung. Angeblich sagte sie zu Malstrom, sie habe noch etwas Dringendes zu erledigen und wolle Kanter später bei ihm abholen. Doch kurz darauf war sie tot. Sie starb nach meinen Informationen an einem Herzversagen aufgrund eines angeborenen Herzklappenfehlers. Aber das weiß ich alles nur von Malstrom.«

Trojan dachte nach. Schließlich fragte er: »Von wem hat Kanter die Droge bekommen, wissen Sie das?«

»Keine Ahnung. Wie gesagt, der Patient ist kaum ansprechbar. Ich bin mir allerdings nicht einmal sicher, ob er jemals zuvor Drogen konsumiert hat.«

»Und Simona Wiesner?«

»Ich hab sie ja nie kennengelernt. Sie müssten Malstrom zu ihr befragen.«

»Wann war er das letzte Mal hier?«

»Vor etwa drei Monaten. Ich erinnere mich noch ziemlich genau an unser Gespräch. Ich sagte ihm, dass ich Jeff Kanter wohl nicht mehr zurückholen kann. Es besteht wenig Aussicht, ihn jemals aus den Fängen seiner Psychose zu befreien.« Er atmete durch. »Ich musste ihm das mitteilen. Ich hielt es für meine ärztliche Pflicht.«

»Wie hat er darauf reagiert?«

»Geschockt. Ich denke, die beiden waren recht gut befreundet. Und nach dem, was Malstrom mir über Kanter erzählt hat, scheint dieser ein äußerst lebensfroher und charmanter Mensch gewesen zu sein.« Abermals holte er tief Luft. »Nun schauen Sie selbst, was aus ihm geworden ist.«

Der junge Mann hockte auf der Bettkante, sein Blick war in die Ferne gerichtet. Gitter vorm Fenster, draußen die Trübe eines Oktobermorgens.

»Jeff, Sie haben Besuch«, sagte Dr. Rosenbaum.

Trojan trat näher. Er nannte ihm seinen Namen.

Kanter wandte langsam den Kopf zu ihm um, und Trojan erschrak. Er war leichenblass, seine Augen waren wie erloschen.

»Kann ich Ihnen ein paar Fragen stellen?«

Seine Stimme war schleppend. »Wer hat dich geschickt?«

»Niemand.«

»Du bist ein Bulle.«

»Es hat nichts mit den Drogen zu tun, glauben Sie mir. Es handelt sich gewissermaßen um Ihr Privatleben.«

»Ich rede nicht mit Bullen.«

»Es geht um Simona.«

Eine kurze Regung, kaum wahrnehmbar. Dann glitt er wieder in seinen sedierten Zustand zurück und ließ die Schultern hängen.

»Es gibt einige Hinweise, dass Ihre Freundin eventuell noch am Leben ist. Wir müssen sie finden. Würden Sie mir dabei behilflich sein?«

Keine Antwort. Er wiegte leicht den Oberkörper hin und her. Schließlich murmelte er: »Simona. Meine Perle, mein Licht.«

»Haben Sie eine Ahnung, wo sie sich versteckt halten könnte? Hat sie irgendetwas über Fluchtpläne zu Ihnen gesagt?«

Er schaukelte unablässig hin und her.

»Das ist eine Nebenwirkung seiner Medikamente«, sagte Dr. Rosenbaum. »Achten Sie am besten gar nicht darauf.«

»Simona. Meine Perle, mein Licht«, wiederholte Kanter monoton.

Als Trojan einen weiteren Schritt auf ihn zutrat, lief eine Zuckung durch den Körper des jungen Mannes. »Jeff steht für Joseph.« Er sprach seinen Vornamen amerikanisch aus. »Ich habe glorreiche Vorfahren. Jeff steht für Joseph. Glorreich.«

»Herr Kanter, ich möchte Ihnen ein Foto zeigen. Bitte schauen Sie es sich genau an. Kennen Sie diese Frau?«

Er reichte ihm die Ausschnittsvergrößerung aus dem Film, die die halbnackte Frau auf dem Sofa zeigte.

Und da geschah es. Kaum war Kanters Blick auf die Abbildung gefallen, schleuderte er sie von sich und stieß so gellende Schreie aus, als fürchte er um sein Leben. Er fuchtelte mit den Armen herum. »Hau ab, du Scheißkerl, verschwinde. Sie werden dir die Eier abschneiden, ins Maul stopfen, du Scheißkerl, verschwinde.«

»Sie dürfen ihn nicht zu sehr aufregen«, sagte Dr. Rosenbaum.

Doch Kanter schrie immer lauter, er zerrte an seinen Haaren. Plötzlich stürzte er auf Dr. Rosenbaum zu. »Helfen Sie mir! Bitte! Die sind hinter mir her! Die wollen mich killen!«

Er warf sich brüllend auf den Boden.

Der Psychiater drückte auf einen Notfallknopf. Kurz darauf eilten zwei Krankenpfleger ins Zimmer.

Kanter hatte sich unterm Bett verkrochen. Einer der Pfleger nahm ihn in den Klammergriff. Die Schreie des jungen Mannes waren entsetzlich.

»Ganz ruhig, Jeff.« Ihm wurde eine Spritze in die Armbeuge gedrückt.

Trojan nahm das Foto vom Boden auf. »Wer ist diese Frau? Sagen Sie es mir.«

Jeff hatte Schaum vorm Mund. »Der Hund.«

»Was für ein Hund?«

»Er hat drei Köpfe.«

»Wem gehört er?«

»Diese Höllenscheiße, das muss ein Ende haben.«

»Lassen Sie ihn in Ruhe, bitte«, zischte Dr. Rosenbaum.

»Zu wem gehört der Hund? Sagen Sie es mir, Jeff.«

»Drei Köpfe.«

Der Arzt hob die Stimme. »Herr Trojan, ich muss Sie dringend bitten, damit aufzuhören.«

Jeff keuchte. »Such den Hund, Scheißkerl. Du musst den Hund finden.«

Seine Augenlider flackerten. Danach zeigte das Serum seine Wirkung, und er sank kraftlos aufs Bett zurück.

EINUNDDREISSIG

Auf der Rückfahrt von Berlin-Buch in die Innenstadt schaltete Trojan das Blaulicht ein.

Unterwegs telefonierte er mit Stefanie Dachs und berichtete ihr in aller Kürze von seinem Gespräch mit Dr. Rosenbaum. Er fragte sie nach Jeff Kanters letztem Eintrag im Melderegister und nach der Adresse von Veit Malstrom. Sie rief gleich danach zurück und nannte ihm die Neuköllner Wohnung, in der Kanter und Malstrom noch immer gemeldet waren.

»Gut, Steff, ich fahr da gleich mal hin«, sagte er.

»In Ordnung. Ich versuche hier übrigens gerade, die Angehörigen des mittlerweile verstorbenen Dr. Traut zu ermitteln. Du weißt schon, der Arzt, der damals den Leichenschauschein für Simona Wiesner ausgestellt hat.«

»Hmm. Und wie sieht es aus?«

»Ich bin dabei, die Adresse seines Sohnes herauszubekommen. Leider ist der Eintrag im Melderegister nicht auf dem neuesten Stand. Offenbar hat er sich nach seinem letzten Umzug nicht umgemeldet.«

»Hat Traut keine Ehefrau hinterlassen?«

»Sie ist ebenfalls schon verstorben.«

»Verdammt.«

Trojan erzählte ihr kurz von seinem Gespräch mit Gregor Wiesner, und wie verwunderlich er es fand, dass sich Simonas Vater offenbar nicht recht an den Namen ihres behandelnden Arztes erinnern konnte, obwohl dieser doch den Leichen-schauschein ausgestellt hatte.

»Das ist in der Tat merkwürdig«, sagte sie. »Ich bleibe dran, verlass dich drauf.« Sie holte tief Luft. »Das Wichtigste kommt aber noch, Nils.«

»Was?«

»Semmler hat angerufen.«

»Und?«

»Es ist so, wie wir vermutet haben. Der DNA-Abgleich mit der Haarlocke ergab, dass es sich bei dem weiblichen Leichnam in der Grabstätte nicht um Simona Wiesner han-delt.«

Trojan umklammerte das Lenkrad, beschleunigte und steu-erte den BMW im Zickzackkurs durch den dichten Morgen-verkehr. Die Sirene auf dem Dach heulte.

»Okay, Steff, lass uns das Ganze mal gründlich durchden-ken. Es ist also durchaus anzunehmen, dass die unbekannte rothaarige Frau auf dem Sofa unter dem Namen von Simona Wiesner beerdigt wurde. Demnach hat der Arzt den Leichen-schauschein irrtümlich oder wissentlich auf eine falsche Per-son ausgestellt.«

»Der Verdacht liegt zumindest nahe.«

»Hmm. Wenn der Arzt auf dem Schein Simona Wiesners Namen einträgt und dazu eine natürliche Todesursache angibt, in dem Fall Herzversagen, was bei Simonas Krankengeschich-te nichts Ungewöhnliches ist, gibt es keine polizeiliche Unter-suchung. Nicht einmal der Bestatter stellt Fragen.«

»Genau«, murmelte Stefanie am Telefon. »Vorausgesetzt, der Leichnam weist keine allzu offensichtlichen Anzeichen von Fremdeinwirkung auf.«

»Ein nahezu perfekter Mord. Die Täterin entledigt sich der Leiche, indem sie sie unter ihrem Namen bestatten lässt, und kann dadurch gleichzeitig für immer von der Bildfläche verschwinden, da sie ja offiziell als verstorben gilt.«

»Der Arzt war also Mithelfer, oder er hat irrtümlicherweise einen rothaarigen weiblichen Leichnam in Simona Wiesners Wohnung falsch identifiziert.«

Trojan wich hektisch auf die Gegenfahrbahn aus und überholte einige Fahrzeuge, bis er nach einem riskanten Manöver wieder rechts einscherte. »Ungeklärt ist aber auch die Frage, ob Simona Wiesner wirklich eine Mörderin ist.«

»Deinem Tonfall entnehme ich, dass du Zweifel hast.«

»Ein wenig schon. Wozu ihr Geständnis auf der Flash Card, die wir in ihrem Grab gefunden haben?«

»Ein Druckmittel, damit die wahre Geschichte niemals ans Licht kommt.«

»Richtig. Wenn sie einen Helfer gehabt hat, war der offenbar nicht ganz uneigennützig und traf Vorsorge, dass wir im Fall einer Exhumierung dieses Beweismittel finden. Sie selbst wird die Flash Card sicherlich nicht in dem Schmuckstück versteckt haben. Außerdem wirkt das Geständnis auf mich ziemlich erzwungen.«

»Gut, Nils. Wir müssen zum einen mehr über diesen Dr. Traut erfahren, der ja leider schon tot ist, und zum anderen die Identität der rothaarigen Frau auf dem Sofa klären. Dazu gehen wir gerade im Kommissariat sämtliche Vermisstenfälle durch, bisher allerdings ohne Ergebnis.«

»Es wird schwierig für uns, wenn die Frau überhaupt nicht als vermisst gemeldet wurde.«

»Das haben wir auch schon bedacht.«

»In Ordnung. Wir halten uns gegenseitig auf dem Laufenden.«

Sie beendeten das Gespräch.

Trojan hielt in der Roseggerstraße, nahe am Neuköllner Schifffahrtskanal.

Das Gebäude befand sich im zweiten Hinterhof. Er hatte Glück, auf sein Läuten hin wurde ihm sogleich geöffnet.

Trojan stieg ins oberste Stockwerk hinauf, klopfte an die Tür, und ein junger Mann, Kapuzenpulli, dunkler Kurzhaarschnitt, Dreitagebart, Hornbrille, öffnete ihm.

»Veit Malstrom?«

»Ja.«

»Trojan, Kriminalpolizei.« Er zeigte ihm seinen Dienstausweis. »Darf ich reinkommen?«

Malstrom wirkte überrascht. Mit einem Kopfnicken wies er ihn ins Innere der Wohnung. Er führte ihn in die Küche, wo es nach frisch gebrühtem Kaffee duftete.

Trojan kam gleich zur Sache. »Es geht um Ihren ehemaligen Mitbewohner Joseph Kanter.«

Malstrom setzte sich. »Armer Jeff. Diese Scheiß-Psychose.«

Auch Trojan nahm am Küchentisch Platz. »Sind Sie eng mit ihm befreundet?«

»Ja. Sein Zimmer hier wird sofort frei, sollte er jemals wieder rauskommen. Ich hab es nur aus Kostengründen untervermietet.«

»Was machen Sie beruflich, Herr Malstrom?«

»Ich studiere Philosophie und jobbe in einem Callcenter.« Er blickte auf. »Warum sind Sie hier? Ist irgendwas mit Jeff?«

»Sie haben ihn schon länger nicht mehr in der Klinik besucht.«

»Das hat damit zu tun, dass ...« Er nagte an seiner Unterlippe. »Es ist so schwierig mit ihm, ich kann ihn nicht mehr erreichen. Manchmal hab ich das Gefühl, er versteht meine Sprache nicht. Und ehrlich gesagt, deprimiert mich das ganze Umfeld draußen in Buch.«

»Verstehe.« Trojan musterte ihn. »Dr. Rosenbaum, der behandelnde Psychiater in der Klinik, sagte mir, dass Sie es waren, der wegen des fatalen Drogentrips von Joseph Kanter vor einem Jahr den Notarzt rufen musste. Ist das richtig?«

Malstrom hob abwehrend die Hand. »Hab ich mir doch gleich gedacht, dass es wieder um diese Drogengeschichte geht. Ich hab damit nichts zu tun.«

»Ich bin nicht vom Drogendezernat, in der Hinsicht kann ich Sie beruhigen. Allerdings ermittle ich in zwei Mordfällen.«

Veit Malstrom sah ihn irritiert an. »Mord?«

»Kannten Sie eine Simona Wiesner?«

»Natürlich kannte ich sie. Sie war doch die Freundin von Jeff.«

»Was ist vor einem Jahr passiert? Erzählen Sie es mir genau. Bitte helfen Sie mir. Möglicherweise hängt das Überleben zweier Frauen davon ab.«

»Was hat das mit mir …?«

»Bitte antworten Sie nur auf meine Fragen!«

Malstrom fingerte nach seinem Tabakbeutel, nahm ein Blättchen heraus. Seine Hände waren so unruhig, dass er es nicht fertigbrachte, eine Zigarette zu drehen. Er verschloss den Beutel wieder. »Es war im Oktober letzten Jahres. Genauer gesagt, am zwanzigsten. Ich weiß das Datum noch genau, weil es Jeff so schlecht ging.«

Simonas angeblicher Todestag, dachte Trojan. Er wartete gespannt ab.

»Es war am frühen Abend, als die beiden hier auftauchten, Simona und er. Jeff war leichenblass, und er hatte Schaum vorm Mund. Es war gespenstisch. Simona führte ihn am Arm. Sie hat ihn mir regelrecht aufgedrängt. Sie hat zu mir gesagt, ›Veit, du musst auf ihn achtgeben. Pass bitte gut auf ihn auf, ich hole ihn am späteren Abend wieder ab.‹ Ich hab gefragt, was los sei. Aber sie gab mir keine Antwort, und Jeff hat nur immerzu Unverständliches vor sich hin gebrabbelt. Er hat am ganzen Körper gezittert. Simona wirkte auch reichlich mitgenommen, sie war völlig neben der Spur. Ich hab sie noch mal gefragt, was passiert sei. Aber sie war so ängstlich, und es war wenig aus ihr herauszukriegen. Sie hat mir lediglich gesagt, dass Jeff irgendwas geschluckt, einen Trip geworfen hat, der ihm nicht bekommen ist, aber das dürfe niemand erfahren. Und das musste ich ihr hoch und heilig versprechen.«

»Machte auch sie den Eindruck, als stünde sie unter Drogen?«

Malstrom verzog das Gesicht. »Ich will deswegen niemanden verurteilen.«

»Sagen Sie schon.«

»Ja, sie wirkte schon irgendwie ... zugedröhnt. Und dabei voller Angst. Aber hören Sie, das war sonst nicht ihre Art. Immer wenn ich sie sah, wirkte sie völlig normal auf mich. Nur in dieser Nacht nicht.«

»Konsumierte Jeff schon früher Drogen?«

»Nein. Er trank Alkohol, aber nicht sonderlich viel. Er konnte auch so fröhlich sein. Wirklich. Keine Trips, ganz selten mal ein Joint. Ich kenne ihn ziemlich gut.«

»Und Sie selbst?«

»Ganz im Ernst, ich hab nichts mit Drogen zu tun!«

»Wie haben Sie Jeff kennengelernt?«

»Das war auf der Uni. Er hat auch Philosophie studiert und mit mir im Callcenter gearbeitet. Ich hab ihm den Job vermittelt.«

»Und Simona Wiesner war Ihrer Meinung nach tatsächlich nicht drogenabhängig?«

»Keinesfalls. Sie war schwer in Ordnung.« Ihm versagte kurzzeitig die Stimme. »Ich mochte sie sehr. Sie passte auch gut zu Jeff. Die beiden waren ein tolles Paar. Verdammt, es ist so furchtbar, was passiert ist.«

»Erzählen Sie weiter.«

»Na ja, Simona ging dann an dem betreffenden Abend gleich wieder und ließ Jeff hier. Ich meine, es war sein Zuhause, aber ich konnte ihn einfach nicht allein lassen. Er wirkte total panisch auf mich. Und seine Augen. Aufgerissen. Starr. Fortwährend hat er etwas von einem dreiköpfigen Hund gefaselt. Okay, das war ein Horrortrip, aber dass Simona ... Am nächsten Tag erfuhr ich von ihrem Tod. Ich hab das niemals auf die Reihe bekommen. Sie wollte ihn doch hier abholen. Ich hab Jeff gefragt, was sie eigentlich vorhatten. Das Gespräch mit ihm war nicht ganz einfach, weil er so abgedreht war. Aber immerhin bekam ich aus ihm heraus, dass sie zusammen ins Ausland wollten, um noch mal neu anzufangen. Ich konnte mir das nur so zusammenreimen, dass die beiden in unheimlichen Schwierigkeiten steckten. Da muss irgendwas Entsetzliches vorgefallen sein.«

»Er hatte also schreckliche Angst.«

»Ja. Und er hat verzweifelt auf Simona gewartet. Aber sie kam nicht. Die halbe Nacht saß ich bei ihm und versuchte, ihn zu beruhigen. Ich hab es mehrmals auf ihrem Handy versucht, aber es hob niemand ab. Dabei wurde Jeff immer panischer. Er hat nach ihr gerufen. Geschrien. Schweißausbrüche. Zittern. Und dieser Schaum vorm Mund. Ich denke, er war schon längst in diesem psychotischen Zustand, aus dem er nie wieder herausgefunden hat.«

»Und deshalb haben Sie ihn schließlich in die Klinik bringen lassen?«

Malstrom nickte. »Es war die schlimmste Nacht meines Lebens. Hier.« Er stand auf und wies auf das Fensterbrett. »Hier stand er. Er wollte springen. Von seinen inneren Dämonen getrieben. Ich konnte ihn gerade noch festhalten, und danach hab ich mich dazu entschieden«, er schluckte, »den Drogennotdienst anzurufen. Dort riet man mir, 112 zu wählen, und das war es dann für ihn. Ich hab keine Ahnung, ob er jemals wieder hierher zurückkehren wird. Jeff ist weit weg. In seiner eigenen Hölle. Unerreichbar.«

»Herr Malstrom, in seinem Blut wurden Überreste einer relativ neuartigen Designerdroge gefunden. Der Name dieser Droge ist …«

Er fiel ihm ins Wort. »Cloud Nine, ich weiß. Das hat mir Dr. Rosenbaum auch erzählt. Ich kenne diese Droge nicht. Ich weiß nur, was im Internet darüber geschrieben wird, und das sind Horrorstorys.«

»Haben Sie irgendeine Vorstellung, wer Kanter dieses Zeug gegeben hat?«

Er schwieg.

»Simona Wiesner vielleicht?«

»Das kann ich mir nicht vorstellen, ehrlich.« Er setzte sich. Erneut nahm er den Tabakbeutel an sich und schob ihn nach einer Weile weg. »Jeff wurde in die geschlossene Abteilung überwiesen, und ich musste ihm mitteilen, dass Simona tot ist. Nur wenige Stunden, nachdem sie mit ihm hier war, ist sie gestorben.«

»Wie haben Sie von ihrem Tod erfahren?«

»Ich hab es bestimmt zwanzigmal unter ihrer Handynummer versucht. Aber es hob niemand ab. Schließlich war es ihr Vater, der dranging. Er teilte mir mit, dass Simona ihrem angeborenen Herzleiden erlegen war.«

»Wussten Sie von ihrer Krankheit?«

»Ja. Jeff hat es mir mal anvertraut. Ich bin also nach Buch rausgefahren, um es ihm zu sagen. Er lag da, Hände und Fußgelenke am Bett fixiert, bis obenhin vollgepumpt mit Beruhigungsmitteln. Und es war an mir, ihm diese traurige Nachricht zu überbringen.«

»Wie hat er darauf reagiert?«

»Anfangs gar nicht. Seine Augen waren wie tot. Drei Tage später hat er mich wohl halbwegs verstanden. Und er sagte nur immerzu: ›Es ist nicht wahr, es ist nicht wahr.‹ Absolute Leugnung, seine Art, damit umzugehen, schätze ich.«

»Oder könnte es sein, dass ...« Trojan brach ab und überlegte. Schließlich sagte er: »Wir müssen davon ausgehen, dass Simona Wiesner ihren Tod lediglich vorgetäuscht hat.«

»Was?!«

»Denken Sie genau nach. Aus welchem Grund könnte sie Jeff hier bei Ihnen abgeliefert haben? Sie hatte noch etwas zu erledigen, danach wollte sie mit ihm ins Ausland.«

»Ich verstehe nicht, worauf Sie hinauswollen. Was denn erledigen?«

Eine Leiche verschwinden lassen, dachte Trojan bitter. Den Leichnam einer rothaarigen Frau in ihrer Wohnung. Dann nahm er das Foto aus der Jackentasche. »Kennen Sie diese Person?«

Malstrom betrachtete die Detailaufnahme aus dem Film. »Nein. Man sieht ja kein Gesicht.«

»Haben Sie wirklich keine Vorstellung?«

Er schüttelte den Kopf. »Aber das Bild ist bei Simona aufgenommen worden. Ich erkenne das Sofa wieder. Ja, das ist ihr Wohnzimmer.«

»Wie gut kannten Sie Simona eigentlich?«

»Eher flüchtig. Ich war vielleicht insgesamt drei- oder viermal bei ihr, wenn mich Jeff zu ihr mitgenommen hat und wir zusammen ausgehen wollten.«

»Wie würden Sie sie beschreiben?«

»Quirlig. Lebenslustig. Charmant.«

»Kann ich mich mal in Jeffs Zimmer umsehen?«

Malstrom nickte. »Wie ich schon sagte, ist es untervermietet. Aber seine Möbel, sein Kram, das Bett, all das ist noch da.«

Er führte ihn in das Zimmer. Es war klein und düster wie auch der Rest der Wohnung.

»Wo ist sein Computer?«

»Ich hab seine persönlichen Sachen in meinem Zimmer verstaut. Kommen Sie.« Er führte ihn ins Nebenzimmer und zog einige Kartons unter dem Bett hervor. Er nahm einen Laptop heraus.

»Tut mir leid, aber den muss ich beschlagnahmen«, sagte Trojan. »Sein Passwort wissen Sie nicht zufällig?«

»Natürlich nicht.«

Trojan legte den Laptop beiseite und begutachtete den übrigen Inhalt der Kartons. »Was hatte Jeff bei sich in der Nacht, als er die Drogenpsychose bekam?«

»Ich weiß es nicht mehr.«

»Eine Tasche? Einen Rucksack? Wie war er gekleidet?«

»Ich glaube, er hatte seine Lederjacke an. Verdammt, wie soll ich mich daran noch erinnern können?«

»Es ist überaus wichtig. Bitte helfen Sie mir. Hatte Simona irgendetwas bei sich?«

»Nein, nicht dass ich wüsste.«

Trojan durchwühlte die Sachen. Er nahm eine gefüllte Plastiktüte heraus. »Was ist das hier?«

»Jeffs Post aus den vergangenen zwölf Monaten, sie ist noch ungeöffnet. Anfangs hab ich sie ihm in die Klinik mitgebracht. Aber er wollte sie partout nicht lesen. Alles, was man ihm ins Zimmer bringt, macht ihm irgendwie Angst. Ich hab Dr. Rosenbaum gefragt, was ich damit anstellen soll, und er hat gesagt: ›Bewahren Sie die Korrespondenz für ihn auf.‹«

Trojan nahm die Kuverts heraus und überflog sie. Plötzlich

spürte er, wie sich sein Herzschlag beschleunigte. Er hielt einen großen braunen Umschlag in der Hand. Die Adresse war in zittrigen Buchstaben geschrieben, wie eilig aufs Papier geworfen, eine offenbar weibliche Handschrift. Als Absender war bloß ein Kürzel oben links notiert:

S.

Was ihn aber so sehr in Aufregung versetzte, war der Poststempel: 20. Oktober 2014.

Simonas angeblicher Todestag.

»Auch das hier ist beschlagnahmt«, murmelte er.

Dann riss er den Umschlag auf.

ZWEIUNDDREISSIG

Es befanden sich ein Schreibheft und ein loses Blatt Papier in dem Umschlag. In zittriger Handschrift war auf dem Blatt notiert:

Jeff, Liebster,
ich schreibe dir diese Zeilen, weil ich dich liebe. Falls irgendetwas Unvorhergesehenes passiert, falls es mir nicht mehr möglich ist, dich abzuholen, sollst du das hier lesen.

Ich habe ein wenig Angst vor O. Aber er hat gesagt, er kann das für uns regeln. Er kennt einen Arzt, der einen falschen Totenschein ausstellt.

Wir können von hier verschwinden. Wir fangen noch mal neu an.

O. hat gesagt, er kann uns auch gefälschte Papiere besorgen.

Ich traue ihm nicht ganz. Deswegen dieser Brief. Bitte sei nicht eifersüchtig auf O.

Bitte. Ich weiß, Tagebücher sind für niemanden anderen bestimmt als für einen selbst. Doch ich will dir meines anvertrauen.

Lies es und entscheide selbst, was du nun von mir hältst. Ich suche doch selbst nur nach Erklärungen, wie alles zu diesem schrecklichen Ende kommen konnte. Ich werde versuchen, meine Aufzeichnungen nachher in einen Briefkasten zu stecken.

O. hat gesagt, wir brauchen einen Zeugen für meinen Tod. Ich werde nun rausgehen und jemanden suchen, der mich offiziell sterben sieht. Das ist der Plan.

Und dann?

Weißt du, Jeff, wir fangen noch mal von vorn an. Simona Wies-
ner wird es dann nicht mehr geben, aber so sind wir in Sicherheit
vor Bettys Leuten, die uns das Leben zur Hölle machen würden.

Es ist gut so, glaub mir.

Und auch du wirst wieder lachen können.

Weißt du noch, früher? Das S-Bahn-Surfen? Unsere Ritte
auf dem S-Bahn-Dach? Wir waren voller Adrenalin. Wir hat-
ten Spaß, wir beide.

Jeff, Liebster. Mach dir keine Vorwürfe, es war ein Horrortrip,
und alles, was du getan hast, war außerhalb deiner Kontrolle.

Alles wird wieder gut. Cloud Nine gehört bald der Vergan-
genheit an.

Sollten wir uns heute Nacht dennoch nicht mehr erreichen, sei
gewiss, dass ich dich niemals im Stich lassen werde.

In Liebe,
Deine Simona

Trojan schlug das Heft auf und überflog die Zeilen. Dann sagte er zu Malstrom: »Halten Sie sich für weitere Befragungen
bereit.« Er gab ihm seine Visitenkarte, nahm sich den Laptop
von Kanter, den Brief und Simonas Tagebuch und eilte aus der
Wohnung.

Als er wieder in seinem Dienstwagen saß, las er in dem
Schreibheft.

3. Oktober 2014

Ich schreibe schnell. Je schneller ich schreibe, desto eher kann ich
vielleicht die inneren Blockaden lösen. Mädchen, die ein Tagebuch
führen, habe ich eigentlich immer verachtet. Meistens haben sie
nicht viel zu sagen. Trallala über ihre Verehrer, Trallali über ihre
Träume, viel Lärm um nichts, ihre vergeblichen Wünsche und
Hoffnungen, Herzschmerz und Schmus.

Das hier aber soll ein Arbeitstagebuch werden, knapp, klar, kühl. Autorin: Ich, Simona Wiesner, dreißig Jahre alt, von Beruf Werberin.

Goldweiß *heißt die Kampagne, um die es sich aktuell dreht. Ein Berliner Handtaschen-Label. Alina macht ziemlich Druck. Auch sie sieht sehr gestresst aus in letzter Zeit. Vorhin hatten wir eine Sitzung. Wieder ohne Ergebnis. Der Abgabetermin rückt näher. Alina hat über Finanzen gesprochen. Ich hasse es, wenn sie das tut. Sie hat gesagt, wenn wir uns diesen Auftrag nicht schnappen, wird die Agentur untergehen. Dabei haben wir sie gerade erst gegründet. Ich hab versucht, sie zu beruhigen. Hab ein paar Witze gerissen. Typisch für mich. Aber Alina konnte darüber nicht lachen. Wir haben das Ganze auf morgen vertagt. Stundenlang sitze ich zu Hause vorm Rechner. Ich durchforste die Dateien, prüfe die Foto-Arbeiten, pixel hier ein bisschen rum, mache dort eine Notiz, aber meine Gedanken schweifen immerzu ab.*

Dann nehme ich mir das Schreibheft vor, zücke den Stift, und seitdem krakelt die Tinte über das Papier.

Mädchen, die Tagebuch schreiben.

Konzentrationsmangel. Schlaflosigkeit. Zu viel Kaffee, übersäuerter Magen.

Jeff ist so lieb. Er kommt vorbei und schaut nach mir. Er bringt Bagels mit und kocht mir einen Kräutertee. Meine Pumpe rast. Ich will nicht an mein Herz denken. Alles wird düster um mich herum, sobald ich mich damit beschäftige. Und schon meldet sich die innere Stimme: Dir bleibt nicht mehr viel Zeit, du bist anders als andere, viel schwächer als der Rest der Welt. Du musst dich schonen. Du taugst nichts, bringst es einfach nicht.

Woher kommt das nur? Warum bin ich bloß so deprimiert? Stimmungsschwankungen, eben noch himmelhoch jauchzend, danach zu Tode betrübt.

Schluss damit. Morgen weiter.

3. Oktober 2014. 3 Uhr nachts.

Ich komme nicht zur Ruhe. Jeff wollte bei mir übernachten, aber ich hab ihn weggeschickt. Er sah traurig aus. »Haben wir auch mal wieder Spaß, Simona?«, hat er mich gefragt. Ich musste ihn auf später vertrösten, nach dem Goldweiß-Projekt wird alles besser. Aber nach der Kampagne ist vor der Kampagne. Die Arbeit frisst mich auf. Ich brauche frische Luft. Ich muss hier raus.

4. Oktober 2014. Nachmittags.

Alina hat angerufen. Sie fragt, wo ich bleibe. Sie ist allein mit dem ganzen Kram im Büro, und ich bin zu Hause. Ich sage ihr, dass ich morgen wieder auf der Matte stehe, heute nicht, daheim kann ich mich besser konzentrieren, also basta. Sie wird zickig. Ich kenne das von ihr. Wir sind beste Freundinnen, ja, aber wenn sie so drauf ist wie heute, möchte ich sie am liebsten anschreien. Ich unterbreche sie mitten im Satz und lege einfach auf.

Und wieder ein Anruf. Ich schaue aufs Display. Es ist Jeff. Er meint es sicherlich gut mit mir. »Wollen wir uns treffen, ein bisschen rummachen?« Er lacht, versucht es auf die witzige Tour. »Okay, Jeff, lass mal gut sein. Ich hab hier zu arbeiten, das Leben ist kein Ponyhof. Werd erwachsen, ja?«

Ich starre die Entwürfe an. Die Leerstellen verursachen das Angstgefühl. Als würde irgendwer meinen Körper in ein Eisenkorsett zwängen. Hier komme ich nicht mehr raus. Der Abgabetermin rückt immer näher, und ich habe nichts, nichts. Ich bin Hunger und Brechreiz. Ich bin Nägelkauen.

Und ich bin die lustige Simona, die all ihren Freunden sagt, es wird schon werden.

Ich bin der Powerriegel, die schnelle Mahlzeit zwischendurch.

Und ich bin die Leerstelle in meinem Kopf.

Ich sollte endlich ehrlich zu mir selbst sein. In der Nacht war

306

ich weg. Ich war bei O. Hab ihn um Rat gefragt. Da war sein Hund. Er besitzt diesen schwarzen Pitbull. Er nennt ihn einfach nur Hund. Pitbull ohne Namen, ich hab sein Fell gestreichelt. O.s Lächeln. Ich darf einfach bei ihm sein.

Jeff niemals von O. erzählen. Er wäre total eifersüchtig. Dieses Loft, das O. besitzt, ist einfach der Hammer. Man gleitet mit dem Fahrstuhl hinauf, und oben ist überall Glas.

Ich stehe an der Fensterfront.

Er ist hinter mir. Ich spüre seinen Atem in meinem Nacken. Er hat mir gesagt, ich soll mein Haar hochstecken, und ich Idiotin hab es getan.

Er berührt mich im Nacken. Sacht, ganz sacht. Es ist nicht so, dass ich es nicht mag. Es ist nicht so, dass es mir nicht gefällt. Seine Fingerspitzen auf meiner Haut. Sacht, ganz sacht. Aber ich spüre, er kann auch die Krallen ausfahren. Mein Instinkt verrät mir, dass er gefährlich werden könnte. Er sagt mir, ich erinnere ihn an seine verstorbene große Liebe. Sie war rothaarig wie ich. Mir das Haar hochstecken. Ihm zuliebe. Ich hasse es, wenn er das von mir verlangt.

Vor allem hasse ich mich selbst, wenn ich es für ihn tue.

Er sagt, er kann mir helfen. Unterstützung bei der Kampagne für Goldweiß. *»Nimm das hier«, sagt er, »es verhilft dir zu neuen Ideen.« Auf seiner Hand liegt eine kleine weiße Kapsel.*

»Was ist das?«

»Ritalin. Probier es aus. Etwas Antrieb für dein Gehirn, wird dir gefallen. Ist ein legales Mittel. Kriegst du in der Apotheke.«

»Schluckst du selbst so etwas?«, frage ich. Aber er gibt mir darauf keine Antwort. Er schaut mich nur an.

Ich werde das nicht nehmen. Ich habe ein schwaches Herz. Ich weiß, dass es nicht gut für mich ist.

O. macht mir Komplimente über mein Aussehen, meine Art zu

reden, zu denken, zu fühlen. An anderen Abenden ist er abweisend zu mir. Ich denke, das sind seine Tricks. Ich sollte ihn durchschauen. Er stellt mich auf die Probe.

Ich erzähle ihm von Jeff. Reiner Schutzmechanismus. Denn ich spüre, dass O. mir gefährlich wird. Ich will ihm gefallen, und das ist scheiße von mir. Ich hasse mich dafür.

Schnapp, schnapp, die Falle will zuschnappen. Also erzähle ich ihm von Jeff. Ausführlich. Ich schwärme von meinem Freund. Erwähne ihn immer wieder. Ich beobachte O.s Reaktion. Sein charmantes Lächeln.

Warnende Stimmen in meinem Innern. Rede weiter, solange du sprichst, bist du nicht in Gefahr. Schwärme von Jeff. Ich bin vergeben, mach dir keine Hoffnung. Scheiß was auf dein Loft, dein Geld, dein Ansehen. Ich bin mit Jeff zusammen, hörst du? Natürlich kleide ich das in Wahrheit in nettere Worte. Ich bin die liebe Simona, das wohlerzogene Vaterkind.

Er grinst. Er hat hübsche Zähne.

Es ist merkwürdig. Ich ahne, dass O. einen schlechten Einfluss auf mich haben wird. Er zieht mich in etwas hinein. Wie soll ich das erklären? Er spricht Seiten in mir an. Er hat irgendetwas in mir erkannt. Er weiß, wo ich zerbrechlich bin.

O. steht in Kontakt zu meiner Bedürftigkeit. Und er kennt jeden einzelnen Riss, der durch mich hindurchgeht.

Wie sehr ich nach seiner Anerkennung lechze. Und wie ich mich selbst dafür verachte.

Er sagt zu mir: »Du bist gut. Aber du könntest noch besser sein.« Ich hab ihm Arbeiten von mir gezeigt. Fotos, Texte, ich hab das alles mitgebracht. Ich hab ihm viel von mir gezeigt.

Zu viel.

Schnapp, schnapp, die Falle schnappt zu.

Ja, er ist so eine Überfigur. Er kennt sich aus. Sein Talent ist zum Niederknien.

Verdammt, wie soll ich es Jeff erklären? Jeff ist lieb, aber er ist irgendwie auch noch ein Kind.

Ich bin weggerannt, raus aus dem Loft. Im Morgengrauen hab ich mich auf mein Bett geworfen.

»Du bist gut, Simona. Aber du könntest noch besser sein. Lass mich dir helfen.«

Seine Stimme klirrt durch meine Schlaflosigkeit.

4. Oktober 2014. 23 Uhr.

Ich schaue diese Kapsel an. Sie liegt auf meinem Tisch. O. hat nur gelacht, als ich ihm von meinen Bedenken erzählt habe. Mädchen, sei nicht so naiv, sagt eine Stimme in meinem Kopf. Der Kerl will dich. Er denkt, nur weil er mit dir über Entwürfe, Farben und Formen reden kann, bist du verführbar. Diese Kapsel ist der Dreck. Ich weiß es. Aber Alina hat wieder angerufen. Sie spielt sich als Chefin auf. Ich hasse das an ihr. Sie ist so obervernünftig. »Verdammt, Alina«, sage ich zu ihr, »wir kriegen das hin, wir angeln uns die Kampagne. Jetzt bleib mal locker.« Ich hab den Hörer aufgelegt. Sonst hätte sie immer weitergeredet und mir den letzten Nerv geraubt.

Was ist los mit unserer Freundschaft? Wird sie in diesem hektischen Business überleben? Das Geschäftsgebaren, die Mietkosten, komplizierte Buchhaltung, die roten Zahlen in der Bilanz. Manchmal denke ich, wir haben uns übernommen. Selbstständig mit dreißig. Zuweilen verspüre ich den Wunsch, alles hinzuschmeißen. Nochmal ganz von vorn anzufangen. Was völlig anderes auszuprobieren. Aber was?

Neustart. Reset.

Schon fange ich an, mich selbst zu hassen. Ich kenne das. Wenn ich dann auch noch in Selbstmitleid verfalle… Ein Blick in den Spiegel. Am liebsten würde ich mir das Gesicht zerkratzen. Und die roten Haare abschneiden, die alle so toll finden. Allseits belieb-

te, quirlige Simona. Niemand weiß, wie es wirklich in mir aussieht.

Ich erinnere mich daran, wie es früher war. Wenn Mummy und Daddy ihre besorgten Mienen aufsetzten. Sie zu mir sagten: »Schone dich, Kind, mach langsam, du musst mal runterkommen.« Wie mich ihre besorgte Tour angekotzt hat. Sie sprachen über mein Herz, als sei es irgendeine kaputte Apparatur. Schleppten mich zu Arztterminen, Ultraschall, EKG. Wenn es nach ihnen ginge, würden sie mich noch heute zu den Untersuchungen begleiten. Ich hab es gehasst, gehasst, gehasst.

Ich werde es ihnen beweisen. Ich bin gut. O. hat es selbst gesagt. Aber ich kann noch besser sein. Mit dieser Kapsel? Okay, ich werde es versuchen.

Angst? Warum denn? Ich will tanzen, wild sein.

Ich hab über das Medikament einige Netzrecherchen angestellt. Es nehmen viele Leute, kein Problem.

Außerdem handelt es sich um eine Ausnahmesituation. Ich muss weiterkommen. Ich will es zu etwas bringen.

Marketing. Werbung. Glitzerwelt. Der schöne Schein.

Schluck es, Baby. Sei mutig.

6. Oktober 2014

Kaum noch Zeit gehabt, das Arbeitstagebuch weiterzuführen. Abheben. Fliegen. Hammer. Alina ist begeistert. Ich hab sogar schon die Location gefunden. Draußen bei Beelitz, diese verlassene Turnhalle.

Auch mit Jeff ist alles wieder gut. Ich hab zwei Nächte durchgemacht. Wirklich der Knaller. Und der Sex mit ihm. Also, das ist beinahe zu delikat für dieses Büchlein. Ich glaube, Jeff hat gar nicht geschnallt, was mit mir los war. Er hat mich immerzu gefragt: »Wo bist du, Baby? Wo bist du?« Und ich hab geantwortet: »Halt den Mund, und mach einfach weiter!«

310

Heilige Scheiße, ist das Zeug gut! Und Goldweiß? *Ende der Woche ist Präsentation. Ich bin aufgeregt wie nur irgendwas.*

10. Oktober 2014

Wir haben den Zuschlag bekommen. Die Goldweiß-*Bosse sind begeistert. Haben uns sogleich eingeladen zu einer spontanen Feier. Es gab Champagner und Schnittchen, Gelächter und Good Vibrations, es war gigantisch. Alina und ich sind in der Firma rumgehüpft wie zwei beschwipste Rauschgoldengel. In meinen Ohren klingt noch immer der gute alte Screamin'-Jay-Hawkins-Song* I put a spell on you. *Techno-House-Version, wummernde Bässe, wabernde Loops.*

Endlich sind Alina und ich wieder beste Freundinnen. Simonalina, *wie schon damals, als wir Teenies waren. In meinem Herzen ist ein Jubel, dass ich den ganzen Tag singen und tanzen möchte. Meine Pumpe rast, aber diesmal auf die angenehme Tour. Linke Herzkammer, rechte Herzkammer, unzerstörbar, alles intakt.*

Wahnsinn, wenn ich die Augen schließe, sehe ich uns beide als eine Person, Simonalina, *unaufhörlich durch diese baufällige Turnhalle rasen und springen und lachen und taumeln. Unsere Trikots so golden, die Gesichter so weiß.*

11. Oktober 2014

Anruf von Daddy. Ich soll doch mal wieder zum Essen vorbeikommen. Seine neue Freundin wird dabei sein. Er will sie bald heiraten. Ich kann sie nicht leiden. Vor allem kann ich es nicht ausstehen, wenn Daddy vor Besorgnis die Stimme senkt: »Simona, was ist los mit dir? Du klingst verändert, irgendwie überdreht. Ist etwas vorgefallen?«

Ich erwähne Goldweiß. *Ich erzähle ihm von der großartigen Kampagne. Wir haben den Zuschlag bekommen. Wir sind es.* Kron & Wiesner. *Dabei ist die Konkurrenz hammerhart.*

Er aber bringt es nicht einmal fertig, mir zu gratulieren. Stattdessen hält er mir einen Vortrag über Gesundheit und gute Ernährung.

Am liebsten würde ich ihn anschreien: Hör mal, ich bin erwachsen, begreif das endlich. Ich führe mein eigenes Leben. Lass mich in Ruhe mit deinem fürsorglichen Gehabe. Herzkrank und dieser Mist, Rohkost und ausreichend Schlaf, ich will davon nichts wissen. Und vor allem möchte ich nicht enden wie du, verspießert und verknöchert. Natürlich sage ich ihm das nicht. Nein, Simona ist lieb. Simona ist das gute Töchterchen. Ich versichere ihm, dass alles in Ordnung ist.

Aber er fängt wieder mit dem Ritalin an, von dem ich ihm dummerweise erzählt hab.

Goldweißer Rausch. Das war wohl ein anderes Kaliber. Irgendwie hab ich den Verdacht, dass mir O. was anderes gegeben hat. Dieses Mittel war so stark. Sei's drum, es hat was gebracht.

Und Simona ist still und weise. Simona hält den Mund. Sie ist das wohlerzogene Vaterkind, und Daddy legt auf.

Gleich darauf ruft auch noch Mummy an, als sei sie von ihrem Exmann instruiert worden. Sie hat neuerdings so etwas Schleppendes, Weinerliches in der Stimme, ist irgendwie gebeutelt vom Leben, kam nach der Scheidung nicht mehr richtig auf die Beine. Ich versuche es mit ein paar aufmunternden Worten.

Dann schwärme ich von Goldweiß *und erzähle ihr stolz von meinem großen Erfolg. Und ihr fällt nichts anderes ein, als zu erwidern: »Aber Liebes, übernimmst du dich auch nicht?«*

Ich hasse sie wirklich, alle beide. Warum können sie mir nicht wenigstens gratulieren? Kein Lob, kein Zutrauen, keine Begeisterung. Sie kleistern mich bloß zu mit ihrer Besorgnis.

Sie ersticken mich.

Und noch etwas bringt mich ziemlich auf die Palme. Daddy ist der Meinung, Jeff sei ein schlechter Umgang für mich, obwohl er ihm niemals vorgestellt wurde. Das hab ich in weiser Voraussicht vermieden. Daddys hohen Ansprüchen könnte er ohnehin nicht genügen. Und als mir vor ihm rausgerutscht ist, dass ich das Ritalin ausprobiert hab, um besser arbeiten zu können, hatte er sofort Jeff in Verdacht.

Dabei ist Jeff absolut ahnungslos.

O.

Ich hab ihn lange nicht erwähnt. Ich schleiche um dieses Thema herum. War gestern Nacht bei ihm. Er war merkwürdig drauf. Hat düstere Andeutungen gemacht. »Pass bloß auf, Simona, du darfst nicht mit meinen Gefühlen spielen. Du bist hier und gleich wieder weg. Warum bleibst du nicht einfach?«

Ich erwähne Jeff. Und dass ich ihn liebe. O. setzt ein kaltes, schmales Lächeln auf.

Ich spreche ihn auf die Kapsel an. Er fragt mich, ob mir die Wirkung gefallen hätte.

»Es war zu heftig.«

Er lacht. »Aber denk nur an Goldweiß. *Denk an die nächste Kampagne. Willst du wieder jämmerlich versagen, Simona?«*

»Nein.«

»Ohne mich bist du ein Nichts.«

»Das ist nicht wahr.«

»Wo wärst du jetzt, wenn ich dir nicht geholfen hätte? Wer hätte den Auftrag bekommen? Du etwa?«

»Hör auf damit!«

Die Kapsel liegt auf seiner Hand. »Möchtest du noch eine? Nimm schon, Simona, danach wird es dir besser gehen.«

»Es ist kein Medikament, nicht wahr?«

Er lächelt. »Willst du es, oder nicht?«

»Was hast du mir gegeben? Für wie naiv hältst du mich?«

»Es ist etwas stärker. Aber es hilft.«

»Sag mir den Namen.«

»Du bekommst es nicht in der Apotheke.«

»Sag schon.«

Er spricht von der neunten Wolke. Ich starre ihn an.

»Nimm es. Und bleib die Nacht über bei mir, Simona!«

Ich mag es mir nicht recht eingestehen. Aber ich will nicht zurück in mein schales, kleines Leben.

Also bleibe ich. Dieses eine Mal noch. Danach ist Schluss, das schwöre ich mir.

15. Oktober 2014

Ich hab mich am Telefon bei Alina entschuldigt.

»Ich kann heute nicht in die Agentur kommen.«

»Was ist los, Simona?«

»Mich hat die Grippe erwischt. Ich hab neununddreißig Fieber.«

16. Oktober 2014

Alina kam zu Besuch. Sie hat mir Obst und Säfte gebracht. Ich fing an zu weinen. Ich gestehe ihr, dass es nicht die Grippe ist.

»Ich bin einfach nur niedergeschlagen. Kennst du das auch, Alina? Dieses Gefühl, es morgens nicht aus dem Bett zu schaffen?«

Sie schaut mich bloß zweifelnd an.

Ich bringe es nicht fertig, Cloud Nine zu erwähnen. Ich schweige wie ein Grab.

Ich hab mir geschworen, das Zeug nie wieder anzurühren.

Alina versucht es mit ein paar aufmunternden Worten. »Wir müssen weitermachen, Simona. Hörst du? Lass jetzt den Kopf nicht hängen. Komm zurück in die Agentur, und schau nach vorn. Wir stürzen uns ins nächste Projekt.«

Alles, was meiner besten Freundin zu meinen Stimmungen einfällt, ist die Arbeit.

17. Oktober 2014

Meine Schrift wird immer kleiner, aber das Tagebuch hält mich am Leben. Heute war ich wieder in der Agentur. Alina hat es gefreut.

18. Oktober 2014

Viel Arbeit im Büro. Alina treibt mich zu Höchstleistungen an.

   Sie meint es ja nur gut.

   Wir werden es schaffen.

   Auch die nächste Kampagne werden wir meistern.

   Ohne Cloud Nine, das hab ich mir geschworen.

19. Oktober 2014

Jeff war bei mir. Wir hatten Spaß. Es war eine schöne Nacht.

   »Ich liebe dich, Jeff«, sage ich ihm morgens zum Abschied.

   »Ich liebe dich auch, Simona. Über alles liebe ich dich.«

   Nach der Arbeit. Erschöpfung. Ich stehe lange unter der heißen Dusche. Dann noch mal an den Rechner. Bürokram, zigtausend E-Mails sind zu beantworten.

   O. ruft an. Ich erkenne den Namen auf dem Display. Ich hebe nicht ab.

20. Oktober 2014

Die Hölle. Ich zittere. Hab mich ins Badezimmer zurückgezogen und schreibe. Der Stift krakelt auf dem Papier.

   Ich muss das aufschreiben. Ich hab das Gefühl, wenn ich damit aufhöre, könnte ich sterben. Also weiter kritzeln, immer weiter, liebes Tagebuch, gib mich nicht auf.

   Hilf mir.

   Gott?

   Gibt es einen?

Was geschehen ist, muss rückgängig gemacht werden. Es kann nicht sein, es darf nicht sein, so hämmert es unablässig in meinem Kopf. Die Hölle. Ich weiß nicht recht, wo ich anfangen soll. Vielleicht hilft es, wenn ich ganz nüchtern den Ablauf dieser Nacht aufschreibe.

Es ist so: Jeff kam zu mir, er wollte hier übernachten. Und plötzlich läutet es an der Tür. Ich gehe öffnen. Und da stehen O. und diese andere Frau.

Betty.

Ich weiß, dass O. die Kapseln von Betty bezieht. Sie dealt damit. Cloud Nine.

Die neunte Wolke.

Ein Tränenschleier vor meinen Augen.

Ich lasse sie herein. Nun sind wir zu viert. Jeff. O. Betty. Und ich.

O. ist in seltsamer Stimmung. Er hat seinen Hund mitgebracht, den schwarzen Pitbull. Er hält ihn fest an der Leine. Aber der Hund schüchtert Jeff ein, das kann ich ihm ansehen.

»Es ist ein Höllenhund«, sagt O. »Er hat drei Köpfe. Siehst du das, Jeff?«

Jeff hat Angst vor Hunden. Er ist mal als Kind von einem Bullterrier gebissen worden.

O. macht immerzu Sprüche vor ihm. Er provoziert ihn, und Jeff merkt es nicht einmal. Und diese Betty nimmt ungefragt auf meinem Sofa Platz. Ich kann sie nicht ausstehen. Sie hat so etwas Unterkühltes, Lauerndes. Ich hab sie einmal bei O. gesehen in seinem Loft. Er ist Kunde bei ihr. Irgendwie habe ich den Verdacht, dass zwischen den beiden mal was lief oder noch immer läuft. Eine Affäre, vielleicht sogar mehr. Sie vertickt Cloud Nine. O. nennt es Hausbesuche. Er lächelt und zahlt. Sie geht.

Aber nun sitzt sie hier, in meiner Wohnung, und noch weiß ich nicht, was das zu bedeuten hat.

Doch dann sagt O.: »Also, Leute, wie sieht es aus? Für eine neue Kampagne ein bisschen Stoff?«

Betty packt das Zeug aus.

Jeff macht große Augen. Ich bin sofort bei ihm, ich streichle über seinen Arm. Es verwirrt ihn. Ich sage ihm: »Das sind Freunde von mir.«

»Was für Freunde?«, fragt er.

Ich antworte ausweichend.

O. erzählt gönnerhaft von seiner Kunst. Und dass ich überaus beeindruckt bin von seinen Arbeiten. Allmählich spricht er von mir, als sei ich sein Besitz.

Er hält uns einen Vortrag über die Stimme der Engel.

Jeff wird immer unruhiger. Ich kenne das von ihm. Ein großer Junge, aber auch sehr sensibel. Betty schweigt. Sie schaut sich das einfach nur an.

Und sie zeigt uns ihre schönen Zähne.

BETTY IST EIN GRINSEN AUF DEM SOFA.

Simona, das gute Töchterchen, macht wieder auf fröhlich, und sie wirbelt herum, und sie schenkt Rotwein ein, und Jeff beruhigt sich langsam. O. spricht von seinen Arbeiten und prahlt von seinem Geld.

Betty sitzt da und schweigt.

Und dann hebt O. die Stimme: »Leute, lasst uns feiern.« Und er schiebt die Kapseln hin und her. Ich schlinge meinen Arm um Jeff und versuche, ihn zu besänftigen.

»Machst du das öfter?«, fragt er mich.

»Nein, Jeff, nur ein einziges Mal. Aber es ist der Wahnsinn, das sage ich dir.«

Er schaut mich zweifelnd an.

Und ich sage zu ihm: »Nimm es lieber nicht, Jeff. Ich denke, es ist nicht gut für dich.«

DREIUNDDREISSIG

Trojan blätterte die Seite um. Sein Herz schlug höher. Er näherte sich dem Ende der Aufzeichnungen.

20. Oktober 2014

Die Hölle. Irgendwann später. Das Zittern will nicht aufhören. Jeff ist fort. Noch immer höre ich seine Schreie.

Ich habe ihn zu seinem Kumpel und Mitbewohner Veit gebracht. Ich hoffe, er hält durch. Ich hoffe, Veit kümmert sich gut um ihn. Wir müssen hier weg. Es hat keinen anderen Sinn, als von hier wegzugehen.

O. ist in meiner Wohnung geblieben. Ich hab mich im Bad eingeschlossen, er hämmert immer wieder mit den Fäusten gegen die Tür. Er sagt: »Simona, komm raus, wir müssen eine Entscheidung treffen.«

Ich weiß nicht, wo mir der Kopf steht. Ich muss die Ereignisse sortieren. Es muss doch einen Ausweg geben.

Ich mache mir große Sorgen um Jeff. Er muss durchhalten. Er darf jetzt nicht ausflippen.

Aber er konnte Bettys Anblick nicht länger ertragen. Seine Panik wurde immer größer.

Wir regeln das hier, O. und ich, und dann hole ich Jeff ab, und wir verschwinden. O. hat gesagt, er kann uns helfen.

Ich versuche, die vergangene Nacht zu rekonstruieren. Das Furchtbare ist, dass ich unaufhörlich den Moment vor Augen habe, da Jeff die Kapsel schluckt. Sein Gesichtsausdruck ist der

eines großen, staunenden Kindes. Er spült die Kapsel mit Rot-
wein runter.

Screamin' Jay Hawkins krächzt aus den Lautsprecherboxen.
O. hat die Anlage bedient. Die mir wohlbekannten Loops, die
Techno-Bässe, der Rausch. I put a spell on you, because you're
mine. *Und dann sehe ich Betty mit meinem Freund tanzen, und*
es widert mich an. Jeff hat noch immer diesen Gesichtsausdruck,
und allmählich entfernt er sich von mir. You better stop the
thing that you're doin'.

O. zieht mich nach nebenan, ins Schlafzimmer. Meine un-
schuldig weiße Bettwäsche kommt mir verlogen vor. Seine Hände
greifen nach mir. Sie sind wie Pranken. Ich sage zu ihm: »Lass
es sein.«

Er lacht. »Aber warum denn?«

»Mein Freund ist nebenan, verstehst du denn nicht?«

Er lacht lauter. »Komm schon. Entspann dich. Jeff macht auf
der Couch mit Betty rum.«

»Nein, das glaube ich nicht.«

Wieder lacht er, und ich frage mich, was in ihm vorgeht. Und
diese Betty. Warum musste er sie mitbringen? Warum kann ich
nicht mit Jeff allein sein? Wieso hab ich sie überhaupt hereinge-
lassen?

Er muss es geahnt haben. Er hat einen Plan zu meiner Ver-
nichtung ausgeheckt. Er kann nicht alles vorausgeahnt haben.
Aber er schaut sich mein Unglück in Ruhe an und hat seinen
Spaß dabei.

O. weidet sich daran, wie die Situation allmählich eskaliert.

Ich habe das Gefühl, ich muss es aufhalten, aber ich kann nicht.
Ich bin ja selbst auf dieser Wolke, aber sie hat diesmal einen ganz
anderen Schimmer als in der Nacht, da ich die Goldweiß-*Kam-*
pagne quasi im Alleingang erfand. Ich sage es ihm, ich schreie ihn
an: »Das muss aufhören.«

Plötzlich bin ich zurück im Wohnzimmer. Betty ist halb nackt, sie tanzt vor Jeff. Er kauert auf dem Sofa, sein Gesicht ist zu einer Fratze verzerrt. Betty lacht ihn aus.

Jeff krallt sich in ein Kissen und beißt hinein.

»He«, sagt Betty zu mir, »dein Freund ist ziemlich abgefahren.«

Der Hund streicht um meine Beine.

»Er hat drei Köpfe«, murmelt Jeff. Und plötzlich hat er Schaum vorm Mund.

Es gibt einen Sprung. Ich kann mich nicht mehr genau erinnern, was in der Zwischenzeit geschah, aber plötzlich sehe ich Jeff in einer Ecke im Flur hocken. Er hält das Kissen umklammert.

»Jeff, beruhige dich, bitte.«

Er gibt nur ein Heulen von sich. Und Schreie, die mir bis ins Mark gehen.

Er starrt mich an. »Ich habe furchtbare Angst, Simona.«

Schaum quillt aus seinem Mund, und ich werde panisch. Ich berühre seine Stirn. Sie ist heiß, viel zu heiß, aber auch in mir scheint es zu kochen. »Jeff, das ist ein Höllentrip«, sage ich, »aber es geht vorbei.« Ich versuche, ihn zu umarmen, doch er stößt mich weg.

O. ist plötzlich bei mir. Er lacht. Es scheint ihm zu gefallen, was hier abgeht. Er ist so ruhig dabei. Und dann frage ich mich, ob er überhaupt etwas von dem Cloud Nine genommen hat. Kühl und überlegen schaut er dabei zu, wie Jeff und ich dem Abgrund entgegenrasen.

O. richtet seinen Zeigefinger direkt auf Jeff und sagt ihm, dass er niemals verraten darf, woher er das Zeug hat. »Und auch du, Simona, ich meine es ernst, wenn du irgendwas verrätst, bekommst du es mit Bettys Freunden zu tun. Kriminelles Umfeld, du weißt schon, was ich meine. Die haben keine Skrupel. Tiere sind das, die fressen dich auf, die zerfleischen dich bei lebendigem Leib.«

Ich halte Jeff in den Armen. Er kauert in seiner Ecke, und ich nehme einen Waschlappen und versuche, ihm die Stirn zu kühlen. Ich wische ihm den Schaum vom Mund und rede beruhigend auf ihn ein.

Er stammelt Unverständliches, und dann beißt er wieder in das Kissen, und ich versuche, ihn zu umarmen.

Plötzlich beißt er in meinen Arm. Ich schreie auf. »Jeff, Liebster, bitte hör auf damit. Du musst ruhiger atmen, hörst du? Ruhiger.«

Er reißt sich von mir los.

Ich höre Bettys Lachen. Ich schaue nach, was da los ist. Sie sind beide im Wohnzimmer, Jeff und sie.

Plötzlich sagt O. etwas Merkwürdiges: »Siehst du, sie hat drei Köpfe. Sie ist böse.«

Betty lacht. Sie trägt weder Bluse noch BH.

»In ihren Augen ist das Böse«, sagt O.

Und wieder lacht Betty, es ist mehr ein Kreischen. O. flüstert Jeff etwas ins Ohr.

»Lass ihn in Ruhe«, sage ich. »Lass meinen Freund in Ruhe.«

O. ist bei mir, er berührt mich am Arm.

»Komm schon, wir gehen nach nebenan. Hier ist alles gut. Lass die beiden nur machen.«

»Ich kann doch Jeff in diesem Zustand nicht allein lassen.«
»Der wird schon wieder.«

O. zieht mich in mein Schlafzimmer. Wir machen rum, mir gefällt das nicht.

Nein, mir gefällt das ganz und gar nicht.

Ich reiße mich von ihm los, ich gehe nach nebenan.

Ich sehe, wie Jeff nach den Kapseln greift. Da liegen noch wel-

che auf dem Tisch. Es sind viele. Wie in Zeitlupe läuft das vor mir ab. Er nimmt sich die Kapseln und geht auf Betty zu.

»Küss mich«, sagt er.

Sie lacht.

»Na los, küss mich.«

Er reibt sich über die Lippen, plötzlich sind die Kapseln verschwunden, er hat sie sich in den Mund geschoben.

»Jeff, nicht!«, schreie ich.

Betty lacht, schlingt die Arme um ihn und lässt sich von ihm küssen.

Ich spüre, dass O. neben mir steht. Auch er ist jetzt im Zimmer.

»Jeff!«, schreie ich noch einmal.

Sie küssen sich lange. Dann löst er sich von ihr. Betty starrt ihn an, ringt nach Luft. Und ich begreife: Sie hat die Kapseln geschluckt, ohne es zu wollen. Er hat sie während des Kusses in ihren Mund gleiten lassen.

»Sie hat drei Köpfe«, sagt er. »Wie der Hund.«

Der Hund jault. Der Hund streicht um meine Beine.

Ich sehe, wie Betty würgt. Aber es ist zu spät.

Alle Kapseln sind weg.

Sie schluckt. Ihre Augen quellen über.

Es dauert lange, bis sie tot ist. Es sind Krämpfe, die sie schütteln.

BETTY IST EIN TOTES GRINSEN AUF DEM SOFA.

Jeff starrt sie nur an. Sie liegt da, kalkweiß, die Augen aufgerissen.

»Jeff, Liebster, warum hast du das getan?«

»Sie hatte plötzlich drei Köpfe. Ich wollte, dass es aufhört.«

O. fühlt Bettys Puls. »Sie ist tot«, sagt er.

»Es war ein Unfall«, sage ich.

»Nein, nein, das war kein Unfall«, sagt O.

Schweigen. Ich höre Jeffs Atem, stoßweise, hechelnd.

Und O. hält den Kopf schief und schaut mich an. Mir ist beinahe, als würde er lächeln. Nun sind wir dem Abgrund entgegengesegelt und am Boden zerschellt. »Hab ich euch nicht gesagt, dass Betty gefährliche Freunde hat? Die zerfleischen euch. Die machen euch fertig. Gnade kennen die nicht.«

Ich sehe zu Jeff hin. Seine Augen so weit, so starr. Ich sage zu ihm: »Das wird schon wieder.«

Jeff fängt an zu wimmern. Ich nehme ihn in den Arm.

»Ich war das«, sage ich. »Ich hab sie in ihren Mund gleiten lassen. Ich wollte, dass es aufhört. Bleib ganz ruhig, Jeff, hab keine Angst. Ich war es, hörst du? Ich hab es getan, nicht du.«

Ja, ich nehme es auf mich. Denn ich bin schuld. Ohne mich hätte er diesen Trip niemals durchleiden müssen.

Ich bin ein Nichts, ein Nichts, ein Nichts.

Und wieder höre ich O.s Stimme: »Bettys Freunde machen euch das Leben zur Hölle. Da hilft auch keine Polizei. Selbst wenn du im Knast bist. Irgendwann kommst du raus, und sie holen dich ab.«

Jeff ist nur noch ein Zittern, er muss hier weg. Ich werde das alles regeln.

»Die Leiche muss verschwinden«, sagt O.

»Ich war es, es tut mir leid. Es tut mir ja so leid.«

Ich bin schuld. Ich hätte Jeff niemals mit hineinziehen sollen.

Meine Schrift wird immer kleiner. Ich muss das in meinem Kopf sortieren.

Wieder klopft O. an die Badezimmertür. »Komm jetzt da raus«, sagt er.

»Gleich«, sage ich. »Gib mir noch fünf Minuten.«

Die letzten Zeilen waren kaum lesbar. Trojan kniff die Augen zusammen und entzifferte:

Jeff, Liebster, eine lange Reise steht nun bevor. Aber ich nehme dich mit, glaub mir.

Ich werde keinen Schritt ohne dich tun.

Deine Simona.

VIERUNDDREISSIG

Als Alina die Augen aufschlug, hatte sie auf einmal das Gefühl, sämtliche Ereignisse der vergangenen Tage und Nächte seien bloß Sequenzen aus einem bösen Traum gewesen, der nun endlich vorüber war. Der Keller eines Einfamilienhauses, in dem sie gebissen wurde, die Faszination eines Horrorfilms, der sie zu ihrem eigenen Entsetzen jählings sexuell stimuliert hatte. Und die schmerzhafte Wiederholung eines Foto-Shootings ohne ihre beste Freundin, die ihrem Herzleiden erlegen war.

Simona. In diesem Moment war die Erinnerung an sie überdeutlich. Sie meinte, ihr Lachen zu hören, und Wirbel ihres kastanienroten Haars schienen vor ihr aufzuleuchten.

Wie schön es war, sie zur Freundin zu haben. *Simonalina*, unzertrennliches Paar.

Da spürte sie eine Berührung an ihrem Arm und blinzelte. Es war so hell in diesem Zimmer mit den weißgetünchten Wänden, und Alina war eingehüllt in blütenreine Bettwäsche.

Sie blickte um sich. Das Kopfweh war verflogen. Sie fühlte sich frisch und erholt.

Und dann sah sie in das Gesicht des Mannes, der bei ihr am Bett saß, und sie verspürte auf einmal Freude und Erleichterung, denn sie erkannte ihn endlich.

Bruchstückhaft kehrten die Erinnerungen an ihre Flucht in das Untergeschoss der Turnhalle zurück, wo die Metallspinde aufeinandergekracht waren. Es kam ihr vor wie die letzten

Überreste einer schweren Krankheit, von der sie nun genesen war.

»Raffael«, sagte sie leise.

Er lächelte sie sanft und freundlich an.

»Wie lang hab ich geschlafen?«

»Schätzungsweise eine Ewigkeit.«

Ihr Blick fiel auf den Nachttisch. Ein Becher Tee, eine halbgeleerte Schale mit Müsli, aufgeweicht in Milch, ein angebissener Schokoriegel. Er schien sich aufopferungsvoll um sie gekümmert zu haben.

Als sie sich aufrichtete, bemerkte sie, dass sie noch immer das goldfarbene Trikot trug.

Es roch nach ihrem Schweiß, und das war ihr unangenehm.

»Ich war so dezent, es dir nicht auszuziehen«, sagte er.

Sie spürte, wie ihr das Blut in die Wangen schoss. Sein Lächeln war verschmitzt.

»Wie spät ist es?«, fragte sie.

»Gegen elf Uhr vormittags. Möchtest du vielleicht duschen? Ich hab dir auch ein Kleid besorgt.«

»Im Ernst?«

Abermals lächelte er.

»Du schenkst mir ein Kleid?«

»Na ja, ich komme ja nicht so ohne Weiteres in deine Wohnung rein. Aber ich dachte mir, dass du dringend was zum Wechseln brauchst.«

»Gehört dieser Raum zu deinem Atelier?«

»Nein, das ist nebenan. Hier ist der Gästebereich.«

Offenbar befanden sie sich in einem Seitenflügel des Lofts, in dem sie ihn ein einziges Mal besucht hatte. Ihr Blick glitt aus dem Fenster zur Brandmauer. Die Gitterstreben davor kamen ihr nun viel weniger bedrohlich vor.

»Gib mir zehn Minuten«, sagte sie und stand auf.

Er wies ihr den Weg durch den Flur zum Badezimmer.

Als sie hinter sich abgeschlossen hatte, entsann sie sich, wie sie zuletzt hier gewesen war, noch unter dem Einfluss ihrer Kopfverletzung, desorientiert und verzweifelt. Nun, da endlich ihre Erinnerungen zurückkehrten, erschien alles in einem ganz anderen Licht.

Merkwürdig, dass sie Raffael nicht gleich erkannt hatte, als sie das erste Mal bei ihm aufgewacht war. Offenbar hatte sie einen Schock erlitten.

Demnach war die vorübergehende Amnesie nicht nur die Folge der Verletzung, sondern auch einer seelischen Erschütterung. Denk nach, ermahnte sie sich. Der Metallschrank traf dich am Kopf. Und dann …?

Sie schaute in den Spiegel. Die Schminke hatte er ihr wohl abgewaschen.

Sie duschte lang und heiß. Danach trocknete sie sich ab und begutachtete mit einer Mischung aus Rührung und Verlegenheit die Anziehsachen, die er ihr auf einem Holzbänkchen bereitgelegt hatte.

Raffael, dachte sie erstaunt und berührte das weiße Kleid aus feiner Seide. Selbst die Unterwäsche war geschmackvoll ausgewählt. Sollte das hier der Beginn eines amourösen Abenteuers werden? Es beschämte sie.

Doch noch ein Gefühl meldete sich in ihr, diffus, halbverborgen, unheimlich. Ein Rudiment von Panik.

Wie hatte er denn von ihrer Verletzung erfahren? Wenn sie sich recht erinnerte, war er doch auf ihren Wunsch hin nach dem Shooting mit dem Taxi heimgefahren.

Er schien also noch einmal zurückgekehrt zu sein.

Ihr Herz klopfte. *Ausgang B*, durchfuhr es sie. Sie musste ihn dringend dazu befragen.

Er würde es ihr erklären können. Mit Sicherheit.

Mein Gott, sie war doch noch ziemlich durcheinander. Alina zog sich an und betrachtete sich erneut im Spiegel.

Das Kleid gefiel ihr. Aber sie kam sich auch fremd darin vor. Als gehörte es nicht zu ihr, sondern zu einer anderen Frau.

Sie verließ das Bad und ging durch den Flur. Er hatte einen Tisch in dem Zimmer aufgestellt, in dem sie erwacht war. Das Frühstück war für sie bereitet. Es duftete nach Brötchen und frisch gebrühtem Kaffee.

Er strahlte sie an. »Du siehst bezaubernd aus in dem Kleid.«

»Raffael, was hat das alles zu bedeuten?«

Er breitete die Arme aus. »Du bist mein Gast. Lass dich von mir verwöhnen.«

Sie war furchtbar hungrig. Er hatte die Brötchen selbst gebacken, wie er ihr sagte. Er verriet ihr sogar das Rezept, beschrieb ausführlich, wie er den Hefeteig angerührt und Rosinen und Sonnenblumenkerne beigemengt hatte. Auch die Marmelade hatte er selbst eingekocht.

»Magst du Rühreier?«

Sie nickte, und er tat ihr reichlich davon auf. Er hielt ihr einen umständlichen Vortrag darüber, wie man die Eier am besten zubereitete. »Niedrige Hitze, ein Schuss Sahne. Und reichlich Butter in der Pfanne zerlassen. Alles muss perfekt sein, Alina, weißt du? Man darf nichts dem Zufall überlassen. Schmeckt es dir?«

Erneut nickte sie.

Er beobachtete jeden Bissen von ihr.

»Das Shooting ...«, sagte sie, nachdem sie fertig gegessen hatte.

»Ja, das war schön. Wir haben Simona tatsächlich wiederaufleben lassen. Ein Memorial. Ein würdiges Gedenken an diese wundervolle Frau.«

»Aber danach …?«

Sein Lächeln verbreiterte sich. »Ich bin noch einmal zu dir zurückgekehrt. Hatte so ein komisches Gefühl. Nenn es eine Vorahnung. Es war nicht gut, dich allein an diesem einsamen Ort zurückzulassen.«

Sie musste an den Keller denken. Das Handy-Licht. Ihre Angst. »Du hast mich also da unten rausgeholt?«

»Ja.«

»Du bist mein Retter?«

Er strahlte sie an. »Aber ja. Du warst am Kopf verletzt. Ich hab dich hierhergebracht. In meinem Wagen.«

»Jemand hat mich verfolgt.«

Er runzelte die Stirn. »Du musst Schreckliches durchgemacht haben.«

Ihr Blick glitt über den Frühstückstisch. Er hatte ihr die Zeitung hingelegt. Aber es war nicht die aktuelle Ausgabe. Sie erkannte die Überschrift wieder. MORD. Sie überflog die Zeilen. Es war derselbe Wortlaut, den sie schon einmal gelesen hatte, kurz bevor sie in Ohnmacht gefallen war. Es ging um Franziska Wiesner.

»Simonas Mutter«, murmelte sie erschrocken.

Er nickte ernst. »Sie ist tot. Die Polizei war hier. Sie ermitteln in der Sache. Ich hab mit einem Kommissar gesprochen. Er heißt Trojan. Nils Trojan. Eigentlich ein recht sympathischer Typ. Ich hab ein Foto von ihm gemacht, das kann ich dir mal zeigen. Du hast die ganze Zeit geschlafen, während ich mit ihm drüben im Atelier war. Ein furchtbarer Mord.«

»Warum war die Polizei ausgerechnet bei dir?«

Er deutete auf die Zeitung. »Lies weiter.«

Sie zog sich die Zeitung heran und studierte den Artikel. Eine Tote in der Turnhalle. Alina K. Ihr Name.

»Sie haben vermutet, dass es auch dich erwischt hat. Doch

der Irrtum ist aufgeflogen. Sie haben es gestern in den Abendnachrichten gebracht.«

»Ich muss mich melden. Ich muss Bescheid geben.«

Er drückte ihre Hand. »Ist schon gut, Alina. Ich hab das für dich erledigt.«

»Wirklich?«

»Alles ist wieder gut. Jetzt lässt du dich erst einmal von mir verwöhnen.«

»Wo ist mein Handy? Neulich lag doch hier mein Handy.«

»Du darfst dich nicht zu sehr aufregen. Es muss ein großer Schock für dich gewesen sein.«

»Diese Nachrichten auf meinem Telefon? Wer hat sie geschrieben? Die SMS? *Wiederhole in der Abenddämmerung das Shooting. Lasse nichts aus.*«

»Das war ich.« Er lächelte. »Die ganze Aktion war meine Idee.«

Sie war verblüfft. »Aber warum?«

»Für Simona. Wir haben sie doch beide geliebt, nicht wahr? Ich hab euch damals, nachdem wir die Aufnahmen gemacht haben, durchs Fenster beobachtet. Ihr habt zusammen Wein getrunken, euch bei den Händen gehalten. Was für ein Anblick. Zwei goldene Engel im Abendlicht. Und Simonas Haar hat geleuchtet.«

»*Du* hast mir die SMS geschickt?«

»In ihrem Namen, ja. Findest du das sonderbar? Du hast die Anspielung doch gleich verstanden und mich angerufen, hast mir das Shooting selbst vorgeschlagen. Es war für Simona. Ihr Tod liegt nun ein Jahr zurück, und es war schön, mit dir in dieser Turnhalle alles noch einmal zu erleben. Ihr zwei, so lebendig, tanzende Engel, goldweiß, und ich hinter der Kamera. Es war das Schönste, was mir in den letzten Jahren in meinem Leben widerfahren ist.«

Alina spürte, wie sich ihr Puls beschleunigte. Und sie fühlte sich immer unbehaglicher in diesem Kleid, das so weiß war wie das Zimmer. Sie sah zum Fenster. Da fiel ihr auf, dass es keinen Riegel hatte. Dicht dahinter die Brandmauer, die sich plötzlich verfinsterte. Und auch in dem Raum wurde es schlagartig dunkler. Offenbar fiel das Sonnenlicht nur während einer einzigen Morgenstunde hier herein.

Alina schluckte. »Was ist mit der anderen Nachricht? Stammt die etwa auch von dir?«

Heute ist der Tag deines Todes. Ausgang B. Lauf, so schnell du kannst!

Ihr stockte der Atem.

»Woran erinnerst du dich?«, fragte er freundlich.

»Ich wurde verfolgt.«

»Gut, dass ich noch mal zurückgekommen bin. Du bist in den Keller hinuntergelaufen.«

Alina war sprachlos.

»Woran erinnerst du dich noch?«

Sie konnte nicht antworten.

Er lachte leise. Sie starrte ihn an. Raffael mit seinem halblangen Haar, seine große Statur, das hübsche Gesicht. Seine sanfte Art zu sprechen, die schönen wachen Augen. Wieder lachte er leise.

»Erinnerst du dich noch an diese komische Frau? Die Obdachlose in der Turnhalle? Stell dir vor, sie hat sich das goldfarbene Kostüm angezogen.«

»Moment mal, Raffael, das war im letzten Jahr. Diese Frau haben wir im vorigen Jahr getroffen.«

Alina entsann sich genau. Damals, im letzten Oktober, als sie mit Simona und Raffael zu dem Shooting gefahren waren, hatten sie eine Obdachlose in der verlassenen Turnhalle aufgescheucht. Sie war noch recht jung, und Alina war aufgefallen, dass sie sich beide recht ähnlich sahen, gleiche Haarfarbe, gleiche Größe, selbst im Gesicht hatte es eine gewisse Ähnlichkeit gegeben. Das war unheimlich gewesen. Sie mussten ihr erklären, dass sie einen Job zu erledigen hätten, was ihr offenbar missfallen hatte. Erst nachdem sie sie mehrmals freundlich gebeten hatten, ihnen doch den Raum für die Aufnahmen zu überlassen, hatte sie sich unter lautstarkem Protest zurückgezogen.

»Letztes Jahr war das«, wiederholte sie.

»Ja, aber sie hauste noch immer dort. Ich bin nämlich schon vor unserem Shooting in die Gegend von Beelitz hinausgefahren, um alles für unsere Aktion vorzubereiten. Ich ließ die Frau sich verkleiden. Mit Simonas Ganzkörper-Suit, den ich mal aus der Agentur gestohlen hab, weil ich ihn so hübsch finde. Stell dir vor, die Frau hat sich sogar das Gesicht weiß geschminkt.« Er machte eine Pause und musterte Alina. »Auf meine Veranlassung hin«, fügte er leise hinzu. Nach einer weiteren Pause sagte er kaum hörbar: »Und sie erwies sich als folgsam. Sehr, sehr folgsam.«

Alina wollte aufstehen. Er hielt sie am Arm fest.

»Was ist mit dir?«

Sie schwieg.

»Das kommt noch zu früh für dich, nicht wahr? Noch etwas Kaffee?« Er schenkte ihr nach.

»Raffael, warum …?«

Sein Tonfall wurde streng. »Sag Ortlieb zu mir. Sprich mich mit meinem zweiten Vornamen an.«

»Wieso?«

»Ich mag Ortlieb lieber. Raffael ist nicht gut. Ortlieb klingt nett.«

Die Metallschränke. Sie fielen krachend um. In ihren Gedanken irrte sie durch den Keller. Und dann blitzte etwas vor ihr auf. Das letzte Bruchstück.

»Keine Erinnerungslücken mehr?« Er grinste. »Amnesie vollständig vorüber?«

Sie sah sich selbst dabei zu, wie sie einen der Schränke umwarf. Die Tür brach halb auf. Und darin lag jemand. Eine Frau, gekleidet wie sie, das Gesicht weiß geschminkt.

Und noch mehr Erinnerungen stürzten auf sie ein. Raffael war in dem Keller. Er lachte so eigenartig.

Er sagte zu ihr: »Sieh nur genau hin.« Und plötzlich hielt er eine Drahtschlinge in der Hand.

Danach verschwand alles im Nebel ihrer Ohnmacht.

»Das ist nicht wahr. Raffael!«

»Ortlieb. Ich mag den Namen Raffael nicht. Sag Ortlieb zu mir.«

»*Du* hast mich in den Keller gejagt. Es war schon so dunkel, ich konnte dich nicht erkennen. Aber *du* hast dort unten …«

Er senkte die Stimme. Es klang so nüchtern und teilnahmslos, als würde er über das Wetter reden. »… eine Frau umgebracht, ja. Aber anders als Franziska Wiesner. Aus der Alten wollte ich noch rauskriegen, wo Simona steckt. Aber diese Frau, der goldene Engel in seinem metallischen Spind, sollte an deiner Stelle sterben, Alina. Damit ich dich am Leben lassen kann. Begreifst du denn nicht? Es ist ein Geschenk. Ich habe dir das Leben geschenkt. Und dieser Kerl von der Kripo, dieser Nils Trojan, ist tatsächlich darauf reingefallen. Für eine Weile zumindest. Nun ist es auch dafür zu spät.«

Sie starrte ihn an.

»Ich hatte die leise Hoffnung, es könnte auf immer gutgehen. So wie mit Simona. Betty stirbt, sie wird unter Simonas Namen beerdigt, und Simona bleibt für immer bei mir. Diese Unbekannte im Keller stirbt, sie wird unter Alinas Namen beerdigt, und Alina bleibt für immer bei mir.«

Als sie aufsprang, fiel der Stuhl hinter ihr um. Sofort war er bei ihr.

»Setz dich wieder, du bist noch zu schwach.«

Er hob den Stuhl auf und drängte sie auf die Sitzfläche.

»Wo ist Simona?«, fragte sie atemlos.

»Sie war hier. In diesem Zimmer. Das zweite Loft, gleich neben meinem. Ich hab es extra für sie eingerichtet. Nenn es das Totenreich. Simonas ganz spezielles Totenreich. Ich hab ein Jahr lang für sie gesorgt. Ich hab ihr alles gebracht, was sie wollte. Sie hatte es gut bei mir. Niemand hat sie vermisst, sie war offiziell tot. Mein Hund hat über sie gewacht, der Hades-Hund. Doch dann ist sie geflohen. Das war ein Fehler von ihr, man kehrt nicht aus dem Totenreich zurück. Niemals!« Er straffte die Schultern. »Und stell dir vor, sie hat mir den Hund gestohlen. Bei ihrer Flucht hat sie ihn mitgenommen. Was für eine Schmach!«

»Du hast Simona hier eingesperrt? Ein Jahr lang? Und wir alle dachten …«

»Nicht eingesperrt! Ich hab für sie gesorgt. Es war besser für sie. Sie ist böse. Simona ist von der Droge infiziert.«

»Was für eine Droge?«

»Cloud Nine. Oder Cannibal genannt. Das Zeug macht dich zum Tier. Auch Simona wurde zum Tier. Sie hat einen Menschen umgebracht.«

»Das glaube ich nicht.«

»Ich habe Beweise. Ich kann dir einen Film zeigen.«

»Raffael, du bist verrückt.«

»Nenn mich Ortlieb. Du sollst mich Ortlieb nennen!«

Abermals sprang sie auf. Er packte sie.

»Wir müssen dir die Haare färben. Und deine Frisur verändern. Du sollst aussehen wie Simona. Und wie Betty. Ihr Kleid trägst du ja schon.«

Schreien half nichts. Widerstand leisten auch nicht. Raffael konnte sehr wütend werden. Er zeigte ihr den Draht. Er legte ihn ihr um den Hals.

»Soll ich zuziehen, Alina? Möchtest du das?«

Niemand, der sie durch das Fenster sehen konnte. Kein Nachbar weit und breit. Draußen gab es nur die Brandmauer.

Raffael war mal überschäumend vor Wut, dann wieder zeigte er ihr ein sanftes Lächeln. Sie überlegte fieberhaft, ob sie irgendeine Chance hatte, sich zu befreien. Wurde denn überhaupt nach ihr gesucht? Dass er selbst die Polizeibeamten darüber informiert haben sollte, sie sei noch am Leben, nahm sie ihm nicht ab.

Schließlich fasste sie den Plan, sich auf das einzulassen, was er von ihr verlangte, jedenfalls zum Teil, um so vielleicht seinen Zorn zu besänftigen. Wenn er dann wieder ruhiger wurde, konnte sie ihn eventuell überlisten oder sogar zum Aufgeben bewegen.

All das ging ihr in Sekundenschnelle durch den Kopf, während er sie ins Bad zwang.

Sie musste auf einem Hocker Platz nehmen und den Kopf über das Waschbecken beugen.

»Keine Tricks, Alina.« Er legte ihr ein Handtuch über die Schultern.

Es war demütigend, sie musste sich von ihm die Haare waschen lassen. Noch vor Kurzem hätten sie sich gewünscht, sie beide könnten sich näherkommen, aber ganz bestimmt nicht unter diesen Umständen.

»Ist das Wasser warm genug für dich?«, fragte er. Sein Tonfall war wieder erschreckend freundlich.

»Ja.«

Er massierte das Shampoo ein und spülte es aus. Er drehte die Hähne zu, sie musste sich aufrichten, und er frottierte ihr das Haar. Danach streifte er sich die Plastikhandschuhe über und arbeitete die Tönung ein.

Sein Atem ging ruhig und gleichmäßig. Er schien die Prozedur zu genießen. Sie hingegen war voller Angst.

Sie fragte sich, was er wohl mit Simona angestellt hatte. Es war erschütternd. Während alle geglaubt hatten, Simona sei tot, war sie in Wahrheit die ganze Zeit hier eingesperrt gewesen.

Und wo steckte sie jetzt? Hatte er sie etwa mittlerweile umgebracht? So wie Franziska Wiesner und diese Frau aus der Turnhalle?

Und welche Rolle spielte sie selbst in seinem kranken Geist? Was hatte er mit ihr vor?

»Nun müssen wir es dir auswaschen.«

»Ist gut, Raffael.«

»Sag Ortlieb.«

»Ortlieb.«

Erneut lehnte sie sich über das Waschbecken. Sie spürte das warme Wasser auf ihrem Kopf. Es roch chemisch nach dem Tönungsmittel.

Abermals frottierte er ihr das Haar. Danach föhnte er es.

Während sie sich von ihm frisieren ließ, füllten sich ihre Augen mit Tränen.

»Was ist los?«

»Nichts.«

»Du musst stillhalten.«

»Ja, Ortlieb.«

»So ist es besser.«

»Bisher kannte ich deinen zweiten Vornamen gar nicht.«

»Wenn du Ortlieb sagst, wird dir nichts passieren.«

Als er fertig war, nahm er ihr das Handtuch ab. Sie stand auf, blickte in den Spiegel und erschrak. Das rote Haar, dazu dieses Kleid, verstörend, fremd.

Er führte sie zurück ins Zimmer. Er zog hinter sich die Tür zu und schloss ab. Mit einem grimmigen Gesichtsausdruck steckte er den Schlüssel in die Hosentasche.

»Stell dich ans Licht.«

Mit einem Mal hielt er seine Kamera in den Händen.

»Bleib da am Fenster. Ja, so. Und jetzt schau mich an.«

Der Auslöser klickte. Sie hatte Angst.

»Was hat das zu bedeuten, Raff-, … Ortlieb?«

»Dreh den Kopf zu mir. Und jetzt lächle mich an.«

Er drückte ab. Mehrmals. Er wurde ungeduldig. Dirigierte sie. Zupfte an dem Kleid. Berührte sie am Kinn. Schoss. Korrigierte ihre Kopfhaltung. Es klickte. Er tänzelte um sie herum. Er wirkte nicht zufrieden. Sie musste verschiedene Posen für ihn ausprobieren. Es erschöpfte sie, machte sie panisch. Und er wurde immer ungeduldiger.

Noch ein Bild und noch ein Bild.

Schließlich legte er die Kamera weg und ließ sich aufs Bett sinken.

»Es funktioniert nicht. Du bist es einfach nicht.«

Ihm den Schlüssel aus der Hosentasche ziehen, dachte sie, aber nein, sie hatte Angst vor seinen Wutausbrüchen.

»Wer bin ich nicht?«

»Sie.«

»Von wem sprichst du?«

»Komm zu mir.«

Das Fenster ohne Riegel. Wie kam sie hier heraus? Denk an deinen Plan, ermutigte sie sich selbst.

»Ortlieb.« Sie versuchte sich an den Namen zu gewöhnen. Nahm in einigem Abstand neben ihm auf dem Bett Platz. Er griff nach ihrer Hand und drückte sie fest, viel zu fest.

»Wir werden jetzt essen«, sagte er.

»Aber warum? Wir haben doch gerade erst gefrühstückt.«

Er sprang auf. Er fegte das Geschirr vom Tisch. Das Porzellan zerbrach. Ein einziger Teller blieb heil. Er zog ein Döschen aus der Hosentasche, öffnete es und entnahm ihm eine helle Kapsel.

Er legte sie auf den Teller.

»Setz dich.«

Sie musste gehorchen.

Er nahm ihr gegenüber Platz.

»Was ist das?«, fragte sie.

»Es ist die Droge. Nimm sie. Ich will sehen, wie du dich verwandelst.«

»Ortlieb, bitte.«

»Nimm sie und schluck sie herunter. Schau, sie ist reinweiß, und doch ist sie schmutzig.«

Es half alles nichts, wenn sie lebendig aus diesem Zimmer herauskommen wollte, musste sie es irgendwie schaffen, seinen Zorn zu besänftigen. Dazu musste sie mehr über ihn wissen. Bring ihn zum Sprechen, durchfuhr es sie. Lass dir deine Angst nicht anmerken. Reize ihn nicht und sei möglichst ruhig.

Anfangs klang ihre Stimme gepresst, doch allmählich gewann sie die Kontrolle darüber. »Bevor ich tue, was du mir sagst, erzähl mir einfach, was dich bewegt. Sehe ich nun aus wie Simona? Gefalle ich dir mit dem roten Haar?«

»Es ist nicht dasselbe.«

»Hat dich Simona an jemanden erinnert?«

In seinen Augen flackerte es. »Ja.«

»Du sprachst von einer Betty. Wer ist das?«

»Sie war meine Freundin.«

»Was ist mit ihr geschehen?«

Er lehnte sich vor. Sein Atem ging stoßweise, seine Gesichtszüge verkrampften sich. »Sie liegt in Simonas Grab. Simonas Freund hat sie umgebracht. Und Simona hat behauptet, dass sie es war.«

Sie zuckte innerlich zusammen, wollte widersprechen. Aber sie durfte ihn nicht provozieren, also fragte sie verhalten: »Wie ist das passiert?«

Er deutete nur auf den Teller mit der Kapsel. »Damit. Er hat sie in ihren Mund gleiten lassen, als er sie geküsst hat. Mehrere davon. Sie hielt es anfangs für ein erotisches Spiel. Aber es war keines. Es endete tödlich.«

»Das Zeug scheint immens gefährlich zu sein«, murmelte sie. »Wollen wir es nicht lieber im Klo runterspülen? Was hältst du davon?«

»Keine Tricks. Nimm es!« Er schob ihr den Teller hin. »Probier es aus. Ich will sehen, was es mit dir macht. Immer wieder muss ich es sehen. Ich muss dem Biest in die Augen schauen. Direkt in die Augen. Also nimm!«

Ihr Atem flog. Sie zitterte. Bleib ruhig, dachte sie. Versuche, die Situation zu beherrschen. *Ihn* zu beherrschen. »In Ordnung, ich werde es tun. Aber zunächst erzähl mir davon. Erzähl mir von der Wirkung. Was hat die Droge mit dir angestellt? Wie hat sie dich verwandelt?«

Er blickte sie irritiert an.

»Raffael.«

»Sag nicht Raffael.«

»Doch, ich sage Raffael. Weil ich dich als Raffael kenne. Du machst wundervolle Fotos. Du bist sehr begabt. Wir haben doch diese Kampagne gemeinsam gemeistert. Du hast mir erzählt, sie sei das Schönste, was dir in den letzten Jahren widerfahren sei. Ich hab es ähnlich erlebt. Sicher, es gab noch andere schöne Dinge, aber ich weiß, in dieser Turnhalle, an diesem verwunschenen Ort, ist etwas mit uns dreien geschehen. Dieses Erlebnis hat uns zusammengeschmiedet, nicht wahr? Unser Erfolg. Der Rausch. Es hat uns bewegt.«

»Es war Magie.«

»Ja, ein Zauber.«

»*I put a spell on you.*«

»Richtig. Screamin' Jay Hawkins. Ich liebe diesen Song. Wollen wir ihn zusammen anhören? Wo ist dein iPod? Oder dein Handy? Hast du den Track auf deinem Handy? Wollen wir es holen?«

»Lenk nicht ab, Alina. Ich weiß, was du vorhast.«

»Was hab ich denn vor?«

»Du willst mich irgendwie dazu bringen, dir nichts anzutun. Aber es ist zu spät. Sie suchen dich. Sie wissen, dass du nicht tot bist.«

»Okay, aber es kann trotzdem noch alles gut werden, Raffael.«

»Sag Ortlieb.«

»Auch Raffael klingt sehr schön. Ich finde den Namen sogar schöner. Steh dazu.«

Sie beobachtete gebannt, wie es in ihm arbeitete.

»Steh dazu«, wiederholte sie.

Er schlug auf den Teller, und er zerbrach. »Hör auf damit. Schluss mit den Spielchen.« Er nahm sich eine Scherbe und presste sie in seine Hand. Sie sah das Blut hervorquellen.

»Soll ich dich fesseln?«

»Nein!«

»Auch Simona musste ich manchmal fesseln. Wenn sie böse wurde. Wenn ich das Biest in ihren Augen sah. Bei jedem Trip auf Wolke neun sah ich es gelb lodern in ihrem Blick.«

»Erzähl mir von Cloud Nine.«

Bring ihn zum Sprechen, dachte sie. Lass ihn deine Angst nicht merken. Nur so kannst du seinen Wahnsinn zügeln.

»Ihr habt es beide genommen, stimmt's?«, fragte sie möglichst ruhig. »Ihr wart beide so überdreht, als wir vor einem Jahr das Shooting gemacht haben. Ja, allmählich begreife ich das. Auch bei Simona hatte ich damals den Verdacht, sie könnte irgendwas eingenommen haben. Aber es ist nicht schlimm, Raffael. Beruhige dich. Wir können über alles reden.«

»Nimm es. Nur dann verstehst du es.«

Er stand langsam auf. Das Blut troff von seiner verletzten Hand auf den Boden. Er näherte sich ihr von hinten. Berührte sie mit der Porzellanscherbe am Hals. Mit der anderen Hand nahm er die Kapsel.

»Mach den Mund auf.«

Ihr Herz raste.

»Ich lege sie dir auf die Zunge. Du empfängst sie wie eine Oblate. Und danach wirst du es erfahren.«

Sie keuchte.

»Okay«, sagte sie leise, »ich mach dir einen Vorschlag.«

»Keine Spielchen mehr.«

»Gib mir eine Minute. Leg die Kapsel da hin. Leg sie einfach auf den Tisch, Raffael. Und auch die Scherbe, ja? Nur eine Minute. Sechzig Sekunden.«

»Warum?«

»Durchatmen. Nur kurz durchatmen.«

Sie spürte sein Zögern. Es rauschte in ihren Ohren.

Dann tat er es. Kapsel und Scherbe lagen auf dem Tisch.

»Gut. Und jetzt atme tief durch. Setz dich wieder hin.«

Seine Finger glitten über ihre Stirn. Sie erhob sich, wich seinem Blick nicht aus. Sie spürte, wie der Angstschweiß über ihren Rücken rann.

Er zog sie aufs Bett. »Willst du mich küssen?«

»Später, Raffael, aber zunächst sprich mit mir.«

»Bitte. Tu es.«

Er lag vor ihr auf dem Rücken. Seine rechte Hand war geschlossen, darin hielt er die Scherbe verborgen. Er hatte sie heimlich vom Tisch genommen, sie war sich sicher. Also blieb sie bei ihm auf dem Bettrand sitzen.

»Erzähl mir alles von Anfang an«, murmelte sie. »Erzähl mir von Betty, erzähl mir von Simona, und sag mir, wie du zu dem wurdest, der du bist.«

Trojan saß in seinem Dienstwagen und starrte auf das Schreibheft in seiner Hand. In seinem Kopf überschlugen sich die Gedanken. Sein Handy läutete, er hob ab.

Es war Stefanie, sie kam gleich zur Sache. »Nils, ich habe wichtige Informationen für dich.«

Er versuchte, sie zu unterbrechen, wollte ihr von dem Tagebuch erzählen, aber die Worte sprudelten nur so aus ihr heraus.

»Pass auf, es ist Folgendes. Ich hab mit Gregor Wiesner telefoniert und ihn dabei so richtig in die Mangel genommen. Du hast mir doch erzählt, dass er sich nicht genau an den Namen des behandelnden Arztes seiner Tochter erinnern konnte.«

»Ja. Und das erschien mir merkwürdig.«

»Er hat schließlich klein beigegeben. Ich soll dir ausrichten, dass er sich bei dem Namen geirrt hat. Der behandelnde Arzt von Simona Wiesner war nicht Dr. Leopold Traut, sondern ein Internist namens Müller.«

»Das ist doch …«

»Moment, lass mich ausreden. Ich hab noch einen weiteren Hinweis, der unmittelbar damit zusammenhängt. Ich konnte eine ehemalige Sprechstundenhilfe aus der Praxis von diesem Dr. Traut ausfindig machen. Sie hat zugegeben, dass ihr gelegentlich Unstimmigkeiten bei den medizinischen Abrechnungen aufgefallen sind. Nach mehrmaligem Nachfragen sagte sie wörtlich zu mir: ›Ich glaube, mein Chef hat Bestechungsgelder entgegengenommen.‹ Anscheinend hat er öfter mal gegen Bargeld Substanzen verschrieben, die gegen das Betäubungsmittelgesetz verstoßen.«

Trojan holte tief Luft. »Und weiter?«

»Na ja, mindestens in einem Fall hatte sie den Verdacht, dass Traut auch bei einer Leichenschau nicht ganz korrekte Angaben gemacht hat. In dem Fall wollten Angehörige wohl den Drogentod ihres Sohnes verschleiern, damit die Nachbarn nicht schlecht über sie redeten. Traut soll gegen eine beträchtliche Geldsumme auf dem Papier eine natürliche Todesursache angegeben haben, obwohl dies nicht den Tatsachen entsprach.«

»Er könnte also auch für Simona Wiesners angebliches Ableben regelrecht engagiert worden sein.«

»Ja, und stell dir vor, ich hab noch mal mit Luis Ferner gesprochen, den wir heute aus der Untersuchungshaft entlassen mussten. Nach einigem Hin und Her hat er mir gestanden, in der Nacht ihres angeblichen Todes in der Wohnung von Simona Wiesner gewesen zu sein.«

»Was?!«

»Ja, sie hat ihm Avancen gemacht und ihn unter einem Vorwand dorthin gelockt. Dabei wirkte sie auf ihn völlig überdreht, vermutlich stand sie unter Drogeneinfluss.«

»Cloud Nine.«

»Anzunehmen. Sie hat ihn sogar, bevor sie zu ihrer Wohnung gefahren sind, zum S-Bahn-Surfen animiert.«

Trojan erinnerte sich an den letzten Satz in Simonas Brief an Jeff Kanter. *Weißt du noch früher? Das S-Bahn-Surfen?*

»Was für eine verrückte Nacht«, sagte er. »Die letzten Stunden ihrer alten Existenz.« Er berichtete ihr, was er von Kanters Mitbewohner erfahren hatte. »Sie bringt ihren völlig verstörten Freund bei Veit Malstrom unter und plant bereits ihren gemeinsamen Abgang. Sie braucht nur noch einen Zeugen für ihren angeblichen Tod.«

»Luis Ferner.«

»Ja.«

»Und dazu springt sie vorher noch einmal auf das Dach eines fahrenden Zugs?«

»Sie wollte sich wohl von ihrem bisherigen Leben verabschieden. Es noch mal richtig krachen lassen. Außerdem stand ihr Gehirn völlig unter Strom. Das war die Wirkung dieser unheimlichen Droge.«

»Nach Ferners Angaben war er noch gar nicht lange in ihrer Wohnung, als sie mit einem Mal vor seinen Augen von Krämpfen geschüttelt wurde. Er wollte den Notarzt rufen, sie aber deutete bloß auf die Visitenkarte von diesem ominösen Dr. Traut und bat ihn, bei ihm anzurufen, mitten in der Nacht, unter der angegebenen Privatnummer. Und so kam dieser Traut zu später Stunde zu ihnen. Ferner sollte in der Küche warten, während Simona untersucht wurde. Doch nur kurz darauf wurde ihm von dem ominösen Doktor mitgeteilt, dass Simona verstorben sei.«

»Was gar nicht stimmte.«

»Richtig.«

»Ferner wurde nur als Zeuge ihres angeblichen Todes gebraucht.«

»Ganz genau. Er hat im Beisein des Arztes sogar gesehen, wie sie bleich und regungslos auf ihrem Bett lag.«

»Sie hat ihm das alles lediglich vorgespielt.«

»Ja.«

»War sonst noch jemand in der Wohnung?«

»Das ist es ja, weswegen ich unbedingt mit dir sprechen wollte. Luis Ferner konnte sich nämlich erinnern, dass ein

Zimmer in der Wohnung verschlossen war. Die Tür wurde während seiner Anwesenheit nicht ein einziges Mal geöffnet, auch nicht von dem Arzt.«

»Okay, Steff, wir können also davon ausgehen, dass in diesem Zimmer ...«

»... die Leiche der unbekannten Frau lag. Und Traut sorgte dafür, dass sie an Simonas Stelle beerdigt wurde.«

»Und sie ist nicht mehr ganz unbekannt«, sagte Trojan nach einer Atempause.

»Wie?«

Er erzählte ihr rasch von dem Tagebuch. »Ich wollte dich in der Angelegenheit nämlich auch gerade anrufen. Gib bitte mal den Vornamen Betty in unser System ein, vielleicht landen wir ja einen Treffer. Falls sie vorbestraft ist oder auch nur irgendetwas gegen sie vorlag.«

Er hörte, wie Stefanie im Hintergrund hektisch auf die Computertastatur einhämmerte. »Gut, gedulde dich einen Moment, Nils.«

»Und da ist noch etwas, das du unbedingt für mich herausfinden musst.«

»Sag schon, ich bin eine Meisterin im Multitasking.«

»Es geht um das Kürzel O. in dem Tagebuch.«

»Das wird allerdings schwierig. Hast du irgendeinen Anhaltspunkt?«

In seinem Kopf arbeitete es fieberhaft. Er durchblätterte das Heft mit den Aufzeichnungen, an einer Stelle war er stutzig geworden.

Und dann hatte er es.

Er hält uns einen Vortrag über die Stimme der Engel. Was könnte Simona damit gemeint haben?

Doch ehe er etwas sagen konnte, meldete sich Stefanie zu Wort: »Ich hab hier den Eintrag einer Bettina Fahrenheit.

Sechsunddreißig Jahre alt. Verstoß gegen das BtMG. Das Drogendezernat hatte sie im Visier. Sie stand im Verdacht, mit Designerdrogen gehandelt zu haben, konnte aber dafür niemals belangt werden.«

»Das könnte die Tote sein. Vermutlich wurde sie nicht einmal als vermisst gemeldet. Ihr kriminelles Umfeld spräche jedenfalls dafür. Diese Leute gehen nicht zur Polizei.«

»Das passt zusammen. Hier ist vermerkt, dass sie den Fahndern seit exakt einem Jahr nicht mehr aufgefallen ist.«

»Die unbekannte Tote in Simonas Sarg heißt also Bettina Fahrenheit, genannt Betty.« Plötzlich durchzuckte es ihn. Er spürte, wie das Blut durch seine Adern pulste. »Taucht der Name Raffael Bold in dem Zusammenhang auf?«

»Nein. Wie kommst du ausgerechnet auf ihn?«

»Das Kürzel O. Könnte es mit *ihm* zusammenhängen?«

»Du meinst den Fotografen?«

»Ja.« Er berichtete ihr in aller Kürze von der Passage in dem Tagebuch, die ihn hatte aufmerken lassen. »*Die Stimme der Engel*. Jetzt begreife ich es! Vermutlich ist das eine Anspielung auf die Glasharmonika, ein spezielles Instrument. Die Musik wird mit Engelsstimmen verglichen. Bold hat mit mir darüber gesprochen. Das kann kein Zufall sein. Frag doch mal seine Meldedaten ab.«

Wieder vernahm er das Klappern der Computertastatur durchs Telefon.

Schließlich sagte sie: »Sein vollständiger Name ist Raffael Ortlieb Timotius Bold.«

Trojan schnappte nach Luft. »O. steht für Ortlieb. Er ist unser Täter! Er hat dafür gesorgt, dass Simona von der Bildfläche verschwindet. Zu seiner Absicherung hat er das Erpresservideo gedreht. Zuvor hat er Simona mit den Drogen in Kontakt gebracht und dafür gesorgt, dass sie abhängig wurde. Bold ist auch für das Schicksal von Jeff Kanter verantwortlich. Und für den Mord an Franziska Wiesner und der Obdachlosen aus der Turnhalle.«

»Bist du dir ganz sicher? Was ist mit seinem Alibi?«

»Er hat uns getäuscht. Und das nicht nur einmal. Die Aussage des Taxifahrers und seines Nachbarn kann er sich erkauft haben.« Er atmete tief durch. »O. steht für Ortlieb«, rief er noch einmal aus.

»Sein Atelier befindet sich in der Oderstraße.«

»Ich weiß. Ich fahre sofort dorthin. Und ich brauche Verstärkung.«

»Ich komme nach und verständige die Kollegen. Sei bitte vorsichtig, Nils.«

Trojan beendete das Gespräch, startete den Motor und preschte los.

Wie sie ihn anblickte. Ihre Augen. Das weiße Kleid. Dazu das rotgetönte Haar. Es wirkte noch nicht ganz echt. Aber wenn es vielleicht morgen vom Sonnenlicht im richtigen Moment zum Leuchten gebracht wurde, könnte die Illusion perfekt sein.

Es ihr erzählen? Sich ihr öffnen? Es aussprechen, ein einziges Mal? Sie dann töten?

Nicht mit dem Draht, sondern mit der Scherbe.

Alina. Simona. Betty.

Und vor allem Marina. Seine einzige Liebe. Begnadete Malerin, rauschhafte Farben, große Formate. Sie war es, die mit Cloud Nine angefangen hatte. Auf ihren Wunsch hin hatte er es das erste Mal konsumiert. Sie hatte ihm begeistert davon erzählt. Und dann nahmen sie es gemeinsam, und sie konnten lachen und nächtelang durchtanzen im Stroboskoplicht der Clubs. Und Marinas Bilder wurden immer gewaltiger und intensiver. Und auch seine Fotos gewannen an Kraft, nun erst erkannte er den Zauber aus Licht und Gegenlicht und Schatten, und er arbeitete meisterhaft damit.

Wie sie sich geliebt hatten. Wie sie herumgetollt waren. Sie waren junge Tiere.

Diese Ekstase. Der Exzess.

Marina.

Er hatte sich das Liebste genommen. Das Liebste, was er jemals besessen hatte. Er sah ihre hervorquellenden Augen, wie sie langsam erloschen. Ein letzter Rausch, eine letzte Umarmung, und sie war tot.

Er hatte sie getötet, ohne es eigentlich zu wollen. Mit dem Kapselkuss hatte er seine Liebe vernichtet. Die Überdosis war von seinem Mund in ihren geglitten, damit die Horrorvisionen endlich aufhörten. Doch später, als die Wirkung bei ihm nachließ, konnte er sich nicht mehr erklären, was ihn zu dieser Wahnsinnstat getrieben hatte. Er konnte sich nur vage daran erinnern, dass ihm Marina plötzlich wie ein Dämon vorgekommen war. Er hatte sich vor ihren Augen gefürchtet, dem gelblichen Flackern darin.

Dabei hatte er sie doch so sehr geliebt.

Sie hatte mit der Droge angefangen, *sie* war es, *sie*.

Er verwünschte den Augenblick, da er das Zeug zum ersten Mal geschluckt hatte.

Nie wieder, schwor er sich, aber nur kurze Zeit später wurde er rückfällig.

Es gelang ihm, Marinas Tod wie einen Selbstmord aussehen zu lassen. Er vergoss keine Träne an ihrem Grab. Aber in seinem Innern war etwas zerbrochen, und es wurde nicht mehr heil.

»Alina, wie soll ich dir das erklären?«, sagte er laut.

»Versuch es einfach.«

»Einige Zeit nach Marinas Tod lernte ich Betty kennen.«

»Wer ist Marina?«

»Hab ich das nicht eben gesagt?«

»Nein, du hast lange geschwiegen.«

»Marina, meine große Liebe. Betty sah ihr so ähnlich. Betty hat mit dem Zeug gedealt. Aber diese Ähnlichkeit war verblüffend. Als sei Marina in ihrer Gestalt zu mir zurückgekehrt. Allerdings wieder mit Cloud Nine. Nur mit Cloud Nine. Immerzu kam sie mit dieser Droge an. Ich hasse die Droge. Ich liebe die Droge. Ich bezahle dafür.«

»Ganz ruhig.«

»Ich wusste, dass es mit Betty kein gutes Ende nehmen würde. Sie war extrem abhängig von dem Zeug. Aber Simona, sie erschien mir so rein, so hell, so leuchtend zu sein. Wenn sie nur nicht auch mit dem Zeug anfangen würde. Ich hab sie getestet. Aber natürlich wollte sie es haben. Alle wollen es haben. Immerzu diese Verwandlung, dieses Außer-sich-Geraten, wie ich das gehasst habe.«

»Raffael, kann es nicht sein, dass du deinen Hass auf andere abspaltest?«

»Oh, du bist klug«, höhnte er, »verdammt klug bist du. Sprich nur weiter!«

»Simona wollte das Zeug vielleicht gar nicht nehmen. Du hast es ihr gegeben, ja? Warum denn? Musst du es immerzu durchleiden?«

»Ja, das ist es. Durchleiden. Wie Jeff. Erinnerst du dich noch an Jeff, Simonas Freund?«

»Natürlich erinnere ich mich. Es ist furchtbar, was mit ihm passiert ist. Hast du ihm etwa auch …?«

Er verzog das Gesicht. »Dieser kleine Idiot, mit dem sie immer rumgerannt ist. Jeff hier, Jeff da. ›Ich liebe dich, Jeff.‹ ›Mach mich nicht an, Raffael, ich bin vergeben.‹ Was hatte er ihr schon zu bieten, dieser kleine Nichtsnutz?« Er stieß ein verbittertes Lachen aus. »Ich hab es Jeff eingeflüstert, als er völlig ausgerastet ist. ›Betty hat drei Köpfe‹, hab ich zu ihm gesagt. ›Küss sie, lass ihr dabei die Kapseln in den Mund gleiten, und dann ist Schluss.‹ Und er hat es getan. Er hat mich von Betty erlöst. Er war auf einem ähnlichen Horrortrip wie ich und hat sie zu Tode geküsst.«

Und Betty war nicht mehr erwacht. Dieselben erloschenen Augen wie bei Marina. Gab es denn kein Entrinnen aus diesem Teufelskreis?

Ob wenigstens Simona noch am Leben war? Es war doch so schön gewesen, als sie hier gelebt hatte. Über Bekannte aus der Szene wusste er von einem Arzt, Dr. Traut, der für eine hübsche Summe einen falschen Totenschein ausschrieb. Geld spielte ja keine Rolle. Er hatte genug von seinen Eltern geerbt. Bei Simona den Eindruck erwecken, er würde sie ins Ausland bringen, und sie dann für immer hierbehalten. Hier bei ihm.

»Würdest du bei mir bleiben?«, fragte er.

»Natürlich.«

»Für immer und ewig?«

»Aber ja, Raffael.«

»Ortlieb. Marina hat Ortlieb zu mir gesagt. Sie mochte den Namen lieber.«

Er gab sich der Illusion hin, es würde funktionieren. Marina war wieder lebendig. Ja, er sah ihre Augen in Alinas Augen. Sie hatten den gleichen Schimmer. Wie oft er versucht hatte, dieses Funkeln zu fotografieren, Tausende Abbildungen von Marina, immer auf der Suche nach diesem einen Moment, wenn das Licht richtig einfiel und ihre Augen zum Leuchten brachte. Der winzige Moment davor. Ihr Lächeln.

Seine Hand öffnete sich.

Ihr Gesicht über ihm. Nein, es war nicht Marina. Sie kam nicht mehr zu ihm zurück.

Alina starrte auf die Scherbe in seiner offenen Hand.

»Stirb«, murmelte er.

Da fuhr ihr Arm aus, und warm spritzte das Blut.

Trojan rannte die Treppe hinauf. Das Adrenalin jagte durch seine Adern. Als er den Absatz zum dritten Stockwerk erreicht hatte, erstarrte er.

Dort oben stand eine Frau in einem weißen Kleid. Es war mit Blut befleckt. Sie hielt etwas in der Hand umklammert.

Schließlich erkannte er sie. Es war Alina Kron, die zweite Frau auf dem Foto der *Goldweiß*-Kampagne. Diesmal war ihr Gesicht nicht weiß geschminkt, und dennoch wirkte ihre Haut aschfahl. Allerdings stimmte etwas mit ihren Haaren nicht. Auf ihrem Passbild war es noch dunkel gewesen. Nun war es kastanienrot gefärbt.

Er hastete zu ihr.

»Trojan, Kriminalpolizei«, keuchte er.

Ihre Stimme war zittrig. »Raffael ist da drin.« Sie deutete zu einer Tür. »Ich hab ihn mit der Scherbe getroffen. Und ich konnte ihm den Schlüssel entwenden. Ich bin rausgerannt und hab hinter mir abgeschlossen.«

»Großer Gott. Sind Sie verletzt?«

Sie schüttelte den Kopf. Als sie auf die roten Flecken auf ihrem Kleid wies, war sie den Tränen nah. »Es ist *sein* Blut.«

»Sie haben erstaunlich mutig gehandelt.«

»Ich hatte große Angst.«

»Wo ist Simona Wiesner, wissen Sie das?«

»Nein. Aber er hat sie gefangen gehalten. Sie war die ganze Zeit am Leben.«

Alina starrte auf das Blut an ihrer Hand. Trojan erkannte die Porzellanscherbe darin.

»Warten Sie unten an der Treppe«, murmelte er. »Und seien Sie ganz ruhig. Legen Sie die Scherbe weg. Meine Kollegen sind hierher unterwegs. Sie werden Ihnen helfen.« Er senkte die Stimme zu einem Flüstern. »Geben Sie mir den Schlüssel.«

»Gehen Sie lieber nicht da rein.«

»Warum?«

»Ich fürchte, er hat die Kapsel geschluckt.«

»Was für eine Kapsel?«

»Es scheint eine furchtbare Droge zu sein. Ich habe seine Schreie gehört. Hinter der Tür. Ich fürchte, er ist völlig außer sich.«

Links befand sich der Eingang zum Atelier. Alina Kron aber wies zu der anderen Tür auf der rechten Seite.

Trojan zückte seine Waffe und lud sie durch.

»Geben Sie mir den Schlüssel«, wisperte er noch einmal.

Sie reichte ihm den ganzen Bund. Er war mit Blut befleckt.

»Es ist der mittlere mit den fünf Zacken«, murmelte sie.

Er nickte ihr zu. Sie entfernte sich. Er aber näherte sich der Tür.

Trojan schloss auf. Dann trat er ein, die Waffe im Anschlag. Er schlich durch den Flur. Eine weitere Tür, sie war nur einen Spalt angelehnt. Sphärische Klänge. Trojan vernahm das Spiel der Glasharmonika. Er stieß die Tür mit dem Fuß auf. Lautlos glitt er hinein, die Waffe erhoben.

Er sah Blutspritzer auf dem Bett, Scherben am Boden. Einen umgeworfenen Tisch. Zwei Stühle. Ein riegelloses Fenster, geschlossen, Gitterstreben, eine Brandmauer dahinter.

Die Musik kam aus einer kleinen Stereoanlage auf dem Nachttisch.

»Bold? Raffael Ortlieb Timotius Bold?«

Hier war niemand.

Plötzlich hörte er etwas.

Ein Tröpfeln.

Er wirbelte herum.

Vor ihm tropfte Blut auf den Boden. Er reckte den Kopf.

Und da sah er ihn. Er kauerte auf einem Metallbord, oberhalb des Türstocks, etwa zwei Meter über ihm.

Ehe Trojan reagieren konnte, sprang Bold fauchend auf ihn herab. Nils ging zu Boden, die Waffe fiel aus seiner Hand. Dabei löste sich ein Schuss. Der Querschläger heulte durchs Zimmer.

Bold biss ihm in den Hals. Trojan schrie auf, wälzte sich herum. Bold krallte sich in seinen Rücken und biss erneut zu.

Der Schmerz in seinem Nacken war höllisch. Verzweifelt fingerte Trojan nach seiner Waffe. Kaum hatte er sie ergriffen, schlug Bold sie ihm aus der Hand.

Noch ein Schuss löste sich.

Trojan teilte nach hinten Hiebe mit dem Ellenbogen aus. Bold schien sich in seinen Nacken verbissen zu haben. Endlich gelang es Trojan, sich von ihm loszureißen.

Sie starrten sich an. Gesicht und Hals des Fotografen waren blutverschmiert. Offenbar hatte Alina Kron mehrmals mit der Porzellanscherbe auf ihn eingestochen.

Wo aber war Trojans Waffe?

Bold stieß einen tierischen Laut aus und machte einen Ausfallschritt. Trojan hechtete vor, landete einen Faustschlag, dann noch einen und noch einen, immerzu auf Bolds Kinn, aber der schien völlig schmerzunempfindlich zu sein.

Er schüttelte sich bloß, grinste, sein Mund zu einer Fratze verzerrt. »Immer langsam, Herr Kommissar. Entspannen Sie sich. Auf Ihrem Foto sehen Sie weitaus freundlicher aus.«

Gehetzt blickte Trojan sich um. Bold fauchte, lachte grimmig. Da erblickte Trojan die Pistole. Er setzte einen Schritt nach hinten, danach wandte er sich blitzschnell ab, um sie aufzuheben. In diesem Moment aber schoss Bold nach vorn und rammte ihm seinen Körper in die Flanke.

Trojan verlor das Gleichgewicht und krachte mit der Schulter gegen den Bettrahmen. Ihm blieb kurzzeitig die Luft weg.

Bold landete einen Treffer gegen seinen Kiefer.

Trojan wurde schwarz vor Augen.

Plötzlich fiel noch ein Schuss. Doch er kam aus der anderen Richtung.

Trojan riss die Augen auf.

Er vernahm einen Schmerzensschrei, ein Aufheulen.

Er rappelte sich hoch, taumelte, sah, wie sich Bold blutend am Boden wälzte. Dann sah er Stefanie an der Tür.

Ihre Sig Sauer war auf den Täter gerichtet. Sie hatte ihn am Bein getroffen. Trojan schnappte sich seine Waffe. Während ihm Stefanie Deckung gab, zog er die Handschellen aus der Jackentasche, verdrehte Bolds Arme auf den Rücken und fesselte ihn.

Die Wunden an seinem Hals pochten.

»Du bist verletzt, Nils.«

»Geht schon.«

Sie umringten Bold. Er wand sich, jammerte, Schaum quoll aus seinem Mund.

»Wo ist Simona Wiesner?«, stieß Trojan hervor.

Doch der Fotograf antwortete nicht.

Der entscheidende Anruf kam, als Trojans Verletzungen in der Charité versorgt wurden. Die Fleischwunden in seinem Nacken und am Hals waren desinfiziert und mit Mull verbunden worden. Nun musste er noch das Ergebnis der Tests auf HIV und Hepatitis C abwarten, da man nicht wusste, ob Bold infektiös war. Eine Vorsichtsmaßnahme, wie man ihm gesagt hatte, und doch war Trojan in großer Sorge deswegen.

Landsberg hatte ihm zuvor am Handy mitgeteilt, dass Bold inzwischen die beiden Morde in Nikolassee und in der verlassenen Turnhalle nahe Beelitz gestanden hatte. Gleich nach seiner Operation, bei der ihm die Kugel aus seinem Bein entfernt worden war, die aus Steffies Waffe stammte.

In seinem Atelier war ein beträchtlicher Vorrat an Cloud Nine beschlagnahmt worden.

»Herr Trojan?« Der behandelnde Arzt trat auf ihn zu.

Nils erhob sich. »Wie sieht es aus?«

»Die Bluttests sind negativ ausgefallen.«

Sein Herz schlug höher. »Negativ? Heißt das etwa …?«

»Es bedeutet, dass alles in Ordnung ist.«

Er atmete durch.

»Nehmen Sie aber in den nächsten zehn Tagen prophylaktisch das Antibiotikum ein, das ich Ihnen mitgegeben habe. Bitte halten Sie sich strikt daran, denn von Menschen verursachte Bisswunden sind erstaunlicherweise weitaus entzündlicher als die von Tieren.«

Trojan schluckte. Wieder sah er das irre Zucken in den Augen des Mörders vor sich. Erneut flackerten die Bilder ihres Kampfes vor ihm auf.

Nicht auszudenken, was passiert wäre, wenn Stefanie nicht rechtzeitig eingetroffen wäre. Steff, seine Retterin.

Gleich nachdem er Bold die Handfesseln angelegt hatte, war es ihm vorgekommen, als sei dieser letztlich erleichtert darüber gewesen. Er hatte etwas von einem Teufelskreis gemurmelt, der nun durchbrochen war.

Und immerzu hatte er von einer Frau namens Marina gesprochen. Und nicht nur das, er war in eine Art Singsang verfallen, in dem er Frauennamen aufzählte: »*Marina, Bettina, Simona, Alina.*«

»Wer ist Marina?«, hatte Trojan gefragt.

»*Ich hasse die Droge, ich liebe sie. Marina, ich warte auf dich. Warum kommst du nicht zu mir zurück? Steig herab von Wolke neun. Träum den süßen Traum mit mir. Lass mich dein Traummacher sein.*«

»Haben Sie mich verstanden, Herr Trojan?«

Er zuckte leicht zusammen und blickte den Arzt irritiert an.

Das war der Moment, da sein Handy klingelte.

»Entschuldigen Sie mich.« Er drückte die grüne Taste.

Dr. Rosenbaum sprach nur wenige Sätze zu ihm.

»Ich bin sofort bei Ihnen«, rief Trojan ins Telefon.

Es war der einunddreißigste Oktober gegen neunzehn Uhr, als er in Berlin-Buch eintraf. Trojan war nun seit über achtundvierzig Stunden im Einsatz. Er wusste nicht, wann er das letzte Mal geschlafen hatte, mal abgesehen von der kurzen Erschöpfungspause im Dienstwagen, in einer Parklücke vor dem Haus, in dem seine Tochter wohnte.

Dr. Rosenbaum empfing ihn in seinem Sprechzimmer. »Sie

wollte zu Jeff Kanter. Ich habe ihr gesagt, dass ich ihr das erst gestatte, wenn sie mit Ihnen gesprochen hat.«

»Wo war sie die ganze Zeit?«

»Am besten fragen Sie sie selbst. Ach, und noch etwas. Erschrecken Sie nicht vor dem Hund. Sie hat einen Pitbull bei sich.«

Der Höllenhund, durchfuhr es Trojan.

»Normalerweise ist das Mitbringen von Tieren in die Klinik nicht gestattet, sie aber scheint auf diesen Vierbeiner nahezu fixiert zu sein. Er muss wohl so eine Art Beschützer für sie darstellen.«

Der Psychiater klinkte eine Tür auf und führte ihn in einen Nebenraum.

Der Hund knurrte. Fletschte die Zähne.

Dr. Rosenbaum zog sich zurück und ließ Trojan allein mit der bleichen rothaarigen Frau und ihrem schwarzen Kerberos.

Sie saß am Fenster. Ihr schwarzes Kleid war zerschlissen und starrte vor Schmutz. Man hatte ihr eine schmucklose graue Decke um die Schultern gelegt, in die der Schriftzug KLINIKUM BERLIN-BUCH eingewebt war.

Kaum hatte Trojan die Tür hinter sich geschlossen, war der schwarze Pitbull in Habachtstellung. Simona Wiesner aber hielt ihn an seinem Halsband fest und sprach leise auf ihn ein.

Trojan hielt sich auf Abstand, zog sich einen Stuhl heran und setzte sich.

»Mein Name ist Nils Trojan, Kriminalpolizei.«

Sie rührte sich nicht.

»Ich habe eine gute Nachricht für Sie, Simona Wiesner«, sagte er nach einer längeren Pause. »Wir haben Raffael Bold heute Vormittag verhaftet. Er ist bereits geständig.«

Sie zeigte keinerlei Regung.

»Mein Beileid zum Tod Ihrer Mutter«, murmelte er. »Das muss sehr schlimm für Sie sein.«

Sie schaute ihn bloß an.

»Warum haben Sie sich nicht längst bei uns gemeldet?«

Schließlich antwortete sie. Ihre Stimme war rau. »Ich hatte schreckliche Angst.«

»Wovor?«

»Vor Ihnen, vor der Polizei. Und vor den Freunden von Bettina Fahrenheit.«

»Was sind das eigentlich für Freunde? Haben Sie sie jemals zu Gesicht bekommen?«

Sie schüttelte den Kopf. »Raffael hat mir nur furchtbare Dinge über sie erzählt. Er sprach von Mafia-Methoden. Dass sie bei den Angehörigen auftauchen. Die gesamte Verwandtschaft unter Druck setzen. Er hat mir erklärt, dass auch Alina darunter leiden müsste. Sie würden die Agentur verwüsten. Und sie wären immer hinter mir her. Erst recht, wenn ich mich an die Polizei wenden würde. Selbst im Gefängnis wäre ich nicht vor ihnen sicher.«

»Raffael Bold war selbst mit Bettina Fahrenheit liiert. Warum hatte *er* denn keine Angst vor ihren sogenannten Freunden?«

»Er hat sein Verhältnis zu ihr geheim gehalten. Niemand wusste davon. Auch mir war es anfangs nicht klar. Nur so viel begriff ich: Gehe ich zur Polizei, schiebt er alles auf mich. Er hat ja auch dieses Video gedreht. Er hatte mich völlig in der Hand. Wenn ich in dieser Nacht nur ein wenig geordneter hätte denken können, wäre vielleicht alles anders gekommen.«

»Er hat Sie bewusst unter Drogen gesetzt und manipuliert. Ich habe übrigens Ihre Aufzeichnungen gelesen.«

Sie verzog das Gesicht. »Jeff hat sie nicht bekommen, nicht wahr?«

Er schüttelte den Kopf. »Der Umschlag befand sich die ganze Zeit ungeöffnet bei seinem Mitbewohner.«

»Ich wusste ja nicht, dass Jeff …« Sie brach ab, offenbar bemüht, sich zu sammeln. »Ich hab erst nach meiner Flucht vor Raffael herausgefunden, dass Jeff hier ist. Dabei wollte ich ihn doch mitnehmen.«

»Bold wusste das zu verhindern.«

Sie nickte. »Er hat mich reingelegt. Aber ich bin schuld daran, dass es so schlimm um Jeff steht.«

»Sie haben den Totschlag überhaupt nicht begangen, ist das richtig? Es waren nicht Sie, die Bettina Fahrenheit die tödliche Dosis Cloud Nine verpasst hat?«

»Nein. Es war Jeff. Aber er kann nichts dafür. Er war doch gar nicht mehr recht bei sich. Und wie mir Dr. Rosenbaum gerade sagte, stehen seine Chancen ziemlich schlecht.« Sie strich über das Fell des Hundes und straffte die Schultern. »Und doch werde ich warten, bis er wieder gesund ist.«

»Was hat Bold mit Ihnen angestellt?«

Sie schwieg.

»Hat er Sie misshandelt? Zu sexuellen Handlungen gezwungen?«

»Ich möchte darüber nicht reden.«

»Also dann war es so?«

Sie nickte schwach. »Er wollte immerzu, dass es freiwillig ist. Damit hat er mich besonders gequält.«

Nach einer längeren Pause sagte sie: »Am schlimmsten war es, wenn er mich dabei beschimpft hat. Immer wieder hat er mich dazu gezwungen, die Drogen zu nehmen. Er hat mir gesagt, er will sehen, wie ich mich verwandle. Dann wieder hat er sie mir tagelang entzogen. Ich bekam Entzugserscheinungen. Er hat sich an meinem Zustand geweidet. Mal sah er in mir die Heilige, mal das Biest.«

»Sie hätten gleich nach Ihrer Flucht die Polizei alarmieren sollen.«

»Ich sagte Ihnen doch …«

»Sie hätten Schlimmeres verhindern können.«

»Ich war nicht mehr ganz bei mir. Ich wusste nicht, wo mir der Kopf steht.«

»Soweit ich weiß, macht Cloud Nine einerseits sehr mutig und agil, andererseits kann es aber auch enorme Panikzustände auslösen.«

»Ja. Und das vergrößerte nur den Schrecken, den er mir ein Jahr lang ausgemalt hat.«

»Es ist ja nicht so, dass ich Sie nicht verstehe. Bold handelte äußerst suggestiv. Ich bin zwar kein Fachmann auf diesem Gebiet, aber offenbar liegt bei ihm eine Borderline-Persönlichkeitsstörung vor.« Trojan dachte schmerzlich an Jana, die ihm einmal von diesem Krankheitsbild erzählt hatte. »Er überträgt seine eigenen inneren Konflikte auf die Personen seines Umfelds.«

»Das Furchtbare ist, dass ich ihn einmal sehr gemocht habe.«

»Diese Menschen können sich sehr gut verstellen. Und sie haben einen unbeirrbaren Blick auf die Verwundbarkeit der anderen. Sie durchschauen ihre Schwächen, ihre Unsicherheiten und nutzen sie gnadenlos aus.«

Simona schaute ihn an. »Wird Jeff jemals wieder gesund?«

»Sie dürfen die Hoffnung nicht aufgeben.«

»Ich will ihn sehen.«

»Sie können jetzt zu ihm.«

»Wird es zu einem Prozess kommen?«

»Natürlich. Aber ich werde mich dafür einsetzen, dass Jeff Kanter geschont wird. Möglicherweise läuft es bei ihm auf einen Freispruch hinaus. Sollte sich nämlich herausstellen, dass

Bold ihn zu der Tat angestiftet hat, wovon ich ausgehe, und sollten die medizinischen und psychiatrischen Gutachten belegen, dass er zum Tatzeitpunkt nicht mehr im Vollbesitz seiner geistigen Kräfte war, könnte es gut für ihn ausgehen.«

»Und für mich?«

»Sie haben weiß Gott genug durchgestanden. Letztlich kann Ihnen nur die Verschleierung einer Straftat angelastet werden. Aber auch das lassen Sie mal meine Sorge sein.«

Es entstand eine Pause. Trojan tastete nach dem Verband an seinem Hals.

»Wie ist Ihnen eigentlich die Flucht vor Bold gelungen?«

»In einem Moment, da er unachtsam war, konnte ich ihm unbemerkt den Schlüssel entwenden. Ich konnte es selbst kaum glauben, aber plötzlich war ich draußen im Treppenhaus. Ich musste mich erst an das Licht gewöhnen. Er hatte mein Zimmer nämlich überwiegend verdunkelt. Dann hörte ich das Geräusch von Krallen auf den Stufen. Es war der Hund. Ich habe befürchtet, dass er ihn auf mich gehetzt hat. Aber nein, der Hund ist mir gefolgt. Er wich nicht mehr von meiner Seite.«

Sie strich über seine Flanken. Das Tier stellte die Ohren auf. Trojan musste an Loni und ihren Schäferhund-Mischling Franz denken.

»Wo haben Sie sich in den letzten Tagen und Nächten versteckt?«, fragte er. »Wo waren Sie, nachdem Sie aus dem Ferienhaus in der Uckermark verschwunden sind?«

»Ich habe einen leer stehenden Wohnwagen aufgebrochen. Er stand am Rande eines Felds im Berliner Umland, recht gut verborgen hinter Bäumen. Ich wusste nicht mehr, wohin. Ich war Luis Ferner sehr dankbar, er hat sich aufopferungsvoll um mich gekümmert. Es war nicht leicht für ihn, denn manchmal musste ich noch diese Droge nehmen, in der irrigen Meinung, auf diese Weise meine Angst betäuben zu können. Ich hatte einen Notvorrat bei mir, den ich in dem Zimmer bei Raffael heimlich angesammelt hatte. Nachdem ich von Mamas Tod in den Nachrichten erfahren hab, fühlte ich mich auch bei Luis nicht mehr sicher. In dem Wohnwagen trug ich mich mit Selbstmordgedanken. Doch dann hatte ich nur noch Sehnsucht nach Jeff. Und so fuhr ich hierher.«

Abermals schwiegen sie.

Trojan ließ den Atem ausströmen. »Eine letzte Frage. Sie betrifft Ihren Vater.«

Es zuckte um ihre Mundwinkel.

»Er wusste, dass es sich um ein falsches Begräbnis handelt, nicht wahr? Ein Mitglied des Berliner Abgeordnetenhauses mit Aussicht auf den Posten eines Senators. Gregor Wiesner wollte einen Skandal vermeiden.«

Sie schlug die Augen nieder.

»Sagen Sie mir die Wahrheit!«

»Ich hab ihn in der Nacht vor einem Jahr angerufen und ihm mitgeteilt, dass ich dringend im Ausland verschwinden muss. Ich sagte ihm, dass ich in eine furchtbare Geschichte verwickelt bin. Er hatte sofort Jeff im Verdacht. Er hat mich gefragt, ob es mit Drogen zu tun hat. Ich hab es bejaht, ohne mich weiter zu erklären. Ich gab ihm das Versprechen, mich irgendwann bei ihm zu melden, ohne dass dabei der Betrug auffällt. Ich hab ihn gebeten, meine Mutter nicht einzuweihen, weil sie mit Sicherheit dagegen gewesen wäre. Und so hat er für mein Begräbnis gesorgt und geschwiegen. Ich denke, er hat meine Mutter davon abgehalten, einen letzten Blick auf den Leichnam zu werfen.«

Trojan starrte sie an. »Warum haben Sie das nur alles auf sich genommen?«

»Ich fühlte mich entsetzlich schuldig. Und ich wollte doch nicht auch noch Daddys Karriere ruinieren. Stets war ich die gute Tochter. Also lieber verschwinden. Mich auslöschen. Mein Name wird auf einen Granitstein gemeißelt. Der Sargdeckel schließt sich, und Simona Wiesner gehört der Vergangenheit an. Selbst schuld, böses Kind. Nur meine Mutter war völlig ahnungslos. Und nun ist sie tot.«

Er stieß die Luft aus. »Ich bin fassungslos. Nicht darüber, was *Sie* getan haben, sondern dass ein Vater ...«

»Verurteilen Sie ihn nicht. Bitte.«

»... bloß an seine Karriere denkt und dabei seine Tochter ...«

»Ich hab doch selbst nicht ahnen können, dass Raffael so ein furchtbarer Mensch ist. Ich hab geglaubt, ich kann mit Jeff in einem anderen Land noch einmal neu anfangen. Und Raffael hilft uns dabei.« Ihre Augen füllten sich mit Tränen. »Raffael Ortlieb Timotius Bold, der begnadete Künstler mit den bestechenden Fotografien, dieser hübsche Mann mit den vielen Gesichtern. Es begann damit, dass er mir ein Mittel gab, welches ich für ein relativ harmloses Medikament hielt. Und es endete in der Hölle.«

Trojan stand auf, setzte sich neben sie und legte den Arm um ihre Schultern. Simona lehnte sich an ihn und weinte leise in sich hinein, von dem Pitbull reglos beobachtet.

»Gehen Sie nun zu Ihrem Freund«, sagte er leise.

Sie rieb sich die Tränen aus dem Gesicht und stand auf. »Darf ich den Hund solange bei Ihnen lassen? Jeff hat große Angst vor Hunden. Und ganz besonders vor ihm.«

»Natürlich.«

Sie war bereits an der Tür, als sie sich noch einmal zu ihm umdrehte: »Dr. Rosenbaum hat mir die Adresse einer Entzugsklinik gegeben. Ich werde von dem Zeug runterkommen. Und ich habe den festen Willen, wieder in der Agentur zu arbeiten.«

»Das ist gut.«

»Wissen Sie eigentlich etwas von Alina?«

Er wollte sie mit den Einzelheiten verschonen. Sie würde ja ohnehin bald erfahren, was mit ihrer Freundin geschehen war. »Rufen Sie sie an. Es geht ihr so weit ganz gut. Ich kann mir vorstellen, dass sie froh ist, wenn Sie die Arbeit wieder aufnehmen.«

Sie nickte ihm zu, dann verließ sie den Raum.

Der Hund wollte ihr nach, doch Trojan hielt ihn am Halsband fest.

»Ganz ruhig, Pitbull«, sagte er leise.

EPILOG

Der erste November brachte Regen. Beim Aufwachen hörte Trojan, wie er gegen die Fensterscheiben prasselte.

Er stand auf, öffnete die Vorhänge und schaute in die Linden. Das Laub war herabgeweht. Nun würden die Äste bald völlig kahl sein. Er mochte diese Zeit nicht.

Und doch beschloss er, sich von dem Witterungswechsel nicht weiter beeinflussen zu lassen, seine Stimmung war ja ohnehin nicht die beste.

Nachdem er ausgiebig geduscht hatte, nahm er sich den Verband ab und versorgte die Verletzungen mit Wundspray. Einen neuen Verband anzulegen erwies sich als schwierig, also ließ er es bleiben und verarztete sich notdürftig mit Pflastern. Danach zog er sich einen Rollkragenpullover über, damit nichts mehr an Bolds Attacken erinnerte.

Nachdem er gefrühstückt hatte, schaltete er sein Handy ein. Er verharrte einen Moment, doch der erhoffte Signalton für eine Nachricht auf der Mailbox oder eine SMS blieb aus.

Kein Lebenszeichen von Jana.

Er trank einen zweiten Kaffee und einen dritten, danach ging er durch seine Wohnung und räumte ein paar liegengebliebene Sachen auf. Eine Weile saß er in Emilys Zimmer auf ihrem Bett. Er versuchte, sich mit dem Gedanken aufzumuntern, mit ihr ein Wochenende wegzufahren, vielleicht an die Ostsee, auch wenn Regenspaziergänge im Ostfriesennerz nicht unbedingt zu seiner Lieblingsbeschäftigung gehörten.

Einerlei, dachte er, die Hauptsache war doch, mit ihr Zeit zu verbringen und mal rauszukommen. Er wollte sie gleich nach Schulschluss deswegen anrufen.

Nach einigem Zögern suchte er die Telefonnummer seines Vaters im Verzeichnis seines Handys heraus. Er durfte das dringende Gespräch mit ihm nicht länger aufschieben.

Aber er brachte es nicht fertig, die grüne Taste zu drücken.

Morgen, dachte er und steckte das Handy ein. Morgen rufe ich ihn ganz sicher an. Wir werden die Vergangenheit klären. Ich werde ihn ausführlich zu dem Fall Susanna Halm befragen und ihn darauf hinweisen, dass ein Mord nicht verjährt.

Er verlor sich in Grübeleien über den alten Mann, der mit über Siebzig noch einmal sein Glück versuchen und mit einer Frau zusammenziehen wollte, von der Trojan nicht viel mehr wusste, als dass sie Gertrud Korn hieß.

Nachdenklich stand er an seinem Schlafzimmerfenster, als er mit einem Mal unten auf der Straße den Schäferhund-Mischling erblickte. Franz, klatschnass im Regen, wie er das Bein hob und an einen Laternenpfahl pinkelte.

Kurzentschlossen zog sich Trojan Jacke und Schuhe an, schnappte sich einen Schirm und verließ die Wohnung. Doch als er aus der Haustür trat, konnte er den Hund nirgends entdecken. Vermutlich war er bereits wieder umgekehrt. Trojan spannte den Schirm auf und ging zur Ecke Reichenberger Straße.

Die Jalousie vor Lonis Ladenwohnung war herabgelassen. Er klopfte gegen die Lamellen, doch niemand öffnete. Bloß das leise Bellen von Franz war aus dem Innern zu vernehmen. Kam er etwa ungelegen? Oder war Loni just in diesem Moment ausgegangen? Hatten sie sich um eine Minute verpasst? Da wurde ihm bewusst, dass er nicht einmal ihre Telefonnummer kannte. Er überlegte, ob er ihr eine Nachricht schreiben sollte. Er hatte bereits eine Seite aus seinem Notizbuch herausgerissen und den Stift gezückt, als jemand von hinten rief.

»Chef!«

Er fuhr herum.

Cem grinste über beide Backen. Auch er trug einen Regenschirm. Trojan war so überrascht, dass er ihn auf den ersten Blick gar nicht erkannt hatte. Er konnte sich nicht erinnern, den freundlichen Türken jemals außerhalb seines Ladens gesehen zu haben. Normalerweise stand er doch immer in seinem grauen Kittel hinter dem Verkaufstresen.

»Cem!«

»Siehst blass aus, Chef. Wieder zu viel gearbeitet?«

Er nickte bloß.

Cem deutete auf die geschlossene Jalousie. »Willst du zu Loni?«

»Du kennst sie?«

»Loni Baltrusch, na klar. Immer fröhlich die Frau, obwohl sie schweres Schicksal hat. Kauft bei mir im Laden ein.« Er machte eine abwiegelnde Handbewegung. »Selten, aber sie kommt. Fragt mich jedes Mal, warum ich keine Bio-Sachen hab. Ich mag dieses Bio-Zeug nicht, Chef. Zu teuer und gar nicht so gut. Manchmal steht nur ›Bio‹ drauf, und trotzdem kaufen die Leute.«

»Schweres Schicksal? Was meinst du damit?«

Der Türke senkte die Stimme. »Krebs, ziemlich schlimm sogar, wenig Aussicht auf Heilung. Oft ist sie zu schwach, kann nicht den Hund ausführen. Aber der geht auch alleine raus.« Er schaute zu dem Rollladen hin. »Wahrscheinlich ist sie gerade beim Arzt.«

»Von ihrer Krankheit wusste ich nichts.«

»Hat sie dir nichts gesagt?«

»Nein.«

»Ich mag ihr Lachen. Sie hat das schönste Lachen im ganzen Kiez.« Cem klopfte ihm auf die Schulter. »Solltest dir ein Beispiel dran nehmen, Chef. Bist immer viel zu ernst.«

Er hob die Hand zum Gruß und setzte seinen Weg fort.

Trojan sah ihm noch lange nach.

Dann kritzelte er seine Telefonnummer auf den Zettel und schrieb seinen Namen darunter. Er wusste nicht, warum, es geschah mehr unbewusst, er war auch kein großer Zeichner, aber mit einem Mal hatte die Mine seines Kugelschreibers eine Klangschale und zwei fröhliche Gesichter gemalt.

Loni und er. Kräutertee mit therapeutischen Ingredienzien. Orientalische Musik.

Er schob den Zettel unter dem Rollladen durch.

Der Regen prasselte auf ihn herab.

Die Geheimzutat ist Liebe.

Was stehst du hier herum, Dummkopf, meldete sich plötzlich eine innere Stimme, fahr endlich in die Akazienstraße. Du musst um Jana kämpfen. Gib sie nicht auf.

Eine heftige Windböe fuhr in seinen Regenschirm und stülpte ihn um. Trojan versuchte ihn zusammenzuklappen, was nicht gelang, also warf er ihn einfach in den Rinnstein und rannte los.

Ihm war, als habe er seinen altersschwachen VW Golf vor einigen Tagen irgendwo in der Ohlauer Straße abgestellt. Schließlich fand er ihn an der Ecke Wiener Straße.

Er stieg ein und fuhr los.

In Schöneberg angelangt, war er lange Zeit auf Parkplatzsuche. Immer wieder kurvte er durch Janas Viertel. Er hätte das Fahrrad nehmen, dem Regen trotzen sollen. Endlich entdeckte er eine schmale Lücke in der Vorbergstraße und scherte ein.

Die letzte Wegstrecke legte er im Laufschritt zurück. Wenn er sie nicht daheim antraf, würde er es in ihrer Praxis versuchen.

Er rannte noch schneller. Auf einmal überkam ihn das verstörende Gefühl, sie nie wieder zu sehen, wenn er es nicht in diesem Augenblick zu ihr schaffte.

Als er das Haus erreicht hatte, kam gerade eine Frau in einem auffallend fliederfarbenen Regenmantel zur Tür heraus. Trojan grüßte mit einem Kopfnicken und drückte sich an ihr vorbei ins Treppenhaus. Er eilte die Stufen hinauf.

Zu seiner Überraschung war die Tür in der dritten Etage nur angelehnt.

Als er eintrat, war er für einen Moment so verblüfft, dass er glaubte, sich im Stockwerk geirrt zu haben.

Im leeren Flur hallten seine Schritte. Er ging ins Wohnzimmer. Es war komplett ausgeräumt. Er betrat das Schlafzimmer und schaute irritiert zu der Ecke, wo ihr Bett gestanden hatte. Da war nichts mehr. Nur ein blasser Streifen an der Wand, wo das Kopfende gewesen war.

Auch in der großen Wohnküche nichts als kahle Wände, kein blaues Sofa mehr, auf dem sie so oft gesessen, gelacht, geredet hatten. Fort die weichen Polster, ihre Lagerstatt für Liebesstunden, wenn ihnen der Weg ins Schlafzimmer zu weit erschienen war.

Trojan ging in das nächste Zimmer, das Jana als Arbeitsraum gedient hatte.

Dort stand jemand, mit dem Rücken zum Fenster. Er öffnete die Arme und deutete ironisch eine überschwängliche Begrüßung an.

»Kommissar.«

Es brauchte den Bruchteil einer Sekunde, bis er ihn wiedererkannt hatte. Unwillkürlich ballte Trojan die Hand zur Faust.

»Boris!«

Janas Bruder, drahtig, blond gelocktes Haar, sein Grinsen ähnlich feist wie damals, als sie das erste Mal aneinandergeraten waren. Boris war nahezu krankhaft auf seine Schwester fixiert und im gleichen Maße eifersüchtig auf Trojan. Was längst nicht so schlimm wäre, wenn Jana nicht immerzu Partei für ihn ergreifen würde.

»Wo ist Jana?«

Sein Lächeln wurde breiter.

Trojan trat dicht auf ihn zu.

»Ganz ruhig, Kommissar. Sie müssen lernen, Ihre Affekte zu zügeln.«

»Affekte? Haben Sie das bei Ihrer Schwester gelernt? Nachhilfe im Psychologen-Jargon?«

»Bleiben Sie locker. Jana wird gleich hier sein. Ich hab alles für sie organisiert. Das war nicht einfach. Aber was tut man nicht alles, wenn die Schwester Wünsche äußert.«

»Wünsche? Was hat das hier zu bedeuten?«

»Sie wird es Ihnen erklären.«

Trojan setzte noch einen Schritt vor. Nun konnte er seinen Atem riechen, Menthol, Pfefferminz, so rein, als habe er soeben mit Mundwasser gegurgelt, und auch sein Rasierwasser hatte eine beinahe klinische Note, irgendwas zwischen Limette und Erfrischungstüchern.

Er musterte ihn. Was trieb der Kerl eigentlich den lieben langen Tag? Womit bestritt er seinen Lebensunterhalt? Jana war dieser Frage stets ausgewichen. Trojan hatte den Verdacht, dass er finanziell von ihr abhängig war.

»Sie haben ihr Handy kontrolliert«, sagte er grimmig, »ich traue Ihnen alles zu.«

»Wie bitte?«

»Sie löschen Nachrichten auf Janas Handy. Ich kenne Sie

doch.« Ja, dachte er, das war der Grund, warum sie ihn nicht zurückgerufen hatte.

»*Sie* kennen mich? Erlauben Sie mal. Nur weil Sie ein Schnüffler von der Kripo sind, heißt das noch lange nicht, dass Sie irgendetwas über mich begreifen. Und schon gar nichts von der wunderbaren Seelenverwandtschaft, die mich mit Jana verbindet.«

Ruhig, dachte er, tief durchatmen. Diesmal würde er nicht ausrasten und ihm einen Kinnhaken verpassen, nur damit er jammernd zu seiner Schwester laufen und sich über ihn beklagen konnte wie ein kleines Kind.

Vorsichtshalber verbarg er seine Hände in den Hosentaschen.

»Sie haben großes Unglück über meine Schwester gebracht.«

»Ach ja?«

»Dieser Serienmörder, der ihr im letzten Sommer auf grausame Art zugesetzt hat, und das zum wiederholten Mal, verfolgt sie in ihren Alpträumen. Und Sie sind derjenige, der die Bestie in ihr Leben gebracht hat. Aber nicht nur das, Sie sind ja offenbar nicht in der Lage dazu, das Unheil zu stoppen und sich den Killer zu schnappen. Noch immer läuft er frei herum, und Sie sind schuld daran.«

Nun reichte es ihm. Er packte ihn am Hemdkragen. »Jetzt hören Sie mir mal zu, Boris. Wenn Sie sich noch ein einziges Mal in unsere Angelegenheiten einmischen, dann werde ich …«

»Nils.«

Er ließ von ihm ab und fuhr herum.

Da war sie. Für einen Moment erschrak er. Was hatte sie nur mit ihren Haaren gemacht? Aber ja doch, der Federmann. Ihre verletzte Kopfhaut. Nur nicht mehr an den vergangenen

Sommer denken. Er musste diese schwere Zeit endlich hinter sich lassen.

»Hallo«, sagte er. Es klang viel zu förmlich, das war ihm klar.

Jana trat näher. Es war eine Bobfrisur, die sie ziemlich verändert aussehen ließ. Gab ihr etwas Strenges. Er würde sich daran gewöhnen müssen.

Er erkannte die Falte oberhalb ihrer Nasenwurzel, die sich immer dann bildete, wenn sie angespannt war.

»Boris, würdest du uns bitte allein lassen«, sagte sie.

»Aber natürlich, Schwesterherz. Schau nur«, er machte eine ausladende Geste, die für Trojans Geschmack unangemessen dramatisch war, »ich hab mich um alles gekümmert. Die Möbelpacker sind vor etwa einer Stunde hier raus.«

»Danke, das hast du gut gemacht.«

Er deutete eine feierliche Verbeugung an. »Herr Kommissar. Jana. Ich warte unten im Café.«

Sie nickte ihrem Bruder zu. Er ging. Leise fiel die Wohnungstür ins Schloss.

Sie blickte ihn an.

Trojan suchte nach Worten. »Jana, was ist los? Ziehst du um? Warum weiß ich nichts davon?«

»Hast du denn meinen Brief nicht bekommen?«

»Was für einen Brief?«

»Ich hab dir ausführlich geschrieben. Hab versucht, dir alles zu erklären.«

Er schüttelte den Kopf.

»Er ist nicht bei dir eingetroffen?«

»Nein.«

»Ich hab ihn vor einiger Zeit abgeschickt.«

»Wo?«

»Unten an der Straßenecke. Ich hab ihn in den Postkasten gesteckt.«

Er kniff die Augen zusammen. »War Boris dabei?«

»Nein.«

»Aber er wusste von dem Brief?« Er stieß die Luft aus. »Boris muss dir gefolgt sein.«

»Lass meinen Bruder aus dem Spiel.«

»Er ist dir gefolgt und hat ihn rausgefischt. Es gibt spezielles Werkzeug dafür.«

»Das glaube ich nicht. So etwas würde er nicht tun.«

»Jana. Ich habe keinen Brief bekommen.«

»Ein Fehler der Post?«

»Unwahrscheinlich. Aber ich hab dir Nachrichten auf der Mailbox hinterlassen.«

»Wirklich?«

»Du weißt nichts davon?«

»Nein. Ich hab dein Schweigen so gedeutet, dass ... du mich nicht verstehst und ...«

»Nicht zu fassen!«

Sie blickten sich an.

»Hat Boris Zugriff auf dein Handy?«, fragte er. »Hat er bei dir gewohnt?«

»In letzter Zeit, ja.«

»Verdammt!«

»Es war nicht Boris. Das kann ich nicht glauben.«

»*Du* bist hier die Psychologin, aber ...«

»Bitte hör auf damit. Er hat es schwer genug. Wir sollten ihn nicht im Vorfeld verurteilen.«

»Du müsstest mal mit ihm über seine Eifersucht reden.«

»Das tue ich ständig. Ich kümmere mich um ihn. Er hat ja niemanden außer mich.«

»Das ist genau sein Problem, denke ich.«

Sie schwiegen. Der Regen trommelte ans Fenster.

»Was stand in dem Brief?«

Sie verschränkte die Arme vor der Brust. »Ich nehme ein Sabbatical. Ein Jahr Auszeit. Die Praxis wird solange von einer Kollegin weitergeführt. Weißt du, Nils, es sind so viele schreckliche Dinge passiert. Der letzte Sommer. Der Federmann in meiner Wohnung.«

Er straffte den Rücken.

»Aber es ist nicht nur das. Ich habe während meiner Arbeit gespürt, dass ich nicht mehr hundertprozentig für meine Patienten da sein kann. Ich bin unkonzentriert, leicht reizbar. Manchmal frage ich mich, ob ich den richtigen Beruf ergriffen hab. Die Pause wird mir guttun. Ein Jahr lang weg von allem.«

»Wo willst du denn hin?«

»Ich hab einen Flug nach Neuseeland gebucht.«

»Wann?«

»Er geht heute Abend.«

»Ist nicht wahr!«

»Ich hab dir doch geschrieben. Hab gehofft, dass du mich verstehst. Aber es kam keine Antwort von dir.«

»Jana.« Er wollte sie an sich drücken, doch stattdessen ließ er die Schultern hängen. »Ich hab dich angerufen, glaub mir. Ich hab dir gesagt, dass ich dich …« Er brach ab.

Sie rieb sich über das Kinn. »Vielleicht ist es dort gar nicht so, wie ich es mir vorstelle. Das Land der Regenbögen und Spiegelseen. Heiße Quellen und Gletscher. Diese Strände. Und mein alberner Kinderglaube an Elfen und Trolle. Aber weißt du, ich war immer so ehrgeizig, hab nur gearbeitet, und dann erreicht man die Vierzig und denkt, es muss doch noch irgendwas anderes geben.«

»Nimmst du Boris mit?«

»Nein.«

Er verzog das Gesicht. »Du fährst allein? Ohne mich?«

Sie nahm seine Hand. »Nils, ich hab die Hoffnung, wenn

ich zurückkomme, wieder so sein zu können wie damals, als wir so viel … Freude hatten und … das Leben unbeschwert war.«

Es entstand eine längere Pause.

»Neuseeland, ja?«, murmelte er.

Sie nickte. »Danach vielleicht Australien, ich wollte ja auch schon immer mal nach Japan. Ich hab dir geschrieben, wie romantisch es doch wäre, wenn wir uns irgendwo auf der Welt verabreden. Du kommst einfach nach. Ich hole dich am Flughafen ab und führe dich zu einem einsamen Ort, wo es nichts weiter gibt als uns zwei und unsere Liebe.«

Er sah sie bloß an.

»Oh, Nils, es tut mir so leid. Das muss völlig überraschend für dich kommen, weil dich mein Brief nicht erreicht hat.«

»Wann hast du ihn abgeschickt?«

»Vor drei Wochen.«

Er schluckte. »Und warum musst du gleich die ganze Wohnung auflösen?«

»Es hat mit dem Federmann zu tun. Er war hier. Du weißt doch, er war in meinem Schlafzimmer.«

»Ja. Es war ein furchtbarer Sommer, aber wir sollten ihn endlich vergessen.«

»Das ist ja der Grund meiner Reise. Vergessen. Und neu anfangen.« Sie berührte seinen Hals. »Was hast du da?«

»Nichts weiter.«

»Bist du verletzt?«

»Bloß ein Kratzer.«

»Rollkragenpullis magst du doch eigentlich nicht.«

Mit einem Mal küsste sie ihn. Ihre Lippen schmeckten wie Zimt.

»Du solltest dir deine Haare wieder wachsen lassen«, flüsterte er.

»Ja.«

»Wo lässt du deine Möbel?«

»In einem Lager. Das meiste aber bekommt Boris. Ich will mich von dem Ballast trennen.«

»Von dem blauen Sofa auch?«

»Nein, Nils. Das behalte ich. Für uns.«

Ihr Atem war warm an seiner Wange, ihre Hände glitten unter seinen Pulli. Er knöpfte ihr die Bluse auf, seine Zungenspitze berührte die Mulde oberhalb ihres Schlüsselbeins. Er mochte diese Stelle. Er liebte den Duft ihrer Haut.

Er schloss die Augen. Hörte ihre Nylons rascheln.

Dann sanken sie beide auf den kalten Dielenboden.

»Geh nicht«, murmelte er.

Er hielt die Augen geschlossen.

Vernahm, wie sie aufstand. Das leise Plätschern der Dusche, irgendwo in der leeren Wohnung. Es sind keine Handtücher mehr da, dachte er.

Danach Stille. Wenig später hörte er ihre Schritte. Er meinte, ihr Frösteln spüren zu können. Flüsternde Rinnsale zwischen ihren Schulterblättern, feuchte Haarspitzen. Die Abdrücke ihrer Fußsohlen auf den nackten Dielen.

»Wollen wir vielleicht zusammen was essen?«

»Ja«, sagte er. »Geh schon mal vor. Dein Bruder wartet auf dich.«

»Nils?«

Er blinzelte. Sah sie lächeln, ihre Kleidung an sich gedrückt, Wassertropfen auf ihrer Haut.

»Und wenn du einfach mitkommst? Du lässt alles hinter dir, und wir fliegen zusammen?«

»Was ist mit meinem Job? Soll ich den kündigen?«

»Kann Landsberg nicht mal eine Zeit lang auf dich verzichten?«

»Ich schätze, nein.«

»Nicht für immer. Nur für ein Jahr?«

Trojan erhob sich. Er lächelte sie an. »Du fliegst, und ich komme nach. Einverstanden?«

Sie ließ ihre Sachen fallen und schlang die Arme um ihn.

Unsere Leseempfehlung

416 Seiten
Auch als E-Book
erhältlich

Nils Trojan ist eben zurück von seiner Auszeit auf einer Insel, da wird er schon an einen neuen Tatort gerufen. Im ersten Moment glaubt er, in einen absurden Albtraum geraten zu sein: Es sieht aus, als würde ein Tier über dem Opfer kauern, denn der Mörder hat das Fell eines Rehs über die getötete junge Frau drapiert. Wenig später ereignet sich der zweite Mord, und wieder sind Mensch und Tier auf makabre Weise ineinander verschlungen. Aber was will der Täter mit seiner grausamen Botschaft mitteilen? In einem verlassenen Haus im Umland von Berlin stößt Trojan auf eine Fährte – und erkennt zu spät, dass er in eine mörderische Falle geraten ist ...

goldmann-verlag.de

 GOLDMANN